Jaci Burton vit dans l'Oklahoma. Lorsqu'elle n'est pas en plein rush pour rendre à temps son prochain roman, elle tente de convaincre son mari de refaire la décoration de leur maison en suivant scrupuleusement les conseils d'une émission de télévision qu'elle adore. C'est également une inconditionnelle des histoires à l'eau de rose, et surtout des happy ends, que vous trouverez dans tous ses romans. Elle a déjà publié plus d'une soixantaine de titres, figurant régulièrement dans la liste des best-sellers du *New York Times* et de *USA Today*.

Du même auteur, chez Milady :

Les Idoles du stade :
1. *La Courbe parfaite*
2. *Le Coup sûr*
3. *Les Règles de l'engagement*
4. *La Ligne de touche*
5. *La Surface de contact*
6. *Le Tour de chauffe*
7. *La Zone d'attaque*

Wild Riders :
1. *La Chevauchée sauvage*
2. *La Course sauvage*
3. *L'Instinct sauvage*

Jaci Burton

L'Instinct sauvage

Wild Riders – 3

Traduit de l'anglais (États-Unis) par Lise Capitan

Milady Romance

Milady est un label des éditions Bragelonne

Titre original : *Riding on Instinct*

Originellement publié par Berkley Publishing Group.

ISBN : 978-2-8112-1731-0

Bragelonne – Milady
60-62, rue d'Hauteville – 75010 Paris

E-mail : info@milady.fr
Site Internet : www.milady.fr

À mon compagnon de café occasionnel – tu es une personne sur laquelle je peux toujours compter. Il faut qu'on prenne des cafés plus souvent. Nos discussions me manquent.

À Angie, qui est obligée d'écouter mes lamentations à longueur de journée, tous les jours, et qui compose avec ce bavardage incessant, avec mes hauts et mes bas, et qui m'aime malgré tout. Je t'aime aussi.

Et à Charlie, qui prend soin de moi pendant mes crises de folie, d'angoisse et de fébrilité. Ta patience est infinie, je t'aime, mon amour.

Chapitre premier

— Une stripteaseuse ? Elle ? Ce n'est pas crédible une seule seconde.

Spencer King décrivit un cercle autour de l'agent Shadoe Grayson, secoua la tête et décréta que cette mission était vouée à l'échec.

— Personne ne croira jamais qu'elle est stripteaseuse, ajouta-t-il.

Il s'arrêta alors face à la jeune femme, qui haussa un sourcil parfaitement épilé, et plissa ses yeux marron. Elle était belle, mais rien dans son physique ne lui donnait de vrais airs de « stripteaseuse ».

— Pardon ?

— Désolé, poupée, mais tu n'es pas l'homme de la situation.

— Et pourquoi ça ? répliqua-t-elle en croisant les bras.

— Eh bien, regarde-toi. Un tailleur-pantalon large et de couleur sombre, avec Dieu sait quel genre de corps en dessous, un chignon, sans une seule mèche rebelle. Ton visage est tellement tiré à quatre épingles qu'on dirait que tu as un balai coincé dans le derrière.

— Enfin, Spencer, un peu de tact.

Le jeune homme dévisagea son chef, le général Grange Lee.

— Depuis quand je suis quelqu'un qui a du tact ?

— Ce n'est pas faux, répondit Grange avant de se tourner vers Shadoe. Je suis navré, agent Grayson. Mes hommes ne sont pas des exemples de politesse.

— Je n'ai pas besoin de politesse, général Lee, je suis seulement ici pour faire mon travail.

Spencer s'appuya sur l'accoudoir du canapé et secoua la tête une nouvelle fois.

— Tu n'y arriveras pas si tu continues à te saper comme ça. Même pour aller à la messe du dimanche, les stripteaseuses sont moins habillées que ça.

— C'est l'uniforme réglementaire du département de la Justice… Quel est votre nom déjà, monsieur…

— Spencer. Appelle-moi Spencer, répondit-il avant de diriger son attention sur le général Lee. Grange, ça ne va pas marcher.

— Il va pourtant bien falloir que ça marche. Cette mission nous a été confiée, nous allons trouver un moyen.

Spencer se laissa glisser sur le canapé et posa lourdement ses bottes sur la table basse.

— Mouais. Et qui va apprendre à la maîtresse d'école ici présente à devenir sexy ?

— Je ne suis pas une maîtresse d'école. Je suis un agent de terrain parfaitement entraîné.

— Ouais, rétorqua Spencer avec un grand sourire. Peut-être, mais tu n'es pas une stripteaseuse.

La jeune femme pivota sur ses talons pour faire face à Grange.

— Sincèrement, général Lee. Tout cela est ridicule.

Spencer était bien d'accord avec elle. Il aurait pu suggérer une centaine de femmes qui auraient fait de meilleures stripteaseuses que Mademoiselle-Propre-sur-Elle. Bien sûr, ces centaines de femmes étaient de vraies stripteaseuses, ceci expliquant sûrement cela. Quel imbécile de Washington avait bien pu penser à mettre en place cette satanée mission ?

— Nous avons un agent de la DEA qui est en train d'informer les Colombiens, leur rappela Grange. Notre mission consiste à le trouver, à l'incarcérer et, si nous avons vraiment de la chance, à intercepter la prochaine livraison que l'on pourra saisir au nez et à la barbe des trafiquants de drogue. Nous allons trouver un moyen d'y arriver.

Spencer haussa les épaules.

— C'est vous qui décidez, chef.

Les autres arrivèrent tranquillement – tous membres des *Wild Riders*, organisation gouvernementale secrète chargée de missions d'infiltration venant en aide aux autorités de façon plus ou moins légale. Spencer adorait son métier. Ainsi, il pouvait voler, braver les interdits, et tout cela devenait subitement… légal.

—Alors, nouvelle mission ? demanda Mac, talonné par sa jeune épouse, Lily.

Jessie était avec eux. Ils s'entassèrent tous dans le canapé, Lily repoussant Spencer pour se faire une petite place.

—On dirait bien, commenta AJ qui arrivait avec Rick et se tenait derrière le canapé.

Diaz et Paxton les suivaient.

—Agent Shadoe Grayson du département de la Justice, je vous présente les *Wild Riders*.

Grange leur demanda de se présenter un par un, puis il offrit un siège à la jeune femme, lui indiquant une place libre sur le canapé, à côté de Spencer.

Ce dernier remarqua avec une certaine ironie qu'elle préféra s'asseoir sur le fauteuil vide à côté du canapé. Mais bien sûr ! Et elle était censée séduire tous les hommes d'un club de strip-tease comme ça ? Elle n'était même pas capable de s'asseoir en se collant un peu à un homme. Spencer résista à l'envie de lever les yeux au ciel, mais il n'avait pas vraiment envie de se faire tirer les oreilles par Grange.

—J'ai de nouvelles missions pour vous tous, mais je vais d'abord vous expliquer les raisons de la présence de l'agent Grayson ici, déclara Grange. Voilà : cela fait un moment que la DEA constate que toutes les opérations de saisie de drogue impliquant un cartel colombien à la Nouvelle-Orléans sont un échec, comme si les Colombiens recevaient des informations à l'avance. Ils savent que quelqu'un de chez eux doit leur fournir des renseignements, et chaque fois que la DEA tente de sonder ses troupes, ils ne trouvent jamais la taupe. C'est comme si les Colombiens étaient capables de faire arriver leurs bateaux à la Nouvelle-Orléans, de décharger leurs drogues et de repartir sans que le gouvernement en sache rien. Tout cela veut dire que quelqu'un informe les trafiquants sur les potentielles opérations secrètes, une taupe qui serait de mèche avec eux.

— C'est probablement parce que cet agent connaît tout le monde dans son département, et sait à quel moment on le suit, ou s'il se trouve sur écoute, suggéra Mac.

— C'est peut-être une femme aussi, indiqua Lily.

— Exactement, confirma Grange. Et c'est la raison pour laquelle nous sommes ici. Cette taupe ne nous connaît pas, nous.

— Mais cette taupe ne connaîtrait-elle pas l'agent Grayson ? demanda Lily.

— Non. Elle est nouvelle.

— Super, une bleue, marmonna Spencer.

Shadoe le fusilla du regard, et il se mit à sourire.

— L'agent Grayson est peut-être nouvelle à ce poste, mais elle est très compétente. Ne la sous-estimez pas. En plus, elle dispose de quelques…

talents particuliers dont le département est bien content de se servir.

— Comme quoi ? demanda Rick.

— J'ai une mémoire photographique, indiqua-t-elle.

— Oh, cool ! Donc vous pouvez vous souvenir de tout ce que vous lisez et entendez ? demanda Jessie.

Shadoe acquiesça.

— N'importe quoi, dit Spencer qui ne croyait pas que quiconque puisse avoir une mémoire photographique.

— « Personne ne croira jamais qu'elle est une stripteaseuse. Désolé, poupée, mais tu n'es pas l'homme de la situation. Eh bien, regarde-toi. Un tailleur-pantalon large et de couleur sombre avec Dieu sait quel genre de corps en dessous, un chignon, sans une seule mèche rebelle. Ton visage est tellement tiré à quatre épingles qu'on dirait que tu as un balai coincé dans le derrière. » Dois-je continuer, Spencer, ou je m'arrête là ?

— Ça alors ! Elle vient de répéter mot pour mot tout ce que je lui ai dit juste avant que vous arriviez tous.

— Sans blague ? s'étonna AJ.

— Sans blague ! répondit Spencer qui lança un regard et un hochement de tête à Shadoe. Au temps pour moi, poupée. Tu l'as, ce talent.

Et ce n'était pas son seul talent. Car lorsque les commissures des lèvres de la jeune femme se relevèrent en un début de sourire, il vit une étincelle animer ses yeux marron, ce qui fit frémir ses testicules d'excitation. Bon sang, elle était jolie. Même avec sa tenue stricte, sans maquillage, les cheveux tirés, il y avait vraiment… autre chose.

— On peut passer à la suite maintenant, Spencer, ou tu vas déblatérer des idioties toute la journée ?

Spencer acquiesça, se rendant compte qu'il venait d'énerver Grange.

— Désolé, général.

— Bien. Nous avons été informés qu'une cargaison doit arriver par bateau, et que la taupe sera là pour rencontrer son contact colombien à la Nouvelle-Orléans dans les semaines à venir. Nous ne connaissons les identités ni de l'un ni de l'autre, mais avec l'aide de l'agent Grayson, nous espérons pincer cette taupe.

— Quel est le plan ? demanda Lily.

— L'agent Grayson et Spencer vont s'infiltrer dans le *Wild Rose Club*, dans le Vieux Carré français. Selon nos renseignements, les transactions se déroulent dans ce club, mais la DEA n'a jamais réussi à le prouver ni à y coincer la taupe. C'est donc là que nous allons placer nos agents infiltrés.

— Bon sang ! Un des meilleurs clubs de strip-tease de la Nouvelle-Orléans, fit remarquer Rick.

Grange hocha la tête.

— L'agent Grayson devra se faire passer pour une stripteaseuse de passage, et Spencer sera son garde du corps. AJ et Pax, vous irez avec eux pour les aider au cas où.

— Ooooh, et je peux faire un strip-tease moi aussi ? demanda Jessie.

— Nan mais tu rêves ? cingla Diaz.

— Pff, je n'ai jamais le droit de m'amuser, répondit Jessie en feignant une moue.

— T'inquiète pas, ton jour viendra, beauté, dit AJ en s'esclaffant. Je suis sûr que des milliers de mecs adoreraient te voir toute nue.

— Il faudra me passer sur le corps dans ce cas, décréta Diaz.

Jessie sourit à ces paroles. Spencer secoua la tête. Jessie était le bébé du groupe. Elle était entrée chez les *Wild Riders* lorsque Mac l'avait sauvée d'une situation très compliquée quand elle était adolescente. Pour eux, elle était plus une petite sœur qu'une partenaire, et ils la protégeaient tous. Mais elle avait grandi, et avait terminé sa première mission quelques mois plus tôt avec Spencer et Diaz. Jessie et Diaz étaient tombés amoureux l'un de l'autre lors de cette mission, ce qui leur promettait un avenir pas si simple. Enfin, comme Lily et Mac y étaient bien arrivés, Spencer pensait que Grange pourrait aussi trouver une façon de faire fonctionner les choses pour Diaz et Jessie. Spencer était bien content de ne pas avoir à gérer ce genre de problèmes. Le sexe, c'était une chose. L'amour, c'était complètement différent et il estimait que ça ne faisait pas partie de son vocabulaire.

— Quoi qu'il en soit, dit Grange en attirant de nouveau leur attention, l'agent Grayson sera la star de passage au club. Spencer devra jouer le rôle de son garde du corps, ce qui permettra à Mlle Grayson de bénéficier d'une protection, et ils pourront aussi s'entraider, car ils auront une bonne excuse pour passer du temps ensemble. AJ et Pax, vous serez des vacanciers qui aiment venir au club le soir, et vous interagirez avec le public, dans le bar et en dehors aussi.

— La chance que vous avez, tous les deux ! fit remarquer Rick en croisant les bras et en dévisageant AJ et Pax.

— Eh bien oui, répondit AJ en souriant, on n'a pas un métier facile, mais il faut bien que quelqu'un s'y colle.

Grange s'éclaircit la voix et réclama de nouveau l'attention de tout le monde.

— L'agent Grayson a mémorisé les visages des agents à partir des annuaires du département de la Justice. C'est la seule capable d'identifier la taupe lorsqu'elle fera son apparition. Notre mission consiste à surveiller cet agent lorsque Shadoe l'aura identifié, puis de voir si on peut briser ce cercle vicieux de la drogue.

— Il faudra qu'elle apprenne à faire un striptease avant ça, ajouta Spencer.

Shadoe ne lui adressa pas même un regard, mais elle tapota des doigts sur sa jambe. Son irritation le fit sourire.

— J'ai fait venir une experte qui vous aidera dans ce domaine, agent Grayson, déclara Grange.

— Je vous en prie, vous pouvez m'appeler Shadoe. Ces histoires d'« agent », c'est bien trop formel, et comme Spencer semble prendre un malin plaisir à me le rappeler, dit-elle en lui décochant un regard noir, il faut que je me détende un peu.

Le jeune homme lui fit un clin d'œil. Elle leva les yeux au ciel.

Tout cela s'annonçait très amusant.

Shadoe défit ses bagages, passablement furieuse, fourrant brutalement ses affaires dans la commode de la petite chambre que le général Lee lui avait attribuée. Au moins pouvait-elle déchaîner sa colère sur ses vêtements, pour éviter de le faire sur l'espèce de gros balourd qui l'avait énervée dès le début.

Spencer. Pourquoi était-ce lui son partenaire le plus proche sur cette mission ? Les autres hommes avaient l'air gentil, eux. Spencer était un prétentieux arrogant qui avait apparemment déjà décidé qu'elle n'était pas capable de réussir cette mission. Comme si elle n'avait pas déjà eu à se coltiner des centaines de mecs comme lui – à commencer par son père. Elle avait commis le péché capital de naître fille et son père ne le lui avait jamais pardonné.

Elle lui prouverait qu'il avait tort, et elle le prouverait à Spencer aussi. Shadoe était capable de réussir cette mission. Et quand elle aurait gravi tous les échelons de son département pour arriver au sommet, elle ferait un joli pied de nez à son père. Être une femme ne l'empêcherait pas d'avoir du succès dans sa carrière d'agent gouvernemental.

Tous les frères de son père avaient eu la chance d'avoir des fils, alors que lui n'avait réussi à avoir qu'une fille, mais cela ne faisait pas de la jeune femme une erreur, et elle n'en était pas moins digne de perpétuer la tradition des Grayson, qui étaient des policiers influents et reconnus depuis des générations.

Son père était un con. Tout comme Spencer. Elle allait faire ses preuves.

Elle s'exhiberait sur Bourbon Street entièrement nue s'il le fallait, mais par-dessus tout, elle pincerait cette taupe.

Quand la jeune femme entendit quelqu'un frapper à sa porte, elle s'empressa de finir de ranger ses affaires dans le tiroir. Elle ouvrit la porte pour tomber nez à nez avec son nouveau partenaire qui occupait presque la totalité de l'embrasure de la porte.

Bon sang, Spencer en imposait. Il était incroyablement grand, bronzé et séduisant comme pas possible, elle devait bien l'admettre. Ses cheveux bruns étaient coupés au rasoir, ses yeux de la couleur de l'océan, et sa mâchoire anguleuse était couverte d'une barbe de quelques jours. Si elle avait été le genre de femme à se laisser émouvoir par un bel homme, elle serait déjà tombée dans les pommes.

Heureusement que sa carrière lui prenait tout son temps, et qu'elle ne s'intéressait pas du tout aux hommes et au sexe.

Son corps lui fit pourtant subir une montée d'excitation, mais elle préféra l'ignorer.

— Oui ?

— Maria, ta prof de strip-tease, a eu du retard. Elle ne pourra pas te voir avant demain, mais Jessie a proposé de te faire une petite introduction. Elle t'attend dans la salle de sport.

— D'accord.

— Je vais t'y emmener.

— Entendu.

— Et à ta place, je mettrais quelque chose de... moins coincé...

Elle leva les yeux au ciel. La prenait-il pour une idiote finie ?

— Merci, c'est ce que je comptais faire.

Elle attendit, mais il ne bougea pas d'un pouce.

— Vous permettez ?

— Bien sûr, vas-y.

Il ne partait toujours pas. Tout comme il ne s'arrêtait pas de sourire. Dieu que c'était énervant !

— Ce que vous êtes lourd ! dit-elle en lui claquant la porte au nez.

Elle secoua la tête et sortit un tee-shirt et un pull pour se changer à toute vitesse. Quand elle rouvrit la porte, il haussa un sourcil et inclina la tête sur le côté, une fois de plus, sans dire un mot.

Tant mieux, parce qu'elle savait très bien comment mettre KO un grand gaillard de plus d'un mètre quatre-vingts, et ça ne la dérangerait pas de lui faire une démonstration ici même, dans le couloir. Elle en avait même très envie.

Il la guida vers le rez-de-chaussée pour la faire entrer dans une salle de sport assez vaste.

Jessie l'attendait dans une petite pièce. Elle était vêtue d'un pantalon de sport taille basse et d'un tee-shirt moulant. Et bon sang, elle avait un sacré corps cette fille ! Shadoe sentit immédiatement qu'elle n'était pas à la hauteur.

Peut-être qu'il vaudrait mieux que ce soit Jessie qui s'occupe des strip-teases, parce qu'elle était magnifique avec ses cheveux courts et blond platine, son visage d'ange et son corps à en damner plus d'un.

— Salut ! lança Jessie d'un ton enthousiaste dès qu'elle vit Shadoe arriver. Comme Maria va avoir du retard, je me suis dit que tu pourrais vouloir commencer à travailler un peu, en douceur, et voir quelques pas de danse.

— Oui. C'est gentil de faire ça pour moi.

— Tu plaisantes ? Je suis hyperjalouse que tu puisses faire du strip-tease. On dirait que tu vas bien t'amuser.

— N'y pense même pas en rêve, Jess, résonna la voix grave de Diaz en guise d'avertissement.

Mais Jessie se contenta de lui souffler un baiser et d'afficher un grand sourire.

— C'est ton mec ? demanda Shadoe.

— C'est rien de le dire, répondit Jessie. Mais tu peux l'ignorer. Il fait son homme des cavernes jaloux par moments. C'est un peu sa façon de me dire « je t'aime ». Et n'empêche, je suis toujours jalouse de ta mission croustillante.

— Ah oui. Ce n'est pas précisément la mission de mes rêves, mais je survivrai à cette humiliation.

Jessie posa les mains sur ses hanches.

— Tu plaisantes, pas vrai ? Le strip-tease, c'est le pouvoir, ma belle. Tu auras tous les hommes à tes pieds, prêts à faire tout ce que tu voudras pour voir encore un petit peu plus de peau. Tu auras le contrôle total. N'oublie jamais ça.

— Tu sais, pour quelqu'un de si jeune, tu tiens des propos très sages.

Jessie éclata de rire.

— Il faut juste savoir qui porte la culotte dans ce genre de situation. En grandissant avec tous ces mecs autour de moi, j'ai appris beaucoup de choses.

Shadoe lança un coup d'œil à Spencer, adossé au mur. Il arborait une expression neutre, mais elle s'imaginait très bien l'instinct protecteur que tous ces hommes avaient pu éprouver à l'égard de Jessie quand elle était adolescente. Le général Lee lui avait rapidement résumé l'historique des *Wild Riders*. Un groupe de sacrés personnages, qui étaient arrivés là où ils étaient en partant de rien.

L'agent pensa qu'apprendre à l'adolescente à se débrouiller dans la rue et à gérer des hommes en la faisant vivre avec eux n'était pas une mauvaise idée. Elle aurait d'ailleurs bien aimé qu'on lui révèle quelques-uns de ces secrets à elle aussi, car pour ce qui était des hommes, Shadoe se sentait incompétente. Elle était sortie avec certains, avait couché avec d'autres, mais elle était très loin de les comprendre.

— Faisons quelques étirements, et ensuite on va voir les mouvements, proposa Jessie.

Les deux jeunes femmes passèrent au sol et firent quelques étirements de base. Shadoe avait conscience de la présence de Spencer, qui traînait toujours près de la porte, mais elle fit de son mieux pour l'ignorer et se concentrer sur Jessie. Elle pensa qu'il se lasserait assez vite et quitterait les lieux pour faire des choses plus intéressantes, comme regarder du catch à la télé. Ou peut-être jouer à la Xbox.

Elle se trompait. Quand elles eurent fini leurs étirements, Jessie mit de la musique, et non seulement Spencer s'était installé sur une chaise, mais deux autres *Riders* étaient venus pour les regarder.

— Salut les gars ! leur lança Jessie avec un geste de la main. On va travailler quelques pas de danse, vous voulez venir avec nous ?

— Je préférerais encore me faire arracher les poils pubiens à la pince à épiler, répondit Paxton en faisant la grimace.

— Ne me regarde pas, dit AJ. J'ai deux pieds gauches, tu te souviens ?

Spencer demeura silencieux.

— Les petites natures ! lança Jessie avant de rire. Bon, on y va. As-tu déjà dansé ? demanda-t-elle à Shadoe.

— J'ai fait de la danse pendant des années quand j'étais petite, jusqu'au lycée. Mais surtout de la danse classique.

— Parfait, dit Jessie avec un grand sourire. Ça va beaucoup nous aider. Au moins tu sais comment bouger ton corps.

— C'est vrai, mais je pense que la danse classique et le strip-tease sont deux disciplines très différentes.

Jessie éclata de rire.

— La danse, c'est la danse, ma chérie. Seuls les mouvements changent. Tant que tu as le rythme, tu as déjà une longueur d'avance.

La musique suivait un tempo lent et sexy, et Shadoe imita les mouvements de Jessie.

— Tout d'abord, il faut que tu détendes ton corps. Inspire, et expire, lui conseilla la blonde en soulevant la poitrine pour prendre une grande inspiration. Si ton corps n'est pas détendu, tu vas te retrouver à danser raide comme un piquet.

— Bien vu, s'esclaffa Shadoe, qui prit à son tour une grande inspiration, comme Jessie venait de le lui conseiller.

— Ignore les spectateurs. Concentre-toi sur la musique et sur les sensations que ça *te* fait ressentir. Parce que tu es la seule qui compte. On est juste toi et moi à danser.

Shadoe se focalisa sur la musique, se détendit, respira, et ne quitta pas Jessie des yeux. La jeune blonde avait une façon de se mouvoir au rythme de la musique, en balançant ses hanches d'avant en arrière. C'était léger, mais tellement sexy.

La danse classique, c'était une série de mouvements précis, savoir maintenir son corps droit dans certaines positions. Ce que Jessie faisait n'avait rien à voir avec tout cela – c'étaient des mouvements empreints d'une liberté totale. Shadoe était habituée à un tout autre style, mais elle tenta de suivre Jessie. Elle tenta de se concentrer, mais échoua lamentablement.

Jessie tendit un bras vers elle et la prit par les hanches.

— Ma chérie, tu es une vraie pelote de nerfs. Relâche-toi. C'est amusant de faire ça. Détends tes hanches et laisse-les glisser. Avant, arrière et avant, arrière. C'est ça. Maintenant, lève tes bras au-dessus de ta tête et bouge tes fesses.

Shadoe éprouvait toutes les peines à se détendre. Jessie avait raison, elle était toujours tendue, concentrée sur son travail, toujours en train de penser, de planifier, de prévoir… de travailler.

Mais… c'était pourtant bien un travail, n'est-ce pas ? Et la jeune femme voulait avant tout être la meilleure. Il fallait donc qu'elle excelle dans ce domaine aussi.

— Viens ici, dit Jessie en la faisant s'approcher d'elle, hanches contre hanches, puis lui prenant les mains. Maintenant, épouse les mouvements de mon corps.

Elles se retrouvèrent buste contre buste, hanches contre hanches. Ainsi, il était bien plus facile de suivre Jessie qui ondulait son bassin au rythme des notes. Oh, oui, Shadoe commençait à comprendre. Elle se laissa emporter par la musique, laissant son corps se détendre et évoluer dans les mêmes mouvements que ceux de Jessie. La jeune femme blonde recula, puis Shadoe se rapprocha d'elle, jusqu'à ce que leurs poitrines entrent en contact. Puis Shadoe s'écarta et Jessie colla ses hanches contre celles de Shadoe.

— Oh oui, maintenant, tu as compris le truc. C'est chaud ! dit Jessie. Continue comme ça.

C'était amusant. Et Jessie avait raison. Danser de cette façon était sexy, tellement plus facile que la forme de danse structurée à laquelle Shadoe était habituée.

Lorsqu'elle se tourna pour faire face aux hommes, elle découvrit plusieurs paires d'yeux embués rivés sur elles, des regards qui attendaient la suite avec impatience.

Jessie avait raison : il existait une sorte de pouvoir dans tout cela, et elle n'avait même pas encore retiré ses vêtements.

— Purée, c'est chaud bouillant, dit AJ dans un murmure crispé.

— Ce n'est pas censé me filer la gaule, mais je crois bien que c'est le cas, répliqua Paxton.

— Vous feriez mieux d'être tous en train de regarder Shadoe, les mecs, sinon, vous êtes morts, annonça Diaz.

Spencer ne dit rien, mais il avait la gorge sèche, sa queue était dure comme fer et ses testicules frémissaient. Regarder Shadoe et Jessie danser ensemble, c'était assister à une scène d'un érotisme hors du commun. Même s'il ne prêtait pas la moindre attention à Jessie.

Maintenant qu'elle avait quitté son pantalon trop large, Shadoe avait enfin un corps. Pas un corps à tomber par terre comme celui de Jessie, mais cette jeune femme avait décidément quelques atouts. De jolis seins compressés dans un tee-shirt moulant, une taille fine, et des hanches faites pour des mains d'homme. Et ces jambes. Ces longues jambes. Il avait envie de voir ces jambes qu'elle cachait sous son bas de survêtement, bon sang ! Une femme pouvait bien avoir tous les seins qu'elle voulait, Spencer était un homme à jambes.

Et il s'était trompé – Shadoe savait bouger. Elle apprenait vite, et même si on voyait qu'elle débutait, une fois qu'on lui avait donné des instructions, elle les appliquait avec brio. Si Maria pouvait lui enseigner quelques mouvements, elle ferait une stripteaseuse de tous les diables.

Si la jeune femme acceptait de faire cela, ce qui était bien le cœur du problème. L'accepterait-elle ? Il fallait qu'il le découvre avant qu'on la fasse monter sur scène.

Il savait exactement comment faire.

Spencer patienta tandis que Shadoe et Jessie s'entraînaient encore un peu. À l'exception de Diaz, tous les hommes s'en allèrent, apparemment incapables de supporter cette torture mentale de voir une femme avec une femme.

Quand Jessie termina, Shadoe lui indiqua qu'elle voulait rester pour s'entraîner encore un peu de son côté. Jessie adressa un clin d'œil à Diaz en quittant la salle de sport. Diaz partit juste après elle, mais Spencer resta là, observant Shadoe se laisser emporter par la musique, semblant de toute évidence ignorer sa présence.

Il se leva et fit quelques pas vers elle. Elle ondulait les hanches d'avant en arrière face au miroir, ses yeux ouverts le voyant approcher.

Peut-être ne l'ignorait-elle pas tant que ça, car leurs regards se croisèrent, ce qui ne l'empêcha pas de continuer de bouger, levant les bras au-dessus de sa tête. Il s'arrêta derrière elle.

— Le strip-tease, ça demande plus que de rouler du cul, tu sais, lança-t-il.

— J'en ai pleinement conscience.

Elle continua à onduler. Son cul était vraiment pas mal. Spencer sentit sa queue se gonfler un peu plus. Il ne tentait pas de dissimuler son érection non plus. Il s'avança à côté d'elle et elle baissa les yeux sur son entrejambe. Elle ne pouvait pas rater ça.

Elle remarqua donc, puis releva les yeux vers son visage.

— Oui, en te regardant danser avec Jessie, j'ai trouvé ça bandant. Est-ce que ça te pose un problème ?

Cette fois-ci, elle cessa de danser, se tourna vers lui, déglutit avant de lui répondre :

— Non.

— Tant mieux. Parce que si tu es une stripteaseuse, tu vas faire bander beaucoup de mecs. Il vaut mieux que tu t'y fasses.

Elle prit une serviette posée sur le dossier d'une chaise et s'épongea le cou.

— Il y a des tas de choses auxquelles je dois me faire, Spencer, mais je ne suis pas une vierge effarouchée non plus.

— Je l'aurais cru, moi.

— J'ai vingt-huit ans, j'ai déjà eu des expériences sexuelles.

— Combien de fois ?

— Cela ne vous regarde vraiment pas, dit-elle en se figeant.

Le jeune homme éclata de rire. Cette réponse en disait long.

— Ah, une femme expérimentée alors, c'est ça ?

— Vous êtes trop bête.

— Je sais, mais il faut que je puisse couvrir tes arrières. Et il faut que tu arrives à exécuter cette mission, alors je ne vais pas te laisser faire semblant d'être une femme que tu n'es pas. Si tu n'es pas capable de faire ça, tu devrais arrêter tout de suite.

— J'en suis capable.

— Alors, prouve-le. Fais-moi un strip-tease.

Chapitre 2

Shadoe cligna des yeux, peinant à croire ce que Spencer venait de lui balancer.

— Quoi ?

— Tu m'as très bien entendu, dit-il en tirant une chaise à lui pour s'y asseoir. Je suis un client qui a payé. Fais-moi un strip-tease.

Elle croisa les bras sur sa poitrine comme si elle voulait se couvrir.

— C'est hors de question.

— Écoute-moi bien, petite, bientôt, tu vas faire des strip-teases pour des centaines de mecs ou plus, et tous les soirs. Et moi, je serai là chaque fois. Si tu n'es pas capable de le faire maintenant, tu ne pourras jamais le faire.

— Allez vous faire voir, Spencer.

— Je ne veux pas aller me faire voir. Je veux simplement que *tu* me fasses voir un strip.

Ah ! Maintenant elle comprenait : il voulait la mettre au défi. Quand il l'avait vue pour la première fois, c'était la première chose qu'il avait dite : il ne pensait pas qu'elle soit capable de le faire. Et à présent, il tentait de prouver qu'il avait raison. Shadoe repensa immédiatement à son père, à tous les hommes qui lui avaient assuré qu'elle n'était pas à la hauteur, qu'elle ne parviendrait jamais à réussir cette mission. Qu'elle n'avait pas assez de tripes pour arriver.

Eh bien, OK ! Elle allait lui prouver qu'elle en était capable. Sans gêne et sans hésitation. Elle jeta sa serviette dans un coin, marcha jusqu'à la chaîne hi-fi et sélectionna une chanson avant d'appuyer sur le bouton. La jeune femme prit une grande inspiration, se souvenant de ce que Jessie lui avait conseillé.

Quand la musique commença, elle tournait le dos à Spencer. Elle allait faire comme s'il ne se trouvait pas du tout dans cette pièce. Après tout, c'était son travail, pas vrai ? Et Spencer était bel et bien un homme. Si elle parvenait à l'exciter – sans Jessie pour jouer les faire-valoir –, elle pourrait juger de ses propres talents de stripteaseuse. Ainsi, elle saurait s'il fallait qu'elle change certains détails ou pas. Cela lui donnerait quelques connaissances préalables bienvenues pour le lendemain, quand elle rencontrerait Maria. Comme ça, elle saurait déjà quels points faibles travailler.

Elle se laissa le temps de ressentir cette musique tandis que son corps s'y plongeait, se souvenant qu'elle avait un client « qui avait payé » qui était là et la regardait.

d'avant en arrière, pour encore faire monter la tension en lui.

S'il voulait quelque chose, qu'il le demande !

— Enlève-le ! lança-t-il.

Non, ce n'était pas assez bien demandé, ça ! Il venait de lui donner un ordre, et sa voix bourrue la fit mouiller. Ça, Shadoe ne s'y attendait pas, mais ça l'aida à bien jouer son rôle. Et elle était prête à tout pour se glisser dans la peau d'une authentique stripteaseuse.

Elle s'approcha d'un pas et souleva son tee-shirt, révélant son soutien-gorge à balconnet en dentelle noire qui contenait à peine sa poitrine.

Les yeux de Spencer faillirent lui sortir de la tête.

Guindée, collet monté, propre sur elle, c'était bien ce qu'il pensait, non ? *Prends ça, Spencer !*

C'était tellement excitant. Bon sang, elle espérait ne pas avoir l'air trop ridicule, mais au vu des réactions de Spencer, elle avait l'impression de bien s'en tirer.

Elle jeta son tee-shirt au loin dans la pièce et glissa ses pouces sous la ceinture de son pantalon, juste assez pour être suggestive. Elle n'était peut-être pas une stripteaseuse professionnelle, mais elle savait repérer un homme qui s'intéressait à elle. Shadoe faufila ses doigts sous le tissu, seulement assez pour provoquer, promettre, ondulant son bassin dans sa direction comme si elle s'offrait à lui. Puis elle se tourna, se pencha en avant et agita les fesses sous son nez, faisant lentement glisser son pantalon le long de ses jambes.

Oui, tu as bien vu, Spencer. Un string en dentelle noire. Elle était peut-être contrainte de porter cet affreux tailleur-pantalon au travail, mais elle avait un faible pour les dessous sexy.

Elle se redressa, laissa tomber le pantalon sur ses chevilles, puis le retira en donnant de légers coups de pied avant de faire volte-face et de pointer une hanche dans la direction du jeune homme.

Le regard de Spencer était ardent, et quand il s'humecta les lèvres, elle sut qu'elle le tenait. Shadoe fit un autre pas en avant, écarta suffisamment les jambes pour qu'il regarde bien la marchandise, et s'assit à califourchon sur ses genoux.

Il leva les sourcils.

— Tu es sûre que tu n'as jamais fait ça auparavant ?

— Jamais de la vie.

Shadoe suivait simplement son instinct, et son désir. Et dans l'immédiat, son désir était de le toucher, de sentir son corps sous le sien. Elle le saisit par les épaules et se frotta lentement contre lui, rejetant la tête en arrière, puis se penchant vers lui, ce qui laissait au jeune homme tout le loisir d'admirer le spectacle. La respiration bruyante et saccadée de Spencer lui en dit long. Dieu, que c'était exaltant !

En vérité, elle n'avait jamais fait preuve d'une telle audace auparavant, surtout avec un homme. Même au cours de ses expériences sexuelles passées, elle avait toujours préféré se cacher dans le noir, sous les couvertures. Elle n'avait aucune d'idée d'où pouvait provenir ce côté autrement plus sexuel de sa personnalité. Shadoe pensa qu'elle faisait cela parce que c'était son travail, mais elle sentit qu'il y avait plus que cela. Elle *éprouvait* bien plus que cela.

Son corps était vivant, parcouru de titillements, de palpitations, d'humidité et d'envie, le tout relié à l'homme sur les genoux duquel elle s'était assise. Et, oh là là, il était solide comme un roc ! Des pieds à la tête, des volumineux muscles de ses épaules qui tressaillaient sous ses mains, aux barres de fer qu'elle pouvait sentir sous ses cuisses.

Tandis qu'elle se rapprochait, de plus en plus près, elle sentit autre chose durcir, quelque chose qui éveilla en elle le besoin d'explorer. Le sexe de Spencer se dessinait clairement sous son jean, épais, attirant, et elle avait envie de déboutonner son pantalon pour y glisser une main et enrouler ses doigts autour de lui. Serait-il aussi chaud et palpitant qu'elle l'était ?

Elle était mouillée. Il était en érection.

Elle avait envie de le baiser, de fourrer son sexe sur sa queue jusqu'à ce qu'elle jouisse de toutes ses forces dans un orgasme ravageur. La jeune femme sentit son clitoris frémir en le visualisant en train de la pénétrer. Elle croisa le regard de Spencer, et le message qu'elle y lut était clair.

Elle avait le souffle court.

— Fais-le, Shadoe.

Tout à coup cet échange concernait moins le travail et était devenu bien plus personnel, parce qu'elle en avait envie à vrai dire. Ses tétons étaient durs et sensibles, et son clitoris n'aurait pas besoin de beaucoup de caresses avant de l'envoyer au septième ciel. Son string était déjà trempé – et cela traversait probablement jusqu'au jean du jeune homme.

Mais cela ne faisait pas partie de sa mission.

Et merde !

Ce fut comme si un grand seau d'eau froide lui était soudain tombé dessus. Son entraînement, le protocole, tout ce qu'elle avait appris sur les affaires et le plaisir – surtout qu'il ne fallait *pas* les mélanger – lui revint à l'esprit comme une énorme claque qui la ramena à la réalité. Elle secoua la tête et s'écarta des genoux de Spencer, à la fois emplie de gêne et de regrets, parce que l'espace d'un instant, elle avait souhaité ne pas se trouver en mission. La jeune femme reprit ses vêtements et éteignit la musique, inspira profondément, ralentit sa respiration et s'imposa un calme qu'elle ne ressentait pas réellement. Au moment où elle enfila son bas de survêtement, elle présentait un visage détendu et souriant.

— Je pense que j'en ai assez fait pour la journée.

Il se leva, son érection toujours aussi évidente, tout autant que l'était sa mine renfrognée.

— Tu n'as pas fini le boulot.

— Comment ça ?

— Tu n'as pas tout enlevé.

Non, elle ne l'avait pas fait. Pas entièrement. Et elle avait encore envie de le faire. Que se passerait-il si elle se tenait nue devant lui ? La toucherait-il ? Ferait-il plus que ça ? Rien que d'y penser, elle sentit ses genoux faiblir.

C'était un terrain sur lequel elle devait éviter d'aller. Elle prit une inspiration, puis s'avança vers lui, enfilant son tee-shirt comme s'il s'agissait d'une armure. Quand elle s'arrêta face à lui, elle se sentit en meilleure possession de ses moyens.

— Je n'en ai pas besoin, affirma-t-elle en regardant brièvement le sexe du jeune homme avant de revenir à son visage. Tu bandes, tu as eu envie de moi. Je pense que c'est un assez bon boulot pour mon premier jour. Perso, ça me suffit.

Elle le dépassa pour quitter la pièce, espérant que ses jambes ne lui feraient pas défaut.

Quand elle arriva dans sa chambre et referma la porte derrière elle, la jeune femme était tremblante, en nage et son cœur battait la chamade.

— Débile, débile, débile !

Elle n'avait pas gardé le contrôle sur cette situation, et le contrôle, c'était essentiel dans son travail. Elle s'était laissé gagner par le côté personnel. N'avait-elle donc rien retenu de sa formation à l'académie ?

Shadoe aurait vraiment aimé accuser Spencer de cette débâcle, mais il n'y était pour rien. Elle aurait pu dire non quand il lui avait demandé de faire un strip-tease, mais en toute honnêteté, elle avait besoin de s'entraîner. Il avait raison. Comment pouvait-elle espérer se dénuder devant une salle remplie d'hommes si elle n'était pas capable de le faire devant un seul ? Et franchement, en faisant cela pour lui, elle avait gagné en confiance en elle. Mais était-ce vraiment une bonne aide pour elle ? Elle n'avait pas idée du caractère sexuel que la situation prendrait.

Tout cela était-il dû au fait de se déshabiller, ou est-ce que cela tenait à l'homme pour lequel elle le faisait ? Cela ne faisait aucun doute : elle avait beau trouver Spencer arrogant et énervant, il se passait quelque chose entre eux. Il y avait une attirance très sérieuse et palpable entre eux. Elle se souvenait encore du contact de sa peau sous ses mains, de la façon dont ses cuisses musclées se tendaient sous les siennes. De toute sa vie, elle n'avait jamais rencontré d'homme plus sexuel et dominateur que ça.

Elle avait eu envie qu'il la touche.

— Bon sang, Shadoe, qu'est-ce qui ne va pas chez toi ?

Elle repoussa la porte et se jeta sur son lit, le regard rivé sur les pales du ventilateur fixé au plafond. Lequel ne faisait d'ailleurs pas du tout descendre la température de son corps. Elle souleva les hanches et retira son pantalon, puis son tee-shirt.

Même vêtue d'un simple soutien-gorge et d'un string, elle avait chaud. Et elle savait très bien pourquoi.

C'était *vraiment* la faute de Spencer, du moins indirectement. Il l'avait excitée, elle avait besoin d'un orgasme. Elle aurait pu se frotter contre ses jambes pour y parvenir si elle s'y était attardée. Rien que de visualiser *ça*, son corps se réchauffait encore un peu plus. Shadoe s'étendit, la main posée sur son ventre, ressentant la chaleur de sa peau à cet endroit, puis ses doigts glissèrent plus bas, sous la dentelle, pour caresser son sexe. Il était humide, encore empli de la chaleur et de la moiteur provoquées par sa rencontre sensuelle avec Spencer.

Oh oui. À l'aide de son autre main, elle défit l'attache de son soutien-gorge et le retira, libérant ainsi sa poitrine. L'air frais du ventilateur l'atteignit, réduisant ses tétons à de petites pointes toutes dures.

En cet instant, elle aurait adoré avoir Spencer penché sur elle, passant ses lèvres sur ses seins – les suçant, les léchant, les titillant de ses dents.

— Pitié ! murmura-t-elle, soulevant ses hanches contre la paume de sa main et agitant ses doigts.

Elle pinça son téton tandis que son autre main s'affairait plus bas, atteignant son clitoris. Elle haleta à ce contact, sentant ses nerfs tendus, sa chair gonflée et humide.

— Il faut que je jouisse, dit-elle dans le vide, mais avec le visage d'un homme particulier qui lui revenait sans cesse en tête.

La jeune femme tenta de l'empêcher de lui venir à l'esprit, mais il n'arrêtait pas de se représenter. Lui, et seulement lui. Elle finit par abdiquer et laissa son image s'installer.

— Il faut que je jouisse, Spencer.

Elle laissa son fantasme prendre le dessus, et ses doigts devinrent ceux du jeune homme – les siens seraient bien plus grands, plus rêches, et lui procureraient de si douces sensations. Elle imagina ce que leur contact provoquerait en elle tandis qu'elle caressait son sexe, puis descendit un peu plus bas pour plonger deux doigts dans sa fente soyeuse.

— Oh mon Dieu, oui ! dit-elle avant de se mordre les lèvres, se rendant compte qu'elle parlait trop fort et n'avait aucune idée de qui pouvait se trouver dans la pièce adjacente.

Elle se souleva une nouvelle fois du lit, ayant hâte de connaître la libération, mais voulant faire encore un peu durer le plaisir.

Shadoe pinça son téton entre ses doigts, ayant besoin de ce plaisir douloureux supplémentaire tandis qu'elle enfonçait ses doigts en elle. Elle était humide jusqu'à la raie de ses fesses. Elle adorait ça, se réjouissant de chacune de ces exquises sensations.

La tension monta et elle dut refréner de bruyants gémissements. Elle n'avait peut-être pas vécu des tas d'expériences sexuelles, mais elle savait comment se faire plaisir. La jeune femme le faisait souvent et elle s'y connaissait parfaitement bien, sachant arriver au bord d'une extase dévastatrice en l'espace de quelques minutes seulement.

Shadoe était là, au bord du gouffre, prête à sombrer. Les parois de son sexe se resserrèrent sur ses doigts et elle les sentit se contracter alors que son orgasme approchait. Mais tout de même, elle leva la paume de sa main au-dessus de son clitoris et hésita, se taquinant de la façon dont elle voudrait que Spencer le fasse. Elle voyait déjà son visage souriant et tendu au-dessus d'elle.

« Demande-le-moi », lui dirait-il.

La jeune femme secoua la tête et pinça son téton plus fort.

— Supplie-moi.

Enfin, elle avait si hâte d'y arriver.

— Allez. Fais-moi jouir !

Elle colla la paume de sa main contre son clitoris, enfonça ses doigts dans ses replis, et fut submergée, laissant échapper ce gémissement qu'elle avait si durement tenté de contenir auparavant. Oh, ce que c'était bon ! Elle fut gagnée par une vague de chaleur et de moiteur, un plaisir si intense qu'elle souleva les fesses du lit, cherchant à profiter au maximum des délicieuses sensations qui parcouraient son corps.

Elle se mit à trembler puis redescendit doucement se poser sur le lit. Quand elle eut retrouvé son souffle, elle se dressa sur ses jambes flageolantes et se dirigea vers la salle de bains pour faire couler la douche, marquant une pause pour observer son reflet dans le miroir.

— Shadoe Grayson, tu es un beau paquet de contradictions, dit-elle à son reflet. Chaude et froide, coincée et délurée. Mais tant pis pour tous ceux qui pensent que tu n'as pas assez de sex-appeal pour réussir cette mission.

Parce qu'elle en était capable. Et elle allait y réussir à la perfection.

Spencer s'adossa au mur de sa chambre, entendant le bruit de la douche dans la chambre de Shadoe. C'était maintenant à son tour de laisser échapper un gémissement bruyant. Il passa la main dans ses cheveux et laissa échapper un juron.

Qu'est-ce qui était passé par la tête de Grange quand il avait choisi de loger la jeune femme dans la chambre adjacente à la sienne ? Les cloisons étaient minces, et Spencer avait l'ouïe fine. Il avait entendu tous les gémissements de Shadoe, l'avait entendue parler toute seule, et il savait pertinemment ce qu'elle était en train de faire après son demi-strip-tease dans la salle de sport.

Elle s'était fait plaisir. Et tout ce qu'il pouvait faire, c'était l'écouter, l'oreille collée au mur comme un adolescent voyeur, visualiser ce qu'elle était en train de faire, à quoi elle ressemblait quand elle jouissait, et avoir envie d'être avec elle en train de le faire.

Bon, il s'était peut-être trompé à son sujet. Il avait pensé que c'était une nana hypercoincée du cul. Finalement, son cul avait bien quelques mérites, mais pas ceux qu'on croyait. Il en avait admiré les contours parfaits dans la salle de sport. Qui se serait douté que sous cette tenue sobre et réglementaire se cachait un mannequin *Victoria's Secret*?

Spencer palpa sa queue. Purée, elle était toujours dure ! Et il en voulait carrément à la jeune femme de lui avoir contracté les testicules de la sorte. Elle lui avait peut-être donné une érection de folie, mais il était hors de question qu'il se prenne en main pour se branler comme un gamin. Il y avait plein de femmes en ville qui seraient bien contentes de l'aider à soulager sa tension.

Le problème, c'est qu'il avait l'esprit occupé par une certaine petite brune au regard couleur chocolat et aux jambes parfaitement galbées. C'était *elle* qui l'avait fait bander. Maintenant, il voulait que ce soit *elle* qui le délivre.

La façon dont Shadoe s'était spontanément glissée sur ses genoux dans la salle de sport, la manière dont son regard était devenu suave, empli de désir et d'envie ? Oh oui. Elle en avait eu envie, Spencer en était sûr. Surtout maintenant qu'il l'avait entendue se masturber dans la chambre d'à côté.

Cette femme était au top niveau sensualité. On était loin de la jeune femme bien propre sur elle, l'agent Shadoe Grayson. Le souci, c'était que Spencer savait parfaitement qu'on ne mélangeait pas le plaisir et les affaires. Et Shadoe, c'étaient les affaires. S'il se concentrait sur sa queue, il ne se concentrerait pas sur son travail, et ce n'était pas bon pour les *Wild Riders*.

Merde. Peut-être qu'il ferait mieux d'aller en ville pour se soulager un peu. Parce que travailler avec cette séductrice ingénue risquait d'être une expérience douloureuse pour lui. Et Spencer n'était pas du genre à aimer la douleur.

Il n'était pas non plus du style à se voiler la face. Il espérait donc que Shadoe aurait plus de sang-froid que lui, car si elle lui disait oui, il n'y avait aucun moyen qu'il lui dise non.

Cette mission s'annonçait un véritable enfer.

Chapitre 3

Maria, la stripteaseuse que Shadoe rencontra le lendemain, était une beauté : grande, sculpturale, longue chevelure noire, jambes fuselées et forte poitrine. Shadoe avait l'impression d'être une naine sans éclat à côté d'elle. Mais Maria était aussi très gentille, donc Shadoe avait malgré tout du mal à la détester, même si elle en avait très envie.

Elles se retrouvèrent dans un studio de danse d'un quartier très chic de Dallas, un endroit où Maria venait souvent travailler ses nouvelles chorégraphies.

Apparemment, Maria connaissait bien Grange, et était une jeune femme discrète selon ce dernier. Shadoe n'avait aucune idée de l'ampleur des connaissances de Maria sur les *Wild Riders*, et elles n'abordèrent pas le sujet. Grange se contenta de lui dire que Maria se ferait un plaisir de lui montrer quelques pas, et ne poserait pas de questions.

Cela convenait parfaitement à Shadoe.

Elle n'avait pas vu Spencer de toute la matinée. Elle ne l'avait pas particulièrement cherché non plus : il n'était pas utile dans cette partie de la mission de toute façon. Grange avait envoyé l'agent Grayson rencontrer Maria seule, ce qui lui allait tout à fait.

Spencer l'évitait peut-être. Sans doute en avait-il eu assez avec le strip-tease privé improvisé la veille. Shadoe laissa échapper un sourire triomphant à cette idée, mais elle n'était pas tout à fait sûre qu'il dirait non si elle lui proposait de recommencer aujourd'hui.

Une fois les présentations faites, Shadoe et Maria se mirent au travail. Ou plutôt Maria prit les choses en main, et Shadoe la suivit.

Maria était vêtue d'une minijupe turquoise et d'un top moulant laissant voir son ventre à peine couvert par un chemisier en satin. Elle était perchée sur des talons que Shadoe ne se voyait même pas porter en rêve. Pourtant, Maria lui assura qu'on s'y habituait avec le temps, car les talons hauts faisaient partie de l'uniforme de toute bonne stripteaseuse.

Shadoe pensait que même avec tout le temps du monde pour elle, elle ne parviendrait jamais à se faire à des talons de quinze centimètres. Quand Maria se mit à parler de la garde-robe d'une stripteaseuse, Shadoe se rendit compte qu'elle allait devoir faire du shopping. Maria lui donna le nom de sa boutique ultratendance favorite où elle trouverait des tenues de scène sexy et des chaussures, puis elle lui proposa de l'y accompagner. Pour Shadoe, toute aide était la bienvenue. Acheter une arme, elle savait faire.

Mais des tenues de strip-tease ? Elle ignorait par où commencer.

La jeune femme pensait qu'elles se mettraient à danser directement, mais Maria lui parla beaucoup affaires, lui exposant la philosophie et la psychologie du strip-tease. Maria prenait son travail très au sérieux, depuis l'analyse de ce que les clients recherchaient jusqu'à la manière dont elle se faisait aussi plaisir. Elle lui expliqua comment elle veillait toujours à présenter et se sentir au mieux, parce que si elle n'était pas belle ou ne se sentait pas belle, ses clients le sauraient.

Cette jeune femme était minutieuse. Mais Shadoe l'était aussi. Elle prenait son travail avec tout autant de sérieux, c'est pourquoi elle admirait le dévouement de Maria pour son art. Pas étonnant qu'elle se soit retrouvée en haut de l'affiche. Ce travail n'était pas simplement alimentaire pour Maria, c'était sa carrière. Ses yeux brillaient quand elle parlait de strip-tease. Shadoe voyait bien que Maria adorait son métier, et qu'elle aimait être le centre de l'attention, qu'elle adorait danser et jouer devant une salle remplie de spectateurs.

Et quand Maria alluma enfin la musique, elle désigna une chaise et demanda à Shadoe de s'asseoir avant de lui montrer une de ses chorégraphies. L'agent fédéral fut subjugué.

Non seulement Maria était belle, mais elle était captivante. Il n'y avait rien de vulgaire en elle. Le corps de la jeune femme débordait de sensualité tandis qu'elle exécutait ses mouvements, retirant subtilement chacun de ses vêtements – pas trop vite, ni trop lentement, ce qui lui ferait perdre l'attention du public –, et elle regardait les spectateurs dans les yeux, leur montrant bien qu'elle adorait ce qu'elle faisait, indiquant ainsi qu'elle était véritablement présente, pas juste là en train de compter les minutes jusqu'à la fin du show, pour enfin quitter les lieux. C'était magique et Shadoe était sous le charme.

Ne portant plus qu'un string, Maria n'avait aucune honte de son corps, usant de chacune de ses courbes à son avantage tandis qu'elle parcourait la pièce, en harmonie totale avec la musique.

Quand elle termina, le corps reluisant de sueur, elle arbora un grand sourire et Shadoe bondit de sa chaise pour l'applaudir.

— C'était incroyable, dit l'agent fédéral en se dirigeant vers Maria qui était en train d'éteindre la musique.

— Merci, répondit la stripteaseuse en souriant. Je suis contente que ça t'ait plu. Tu peux faire pareil.

— Oh, je ne crois pas, non, s'esclaffa Shadoe. Il est évident que tu es bien entraînée.

Maria prit une serviette et s'essuya la nuque, puis elle ouvrit une bouteille d'eau.

—Oui, c'est surtout de l'expérience pratique. On apprend toutes sortes de choses sur scène, et en regardant les autres danseuses aussi. Tu verras, ça viendra en un rien de temps.

Les danseuses. Maria faisait toujours référence aux filles avec qui elle travaillait et à elle-même en parlant de danseuses, pas de stripteaseuses. Il faudrait que Shadoe s'en souvienne.

—Je ferai de mon mieux, mais il faut que je t'avoue que je n'ai jamais fait cela auparavant.

Maria haussa les épaules et tira une chaise, apparemment pas du tout gênée par sa quasi-nudité.

—Certaines filles montent sur scène et arrivent à danser comme si elles avaient fait ça toute leur vie. D'autres peuvent danser pendant des années et toujours avoir l'air de débutantes. Ou tu as le truc ou tu ne l'as pas, et peu importe la quantité d'entraînement que tu y ajoutes pour y arriver.

—C'est quoi ce truc ?

—C'est *le* truc, ma chérie. La magie. Ou bien tu as le sens du spectacle, ou tu ne l'as pas. Certaines sont faites pour la scène, pour séduire les hommes de leurs corps et de leurs regards. D'autres montent seulement sur scène pour se faire de l'argent facile, mais elles ne sont jamais vraiment dedans. Et ça se voit.

—Vraiment ?

—Oui, répondit Maria en souriant de toutes ses dents d'un blanc immaculé. Il existe plusieurs niveaux de stripteaseuses, Shadoe. Tu as les endroits miteux, où les stripteaseuses ne travaillent qu'à mi-temps, s'adonnant à la prostitution le reste du temps, ou bien les danseuses camées qui veulent se faire de l'argent rapidement pour leur prochain fix. Des exemples vraiment bas de gamme. Elles ont l'air épuisées, ou de s'ennuyer à mourir, et ça saute aux yeux qu'elles ne mettent pas de cœur à l'ouvrage. Ensuite, il y a les clubs un peu plus haut de gamme, là où tu danseras. Là, il y a des vedettes qui font leur show, les propriétaires sont exigeants et ne laissent pas n'importe quelle fille danser chez eux. Ils n'embauchent que des danseuses de haut vol. Crois-moi, on voit tout de suite la différence entre les deux.

Shadoe acquiesça. Elle avait encore beaucoup à apprendre.

— De toute évidence tu viens du haut de gamme, toi.

— Merci pour ce compliment. C'est ce que j'aime à croire. J'ai travaillé dur ces dix dernières années pour arriver là où j'en suis à présent.

Shadoe se renfonça dans son siège et observa la belle femme.

— Comment est-ce qu'on rentre dans un domaine de ce genre ? Je ne veux pas paraître insultante, mais le strip-tease, ce n'est pas exactement ce que toutes les petites filles rêvent de faire quand elles seront plus grandes.

Maria éclata de rire.

— Pas de souci. On me pose souvent cette question. J'ai fait du théâtre à la fac, mais soit cela m'ennuyait soit cela me stressait trop, et pourtant j'adorais me produire sur scène. Je me suis rendu compte que je manquais de patience pour les travaux que nous devions faire en classe. J'adorais les représentations, l'aspect performance, mais je n'aimais pas consacrer du temps à l'étude des textes et des méthodes. Je n'y pouvais rien. Alors, j'ai fait des petits boulots, de serveuse-chanteuse, ou de danseuse dans plusieurs clubs – pas de strip-tease encore –, et puis un club haut de gamme m'a proposé de faire des strip-teases en raison de mes talents de danseuse. J'ai donc décidé d'essayer.

— Ce doit être effrayant pour quelqu'un qui ne connaît rien à ce style de vie, je suppose.

— Tu n'as pas idée, répondit Maria en riant. La première fois, j'avais les genoux qui tremblaient tellement que j'avais peur de tomber de mes talons. Mais les clients m'ont tous encouragée, et je suis devenue accro à la chaleur des *projecteurs*. Je n'ai jamais changé d'orientation par la suite. L'école, ce n'était vraiment pas pour moi. J'avais trouvé ma vocation et je m'y suis tenue. C'est une activité que j'adore et j'aime la vie que je mène ainsi.

— La vie est trop courte pour ne pas faire ce que l'on aime, acquiesça Shadoe.

— C'est vrai, hein ! Et maintenant, on va te transformer en stripteaseuse, déclara Maria en se levant et en posant les poings sur ses hanches.

Shadoe se leva à son tour, et déglutit avec peine, sentant sa gorge nouée.

— Ce n'est pas facile de passer après toi.

Maria rit à gorge déployée.

— Chérie, tu n'as pas besoin de faire comme moi. Tu n'as qu'à être toi-même. Tu vas finir par trouver ta propre choré.

Tandis que Maria prenait la main de l'agent fédéral et la menait au centre de la piste, Shadoe la regarda, les yeux écarquillés.

— J'ai besoin d'avoir une choré ?

— Bien sûr. Toutes les têtes d'affiche en ont une. Quelque chose qui les différencie des autres filles.

— Tu veux dire que je ne peux pas me contenter de monter sur scène, me déshabiller, rouler des fesses et basta ?

— Pas vraiment non, s'esclaffa Maria. C'est plus qu'un simple effeuillage. C'est un spectacle complet, avec de la musique, des costumes, une chorégraphie. Il va te falloir un thème.

Un thème ? Dieux du ciel. Quel genre de thème ? Du style GI Jane ou Wonder Woman ou Betty Boop, ou quelque chose d'aussi odieux et ridicule que ça ?

Shadoe visualisa des boas en plume, des sequins, des bas résille, et d'affreuses et énormes chaussures compensées. Ou peut-être une tenue entièrement rose bonbon. Le rose ne lui allait pas du tout. La bonne blague. Cela ne lui ressemblait pas du tout. Mais d'un autre côté, qu'y avait-il d'elle dans toute cette mission ?

— Ne t'en fais pas. On va te trouver une choré en un rien de temps. Je vais t'aider. Pour commencer, il te faut quelques mouvements. Voyons un peu ce que tu sais faire.

Maria lança la musique et, comme Jessie l'avait fait avec elle la veille, elle se tint près de Shadoe, l'aida à bouger et lui montra quoi faire, ce qui lui simplifia grandement la tâche.

La jeune femme ne pensait pas être un jour capable de danser avec la grâce et la fluidité des mouvements de Maria qui faisait de ses strip-teases un véritable ballet. Avec élégance, raffinement, rien de maladroit ni de vulgaire. Pas étonnant qu'elle soit une tête d'affiche. Maria était envoûtante et Shadoe se sentait stupide et pataude dans ses tentatives pour imiter les mouvements de la jeune femme. Pour quelqu'un qui avait fait de la danse classique depuis sa plus tendre enfance, elle était frappée de voir à quel point elle ne parvenait pas à faire du strip-tease un spectacle aussi élégant que Maria le faisait.

— Cesse d'essayer de faire comme moi, finit par dire Maria après plusieurs minutes de danse. Regarde comment je fais, mais ne reproduis pas exactement mes mouvements. Ressens la musique, et interprète-la comme ça te convient le mieux.

Bien, Shadoe comprenait mieux, et heureusement, parce qu'elle aurait été incapable de faire les mêmes mouvements que Maria. L'agent fédéral finit par clore les paupières et se laisser emporter par la musique. Lorsque celle-ci passa d'un R&B doux à quelque chose de plus hard rock, Shadoe esquissa un sourire.

Oui, c'était beaucoup mieux, ça lui ressemblait tellement plus. C'était plus tonique, profond. Elle entra réellement dans la musique, puis la ressentit jusqu'au plus profond d'elle-même, jusqu'aux tréfonds de son âme. Ses mouvements se firent aisés, comme une seconde nature, et elle se perdit dans la chanson, dans les paroles, déambulant dans la salle, s'imaginant sur scène, sachant exactement ce qu'elle voulait faire.

Elle avait toujours aimé les cours de danse moderne, s'était rebellée contre le classique, même si elle avait quand même suivi les cours parce que son père le voulait.

La jeune femme afficha un grand sourire, se rendant compte que c'était là une excellente façon de se rebeller.

Elle souleva son tee-shirt, visualisant une centaine d'hommes n'attendant que de voir un peu plus de sa peau.

— C'est ça, ma belle, dit Maria en tirant une chaise vers elle. Mais pas trop vite. Laisse-les attendre. Fais en sorte qu'ils en meurent d'envie, qu'ils te supplient – avec des billets.

L'agent fédéral acquiesça, et cette fois, elle se contenta de jouer avec les bords de son tee-shirt, ne découvrant qu'un peu de son ventre, puis ses côtes, virevoltant pour tourner le dos à son public – Maria.

— Parfait, maintenant donne un peu plus. Tu dois retenir leur attention, les captiver pour qu'ils continuent à te donner leur argent. Souviens-toi : au moment où tu te retrouves en string, tout ce qu'il te reste à faire, c'est de tournoyer et de t'approcher d'eux autant que possible. À ce moment-là, ils ont presque tout vu, donc essaye de faire durer autant que possible.

Shadoe s'exécuta, suivant les instructions de Maria jusqu'à se retrouver en string. Elle fit durer le tout pendant deux chansons, terminant à genoux aux pieds de Maria.

Un sourire satisfait aux lèvres, celle-ci partit éteindre la musique.

— Bien joué !

Shadoe sourit et se releva, récupérant ses vêtements pour se rhabiller. Étonnamment, elle n'avait ressenti aucune inhibition une fois qu'elle avait laissé la musique l'emporter. En outre, elle s'était dit que de se déshabiller devant Maria n'était pas si compliqué que ça. Elle n'avait rien à montrer que Maria n'ait pas déjà vu un millier de fois.

Mais la jeune femme serait-elle capable de faire ça dans un lieu public, devant tous ces hommes ? Devant Spencer ? Techniquement, elle l'avait déjà fait devant Spencer, mais pas de façon « officielle ».

Elle prit une bouteille d'eau et s'accorda quelques longues rasades, puis elle se tourna vers Maria :

— Le strip-tease, ça donne soif.

— Je sais bien. Moi, je bois peut-être une dizaine de bouteilles d'eau chaque soir. Ne bois jamais trop d'alcool. Si un client veut t'offrir à boire, prends un verre, ou deux au maximum, puis passe au soda. L'alcool va te faire suer comme pas possible et te déshydrater, et crois-moi, ce n'est pas très joli à voir sur scène.

— J'imagine bien.

— Alors, commença Maria en se tenant devant Shadoe, les mains sur les hanches. Tu as été géniale.

— Vraiment ? s'étonna Shadoe qui ne put réprimer un sourire.

— Oui, vraiment. Tu as des talents de séductrice innés, surtout une fois que tu as trouvé la bonne musique.

— Merci.

Cela voulait dire beaucoup venant d'une professionnelle telle que Maria.

— Tu as encore beaucoup de points à travailler. N'aie pas peur de te laisser aller pour de vrai. Caresse-toi, fais-toi plaisir – dans les limites du raisonnable, bien sûr. Ça rend vraiment les clients fous. Fais tout ce que tu peux pour attirer l'attention sur ta propre sexualité, ainsi tu auras plus de pourboires et les propriétaires du club en seront contents aussi. Et des propriétaires contents, c'est un peu l'essentiel pour toi.

— D'accord.

Shadoe comptait sur sa mémoire pour se souvenir de ces informations vitales qui lui serviraient plus tard.

Maria posa un doigt sur ses lèvres et pencha la tête de côté.

— Maintenant, il faut qu'on trouve qui tu vas être.

— Qui ?

— Mais oui. Ton thème. Tu ne sortiras pas d'ici tant qu'on n'aura pas trouvé un nom de scène. Il te faut une identité, un thème, tu te souviens ? On ne va pas faire du shopping pour ta tenue sans savoir quelle est ton identité.

— Ah, oui.

À l'extérieur, le bruit de moteurs de motos vrombissants détourna quelques instants l'attention de Shadoe.

Mais peu après, la jeune femme ébaucha un sourire, puis se tourna vers Maria.

— Je sais.

— Vraiment ?

— Oui, et c'est absolument parfait.

Le reste de la journée passa rapidement. Maria entraîna Shadoe à faire de la *pole dance* pendant plusieurs heures. La danse sur la barre n'était pas facile à maîtriser, mais c'était très amusant. Les années de leçons de danse de Shadoe l'avaient bien aidée, tout comme son entraînement de terrain à l'académie. Cela signifiait qu'elle savait coordonner ses mouvements, avait assez de force dans les bras pour soulever son propre poids et se laisser glisser sur la barre. Elle trouvait cette partie du spectacle exaltante, car la barre était un accessoire utile, qui lui donnait quelque chose à faire au lieu de rester debout sur scène à tourner à droite et à gauche.

Après une brève pause pour le déjeuner, Maria l'emmena faire les boutiques, et Shadoe fit l'acquisition de plusieurs tenues scandaleuses – ainsi que de chaussures et d'ensembles de lingerie provocateurs. Rien que de penser à les arborer sur scène la faisait rougir, mais Maria lui assura que les clients allaient en baver d'avance.

Tant que Shadoe pourrait se montrer convaincante en tant que stripteaseuse, tout irait bien. Mais il lui restait encore beaucoup de choses à travailler avant de faire sa première apparition dans le club de la Nouvelle-Orléans. Elle pouvait renoncer à jouer le rôle d'une tête d'affiche si elle se mettait à trébucher sur scène ou à se montrer gênée et empotée.

Quand Maria lui proposa de faire un tour d'entraînement dans un club de Dallas où elle était elle-même tête d'affiche, Shadoe sauta sur l'occasion. Elle savait qu'elle ne s'estimerait jamais assez prête pour le faire, mais Maria serait là pour lui montrer ses erreurs et lui apporter un soutien moral, ce qui lui permettrait de partir plus confiante pour ce qu'elle devrait ensuite faire seule à la Nouvelle-Orléans.

L'agent fédéral retourna au quartier général des *Wild Riders* en ayant bien plus confiance en elle que lorsqu'elle en était partie. Grange la croisa dans l'ascenseur.

— Comment ça s'est passé aujourd'hui ? lui demanda-t-il.

— Très bien, répondit-elle en posant ses sacs et cartons par terre. Maria est excellente.

— Oui, c'est vrai, dit Grange en esquissant un sourire. Je me suis dit qu'elle pourrait t'aider.

Shadoe se demanda à quel point Grange connaissait Maria, mais elle n'avait pas à se mêler de ses affaires personnelles.

— Je vais faire un tour d'entraînement au club où elle est tête d'affiche.

— Vraiment ? dit Grange en haussant un sourcil. Quand ça ?

— Ce soir. Je passerai juste après la première apparition de Maria. Comme ça, elle pourra me donner des conseils sur ce que je fais de bien et ce sur quoi il faut que je travaille encore avant d'aller à la Nouvelle-Orléans.

— Bonne idée.

— Quelle bonne idée ?

Shadoe se retourna pour découvrir Spencer qui traversait le hall d'entrée, accompagné d'AJ et de Pax.

— Shadoe va faire un premier tour d'essai de son spectacle dans le club de Maria ce soir.

— Cool, dit AJ dans un grand sourire. On va tous venir voir ça.

— On pourra critiquer ta performance, comme ça, ajouta Pax en soulevant les sourcils d'un air entendu.

Oh, purée ! Elle sentit une vague de gêne lui chauffer la nuque.

— Mauvaise idée, répliqua Grange. Elle n'a pas besoin d'une bande de gars qu'elle connaît déjà pour son premier strip-tease.

Merci, Grange.

— C'est seulement Spencer qui ira avec elle.

Et merde.

— Vraiment, général, je pense qu'il vaudrait mieux que j'y aille seule.

— Je te le déconseille. Si tu y vas avec le nom de scène que tu utiliseras à la Nouvelle-Orléans, tu ferais mieux de commencer à te déplacer avec ton garde du corps. Spencer va t'accompagner.

La jeune femme lança un regard désespéré à Spencer, qui se contenta de hausser les épaules en la reluquant des pieds à la tête.

— Alors je te vois ce soir. En entier.

Chapitre 4

Spencer joua des coudes pour traverser la foule compacte, essentiellement constituée d'hommes, du club de strip-tease *Angel's Gate*. Passé 22 heures, un samedi soir, il n'y avait plus de places assises, surtout quand il y avait une tête d'affiche telle que Maria en ville.

La bière coulait à flots, servie par trois barmen placés derrière le long bar noir. Des filles à moitié nues se baladaient un peu partout, proposant des *lap dances*, et des danseuses occupaient deux cages tout près de la piste de danse, seins nus, et virevoltant au son puissant et entêtant que le DJ avait choisi pour la soirée.

Il y avait de quoi se rincer l'œil un peu partout, mais Spencer avait décidé de ne regarder qu'une seule femme, et cette dernière avait eu la bonne idée de disparaître. Elle était arrivée avant lui ce soir-là, prétextant qu'elle devait rencontrer Maria en avance pour recevoir quelques conseils de dernière minute, et que pour cela, elle n'avait pas besoin qu'il traîne dans ses pattes.

Bon. OK. Il n'avait de toute façon même pas envie d'être là ce soir. Cela ne faisait pas partie de sa mission, et la mission était tout ce qui l'intéressait.

Passer du temps au club comportait bien quelques avantages, en l'occurrence de la bière et des femmes – deux de ses passe-temps favoris. Il commanda une pinte et s'avança vers les premiers rangs, près de la scène, où Steve son ami et videur préféré lui avait réservé une place assise. En cet instant, c'était une sorte d'entracte où les filles qui s'échauffaient – les débutantes pour résumer – étaient encore sur scène, ce qui signifiait que les filles plus expérimentées – celles que tout le monde venait réellement voir – n'avaient pas encore fait leur apparition.

Dans un club de strip-tease, l'action ne commençait généralement pas avant 22 ou 23 heures. Spencer se mit à l'aise, ce qui fut assez facile, vu qu'il avait une table pour lui tout seul, et il commença à siroter sa bière en regardant les filles dans les cages de part et d'autre de la scène. De jolis morceaux, même si elles étaient un peu jeunes. Enfin, Spencer n'avait pas à juger des choix professionnels de tout un chacun. Il savait mieux que tout le monde que les circonstances pouvaient parfois vous pousser dans des situations épineuses. Il était aussi sorti avec beaucoup de stripteaseuses, et beaucoup d'entre elles n'étaient pas à plaindre : elles avaient plutôt fait ce choix parce que ça payait bien et que les horaires n'étaient pas trop prenants. Nombre d'entre elles étaient étudiantes à l'université, certaines en troisième cycle même, des femmes très intelligentes qui savaient comment se faire de l'argent et se démarquer, surtout dans un club aussi sympa que l'*Angel's Gate*. Pour les clubs moins bien lotis dans les quartiers moins reluisants de la ville, là c'était une autre histoire. Spencer évitait plutôt ces endroits, préférant côtoyer une clientèle comme celle de ces clubs-ci. De belles femmes, avec un QI honnête, qu'il pouvait regarder danser. Il pouvait boire sa bière sans se soucier d'éventuels problèmes de délinquance, en grande partie grâce au travail des quatre imposants videurs que Jack Renshaw, le patron du club, employait en toute circonstance.

C'est la raison pour laquelle l'*Angel's Gate* demeurait si populaire.

Les lumières se tamisèrent sur scène et la musique commença. La voix du DJ se fit plus forte et il annonça quelques-unes des danseuses habituelles de l'*Angel's Gate :* un numéro en trio par les Oréos – deux noires et une blanche.

Spencer esquissa un sourire. Il avait déjà vu Candy, Veronica et Jane danser auparavant. Elles étaient douées. Il les vit s'aligner côte à côte et avancer sur le podium, se déhanchant sur leurs talons aiguilles comme si elles étaient les patronnes. Elles rendaient les mecs fous en se collant les unes aux autres, en se frottant sensuellement et en appliquant de l'huile sur leurs peaux. C'était le fantasme de tous les hommes : une femme avec une femme, même si c'était une simulation pour un simple divertissement. Chacune d'entre elles avait un petit ami ; Spencer avait même repéré deux d'entre eux dans la foule ce soir. Ils encourageaient les filles et brandissaient des billets, engageant les autres clients à faire de même.

Spencer afficha un grand sourire et secoua la tête. Tout cela était du cinéma, mais ça fonctionnait bien. Les billets volaient sur la scène, et au moment où les filles se retrouvèrent en string en train d'onduler par terre, le parquet de la scène était quasiment recouvert d'argent. Elles récupérèrent le tout, firent signe au public et soufflèrent quelques baisers à la foule en se dirigeant vers les coulisses.

Dès que ces filles eurent quitté les planches, une autre arriva, et ainsi de suite. Pour satisfaire les clients, il fallait qu'il y ait des filles sur la scène en permanence. Et entre leurs numéros, les stripteaseuses se baladaient dans la foule, proposant des *lap dances*, ou bavardant simplement avec les clients.

Environ une heure plus tard, il était temps pour la tête d'affiche de faire son apparition : Maria. Spencer s'était resservi en bière et il avait surélevé ses pieds sur une chaise à proximité, ce qui irrita grandement tous ceux qui étaient obligés de rester debout.

Le jeune homme s'en contrefichait royalement.

La musique de Maria était plus rythmée – avec plus de saxo, un côté plus sexy. Des lumières colorées balayèrent l'estrade et un projecteur blanc se fixa sur l'entrée de la scène.

— Mesdames et messieurs, tonitrua le DJ, accueillez la seule, l'unique, la séductrice explosive de la nuit : Vixen !

Spencer laissa échapper un rire. Vixen était le nom de scène de Maria. Il se rendit compte qu'il lui allait drôlement bien quand elle fit une entrée fracassante, vêtue d'un soutien-gorge blanc ultraserré et d'un short, avec une veste blanche assortie, un chapeau en cuir et des bottines blanches. Elle ressemblait à un mirage, avec sa peau bronzée, ses cheveux au vent qui contrastaient avec tout ce blanc virginal. Il se doutait que c'était bien là l'idée. Maria s'avança au centre de la scène, elle saisit la barre et tourna autour tout en retirant sa veste et en la jetant par terre. Sa poitrine généreuse semblait sur le point de s'échapper de son petit soutien-gorge, et, tandis qu'elle s'affairait autour de la barre, elle plaça ses mains derrière elle pour défaire le soutien-gorge, dénudant ainsi son dos, mais sans retirer la lingerie.

Le public devint fou, se mit à siffler, lui demandant d'enlever le haut. Elle se trouvait en bas de la barre, la chevauchant et fascinant la foule en tenant dans ses mains les bonnets de son soutien-gorge. Quand elle les lâcha, libérant son imposante poitrine, les cris de joie du public furent assourdissants. Elle resta à genoux et ondula sur les planches, laissant son corps voluptueux et ses longues jambes faire le boulot, jouant un peu avec les hommes installés tout près de la scène, les invitant à s'approcher de ses seins d'un mouvement de l'index. Quand ils eurent admiré le spectacle et donné de l'argent pour saluer la performance, elle se servit de ses bottes pointues pour les repousser. Elle avait des gardes du corps pour la protéger en cas de besoin, mais tout cela était bon enfant, et les clients connaissaient très bien les règles du jeu. En général, ils voulaient rester pour voir tout le spectacle, et à l'exception de quelques-uns, ivres morts, ils faisaient tout pour ne pas risquer de se faire jeter du club. Parce que quand on était expulsé de l'*Angel's Gate*, rien qu'une fois, on ne pouvait plus y retourner. Jamais.

En outre, Maria avait bien hypnotisé les hommes de la salle, du premier rang au bar du fond, avec ses mouvements souples et sexy. Les billets volaient par-dessus la tête de Spencer pour atterrir sur la scène, certains hommes le poussaient même par-derrière, dans l'espoir de pouvoir glisser un billet dans le string de la danseuse.

Oui, elle faisait bien son boulot, c'était vrai.

Cela faisait trois minutes qu'elle était sur scène, et les planches étaient recouvertes de billets, tout comme son string. Son show arriva à son terme.

Les lumières s'éloignèrent de la scène et le DJ commença à jouer des airs de *dance*. Des filles montèrent dans les cages pour danser et divertir le public, la stripteaseuse suivante arriva pour se pavaner un peu, et les clients partirent se resservir en bière et se dégourdir les jambes.

Maria était forte. Très forte. Cela allait être difficile de passer après elle. Le seul détail qui jouerait en la faveur de Shadoe, c'est que l'heure tournait et que l'alcool coulait toujours à flots, les spectateurs étaient donc pas mal éméchés, ce qui signifiait qu'ils ne prêteraient sûrement pas attention à ses éventuelles erreurs. Tant qu'elle se déshabillait et qu'elle bougeait sur la scène, ils seraient contents. Après tout, c'était pour ça qu'ils venaient : voir des femmes nues.

Et Spencer serait là pour veiller au cas où l'un de ces hommes déciderait de tenter d'aller plus loin. Il pensait que cela n'arriverait sûrement pas, car il y avait de nombreux videurs pour assurer la sécurité de ces dames.

Toutefois, Shadoe était *vraiment* différente. Elle n'était pas une réelle employée du club, et n'avait aucune expérience avec ce genre de milieu. Plus tôt dans la journée, Spencer s'était rendu en douce dans le bureau de Grange et avait jeté un coup d'œil au dossier de l'agent Grayson. C'était une jeune femme issue de la classe moyenne bien proprette, avec un père militaire. Ses parents avaient divorcé quand elle avait douze ans, et sa mère avait laissé sa garde à son père. De ce qu'il avait vu, elle n'avait jamais tenté de reprendre contact avec Shadoe. Quel genre de femme était capable de faire ça ?

Enfin, Spencer ne devait pas se montrer si surpris que ça, il en connaissait un rayon sur les mauvais parents.

Shadoe avait fréquenté une école catholique de filles, de la maternelle au lycée. Il s'imaginait bien à quel point son père avait dû être strict avec elle, et comment elle avait dû se retrouver à l'abri dans cette école privée. Ensuite, elle était entrée dans une université pas très grande et sélective. Elle y avait décroché son master, puis avait fait ses débuts à l'académie.

Sa vie était toute tracée devant elle, et c'était sûrement son père qui l'avait tracée.

Cette mission devait être un enfer pour elle.

Bon, c'est bien de sortir de sa zone de confort de temps à autre aussi. Shadoe avait été préservée pendant trop longtemps. Elle ne survivrait jamais dans son métier si elle continuait à vivre comme une recluse. Ce n'était pas plus mal qu'elle commence avec cette mission « épreuve du feu ». Si elle y survivait, elle serait capable de tout encaisser.

Spencer éprouvait un peu de pitié pour elle, de la voir projetée dans une atmosphère si éloignée de tout ce qu'elle avait connu auparavant. Et d'être entourée de types comme lui en guise de coéquipiers. Il sourit. Oui, l'épreuve du feu avait du bon.

Les lumières s'éteignirent et le DJ reprit la parole.

— Mesdames et messieurs, nous avons une petite surprise ce soir. Un numéro tout nouveau, qui nous vient tout droit de la magnifique Vixen. Elle nous présente sa protégée qu'elle qualifie de « sexy et talentueuse », et elle veut que vous la regardiez bien. Maintenant, accueillez comme il se doit Desi !

Desi ? s'esclaffa Spencer. Bien sûr, elle n'allait pas utiliser son vrai nom. Aucune fille ne faisait ça.

Au lieu de musique, le jeune homme entendit un vrombissement grave qu'il ne connaissait que trop bien, suivi de bruits de moteur.

Une moto.

Il sourit en entendant cela. Une fumée blanche se répandit sur le podium, et le morceau de Steppenwolf « Born to Be Wild » commença à se faire entendre, très fort, tandis que des lumières violettes et noires envahissaient la scène.

Shadoe s'avança sur les planches d'un pas assuré et traversa toute cette fumée avant de tourner sur elle-même, puis de continuer à avancer avec un maximum de confiance en elle.

Les yeux de Spencer faillirent lui sortir de la tête quand il vit Shadoe se pavaner sur le podium vêtue d'une courte veste noire à franges qui révélait un tout petit peu de son décolleté. Sous la veste, on voyait sa taille de guêpe et son ventre plat, son piercing en diamant scintillant sous la lumière des projecteurs. Elle était très bronzée, bien plus qu'auparavant. Ses jambes étaient recouvertes de jambières en cuir noir. Tandis qu'elle se retournait pour saisir la barre, et virevolter autour d'elle, Spencer se rendit compte que c'étaient de véritables jambières, du genre de celles qu'on portait pour faire de la moto. Leur haut était taillé pour montrer son joli petit cul qui n'était recouvert de rien d'autre qu'un string.

Bon sang ! Ça, c'était une tenue sexy ! Le rêve de tout *biker*, la gaule assurée.

Enfin, pas seulement pour les *bikers*, pour tous les mecs, comme le prouvaient ces types qui se jetaient à ses pieds et pétaient un câble, agitant leurs billets et l'encourageant avec vigueur. Shadoe avait l'air d'adorer ce qu'elle était en train de faire, ses yeux sombres brillaient tandis qu'elle jouait le jeu, tournoyait autour de la barre. Sous un concert de sifflets, elle retira ses jambières, puis défit lentement la fermeture Éclair de sa veste. Elle portait des bottes en cuir dont elle claquait les talons hauts et cloutés comme si elle avait fait ça toute sa vie.

Desi, un rêve de cuir noir. Une poupée de *biker* qui ferait baver tous les hommes ici présents. Tandis qu'elle finissait de dézipper sa veste, elle taquina le public, resserrant les pans du vêtement contre elle tout en parcourant la scène, ne fournissant qu'un minuscule aperçu des courbes de son décolleté. Elle n'avait pas l'air nerveuse du tout, semblant avoir déjà fait ce numéro des centaines de fois. Elle laissa glisser la veste sur ses épaules et se retourna, offrant au public un aperçu de son ravissant dos. Comme la musique continuait à tonner et gronder, elle laissa tomber la veste et se déhancha d'avant en arrière, montrant à quel point elle avait des fesses fermes, ce qui donna sûrement envie à pas mal de mecs de palper ça de leurs propres mains.

Spencer avait été des milliers de fois dans des clubs de strip-tease, il s'était bien installé, avait bu des bières, regardé des femmes nues parader devant lui pendant des heures d'affilée, des femmes qui avaient bien plus d'expérience que Shadoe, qui connaissaient tous les secrets de leur sexualité et s'en servaient à cent pour cent.

Pas une seule fois ces femmes ne l'avaient fait bander.

Jusqu'à maintenant.

Quand Shadoe se retourna, ses mains couvrant ses seins, elle croisa le regard du jeune homme et esquissa un sourire entendu. Elle s'avança vers lui, leva ses mains au-dessus de sa tête et révéla sa poitrine, ses tétons durcis, au garde-à-vous tout en parcourant la scène de plus belle. Quand elle s'accroupit juste en face de lui, écartant les genoux pour prendre une pose provocatrice, elle lui adressa un regard qui le fit vibrer jusque dans ses testicules.

Il tenta de rester nonchalant, comme si elle ne lui faisait aucun effet, mais c'était drôlement dur.

Bon sang, c'était hyperdur.

Elle s'éloigna pour s'occuper du reste de son public qui l'acclamait au bord de la scène, et les billets volèrent. Spencer agrippa sa chaise quand elle approcha les hanches de la foule tout en dansant, s'accroupissant assez bas pour que les hommes aient un bel aperçu. Il était interdit de toucher les danseuses, mais quand ils commencèrent à s'approcher dangereusement d'elle pour lui glisser des billets dans le string, Spencer se rendit compte que ses mains s'étaient serrées en poings. Surtout que Shadoe semblait avoir un succès de folie. Il vit un homme s'approcher de trop près de ses seins, et la jeune femme lui adressa un sourire avant de s'éloigner vers l'autre côté de la scène, pour s'occuper un peu des autres hommes.

Quand son numéro fut terminé, elle souffla des baisers au public, qui l'acclama de plus belle, bien après qu'elle eut regagné les coulisses.

Spencer poussa un soupir.

Shadoe n'était peut-être pas une stripteaseuse expérimentée, mais elle débordait d'une sensualité naturelle qui ressortait dès qu'elle mettait les pieds sur scène. Il en avait eu un aperçu la veille, quand elle avait dansé pour lui, et là, elle lui avait démontré l'ampleur de ses talents. Elle avait eu un effet bœuf sur son sexe, ce qui n'était pas chose facile vu qu'il avait l'habitude de voir ce genre de spectacle.

Du moins était-ce ce qu'il pensait.

Maintenant, il était en semi-érection, gonflé de désir. Il lui fallut attendre quelques minutes, descendre le reste de sa bière et penser à autre chose que la belle Shadoe, sexy et nue sous son cuir noir, avant qu'il puisse se lever de son siège et se déplacer. Il sortit pour prendre un peu l'air, même si l'humidité légendaire de Dallas ne l'aida pas tant que ça à se refroidir.

Pourquoi est-ce qu'elle l'affectait de cette façon ? Il connaissait bien les spectacles de strip-tease. C'est un jeu de dupes, une performance sur scène, et c'est tout. Seuls les imbéciles et les ivrognes y croyaient vraiment, et Spencer n'était ni l'un ni l'autre. Pourtant, un seul mouvement de hanches de Shadoe, une œillade, et il se mettait à baver, à durcir, avec l'envie d'en avoir plus.

Peut-être était-il un imbécile, tout compte fait.

Non, ce n'était pas ça. Il adorait simplement les filles sexy en cuir. Shadoe avait joué sur ses fantasmes à la perfection. Mais c'était une pure coïncidence : elle ne savait rien de ce qui excitait le jeune homme.

Spencer avait eu tout faux avec Shadoe. Elle savait bouger, faire un strip-tease et même jouer avec la foule. Peut-être que dans son uniforme réglementaire elle avait l'air d'avoir un balai dans le derrière, mais mettez-lui une tenue sexy et elle devenait une actrice qui jouait la stripteaseuse à merveille.

Il se tourna pour rentrer dans le club, commanda une bière au barman, et s'accouda au rebord du bar, observant une des filles en train de tournoyer autour de la barre. Il avait perdu son siège tout près de la scène, mais il s'en fichait. Il avait vu tout ce dont il avait besoin. Maintenant que Shadoe avait dansé, il pouvait partir s'il le voulait, mais il avait décidé de rester encore un peu.

Il fouilla le bar du regard, mais ne vit pas Shadoe dans les parages. En général, après leur performance sur scène, les stripteaseuses venaient à la rencontre du public, s'arrêtaient aux tables pour encourager les clients à consommer, ou pour proposer des *lap dances*. Il sourit à cette idée. Shadoe serait-elle partante pour faire une *lap dance* à un homme ? Probablement pas, même si la plupart des propriétaires de club le demandaient. Si elle était considérée comme une stripteaseuse tête d'affiche, elle n'était pas tenue de faire des *lap dances*. Les têtes d'affiche devaient seulement danser sur scène, peut-être se balader un peu pour parler aux clients, mais pas de *lap dance*. Les têtes d'affiche étaient des VIP.

Spencer finit par la repérer, passant par la porte du côté avec Maria. Tous les regards se rivèrent sur elles tandis qu'elles avançaient d'un pas confiant parmi les clients, souriant et s'arrêtant en chemin pour bavarder avec certains.

Le jeune homme avait du mal à croire à quel point cette tenue en cuir la rendait sexy, avec ses cheveux bouclés qui tombaient en cascade sur ses épaules, rien à voir avec l'aspect qu'ils avaient la veille, tirés en un chignon sévère.

Il se replongea dans l'obscurité et observa Shadoe pendant qu'elle échangeait avec le public. Elle ne se tenait pas trop près de Maria pour ne pas avoir l'air de manquer de confiance en elle. La jeune femme se frayait plutôt son propre chemin et parlait aux hommes de la salle, inclinant la tête en arrière et riant aux éclats lorsque l'un d'eux lui disait quelque chose.

Elle était charmante. Et plus elle se baladait et parlait, plus des hommes la suivaient.

Spencer sentit son estomac se nouer en voyant la façon dont les hommes la reluquaient. Qu'est-ce qu'ils allaient s'imaginer ? Qu'elle allait ramener l'un d'eux chez elle ?

Il y en avait qui n'avaient vraiment rien dans le crâne.

Spencer remarqua que les gardes du corps du club ne quittaient pas Maria d'une semelle, s'assurant que le groupe surnuméraire d'hommes ne s'approche pas de trop. Ce qui laissait Shadoe sans protection. Et les hommes continuaient de s'agglutiner autour d'elle. Elle était dans l'impossibilité de sortir de là.

Spencer s'écarta du bar et s'avança vers la foule, écartant les clients de son chemin, recevant quelques insultes au passage.

Shadoe se trouvait dos au mur et elle commençait à avoir l'air nerveuse, les yeux écarquillés, jusqu'à ce qu'elle l'aperçoive. Alors, ses épaules se décontractèrent et son sourire revint.

Spencer glissa un bras autour de sa taille et il sentit une tension qui la faisait se tenir droite comme un I. De toute évidence, elle ne maîtrisait pas tant que ça la situation.

Merde. Il aurait dû être à ses côtés dès l'instant où elle avait passé la porte. Il sentit une vague de colère monter en lui, et il leva les yeux sur les hommes qui se pressaient contre elle.

— Reculez, la demoiselle ne peut pas respirer.

— T'es qui pour nous parler comme ça ? demanda un homme, la mine renfrognée.

Il mit Spencer au défi en avançant d'un pas.

Spencer savait que dans ce genre de situation, l'essentiel était de rester calme, même s'il se sentait loin de l'être.

— Le garde du corps de Desi.

Il répéta son avertissement en passant le bras derrière lui. Tout homme normalement constitué se douterait qu'il avait une arme à la ceinture et menaçait de dégainer.

— Maintenant, dégagez un peu la place, on va organiser les choses pour que vous puissiez tous lui parler. Mais si vous commencez à pousser, ça ne va pas me plaire du tout, compris ?

Les hommes reculèrent juste assez pour que Spencer définisse un petit périmètre autour de Shadoe. Il baissa les yeux vers elle.

— Ça va ?

— Ça va, acquiesça-t-elle brièvement avant de poser la paume de sa main contre son torse. Merci.

Cet air d'innocence la plus pure dans ses yeux serra le cœur du jeune homme. Il s'éclaircit la voix et fusilla du regard ses fans masculins.

— Soyez gentils, les avertit-il.

Il tira une chaise pour Shadoe et se posta derrière elle. La jeune femme s'assit et les hommes s'approchèrent, surveillant toujours Spencer du coin de l'œil.

Qui aurait pu se douter qu'elle deviendrait si populaire ? Toute la nuit, elle n'avait cessé de le surprendre. Tandis qu'il la regardait avec ces hommes, elle le surprenait encore plus, car elle les captivait par son sens de la conversation, sans leur raconter d'histoires, mais les encourageant à discuter, notamment à lui parler d'eux et non pas d'elle, caressant ainsi leur ego dans le sens du poil. Pas étonnant qu'ils l'aiment tant que ça. Spencer se releva et laissa Shadoe mener les opérations. Il se dit que son rôle ici consistait seulement à se tenir debout, les bras croisés, et à avoir l'air imposant. Pas un seul n'osa toucher Shadoe ni lui dire quoi que ce soit de déplacé, donc il devait avoir fait un bon boulot.

Quand la foule commença à se disperser, Spencer décida de prendre les choses en main.

— Il est temps d'y aller, Desi, déclara-t-il.

— Oh, d'accord, répondit-elle en levant les yeux vers lui. Désolée, les gars, il faut que j'y aille.

Ils lui ménagèrent un passage et Spencer l'escorta jusqu'aux loges, où toutes les filles se changeaient avant d'entrer sur scène.

— Comment tu as su qu'il était temps d'y aller ? lui demanda-t-elle tandis qu'elle sortait sa tenue de ville de son casier.

— Le groupe était moins dense. Il faut toujours partir quand il reste encore un peu de monde, au lieu d'attendre qu'il n'y ait vraiment plus personne du tout.

— Oh, bien vu.

Elle posa un pied sur une chaise puis commença à délacer sa botte.

— Je vais t'attendre à la porte.

Shadoe acquiesça et il quitta la pièce, croisant Maria qui entrait.

— Ta copine a bien bossé, dit Maria. Très bien.

— Oui, c'est vrai, répondit Spencer.

— Elle fera une bonne stripteaseuse, aucun souci à se faire.

— Je ne me faisais aucun souci.

— Vous allez bien ensemble tous les deux, commenta Maria dans un sourire.

— Je ne suis que son garde du corps, dit Spencer en étouffant un rire.

Maria leva un sourcil.

— Mais bien sûr, mon chou, dit-elle en lui tapotant la joue et se faufilant à côté de lui pour entrer dans les loges.

Qu'est-ce que c'était que cette remarque ?

Spencer avait besoin d'une autre bière.

Mais quelques minutes plus tard, Shadoe était sortie, son sac à la main.

— Tu n'étais pas obligé de m'attendre. Je peux prendre un taxi.

— Tu peux faire le trajet avec moi, dit-il en prenant son sac.

— D'accord.

Ils passèrent par la porte d'entrée et Spencer se rendit compte du nombre de regards qui ne les lâchaient pas. Il était content d'avoir son arme. Qui sait : un gars pouvait très bien devenir jaloux en le voyant partir avec Shadoe.

Sa Harley était garée juste devant la porte d'entrée. Il attacha le sac de Shadoe puis monta. Elle le suivit, s'asseyant derrière lui.

— Tu as déjà fait de la moto avant ? lui demanda-t-il.

— Oui, quelques fois, mais ça fait longtemps.

Bon. Il démarra la moto et sortit du parking. Quand il atteignit la route principale, Shadoe se pencha en avant et noua ses bras autour de sa taille.

Ses seins se compressaient contre son dos, et ses cuisses enserraient ses hanches. Son corps était chaud.

Spencer se concentra sur le vent sur son visage, le vrombissement du moteur sous lui, et la route qui défilait devant lui, pour éviter de penser à la femme toute douce qui était lovée derrière lui.

Ce chemin du retour fut sacrément long. Shadoe bougea de temps à autre, frottant sa poitrine contre lui, resserrant ses cuisses autour de lui. Et chaque fois qu'il s'arrêtait, il sentait son odeur. Ses cheveux, le parfum de son savon, une très légère note de vanille.

Elle était calme. Il aurait été plus facile pour lui qu'elle bavarde sans cesse. Ce silence lui laissait du temps pour réfléchir, visualiser, se souvenir de son show sur scène, avec ses jambières, les belles courbes de ses fesses mises en valeur par le cuir noir.

Son sexe le lancinait. Il fut plus heureux que jamais de voir le portail du bâtiment des *Wild Riders* et de sentir le corps de femme chaud, doux et qui sentait bon se retirer de sa moto. S'il n'avait pas eu des doutes sur la forme que pouvait présenter son entrejambe, il serait descendu directement de sa bécane pour se ruer dans la maison. Au lieu de cela, il prit son temps, gara la moto dans le garage, puis rentra calmement, alors qu'il bouillonnait de l'intérieur.

Il avait besoin de tirer son coup. Cela résoudrait beaucoup de ses problèmes. Spencer avait besoin de relâcher ses tensions. Cela faisait trop longtemps qu'il n'avait pas passé une nuit avec une femme, voilà tout. Donc passer quelques heures entre les cuisses d'une femme hypersexy et consentante le soulagerait grandement de son mal. Cela n'avait rien à voir avec la femme silencieuse qui partageait l'ascenseur avec lui en cet instant.

Il était tard, mais presque tous les autres se trouvaient dans le grand salon quand les portes de l'ascenseur s'ouvrirent.

— Ça s'est passé comment ? demanda Jessie.

— Vous ne devriez pas être en train de vous envoyer en l'air dans votre appartement, avec Diaz ? répliqua Spencer.

— On a tout le temps pour ça, s'esclaffa Jessie. Je voulais savoir comment ça s'était passé pour Shadoe au club.

L'agent fédéral posa son sac et entra dans la pièce.

— Plutôt pas mal, je dirais. Je me suis fait de l'argent. Maria m'a dit que c'était du beau travail, ajouta-t-elle en se tournant à moitié vers Spencer.

S'attendait-elle à ce qu'il fasse l'éloge de sa performance ? Elle rêvait ou quoi ? Le jeune homme haussa les épaules.

— Elle présente bien quand elle est à poil, et elle sait secouer les seins comme il faut.

— Y a qu'un mec pour dire des trucs pareils, dit Jessie en levant les yeux au ciel.

— Eh bien, merci, dit Shadoe. Enfin, je ne sais pas trop comment le prendre.

— Crois-moi, c'est un compliment, indiqua AJ.

— C'est presque une déclaration d'amour de la part de Spencer, ajouta Pax.

— Je t'emmerde, dit Spencer, qui décida de tous les ignorer.

Il se dirigea vers la cuisine pour se servir une bière.

— Tu m'en veux pour quelque chose ?

Il ferma le réfrigérateur et se tourna pour faire face à Shadoe.

— Non, pourquoi ?

— Tu n'as pas décroché un mot de la soirée.

— J'ai fait mon boulot de garde du corps. Je ne savais pas que ça impliquait aussi de faire la conversation.

Shadoe croisa les bras.

— Non, tu n'y es pas obligé. Mais j'aurais voulu savoir ce que tu en as pensé.

Spencer s'appuya sur le comptoir et prit une grande rasade de bière, laissant le liquide frais couler le long de sa gorge asséchée.

— Je ne suis pas critique de strip-tease.

— Mais tu fréquentes les clubs de strip-tease. Tu as une certaine expérience de ce genre de spectacles.

— Oui.

— Donc tu es assez bien placé pour me dire si mon show passe bien ou pas.

— Tu t'es bien débrouillée.

— Ça ne m'aide pas vraiment, dit comme ça.

— Maria t'a fait un retour détaillé, non ?

— Oui.

— Ça devrait te suffire.

Il passa devant elle et sortit de la pièce.

Shadoe le suivit.

— On est censés être des partenaires sur cette affaire. Il va bien falloir qu'on parle un peu tous les deux.

Spencer avala une autre gorgée, puis s'affala sur un fauteuil du salon.

— Quand il y aura quelque chose en rapport avec la mission, alors on en discutera. D'ici là, je ne vois pas pourquoi on aurait une conversation.

La jeune femme resta debout près de son fauteuil.

— Ce serait sympa de ta part de me donner ton avis sur ma danse.

— Ce n'est pas vraiment ma spécialité, ma belle.

— Mais tu vas être mon garde du corps.

Spencer releva la tête.

— Garde du corps, exactement. Je ne vais pas monter sur scène pour me déshabiller avec toi. Demande ton *feedback* à quelqu'un d'autre. Mon boulot, c'est de veiller à ta sécurité, pas de te donner des cours de danse.

— Et tu te comportes toujours autant comme un salaud en général ? lança-t-elle dans un soupir.

— Oui, confirma Jessie.

— Oui, indiqua AJ.

— Oui, ajouta Pax.

— Oh que oui ! dit Diaz.

— Presque tout le temps, dit Rick.

Spencer les ignora, concentra toute son attention sur le téléviseur et continua de siroter sa bière.

— Je vais me doucher et aller au lit. Bonne nuit tout le monde, lança Shadoe.

Tout le monde lui souhaita bonne nuit. Spencer n'en fit rien, mais il sentit tous les regards tournés vers lui et non pas sur le film qui passait à la télé.

Bon sang, ils attendaient quoi ? Qu'il devienne le meilleur pote de Shadoe ? Il finit par se tourner vers eux.

— Quoi ?

— T'es un con, dit Diaz.

— Ouais, et toi t'es un Prince charmant peut-être ? répliqua Spencer.

— Ça te dérangerait d'être un minimum agréable avec elle, Spencer ? lui demanda Jessie. Ça ne te ressemble tellement pas. En général tu aimes les femmes.

— Ouais, c'est vrai, dit AJ. Qu'est-ce qui t'arrive en fait ? T'as besoin de tirer un coup ou quoi ?

Le jeune homme ne se doutait pas d'à quel point il avait vu juste. Et Spencer avait bien l'intention de remédier à cela le plus rapidement possible.

[illegible]

[illegible]

[illegible]

— Quoi ?

— Eh bien, dit Fitz.

[illegible]

[illegible]

[illegible]

Chapitre 5

Shadoe était contente de passer la journée suivante loin du quartier général des *Wild Riders* et loin de Spencer, qui n'avait apparemment aucune envie de la côtoyer, lui non plus. Quand elle descendit prendre son petit déjeuner, tout le monde était encore là, sauf Spencer. Grange indiqua qu'il était parti tôt le matin pour faire réviser sa moto.

La jeune femme se dit que c'était sûrement une excuse pour l'éviter, ce qui lui convenait parfaitement. Elle n'avait pas envie de revivre les échanges qu'ils avaient eus la veille. Elle fut donc soulagée de découvrir qu'il était déjà parti ailleurs.

Shadoe s'était organisée avec Maria pour retravailler sa choré. Elles passèrent donc la journée au studio, à perfectionner les mouvements de l'agent fédéral.

Maria dit à Shadoe qu'elle avait fait du beau travail la veille. Encore mieux que ce à quoi elle s'était attendue venant d'une débutante. Shadoe fut reconnaissante d'avoir passé des années à suivre des cours de danse et à interpréter divers rôles dans des récitals. Bien sûr elle avait été habillée dans tous ceux-ci. Elle s'était contentée de chasser cette idée de nudité de son esprit et de danser. Et puis, elle ne s'était pas complètement mise à nu. Les jeux avec le public avaient été faciles. Parader à moitié nue devant des hommes qui étaient là pour le plaisir de lancer des billets, c'était un peu comme jouer devant une audience captive. Il faudrait vraiment être assez bête pour les ignorer ou être raide comme un bâton pour ne pas y arriver. Il suffisait de faire semblant d'aimer ça, de les aimer eux, de vraiment s'investir dans chacun des mouvements. Et vu que Shadoe aimait danser et jouer la comédie, tout s'était bien passé.

Elle avait pourtant eu le trac. Maria l'avait forcée à avaler deux *shots* de tequila avant de monter sur scène, lui affirmant que ça la détendrait un peu. Shadoe s'y était tout d'abord opposée, mais l'alcool avait apaisé ses nerfs. Après tout, le strip-tease n'était pas son vrai métier. Ce n'était que pour les besoins d'une mission d'infiltration. Quand elle en aurait terminé, elle pourrait faire avancer sa carrière et n'aurait plus jamais besoin de refaire ça.

Shadoe avait dansé toute la journée, ne faisant une pause que pour son déjeuner. Maria s'était montrée vraiment exigeante avec elle, mais la jeune femme avait apprécié toute l'attention qu'elle lui avait portée. Il n'y avait rien de mieux que d'apprendre auprès d'une professionnelle, et elle savait que ce serait leur dernière session ensemble. Maria avait un spectacle hors de la ville le lendemain, et Spencer et elle devaient partir pour la Nouvelle-Orléans le jour suivant.

Shadoe rentra au quartier général des *Wild Riders* en début de soirée. Chaque muscle de son corps était contracté. La jeune femme avait l'intention de manger son dîner, de se détendre et peut-être d'aller courir un peu plus tard dans la soirée, une fois le soleil couché, afin que cela l'aide à se relaxer avant d'aller au lit. Mais dans l'immédiat, elle mourait de faim, et heureusement, les garçons avaient fait griller des steaks pour le dîner. Elle résista à l'envie de tous les bousculer pour se jeter sur la nourriture, mais le fait de danser toute la journée lui avait ouvert l'appétit. Elle se glissa sur sa chaise et tenta de ne pas se gaver comme si elle n'avait pas mangé depuis des jours.

— Alors, qu'est-ce que tu as fait de ta journée ? demanda AJ entre deux grosses bouchées.

— J'ai retravaillé avec Maria aujourd'hui, répondit Shadoe, tâchant de limiter la conversation à son strict minimum.

Vraiment, tout ce qu'elle voulait, c'était manger, puis peut-être faire une petite sieste.

— Comment cela s'est-il passé ? demanda Grange.

La jeune femme avala quelques gorgées d'eau avant de répondre.

— Vraiment bien. C'est génial de travailler avec elle, et elle m'a montré quelques trucs qui vont m'aider à mieux entrer dans mon rôle, à avoir l'air plus expérimentée.

— Oui, parce que les ivrognes savent faire la différence entre une pro et une novice, c'est bien connu, marmonna Spencer.

Grange le fusilla du regard, mais Spencer était occupé à couper sa viande et il ne le remarqua pas. Le général se contenta donc de demander :

— Tu crois que tu vas être assez à l'aise pour affronter le *Wild Rose* à la Nouvelle-Orléans ?

— Ça ira, acquiesça la jeune femme.

— Les clients s'attendent à ce qui se fait de mieux, dit Spencer en dirigeant sa fourchette vers elle.

Shadoe avait décidé de ne pas mordre à l'appât ni lui faire remarquer qu'il venait tout juste de se contredire. Il cherchait clairement la petite bête, et elle n'avait pas l'intention d'entrer dans son jeu. Elle préféra sourire.

— Je suis sûre que je peux gérer ça.

— C'est un club assez haut de gamme.

Où voulait-il en venir ?

— Maria y a déjà joué. Elle m'a dit à quoi m'attendre.

— Alors, peut-être que c'est Maria qui aurait dû faire cette mission, commenta Spencer en haussant les épaules.

Grange jeta violemment sa serviette sur la table.

— Bon sang, Spencer. Qu'est-ce qui se passe en ce moment ?

— Rien, répondit le jeune homme en levant les yeux vers le général Lee. Je ne fais qu'énoncer des faits.

— N'importe quoi. Tu as une dent contre l'agent Grayson, il faut que la vérité éclate au grand jour maintenant.

— Je n'ai aucune dent contre elle, général.

— Il est d'une humeur massacrante, Grange, indiqua Diaz en fusillant Spencer du regard.

— On pense qu'il a, mais vraiment, besoin de tirer son coup, ajouta AJ.

Grange dévisagea Spencer pendant quelques secondes.

— Alors pourquoi tu ne le fais pas ? Parce que ton attitude actuelle est inadmissible. Tu dois des excuses à l'agent Grayson.

Et merde. La dernière chose que Shadoe voulait, c'était de créer des conflits au sein des *Wild Riders*.

— Général Lee, vraiment, il n'y a aucun problème.

— Bien sûr que si ! Il en a après toi depuis ton arrivée ici, et pour aucune raison valable. Alors Spencer, si tu as besoin d'assouvir une quelconque pulsion avant de partir en mission, pour l'amour de Dieu, vas-y, qu'on en finisse. Il faut que Shadoe et toi vous travailliez en équipe, et il est hors de question que vous vous disputiez lorsque vous serez infiltrés.

Spencer repoussa sa chaise et se leva, essuya sa bouche et prit son assiette.

— Je vais peut-être faire ça.

Il se tourna pour se rendre dans la cuisine. Shadoe entendit l'eau du robinet couler et le bruit de la vaisselle qui s'entrechoquait, puis Spencer revint au salon et appela l'ascenseur. La cage s'ouvrit, il y entra et appuya sur un bouton pour repartir. Pendant tout ce temps, il ne lui adressa pas même un regard – ni à elle, ni à tous les autres.

— Eh bien, dans le genre désagréable…, dit Jessie. Il y a quelque chose qui doit le tracasser.

— Quelque chose ou quelqu'un, ajouta Diaz.

Shadoe lança un coup d'œil au jeune homme, qui était en train de la regarder.

— Moi ? Qu'est-ce que j'ai fait ?

Diaz afficha un sourire très sexy. Pas étonnant que Jessie ait craqué sur lui. Cet homme était capable de subjuguer n'importe quelle femme.

— Tu n'as rien fait du tout, beauté. Tu n'en as pas eu besoin.

— Je ne vois pas du tout de quoi tu parles.

Puis ils se mirent tous à esquisser des sourires entendus. Et Shadoe se trouva perdue au milieu de tout cela. Peut-être était-ce une blague spéciale des *Wild Riders*, ou une référence à quelque chose qu'elle ne connaissait pas. Heureusement, avec la sortie de Spencer, la conversation à table reprit sur un ton normal. Elle mangea en paix et aida ensuite à tout nettoyer. La jeune femme regarda la télévision et joua au billard avec tout le monde jusqu'à ce qu'elle se sente trop fatiguée. Elle monta et se détendit quelques heures : elle lut, prit une douche, puis pensa à se mettre au lit, mais lorsqu'elle s'étendit, elle se surprit à contempler le plafond.

Il était 1 heure du matin, et Spencer n'était pas encore rentré. Peut-être avait-il suivi les conseils de tout le monde, s'était trouvé une femme et était en train de la baiser en ce moment même.

Tant mieux pour lui. Il en avait probablement besoin, ce salaud à l'humeur massacrante. Certains hommes devenaient très tendus quand ils étaient en manque de sexe, et ne pouvaient pas supporter de s'en passer trop longtemps. Peut-être que Spencer faisait partie de ces hommes-là. Elle s'imaginait qu'il en faisait partie, un de ces hommes à la sexualité envahissante et qui devaient assouvir leurs besoins quasiment tous les jours.

Humm. Cela voulait dire qu'elle allait se retrouver avec un coéquipier en excès de testostérone. Génial. Est-ce qu'elle aurait à supporter ça pendant toute la durée de la mission ? C'était pire que de gérer une femme qui avait ses règles. Elle se contrefichait des femmes qu'il pourrait baiser au hasard. Ils n'avaient pas d'autre relation qu'une relation purement professionnelle. En réalité, elle se rendit compte qu'elle n'aimait pas particulièrement Spencer. Il était simplement son partenaire dans cette mission. C'était tout. Elle n'avait pas besoin de l'apprécier pour travailler avec lui. Mais peut-être qu'il pourrait se montrer un peu plus agréable une fois qu'il aurait tiré son coup. En espérant qu'il aurait bien eu sa dose, car vu son attitude dans la soirée, il en avait grandement besoin.

Shadoe se tourna sur le côté et regarda le mur sombre, tâchant de réprimer les images qu'elle avait de Spencer nu, en train de s'engouffrer entre les jambes d'une femme sans visage. Elle tenta de penser à l'académie, au stand de tir, à son entraînement antiterroriste, aux atroces heures qu'elle avait passées à ramper dans la boue, tout pour penser à autre chose qu'à Spencer.

Rien ne fonctionna. Tout ce qu'elle voyait, c'était le corps du jeune homme, ses larges épaules, son regard bleu pénétrant, et la malice qui se lisait dans son sourire. Tout cela la travaillait, et soudain, elle se retrouva à la place de la femme sous lui pendant qu'il la pénétrait avec détermination, sentant son torse effleurer ses tétons à chaque coup de reins. Elle sentait sa verge en elle, et son sexe se mouilla de désir, son clitoris se gonflant d'une envie puissante. Sa peau s'enflammait, la couvrant de sensations de toutes parts.

Spencer n'était pas le seul à avoir besoin de tirer son coup. Cela faisait longtemps – très longtemps – qu'elle-même n'avait rien eu. Et maintenant, elle était en nage, moite, son sexe était mouillé et gonflé du besoin d'avoir un orgasme. Elle tendit une main entre ses jambes pour se caresser, conjurant les images d'un démon aux cheveux châtain, aux yeux d'un bleu perçant et au sourire sexy.

Elle retira brusquement sa main pour se redresser sur son lit.

Non. Oh non alors ! Elle n'allait pas recommencer, hors de question qu'elle reparte dans ce même fantasme et qu'elle offre à Spencer le rôle de la vedette. Cela ne ferait qu'aggraver les choses.

Shadoe descendit de son lit, alluma la lumière, et enfila son corsaire, un haut de sport près du corps, puis laça ses baskets. Si elle était trop excitée pour dormir, alors elle sortirait courir. Dehors, elle pourrait suer tout son soûl. Le terrain autour du QG était sécurisé, donc elle ne prenait aucun risque. Grange lui avait déjà dit qu'elle pouvait s'y balader à toute heure du jour ou de la nuit, tant qu'elle restait dans le périmètre des clôtures. Et elle avait déjà repéré le chemin qui faisait le tour de la propriété et la traversait.

Personne n'était réveillé quand elle descendit. Ils devaient tous être au lit ou sortis. Bien. Moins on lui poserait de questions, mieux ce serait. Elle prit une bouteille d'eau et sortit, s'étira un peu, puis commença à trottiner d'un pas léger, se concentrant uniquement sur le fait d'aligner un pied devant l'autre, ancrant chacune de ses foulées, sentant la distance s'accentuer. Le chemin était bien éclairé et elle se sentait parfaitement rassurée de courir seule ainsi. Personne ne tenterait de sauter par-dessus les clôtures hypersécurisées qui encerclaient la propriété. Grange disposait d'un équipement de surveillance à la pointe de la technologie pour surveiller toutes les allées et venues des alentours. Elle n'avait rien à craindre ici. La jeune femme goûta avec plaisir le petit vent qui passait dans ses cheveux, et elle commença à balancer ses bras pour prendre de la vitesse.

Elle se perdit dans sa course, sentant son esprit se vider, se concentrant sur rien d'autre que de faire entrer de l'air dans ses poumons. Elle commençait à bien suer et elle espérait qu'au moment où elle aurait fait le tour du bâtiment, elle serait assez épuisée pour dormir. Sans soucis, sans fantasmes, sans penser à Spencer. La jeune femme s'était vidé la tête, donc quand elle remarqua une lumière derrière elle, elle dut se reconnecter aux sons qui l'entouraient : un vrombissement de moteur de moto. Refusant de s'arrêter, elle continua à courir, maintenant son allure, jusqu'à ce que la moto arrive à son niveau.

Spencer. Il roula à côté d'elle quelques instants jusqu'à ce qu'elle ralentisse un peu, tranquillement, avant de s'arrêter, essoufflée. Elle déboucha sa bouteille d'eau et avala de longues rasades, puis se tourna pour lui faire face. Il gara sa moto et en descendit.

Ils se trouvaient à l'arrière du bâtiment, dans une allée d'arbres épais et de buissons.

— Je t'ai vue en passant le portail.

Dans le genre évident, il n'y avait pas mieux, hein ?

— Hun-hun.

— Mais qu'est-ce que tu fabriques ?

— Euh, je cours ?

— Il est presque 2 heures du matin, Shadoe.

— Oui.

Elle avala une autre gorgée d'eau et poussa une longue expiration, sentant son rythme cardiaque revenir à la normale. Elle avait chaud, était en sueur, mais au moins, il y avait une brise fraîche pour l'aider à se refroidir.

Spencer s'appuya contre sa moto et croisa les bras.

— Alors ?

— Alors quoi ?

— Qu'est-ce que tu fabriques ici ?

— Je relâche mes tensions. Je n'arrivais pas à dormir.

— Comme moi alors, fit-il remarquer.

— En quelque sorte, s'esclaffa-t-elle. Sauf que je ne l'ai pas fait avec du sexe.

Il esquissa un sourire qui lui fit flageoler les jambes.

— Le sexe, c'est mieux que la course à pied.

Est-ce qu'il était vraiment obligé de lui rappeler où il avait été et ce qu'il avait fait là-bas ?

— Oui, tu as raison. C'est vrai. Peut-être que j'aurais dû prendre un des gars de la maison pour baiser avec lui ce soir. Ça m'aurait évité d'avoir à courir en plein milieu de la nuit.

Le sourire de Spencer s'évanouit, l'expression de son visage s'assombrit.

— Ne fais pas ça.

— Ne fais pas quoi ?

— Ne joue pas avec les *Wild Riders*, ce ne sont pas des mecs bien.

Il avait du culot de lui dicter sa conduite de la sorte.

— Je ne recherche pas un mec bien.

Spencer mit sa moto sur la béquille et s'avança, allant tout droit sur elle avec la lenteur et la détermination imposante d'un homme audacieux. S'attendait-il à ce qu'elle recule ? Shadoe avait déjà vu pire, elle n'avait pas l'intention de bouger d'un iota. Quand il s'arrêta, la surplombant, elle prit une profonde inspiration – sentant les odeurs de cuir et de musc si masculines. Elle sentit sa féminité s'affoler, et ses tétons se durcir. Elle avait envie de saisir son blouson de cuir et de ravir sa bouche, comme si elle mourait d'envie de le goûter.

Peut-être était-ce le cas.

— Alors c'est parfait, répondit-il à son affirmation précédente. Parce que je ne suis pas un mec bien.

Elle savait exactement où il voulait en venir, et il fallait qu'elle réagisse vite pour l'en empêcher.

Shadoe n'en avait pas envie. Quand il la serra brusquement contre lui et plaqua ses lèvres contre les siennes, elle fondit donc dans ses bras. Ce n'était pas un baiser tendre. Sa bouche était chaude et affamée, ses mains la serraient fort dans le dos et sur ses hanches, ses doigts la pressaient avec insistance.

La jeune femme sentit son corps exploser de passion et d'envie. Elle se trouvait enveloppée d'un désir qu'elle n'avait jamais connu avec une telle intensité. Elle souleva une jambe qu'elle enroula autour de lui, centrant son sexe sur sa verge gonflée et dure. Cela lui causa un désir douloureux, elle devint moite, eut envie de déchirer son cuir et de se mettre à genoux pour l'engloutir dans sa bouche.

Shadoe voulait tout cela à cet instant. Il portait bien trop de vêtements : la barrière de sa veste, de son jean, de ses jambières, tout cela était frustrant, car cela l'empêchait d'accéder à sa peau. Mais oh, sa bouche, maintenant, elle y avait un accès complet et il savait embrasser une femme jusqu'à ce qu'elle en ait le ventre tout retourné, jusqu'à ce qu'elle soit dépourvue de toute volonté, moite et tremblante de désir. Elle gémit quand il se mit à aspirer sa langue. Ses tétons frémirent et elle s'agrippa aux revers de sa veste, l'attirant plus près d'elle.

La jeune femme peinait à respirer. Son cœur battait la chamade ; ses jambes semblaient sur le point de ne bientôt plus pouvoir supporter son poids.

Mais c'est alors que Spencer saisit ses poignets et la repoussa doucement, interrompant ainsi le contact de leurs lèvres enflammées.

Shadoe fut confuse l'espace d'un instant, dévisageant Spencer tandis que son esprit était encore embrumé par la sensualité qui régnait autour d'elle.

Spencer remonta sur sa moto et elle dut lutter pour reprendre son souffle, retrouver un rythme cardiaque calme, et reprendre le contrôle sur sa satanée libido.

Puis, elle comprit. Bien sûr. Il ne voulait pas d'elle. Il avait déjà baisé une femme ce soir. Il était probablement épuisé.

Sur la défensive, elle récupéra sa bouteille d'eau là où elle l'avait négligemment jetée, dans l'herbe, défit le bouchon et avala une grande rasade, hydratant ainsi sa gorge sèche. Puis elle referma la bouteille sans jamais le quitter des yeux.

— Je peux comprendre que tu n'arrives pas à le faire deux fois dans la même soirée, lança-t-elle.

Les lèvres du jeune homme se retroussèrent en un sourire et il éclata de rire.

— Je ne te dois aucune explication, mais je n'étais pas avec une femme ce soir.

— Je ne savais pas que tu jouais dans ce camp-là, dit-elle en haussant les sourcils.

— Ce n'est pas ce que je voulais dire, s'esclaffa-t-il. Primo, je n'ai baisé personne ce soir. Je suis allé au bar et j'ai fait quelques parties de billard. Deuxio, je suis tout à fait capable de bander et d'assurer toute la nuit, pour le faire encore et encore et encore.

Shadoe se sentit fondre à nouveau, ses genoux faiblissaient. Elle se força à se tenir droite, et à ne pas bouger d'un pouce, mais elle était submergée par les images de lui en train de faire tout ce qu'il disait.

— Mais je ne vais pas te pousser dans les herbes, en plein milieu du parc, et te baiser ici.

Et pourquoi pas, bon sang ? En cet instant, cela n'aurait pas du tout dérangé Shadoe.

— Et une dernière chose : tu ferais mieux de réfléchir à ce que tu veux vraiment, parce que je ne suis pas le genre de mec à m'engager dans une relation, et je crois que c'est plutôt de ce genre de mec que tu as vraiment besoin.

Spencer démarra sa moto et s'éloigna, la laissant seule sur le chemin.

Les jambes de Shadoe tremblaient, vestige de la brève étreinte passionnée qu'ils venaient de partager et qui imprégnait encore tout son système nerveux, avant que cette sensation soit remplacée par de la colère.

Elle se tourna et commença à courir vers la maison à petite allure.

Comment pouvait-il prétendre savoir ce dont elle avait besoin ou envie ?

Elle-même n'avait pas la réponse à cette question, mais la dernière chose dont elle avait envie ou besoin, c'était une relation à long terme. Pas à ce moment de sa vie ni de sa carrière.

Et surtout pas avec quelqu'un comme Spencer.

Chapitre 6

Les *Wild Riders* partaient pour la Nouvelle-Orléans. Les valises de Shadoe étaient prêtes, mais elle ne les garderait pas avec elle, AJ et Pax les transporteraient en voiture. Elle ferait le trajet en moto avec Spencer.

Pour sûr, la jeune femme vivait toutes sortes de nouvelles aventures dans cette mission. Mais c'était bien ce qu'elle voulait, n'est-ce pas ? L'idée de se trouver collée à Spencer pendant presque toute une journée de trajet ne l'enchantait guère, mais elle savait qu'elle devait veiller à préserver sa couverture. Et son personnage devait débarquer en tant que stripteaseuse, poule à motards, avec Spencer dans le rôle de l'amant/garde du corps. Grange, Spencer et Shadoe avaient passé la matinée à revoir tous les détails de dernière minute, finalisant leur couverture, ce qui incluait la fabrication de leurs fausses cartes d'identité. Ce ne fut qu'alors que la jeune femme découvrit que Spencer jouerait non seulement son garde du corps, mais aussi son petit ami. Grange avait affirmé que ça permettrait à Spencer de rester plus près d'elle sans éveiller les soupçons, et empêcherait les autres de s'approcher d'elle.

Dans le fond, cela ne la dérangeait pas, mais c'était la partie « avoir Spencer près d'elle » dont elle n'était pas fan. Elle avait déjà eu assez de mal à conjurer les souvenirs de ce qui s'était passé la veille, la façon dont elle avait senti sa bouche contre la sienne, la puissance brute de son corps quand il l'avait prise dans ses bras, les contours d'acier de son érection qu'elle avait sentie entre ses jambes.

Mais Shadoe ferait tout ce qui était nécessaire pour la mission, même si cela signifiait qu'elle devait enrouler ses jambes autour de Spencer et compresser ses seins contre son dos pendant qu'ils roulaient sur l'autoroute.

Elle poussa un soupir et remonta le Zip de ses bottes, redescendit son jean par-dessus, puis prit sa veste avant de passer dans la salle de bains pour se faire une tresse rapide afin de ne pas être totalement décoiffée par le vent. Puis elle se dirigea vers le rez-de-chaussée pour aller à la rencontre de Spencer. Il attendait l'ascenseur en parlant avec Grange.

Il avait belle allure dans son cuir noir, ses jambières fixées au jean qui lui moulait si bien les fesses, le cuir épousant parfaitement les formes de ses jambes. Il portait un tee-shirt blanc qui faisait ressortir son bronzage et ses yeux bleus. Shadoe prit une inspiration et s'avança vers les deux hommes.

— Tu es enfin prête ? lança-t-il.

— Oui, acquiesça-t-elle, décidant d'ignorer sa tentative d'insulte.

Grange se tourna pour leur faire face à tous les deux.

— AJ et Pax sont déjà en chemin, et ils vous retrouveront là-bas. Restez en contact.

Spencer appuya sur le bouton de l'ascenseur qui les mènerait au garage. Ils descendirent en silence, et Spencer guida Shadoe au box où sa moto était garée. Il prit le sac empli des affaires qu'elle avait préparées pour le voyage, puis grimpa en selle.

Bon, elle devait admettre qu'elle était enthousiaste. Elle avait fait un peu de moto ici et là, mais pas depuis longtemps, et elle n'avait encore jamais roulé pendant toute une journée. La jeune femme adorait les motos, cette sensation de grand air, le vent dans ses cheveux, l'idée de liberté qui était associée aux deux-roues.

Malgré l'attitude revêche de Spencer, elle avait décidé de considérer cela comme une aventure, même si elle devait pour cela ignorer le conducteur qui était installé devant elle. Shadoe grimpa derrière lui et s'appuya sur le dossier. Il fit démarrer le moteur, et elle fut parcourue d'un frisson en entendant le vrombissement et en ressentant les vibrations de toute cette puissance qui se trouvait entre ses jambes. Elle ne put s'empêcher de sourire tandis qu'ils quittaient le garage, même si c'était au pas.

La jeune femme ressentit une montée de sensations quand ils s'engagèrent sur l'autoroute, et que Spencer mit les gaz. Elle se pencha légèrement en arrière, le vent la fouettant de toutes parts, tandis que Spencer slalomait et évitait ainsi avec aisance les embouteillages. C'était terriblement libérateur, et dès qu'ils eurent quitté la périphérie de Dallas pour se diriger vers la Nouvelle-Orléans, Shadoe se sentit totalement relaxée. Rouler à moto était un paradis pour elle, et Spencer semblait maîtriser parfaitement son engin. Assise à l'arrière, elle pouvait l'observer sans qu'il la voie, elle se fit donc plaisir. Le jeune homme était bien sur sa Harley, comme si la moto et lui étaient en parfaite harmonie. La façon dont il maîtrisait les vitesses mit la jeune femme en confiance, et elle décida de se détendre et de profiter de la balade.

Ils s'arrêtèrent déjeuner à Alexandria, en Louisiane, un peu plus loin qu'à mi-chemin. Shadoe avait hâte de descendre de la moto à cet instant. La balade était géniale, mais elle était un peu longue. La jeune femme n'y était pas habituée, et elle avait mal aux fesses.

Malheureusement, Spencer annonça qu'il ne voulait pas traîner, seulement s'arrêter pour manger un morceau, refaire le plein, puis reprendre la route.

Oui, évidemment. Shadoe tenta de rallonger la pause-déjeuner autant qu'elle put. Elle commanda une salade avec son repas, puis elle parcourut le menu des desserts en long, en large et en travers, ce qui poussa Spencer à la fusiller du regard au bout d'un moment.

Il pouvait toujours la regarder comme ça, elle avait besoin de reposer ses fesses.

La jeune femme savait qu'elle ne pourrait pas repousser l'inévitable éternellement. Elle renonça donc au dessert, finit sa boisson, et passa aux toilettes. Retour sur la route. La pause lui avait été quand même bien utile, et quand ils arrivèrent à la Nouvelle-Orléans, elle se sentait bien. Les membres inférieurs un peu engourdis, mais elle avait hâte de voir la ville, le fameux Vieux Carré français, et Bourbon Street.

Là, il y aurait de l'action, espérait-elle, et ils arrêteraient un criminel.

Spencer se gara dans une rue, et elle descendit prestement, ayant hâte d'étirer ses muscles douloureux.

— Pourquoi est-ce que tu n'irais pas nous enregistrer à l'hôtel pendant que je vais garer la moto ? suggéra-t-il.

— Entendu, répondit-elle, refusant de le laisser la voir boiter pour entrer dans le bâtiment.

Bon sang, ce que ses fesses pouvaient lui faire mal !

Shadoe croisa AJ et Pax dans le hall. Ils s'arrêtèrent juste le temps de lui dire que ses bagages et ceux de

Spencer se trouvaient à l'accueil, puis ils repartirent, annonçant qu'ils allaient voir un bar non loin. Bien, tant mieux pour eux. Elle aurait bien besoin d'un verre, elle aussi. Shadoe se présenta à l'accueil et s'enregistra, puis donna le ticket de bagages qu'AJ lui avait remis pour leurs valises, puis on lui annonça que le personnel lui monterait ces bagages dans sa chambre.

L'hôtel était agréable, confortable, d'un style très français, décoré sans être ostentatoire. Elle aimait voir ce fer forgé un peu partout, surtout sur le balcon de sa chambre.

La jeune femme adorait ce balcon qui donnait directement sur Bourbon Street. Ce serait l'endroit idéal pour voir toutes les activités nocturnes de la ville tous les soirs. Les luxuriants feuillages verts qui retombaient des pots de plantes suspendus lui permettaient de voir sans être vue. Elle pourrait faire tout ce qu'elle voudrait dans le noir sur ce balcon, personne n'en saurait rien.

À part observer les gens en bas, il n'y avait pas grand-chose à faire ici, mais si elle avait envie de faire quelque chose, ce balcon serait un endroit discret et sexy, isolé de tout. Elle se visualisait déjà avec un homme en train de partager une étreinte fougueuse contre le mur de brique sous couvert de la pénombre…

Oooh là là !

Bien sûr, elle n'avait pas d'homme dans sa vie, et elle était en mission, donc son fantasme tomba vite aux oubliettes. En poussant un long soupir, elle passa la porte-fenêtre et la referma, baissa la température de l'air conditionné pour rafraîchir l'atmosphère, et le porteur arriva avec ses bagages, qu'elle défit pour tout ranger.

La jeune femme songea à prendre une douche, mais elle étira son dos puis se mit à bâiller. Le lit était très beau et tentant. Shadoe s'y étendit pour se rendre compte qu'elle était vraiment épuisée. Quand Spencer arriverait, elle trouverait une ligne de conduite à suivre avec lui. Elle avait seulement besoin d'une minute ou deux pour se reposer un peu les yeux.

Spencer n'avait pas eu l'intention de sortir une chaise pour s'installer et regarder Shadoe dormir.

Mais il ne s'était pas non plus attendu à la trouver étendue sur le ventre, assoupie sur le lit.

Elle avait vraiment un joli cul. Il n'y pouvait rien, c'était la première chose qu'il remarquait. Son jean moulait ses rondeurs à la perfection, et elle avait les fesses en l'air, offertes à son regard.

Il avait croisé AJ et Pax en garant la moto un peu plus tôt et avait passé quelques minutes à parler avec eux. Ensuite, il avait récupéré le numéro de la chambre à l'accueil et était monté trouver la Belle au bois dormant affalée sur un des lits. Elle portait toujours ses bottes. Spencer avait envie de les lui enlever.

Bon sang, il avait envie de lui enlever presque tous ses vêtements.

Il sentit son sexe frémir rien qu'en repensant à ce qui s'était passé la veille, dans le parc du QG. Il n'avait pas eu l'intention de la toucher, ni de l'embrasser. S'impliquer avec une informatrice dans le cadre d'une mission, c'était une chose. Ainsi, il faisait tout le nécessaire pour faire avancer son boulot.

Seulement, il n'avait pas besoin de baiser Shadoe pour faire avancer son boulot. Il avait besoin de *jouer* son amant, pas de l'être *vraiment*. Grosse différence. Il préférait garder ses distances si le sexe venait à compliquer les choses.

Dans ce cas précis, le sexe compliquerait réellement les choses. Shadoe avait l'air d'une fille tellement complexe ! Elle venait d'un monde qu'il comprenait à peine. Elle avait un papa riche et militaire qui avait des relations dans les plus hautes sphères, jusqu'au gouvernement. Un seul mot d'elle et il était grillé. Spencer avait travaillé bien trop dur pour arriver là où il en était chez les *Wild Riders* pour risquer de tout perdre à cause d'une nana bandante.

Il existait plein d'autres femmes qui pouvaient aussi le faire bander. Des femmes qui n'avaient rien à voir avec la mission. Des femmes avec qui il n'avait pas besoin de travailler. Des femmes qui ne représentaient aucun danger et aucune complication.

Spencer aimait ce genre de femmes. Sortir, baiser, pas d'engagement, passer à autre chose. Tout à fait son genre.

Dans ce cas, pourquoi n'était-il pas de sortie en ce moment, en quête d'une femme de ce genre, au lieu de rester assis là, sur une chaise de bureau inconfortable, dans cette chambre, à regarder Shadoe dormir ?

En temps normal, il trouverait ça ennuyeux.

Mais il n'en était rien. Pendant qu'elle dormait, lui pouvait se contenter de la regarder. Le visage de la jeune femme avait un air innocent, sans défense, ce qui adoucissait les ridules qui apparaissaient quand elle fronçait les sourcils. Elle avait un petit nez, des lèvres charnues, mais pas trop – idéales pour les baisers. Roses et rondes. Il avait aimé embrasser ces lèvres la veille.

Shadoe avait une peau légèrement bronzée, mais pas au point que cela fasse artificiel. C'était plus le bronzage qu'on obtenait en passant du temps au grand air – à courir, probablement. Elle avait un corps magnifique, ce qui provenait sûrement des entraînements intensifs qu'elle avait dû suivre pour son métier. Elle était sèche, mais pas maigre. Il détestait les filles tellement minces qu'on voyait leurs côtes ressortir. Chaque fois qu'il croisait une de ces filles, il avait envie de la saisir et de la gaver de cheeseburger. Shadoe mangeait, elle. C'est ce qu'il aimait chez elle. Elle avait de l'appétit, savait comment nourrir son corps correctement. C'était sans aucun doute ce qui lui donnait ces rondeurs féminines qui le faisaient durcir.

Il se rassit maladroitement, réajustant son assise et sa queue qui, malgré ses bonnes intentions de trouver une autre femme que celle-ci, ne voulait rien entendre. Les cheveux de la jeune femme s'étaient échappés de sa queue-de-cheval en des boucles châtain qui caressaient sa joue. Il mourait d'envie de les écarter et de l'embrasser dans le cou, puis de lui enlever son haut pour passer un peu de temps à faire connaissance plus intimement avec ses épaules si bien dessinées.

Elle avait un joli dos aussi.

Merde. Il était en train de l'admirer sous toutes les coutures ou quoi ?

Spencer put heureusement sortir de cette douloureuse prise de conscience de sa propre bêtise quand elle gémit et s'étira. La jeune femme se retourna sur le dos et se cambra en levant les bras au-dessus de sa tête, ce qui fit remonter ses seins.

Spencer réprima un grognement, et maudit sa verge en état d'alerte.

Shadoe baissa les bras et posa les mains sur son ventre, puis se tourna pour lui faire face, battant des paupières pour lui adresser un regard endormi. Elle sourit.

— Désolée, on dirait que je me suis assoupie.

— En effet.

— Ça fait longtemps que je dors ?

— Une heure environ.

Elle bâilla et s'assit, puis elle retira son élastique à cheveux et passa la main pour défroisser ses boucles, qui tombèrent alors en cascade sur ses épaules. Quand elle adressa à Spencer un regard en coin, il haleta.

Son regard aux paupières mi-closes, son air alangui, ses cheveux qui retombaient sur ses épaules pour encadrer son visage, tout cela était sexy à souhait et lui faisait l'effet d'un coup de poing dans le ventre. Elle passait de l'innocence endormie à la bête de sexe en l'espace de quelques secondes seulement.

Oui, il avait vraiment besoin de tirer son coup, parce que ce genre de pensées sur sa partenaire risquait de le mener sur des terrains assez glissants. Il ne pouvait pas se permettre de se laisser distraire comme cela. Sa mission consistait à pourchasser une taupe, et à protéger sa partenaire.

Il ne pourrait pas la protéger s'il la baisait.

Il s'écarta du lit et se dressa sur ses pieds, puis passa une main dans ses cheveux.

— On devrait aller au club ce soir, faire une première apparition pour que tu puisses rencontrer tout le monde et qu'on puisse visualiser un peu mieux les lieux.

Shadoe se glissa hors du lit.

— Super idée. Je vais prendre une douche et me préparer. Et je meurs de faim.

— On peut manger avant d'y aller, acquiesça-t-il.

Il était prêt à tout accepter pour pouvoir s'échapper de cette pièce qui contenait un lit et une si belle femme au plus vite.

Qui avait eu l'idée de leur faire partager une chambre, d'abord ? Ce n'était pas comme si quelqu'un allait venir vérifier si leur histoire d'amour était réelle ou pas. Satané Grange ! Il était tellement pointilleux quand il s'agissait des petits détails de la couverture. C'était sa faute.

Du moins, la chambre comportait deux grands lits, même si Spencer aurait préféré avoir un *king size* pour que sa grande carrure y soit plus à l'aise. Là, ses pieds allaient sûrement dépasser du lit.

Il secoua la tête à cette idée, se rendant compte qu'il avait déjà dormi dans des endroits bien pires que cet hôtel coquet aux lits trop petits. Il commençait à faire son difficile avec l'âge.

Le jeune homme se rendit sur le balcon pour attendre que Shadoe ait pris sa douche.

Bel endroit. Bien isolé, offrant une intimité indéniable, mais teintée de voyeurisme. Il aimait cela : ce balcon rendait possibles toutes sortes de fantaisies.

Pour quelqu'un qui serait ici pour les loisirs.

Ce qui n'était pas son cas.

Il entendit la porte de la salle de bains s'ouvrir et il se tourna pour voir Shadoe en sortir, suivie d'un nuage de vapeur, une serviette enroulée autour du corps.

Le jeune homme préféra se retourner pour baisser les yeux sur Bourbon Street, se disant qu'il faudrait acheter des bières pour remplir le minibar de la chambre. Il aurait bien pris une mousse bien fraîche dans l'immédiat, pour lubrifier sa gorge asséchée.

Ou peut-être une douche froide. Oui, sûrement une meilleure idée.

Il attendit qu'elle termine dans la salle de bains, puis prit une tenue de rechange avant de s'y faufiler à son tour et de faire couler la douche, tâchant de ne pas penser au fait que Shadoe l'avait précédé en ces lieux. Il se leva et s'empressa de sortir de la cabine pour se sécher et enfiler son jean. L'atmosphère de la salle de bains était étouffante, c'est pourquoi il ouvrit la porte pour en sortir.

Shadoe s'était assise face à un petit miroir et se maquillait. Sa chevelure formait un amas de boucles humides et frisées dans son dos. Spencer eut envie de saisir une de ces boucles pour jouer avec, mais il passa plutôt derrière elle prestement pour prendre un tee-shirt. Elle se tourna sur son passage pour le regarder.

Il détacha ses yeux du dos de la jeune femme et sourit.

— Tu as des tatouages, fit-elle remarquer.

— Oui, répondit-il en levant les bras pour enfiler son tee-shirt.

— Non, attends, je veux les voir !

En l'espace de quelques secondes, il sentit ses mains chaudes se poser à l'endroit où il s'était fait tatouer un aigle. Du bout des doigts, elle parcourut les ailes déployées de l'oiseau.

Spencer se souvint du jour où il s'était fait faire ce tatouage. Grange venait de lui confier sa première mission.

Il avait réussi. Tout ce travail, cette discipline, tout portait enfin ses fruits – enfin, à quelques écarts près. Il avait l'impression de se libérer de son passé ainsi.

— Pourquoi un aigle, et pourquoi vole-t-il comme ça ? demanda-t-elle.

— C'est la liberté.

La vie de Spencer aurait pu emprunter des chemins tellement différents, mais il n'y en avait qu'un seul de bon. C'est pourquoi ce jour-là, il s'était senti libéré. Il avait toute la vie devant lui, il prenait son envol, et le ciel était très bleu face à lui. L'aigle correspondait parfaitement à son état d'esprit.

— C'est beau, commenta-t-elle, les mains toujours posées sur sa peau.

Le jeune homme n'allait pas s'en plaindre.

— Merci.

— Tu as d'autres tatouages ?

Il finit par se tourner pour lui faire face.

— Non, pas encore. Et toi ?

— Non, aucun. Pas encore, répondit-elle en souriant.

— Tu as envie de t'en faire un, c'est ça ? demanda-t-il en haussant un sourcil.

— En fait j'adorerais ça, mais ne sachant jamais quel genre de mission je vais avoir, je me dis qu'un tatouage n'est sûrement pas la meilleure idée pour les infiltrations.

— Fais-en un là où personne ne peut le voir, suggéra-t-il en remettant son tee-shirt.

— Hummm, c'est une bonne idée.

— Et tu voudrais te faire quoi ?

— Je n'y ai pas encore réfléchi.

Elle retourna à son miroir et prit un pinceau de maquillage.

Spencer l'observa, penchant la tête sur le côté pour regarder tout son corps.

— Quoi ? demanda-t-elle en finissant par se tourner vers lui.

— J'essaye juste de voir quel tatouage t'irait bien.

Elle éclata de rire.

— Tu ne me connais pas assez bien pour savoir ça.

— Il te faut une rose, mais pas une rouge. Elle n'irait pas bien à ton teint. Peut-être une couleur pêche. Ou même un genre de fleur blanche. Mais tu es une dure aussi, alors il te faudrait un symbole plus dur pour aller avec. Du barbelé, ou un pistolet, ou peut-être même une épée. Ou un crâne. Un tatouage qui voudrait dire que, d'accord, tu es une femme – douce, qui sent bon –, mais que tu sais prendre des risques, et que tu pourrais tout à fait te prendre une balle.

— Waouh ! C'est comme ça que tu me vois ? s'étonna-t-elle en haussant les sourcils.

Spencer s'assit sur le lit pour enfiler ses bottes.

— C'est comme ça que je te vois.

— Hun-hun.

C'est le seul commentaire qu'elle prononça. Elle laissa son regard errer quelques minutes, avant de retourner à son miroir pour terminer son maquillage. Elle prit ensuite ses vêtements et se changea dans la salle de bains.

C'était une bonne chose, parce qu'il avait besoin de se taire dans l'immédiat.

Sérieusement, réfléchir à un tatouage pour elle ? Un peu plus et il allait lui écrire des poèmes. Ou lui chanter des chansons d'amour !

Bon sang !

C'était vraiment pathétique venant d'un homme qui avait décidé de garder ses distances avec sa partenaire.

Elle ne l'aida pas en sortant de la salle de bains dans une minijupe noire en cuir, un débardeur noir et des cuissardes noires à talons aiguilles. Une fine chaîne en argent était nouée autour de son cou, un pendentif tombant entre ses seins et disparaissant sous l'encolure de son débardeur. Elle avait les cheveux lâchés, ses boucles retombant librement sur ses épaules et son dos. Elle portait plus de maquillage qu'à l'accoutumée, ses lèvres brillaient de rose, mettant en valeur cette bouche qu'il avait embrassée la veille.

Ce qui le poussait à se souvenir. Le poussait à avoir des envies.

Sa verge s'anima en une fraction de seconde. Il savait qu'il avait les yeux rivés sur elle, mais il ne pouvait pas s'en empêcher. Surtout quand il se rappelait la façon dont elle s'était présentée à lui la première fois qu'il l'avait vue. La différence était hallucinante. Elle était passée de la fonctionnaire collet monté à la bombe sexuelle accomplie.

Mais c'était le rôle qu'elle était censée jouer – la stripteaseuse haut de gamme –, le genre de femme capable d'entrer dans un club et de captiver l'attention de tous les hommes à la ronde.

Habillée comme ça, elle allait définitivement attirer l'attention. Il saisit son arme et la glissa dans la ceinture de son jean, puis enfila sa veste pour la couvrir.

Shadoe remarqua les gestes de Spencer et acquiesça, se penchant pour relever sa jupe.

Spencer haussa un sourcil, heureux du spectacle. Les jambes de la jeune femme étaient nues, et ses cuisses étaient la vision la plus alléchante qu'il ait jamais eue. Elle leva sa jupe de quelques centimètres. Fixée au niveau de la hanche, elle portait un fourreau renfermant un poignard. Elle lissa sa jupe et lui décocha un sourire.

— Je m'équipe aussi.

Et comment !

— Ça ira pour ce soir, mais si tu vas sur scène pour te déshabiller, ça va être compliqué de dissimuler une arme.

Elle leva les yeux au ciel.

— Je suis au courant, oui. Dis-moi simplement si ça se voit.

Spencer la regarda d'un œil critique. Sa jupe était moulante, mais c'était du cuir donc ça ne lui collait pas trop au corps comme le ferait un autre tissu.

— À moins que tu laisses quelqu'un danser tout contre toi, je pense que ça ira.

— Personne ne s'approchera de moi : j'ai un garde du corps, dit-elle en haussant les sourcils. En plus, comme tu es mon petit ami, tu ne laisserais pas un autre homme me toucher, pas vrai ?

— Ce n'est pas près d'arriver.

Shadoe afficha un sourire satisfait.

— Allons-y. Le club se trouve à quelques blocs d'ici, alors on va prendre la moto. Tu crois que tu peux soulever cette jupe assez haut pour pouvoir enfourcher la bécane ?

— Je me débrouillerai très bien.

Spencer tenta de ne pas penser à toute la peau qu'elle laisserait entrevoir en faisant ça.

Ils descendirent et il approcha la moto, tournant le cou pour la regarder s'agripper à ses épaules, monter sur le marchepied et lever la jambe derrière lui avant de s'installer.

Joli. Sexy. Elle enroula ses bras autour de lui et colla ses seins contre son dos.

— C'est seulement pour la couverture, bien sûr.

— Bien sûr.

Spencer mit le contact pour faire rugir son moteur et laisser les vibrations de l'engin les gagner tous les deux. Elle sourit et il démarra.

Le trajet fut court, et Spencer mourait d'envie d'avoir l'occasion de se lâcher vraiment et de se balader dans la campagne. Il avait envie de voir le bayou. Il était prêt à parier que Shadoe aimerait ça aussi.

Mais ils n'étaient pas ici pour le tourisme. Ils avaient une mission à accomplir.

Il gara la moto devant le *Wild Rose* et Shadoe descendit. Il y avait une dizaine d'hommes qui traînaient devant le club, et ils la repérèrent tous dès qu'elle posa le pied sur le trottoir. Des regards concupiscents la suivirent jusque dans le club, et encore plus quand Spencer veilla à bien dire tout haut que « Desi », leur nouvelle tête d'affiche, venait d'arriver.

Vu que ce n'était pas n'importe quelle stripteaseuse qui pouvait entrer dans le club avec le statut de tête d'affiche, Maria et Grange avaient concocté tout un historique à Desi afin qu'elle puisse bénéficier d'une image crédible dans le circuit. Desi la tête d'affiche naquit donc grâce à Maria et à ses relations, et à Grange qui trafiquait pièces d'identité et historiques divers et variés.

Plusieurs hommes emboîtèrent le pas de Spencer. Il pariait qu'ils croyaient que Desi allait danser ce soir.

Désolé, les mecs. Il va falloir revenir demain.

Mais cette pensée ne le rendait pas plus heureux.

Qu'est-ce que ça pouvait bien lui faire qu'elle se déshabille devant ces types ? Il se posait la question.

Il lui était égal de savoir devant qui elle se déshabillait. Avec un peu de chance, ce serait devant un club plein à craquer. Plus il y aurait de monde, plus il serait facile de se mêler à la foule et de faire son boulot. Shadoe était là pour attirer l'attention sur elle. Il fallait qu'elle joue bien son rôle de tête d'affiche, pour que tous les hommes aient envie de passer du temps avec elle, de lui parler, de payer pour la voir en privé, une demi-heure, une heure ou plus.

Et peut-être que s'ils avaient de la chance, leur taupe pointerait le bout de son nez et voudrait lui aussi passer du temps avec « Desi ».

Enfin, tout cela était dans l'idéal.

Après une brève escale près de la cage, où Spencer annonça qui ils étaient, quelqu'un leur fit signe avec un grand sourire quand le videur eut prévenu le directeur de l'arrivée de Desi. Shadoe sourit en retour et traversa la salle.

Le club était plongé dans une pénombre enfumée, à l'exception de la scène carrée où une barre était illuminée et où une danseuse à demi nue s'enroulait autour du métal froid tel un serpent avant de s'avancer vers le bord du podium pour secouer ses fesses devant des hommes qui agitaient des billets avec ferveur dans sa direction. Sur la gauche de la scène, et sur une estrade de quelques marches de haut, se tenait un DJ qui choisissait et passait les morceaux de la soirée. Une musique hip-hop tonitruait des enceintes pour envahir tout l'espace. Les basses bourdonnaient et vibraient des pieds à la tête de Spencer.

Les sièges et les tables fixés au sol étaient alignés dans les trois angles de la longue scène ; plusieurs tables étaient installées au-delà. On décomptait quatre zones privées à l'arrière du club, là où les *lap dances* avaient lieu, avec des miniscènes pourvues de barres pour des fêtes privées, et tout au fond du club se trouvait un long bar dont tous les sièges étaient occupés par des hommes et des femmes.

Spencer talonnait Shadoe, qui semblait n'avoir aucun problème à incarner son rôle vu qu'elle se mouvait comme si elle connaissait le club comme sa poche, ondulant des hanches de façon exagérée. Elle s'arrêta au bout du long bar et se pencha pour dire quelque chose à l'oreille du barman, lequel rejeta la tête en arrière et éclata de rire avant d'acquiescer.

Pendant que la jeune femme parlait, Spencer admirait ses jambes et l'aperçu de ses fesses qui était visible sous sa jupe si courte. Une minute plus tard, Shadoe avait un petit verre entre les mains.

— Jack Daniels on the rocks, dit-elle en renversant le verre pour en prendre une gorgée.

Il le lui prit des mains et termina le reste en une seule rasade avant de faire glisser le verre vide sur le bar et de lever deux doigts en direction du barman, qui acquiesça. Spencer se tourna vers Shadoe, qui haussa un sourcil.

— Tu aimes le whisky à la dure ? lui demanda-t-il.

Elle posa les paumes de ses mains sur son torse et lui décocha un sourire machiavélique.

— Oui, et c'est aussi comme ça que j'aime les hommes.

Shadoe tenait bien son rôle, d'accord. Un rôle dangereux. Il faudrait qu'il n'oublie pas que la femme qui l'allumait tout en douceur avec ses mains chaudes comme ça était Desi, et pas Shadoe. Ce qui signifiait qu'il devait maintenant la serrer contre lui et l'allumer à son tour, et non pas la rejeter.

Ce n'était qu'un jeu, loin de la réalité. Et quand ils sortiraient du club, le jeu serait terminé.

Il faudrait qu'il dise ça aussi à son sexe, et qu'il le calme jusqu'à ce qu'il lui prête attention, parce que dans l'immédiat, Shadoe frottait sa hanche contre son entrejambe, un sein contre son torse, et ses mains sur lui, prenant possession de tout son corps, s'assurant ainsi que tous ceux qui regarderaient dans leur direction sauraient qu'il lui appartenait.

Il ferait bien de montrer clairement dès le départ qu'elle lui appartenait aussi.

Il passa une main dans les cheveux de la jeune femme, la renversa légèrement, juste assez pour la surprendre.

Sa bouche s'entrouvrit – exactement ce qu'il recherchait. Il la ravit d'un baiser instinctif. Rapide et déterminée, sa langue se glissa entre ses lèvres et la caressa. Il entendit un gémissement, sut que c'était authentique, et sa queue s'anima dans une furieuse sensation de chaleur, de passion et de désir.

Il savait que c'était trop, qu'il lui suffisait de passer le bras autour d'elle et de mater tous les hommes du club d'un regard noir, que ce serait bien assez pour établir la nature de leur relation.

Alors peut-être qu'il avait voulu laisser son empreinte sur elle, pour en profiter lui aussi. C'était elle qui avait commencé ce petit jeu.

Spencer avait l'intention de le terminer, et de le terminer à sa façon.

Chapitre 7

Waouh, le baiser de Spencer était trop sexy ! Sa langue l'explorait, la ravissait, chaque nouvelle caresse de velours indiquant clairement à Shadoe qu'il prenait les choses en main.

Elle aurait pensé ne pas apprécier ce genre de marques d'affection, voire de possession, en public. Mais elle fondit tout contre lui, en voulait même plus. Beaucoup plus. Elle était moite, chaude et ses jambes tremblaient.

La jeune femme allait avoir du mal à faire la part des choses entre son rôle et la réalité. Mais en vérité, avait-elle fait tout ce cinéma pour tous les hommes du club, ou pour faire réagir Spencer ? Elle avait voulu qu'il lui prête attention.

Maintenant il lui prêtait toute son attention, pas vrai ? Mais une attention sexuelle. C'est sûr, il avait envie d'elle – c'était une évidence, avec ses mains posées sur ses fesses et son sexe durci qui pointait contre sa cuisse.

Elle avait envie de lui aussi. Sa culotte était trempée et ses tétons étaient tout durs, au point que c'était douloureux.

Mais ce n'était pas pour cela que Shadoe était là, et ce n'était pas pour cela que Spencer était là non plus.

Elle supposait qu'ils feraient mieux de trouver une façon de gérer cette tension sexuelle qui semblait vouloir s'installer entre eux, sinon, ni l'un ni l'autre n'aurait les idées assez claires pour faire le boulot.

La jeune femme repoussa doucement son torse, et il s'écarta, le regard noir tempête, l'air en colère.

Il repoussa ses cheveux de son visage et se pencha vers elle pour glisser sa langue sur le lobe de son oreille tout en lui murmurant :

— Attention à ce petit jeu auquel tu joues, *Desi,* dit-il en insistant sur son nom de scène. Tu ferais mieux de savoir ce que tu veux avant de jouer dans la cour des grands.

La cour des grands. Il commençait à parler comme tous les hommes de l'académie, et comme son père ! Comme si elle était incapable de gérer cette petite taquinerie.

Il ne la connaissait en rien, il ne savait pas ce qu'elle avait dû endurer pendant toute sa vie, à quel point elle adorait les défis. Et là, il venait juste de lui en lancer un de taille.

Elle le repoussa, rejeta la tête en arrière et éclata de rire, puis elle tourna les talons, prenant une des boissons que le barman avait fait glisser au bout du bar. Elle la descendit en une rasade, puis prit le *shot* de whisky de Spencer, l'éclusa aussi, puis le renvoya au barman. Elle tourna alors la tête vers Spencer pour dire :

— Je vais en prendre un autre.

Puis elle s'éloigna, concentrant son attention sur les hommes qui s'intéressaient vraiment à « Desi ».

Shadoe aussi avait une mission à accomplir. Pendant qu'elle se baladait et disait bonjour à tout le monde, elle scrutait le club, examinant tous les visages pour voir si elle en reconnaissait un. Personne ne lui sembla familier, mais elle les retint tous, afin de pouvoir repérer plus facilement les habitués. Il serait plus facile ainsi de voir les nouveaux parmi la foule.

Un homme grand et séduisant qui avait une petite trentaine s'avança vers elle depuis le fond du club. Il portait un jean et un polo noir aux couleurs du *Wild Rose* dont le blason était brodé sur la pochette. Il sourit et s'arrêta devant la jeune femme.

— C'est toi, Desi ?

— Oui.

— Je suis Brandon Black, le directeur du club. Je suis content que tu sois tête d'affiche pour nous.

Shadoe lui serra la main.

— J'ai hâte de m'y mettre, c'est un joli club.

— Les affaires marchent bien ici, et notre public adore les têtes d'affiche. C'est vrai que ça aide de se retrouver dans le Vieux Carré français aussi. On affiche complet à peu près tous les soirs. Les choses sérieuses commencent assez tard, et on a souvent une file d'attente pour entrer.

— Le sexe marche bien, hein ?

— Ici, oui. Nous ne sommes pas le seul club de strip-tease du quartier, mais je pense qu'on est un des meilleurs. Tu es venue au bon endroit.

— Vixen m'a dit que c'était l'endroit le plus réputé de toute la Nouvelle-Orléans.

— Elle fait un spectacle d'enfer, elle, dit-il en souriant. On adore quand elle vient nous voir. Je suis content qu'elle nous ait recommandés.

— Et moi je suis contente de savoir que je vais passer la semaine ici.

— On pourra revoir ton planning demain, quand tu arriveras. En général, il faut faire deux passages – un vers 11 heures, et un autre vers 1 heure du matin. Ça te va ?

— Parfait.

— Allons dans mon bureau que je te fasse lire ton contrat, qu'on parle des conditions de paiement et de la répartition des bénéfices.

Shadoe le suivit pour arriver dans un bureau spacieux, consciente d'avoir Spencer sur ses talons. Brandon referma la porte derrière lui.

— C'est mon garde du corps, Spencer, annonça-t-elle en s'installant sur la chaise que Brandon avait tirée pour elle.

Ce dernier hocha la tête, et Spencer prit position, adossé au mur, hochant la tête en direction de Brandon à son tour.

— Tu es armé ? demanda Brandon.

— Toujours, lui répondit Spencer en croisant les bras.

— Tu as le permis pour ça, je suppose.

— Je l'ai, oui.

— Ne sors pas ton arme, sauf si tu dois vraiment t'en servir, mais je pense que ce ne sera pas nécessaire.

Spencer esquissa un sourire menaçant.

— Je jugerai moi-même de ce qui est nécessaire. Mon boulot consiste à protéger Desi, et en général, je n'ai pas besoin d'armes pour ça.

— Je me doute bien, répliqua Brandon en regardant Desi. Certaines de nos têtes d'affiche aiment venir ici et faire du raffut, mais c'est surtout pour attirer l'attention sur elles. J'aime que les choses soient claires quand j'accueille une nouvelle danseuse. Moi, je gère un club *clean*, pas de bastons. On sert de l'alcool, beaucoup, mais on attend de nos clients qu'ils traitent les filles avec respect. Si les choses en viennent à mal tourner, mes videurs expulsent les fautifs sur-le-champ. Nous protégeons nos danseuses, et quiconque cause des ennuis est fiché chez nous.

— Bien. Spencer ne causera aucun ennui, pas vrai chéri ?

Spencer haussa un sourcil, mais ne répondit rien. Shadoe savait qu'elle allait un peu loin à le taquiner de la sorte, mais franchement, elle aimait trop avoir le dessus pour le moment.

La jeune femme finalisa les papiers et la conversation avec Brandon avant de retourner à la rencontre du public. Dès qu'elle sortit du bureau, le DJ arrêta la musique.

— Salut tout le monde ! Notre toute nouvelle tête d'affiche nous rend une petite visite ce soir et son spectacle s'annonce chaud, chaud, chaud ! Faites un tonnerre d'applaudissements pour Desi, et venez lui dire bonjour !

Shadoe se retrouva sous les feux des projecteurs. Brandon s'écarta, et même Spencer recula un peu, sans aller très loin.

La jeune femme était sur la sellette, et il était temps pour elle de jouer son plus beau rôle. Elle afficha un grand sourire, prit une pose déhanchée et fit un grand signe de la main. Le public applaudit et siffla, puis la lumière du projecteur diminua.

Brandon s'avança derrière elle et posa une main dans son dos.

— Pourquoi ne livrerais-tu pas un petit extrait de ta danse, histoire de susciter l'enthousiasme pour ton spectacle de demain soir ?

— Avec plaisir.

Ce que Shadoe voulait vraiment, c'était passer tous les hommes de ce club en revue, y compris Brandon, et trouver qui étaient les habitués afin de savoir qui surveiller de plus près. Mais elle ne pouvait pas faire ça. Une stripteaseuse ne poserait pas ce genre de questions au directeur. Il fallait qu'elle gère cette tâche seule, ce qui signifiait qu'elle allait devoir travailler les hommes qui se trouvaient là, se rapprocher d'eux, apprendre à les connaître et commencer à se souvenir de leurs visages. Heureusement, c'était assez facile pour elle.

La taupe ne pourrait alors pas faire son apparition sans qu'elle la remarque. Et dès qu'elle la verrait, elle saurait. Cela voulait dire qu'il fallait qu'elle commence à passer beaucoup de temps au *Wild Rose*.

La jeune femme s'avança nonchalamment vers une des grandes tables où de nombreux hommes étaient assis, faisant son maximum pour dégager une grande confiance en elle. Ils étaient déjà tous tournés vers elle et la regardaient s'approcher avec un enthousiasme visible. L'un d'eux se leva et lui céda son siège. Un autre lui offrit un verre. Elle se montra sociable, mais ne s'approcha pas physiquement d'eux. Elle rit, les encouragea à s'acheter d'autres boissons, mais elle resta sur son verre initial. Maria lui avait appris à jouer ce jeu-là. Permettre au club de faire de l'argent, être sexy, bavarde, se dénuder très légèrement. Elle savait faire ça, même si elle n'était pas très branchée flirt au naturel.

Dans tous les cas, savoir que Spencer restait tout juste derrière elle lui facilitait les choses. Rien ne pourrait lui arriver. Il la protégerait.

Shadoe n'avait pas vraiment besoin de protection. Elle pouvait très bien se débrouiller toute seule sans son aide. Elle faisait bien de penser à cela, car un des hommes assis près d'elle commençait à passer la main dans ses cheveux et à caresser sa nuque. Elle se tourna vers lui et lui adressa un sourire taquin.

En réalité, elle avait plutôt envie de se retourner sur sa chaise et de lui donner des coups de botte au visage.

Avant qu'elle puisse s'écarter et retrouver son espace vital, Spencer saisit le poignet de l'homme et le plaqua contre la table. Il se pencha près de Shadoe, l'air calme, mais avec une voix très mauvaise.

— Tu peux regarder autant que tu veux. Si jamais tu la touches encore une fois, je t'aplatis comme une crêpe, je sors mon poignard et je te découpe en rondelles, en commençant par tes couilles, compris ?

L'homme n'était pas un poids plume, mais il suait à grosses gouttes. Il acquiesça. Spencer relâcha son poignet et reprit position derrière Shadoe.

Cette dernière dut réprimer un sourire. Bon, elle aurait pu gérer cela toute seule, mais elle se dit que de coller son coude à la gorge d'un client aurait sûrement fait voler en éclats sa couverture. Et c'était hors de question. Elle n'aimait pas du tout jouer la fille jolie et sans cervelle, mais elle le ferait tant qu'elle devrait endosser le rôle de Desi.

Ils restèrent encore quelques heures, et Shadoe tenta de voir chacun des hommes. Elle se montrait amicale, s'arrêtait à quelques tables pour bavarder, puis ils quittèrent les lieux avec Spencer. De toute la soirée, il n'avait quasiment pas décroché un mot. Elle pensa qu'il voulait joueur au garde du corps mastoc et silencieux. Comme il voudrait. Après la scène où il avait retiré la main de l'homme, personne n'avait osé la toucher. Il avait fait son travail, et elle avait fait le sien, mais il avait franchement l'air d'une humeur massacrante.

Et ce sont les femmes qu'on accuse d'avoir des sautes d'humeur ? Ah ah.

Spencer la ramena à l'hôtel, mais au lieu de s'arrêter au parking, il alla jusqu'à la devanture du bâtiment et laissa le moteur tourner.

— Que fais-tu ? lui demanda-t-elle.

— J'ai besoin de faire un tour, alors je te dépose ici.

— Je viens avec toi.

— J'ai besoin de relâcher la pression, Shadoe, lui indiqua-t-il après une hésitation.

Qu'est-ce que cela signifiait ?

— J'aimerais bien faire un tour aussi. Ça a l'air marrant.

Il regarda par-dessus son épaule et baissa les yeux sur sa jupe.

— Tu n'es pas vraiment en tenue pour une balade à moto.

— Il fait doux dehors, ça ira très bien.

Voyant qu'il ne bougeait pas, elle lui donna une petite tape dans le dos.

— Allez.

Marmonnant un juron entre ses dents qu'elle n'entendit que trop clairement, il remit les gaz et s'éloigna du trottoir. Il s'éloigna du Vieux Carré français, hors de la ville, au cœur de la nuit.

Shadoe s'appuya contre le petit dosseret passager et aima sentir la brise fraîche contre son visage, ainsi que voir les larges épaules de Spencer, laissant son âme vagabonder.

L'agent fédéral ferait mieux de penser à leur affaire, ou de préparer sa première apparition au *Wild Rose* le lendemain soir. Au lieu de cela, elle pensait à la manière sexy dont Spencer enfourchait sa Harley, à son corps musclé qui ressortait si bien dans son jean et son tee-shirt moulants. Elle pensa à s'avancer pour poser ses mains sur ses hanches, puis ses cuisses, se demandant jusqu'où ses doigts pourraient aller, près de son sexe.

Elle pensa à toutes sortes de choses, aucune d'entre elles n'ayant rien à voir avec leur mission, et toutes ayant à voir avec Spencer. La jeune femme sentit son corps gagné par une vague de chaleur, ses tétons se durcirent et son sexe frémit. Le fait d'être à califourchon sur une sorte de vibromasseur géant n'aidait pas tellement sa libido non plus.

Elle était si concentrée sur ses fantasmes avec Spencer que quand elle retourna le regard vers le paysage, elle fut surprise de découvrir qu'il avait quitté l'autoroute principale. Ils roulaient sur une petite deux-voies, bordée par le bayou de part et d'autre. La lune presque pleine projetait sa faible lueur sur les eaux marécageuses, les rendant un peu inquiétantes. Des myriades de branches pointaient de toutes parts dans les criques couvertes de mousse et les lacs aux eaux placides aux reflets d'argent. Shadoe osait à peine respirer tandis qu'ils roulaient, persuadée que même le son du moteur provoquerait des rides sur la surface d'huile des eaux. Bien sûr, rien ne venait troubler ce calme inquiétant, pas même la moto qui dévalait le chemin sinueux.

La jeune femme n'avait aucune idée de l'endroit où ils se trouvaient, mais elle ne s'en souciait guère, car elle imaginait que Spencer savait comment rentrer à l'hôtel. Elle songea à lui demander où ils allaient, mais elle se dit qu'il était d'une humeur si noire qu'il lui répondrait sûrement une idiotie.

Elle préféra donc rester dans sa bonne humeur et ne s'embêta pas à lui parler.

Spencer finit par s'arrêter le long d'une petite route à une seule voie, seulement éclairée par l'unique phare de la moto. Shadoe se pencha en avant et serra ses bras autour de Spencer, se sentant quelque peu déséquilibrée sur le sol en gravier. Quand il finit par s'arrêter définitivement et coupa le moteur devant un lac, la jeune femme poussa un soupir de soulagement et descendit de la moto.

Shadoe fit quelques pas et regarda alentour, inspirant les odeurs de terre et d'eaux troubles sous les arbres moussus qui les abritaient de leur canopée.

— C'est joli.

Le rivage du lac était en pente douce. Elle s'assit et retira ses bottes avant de se relever et de laisser ses orteils s'enfoncer dans l'herbe fraîche.

— Il pourrait y avoir des serpents.

Elle haussa un sourcil.

— Alors, il va falloir que tu suces le venin si je me fais mordre.

Elle savait qu'il ne l'aurait pas emmenée dans un endroit infesté de serpents.

Il ne ferait pas ça, pas vrai ?

Spencer lui sourit, ses dents blanches luisant dans la pénombre.

— Sucer, hein ?

Il était bien obligé de réagir à ce mot, non ?

— Alors, qu'est-ce qu'on est venus faire ici ?

— J'avais besoin de rouler pour me vider la tête, répondit-il en haussant les épaules.

— Qu'est-ce qui t'embête ?

— Rien.

— Mais tu viens de dire que…

— Je sais ce que je viens de dire, l'interrompit-il. Laisse tomber.

Elle leva les yeux au ciel. Et à part ça, ce sont les femmes qui sont dures à comprendre ?

— Tu as été grognon toute la soirée. Quel est ton problème ? demanda Shadoe.

Il s'avança vers le bord du lac et regarda au loin.

Elle le suivit, curieuse de savoir ce qui lui pesait de la sorte. En réalité, elle était curieuse de beaucoup de choses à son sujet.

— Tu es déjà venu ici auparavant ?

— Plein de fois, acquiesça-t-il. C'est un morceau de la vie que j'aurais voulue, mais que je n'ai jamais eue.

La jeune femme comprit alors :

— Tu es originaire d'ici.

— Oui.

Elle avait déjà repéré une pointe d'accent du sud dans sa voix, mais elle n'avait jamais réussi à le cerner. Son timbre était grave et rauque – et tellement sexy –, mais elle n'avait jamais décelé d'influence cajun chez lui.

— Ça fait combien de temps que tu es parti ?

— Depuis mes dix-huit ans – donc ça fait pas loin de douze ans.

— Ta maison te manque ?

Malgré la pénombre, Shadoe vit qu'il fronçait les sourcils.

— Cet endroit, je ne l'appellerais jamais ma « maison ».

— Qu'est-ce que tu veux dire ?

— C'était un toit au-dessus de ma tête, mais je me suis tenu éloigné autant que possible.

— Pourquoi ?

Elle savait que ses questions étaient indiscrètes, mais elle se dit que s'il n'avait pas envie de parler de son passé, il le lui dirait.

Spencer prit un peu plus d'une minute pour reprendre la parole. Quand il ouvrit la bouche, il tourna la tête vers elle.

— Parfois, c'est plus simple de garder ses distances.

— Je ne comprends pas.

— Non, c'est normal, dit-il en esquissant une moue. Je parie que ton papa t'aime, qu'il te traite comme une princesse.

— Je n'ai peut-être pas grandi dans la rue, Spencer, dit-elle d'un ton hautain, mais ma vie n'a pas été faite uniquement de soirées mondaines, de froufrous et autres légèretés.

— Hun-hun, dit-il avant de se retourner pour regarder l'eau de nouveau.

Et voilà, aussi simplement que ça, il lui avait collé une étiquette. La fille riche, la nantie qui ne pouvait pas du tout comprendre ses souffrances, les douleurs de son enfance.

— Tu ne me connais pas, ajouta-t-elle.

— Fille d'un père militaire. Ta mère a tout plaqué et est partie quand tu étais jeune. Pas de frère ni de sœur. Tu es allée dans une école privée. À part une mère assez minable, j'ai plutôt l'impression que tu avais tout.

C'était maintenant au tour de la jeune femme de perdre son regard au loin sur le lac. Des souvenirs de solitude et d'isolement lui revenaient. Les attentes, l'impression qu'elle ne serait jamais à la hauteur. Combien de fois avait-elle entendu cela ? L'avait-elle ressenti ? Elle savait qu'elle représentait un échec, quoi qu'elle fasse.

Au moins, Spencer était un garçon. Il avait déjà une énorme longueur d'avance sur elle, tout du moins aux yeux de son père. Elle avait été condamnée à cause du sexe qu'elle avait eu à la naissance.

— Tu ne me connais pas du tout, Spencer. Mais je peux toujours parler, je ne parviendrai pas à te convaincre que je ne suis pas la personne que tu crois. Alors, vas-y et continue de penser que je suis une fille de riche si ça te permet de te sentir mieux dans le rôle du mec, enfant du malheur.

Le jeune homme tourna le regard vers elle et fronça les sourcils.

— Je serai près de la moto quand tu auras fini de t'apitoyer sur tes tristes souvenirs, lança-t-elle avant de se retourner et d'entamer sa marche dans les herbes épaisses.

Spencer posa ses doigts sur son poignet pour l'arrêter en cours de route. Shadoe se tourna pour lui faire face. Il avait l'air en colère. Contre quoi ? Contre elle, contre autre chose ? Quelqu'un d'autre ?

— Tu ne me connais pas non plus.

— Vraiment ? dit-elle en haussant un sourcil. Des mecs comme toi, j'en ai côtoyé toute ma vie. Vous pensez que je vous dois quelque chose sous prétexte que j'ai mené une vie privilégiée. Vous me jugez à cause de mon père et de mon adresse, mais c'est vous qui ne me connaissez pas. Vous ne savez rien de ma vie parce que vous êtes bien trop occupés à vous apitoyer sur vous-mêmes.

— Alors, raconte-moi.

— Te raconter quoi ?

— Ta vie. Qu'est-ce qu'il y a eu de si terrible ?

Il pensait vraiment qu'elle allait croire qu'il s'en souciait ?

— Mauvaise idée, décréta-t-elle en essayant de se libérer de son étreinte.

Mais il tenait ferme.

— Je suis sérieux, Shadoe. Dis-moi !

Il s'enfonça dans l'herbe et l'attira à lui. Vu la force qu'il exerçait sur son poignet, elle ne pouvait pas lutter et fut contrainte de s'asseoir.

Spencer étendit alors ses jambes, posa ses mains en appui derrière lui et tourna la tête vers elle pour lui accorder toute son attention.

Déconcertant, c'était le moins qu'on puisse dire avec cet homme séduisant qui plongeait son magnifique regard bleu dans le sien. Shadoe déplia ses jambes et retira ses bottes.

— Allez, dis-moi ce qu'il y a eu de si terrible dans ta vie.

— Ça ne m'intéresse pas de déballer toutes mes tripes devant quelqu'un qui s'en contrefiche.

— Comment peux-tu savoir que je m'en contrefiche ? répliqua-t-il en faisant la moue. Essaie un peu pour voir.

— Et c'est comme ça que tu évites de parler de toi ?

— Qu'est-ce que tu veux dire ?

— Tu changes le sujet de conversation pour passer à l'histoire de ton interlocuteur, comme ça, c'est lui qui se retrouve sur la sellette et toi tu es tranquille.

— Peut-être, avoua-t-il dans un grand sourire. Mais il n'est pas question de moi dans l'immédiat. C'est toi qui as l'air de souffrir de ton image de fille à papa, pas moi. Alors, parle-moi de ça.

Shadoe n'était pas d'accord. Spencer devait souffrir de pas mal de choses différentes, à commencer par le fait de vivre loin de chez lui.

— Je ne parlerai de moi que si tu me promets de parler de toi quand j'aurai terminé.

— Ce n'est pas comme ça que ça marche, répondit-il en secouant la tête.

— Alors, je ne joue pas.

— Dommage. Je crois que tu as envie de parler de ce qui te tracasse à quelqu'un.

— Il n'y a rien qui me tracasse, objecta-t-elle en riant.

— Bien sûr. Tu as un balai coincé dans le derrière depuis la première seconde où je t'ai rencontrée.

Elle releva le menton, refusant de mordre à l'appât.

— Et toi tu as l'air de porter le poids du monde sur tes épaules.

Spencer souriait franchement à présent.

— Mais non, ça, c'est mon charme naturel, ma belle.

— Tu ne te prends pas pour de la merde, cingla-t-elle.

— Clairement pas, où tu as vu que j'étais de la merde ?

Il se redressa, leva les deux bras et renifla.

— Non, pas de merde par ici, confirma-t-il.

Incapable de résister, Shadoe éclata de rire. Tous les hommes qu'elle connaissait étaient si sérieux. Elle n'en connaissait pas un seul qui soit vraiment capable de rire de lui-même, et d'avoir l'air aussi sexy en le faisant.

— Non, toi tu es différent, indiqua-t-elle.

— C'est ce qu'on me dit.

Oui, il ne se prenait vraiment pas pour de la merde. Et il n'était pas évident à saisir non plus. Il excellait dans le changement de sujet de conversation.

— Grange sait que tu es originaire d'ici ? demanda la jeune femme.

— Oui.

— Malgré toutes ces histoires de merde, c'est de toute évidence douloureux pour toi de revenir ici, alors pourquoi te ferait-il une chose pareille ?

— On n'est pas des gonzesses, Shadoe. On doit tous affronter nos démons, sans reculer. Grange le sait mieux que quiconque. On a fait la paix avec notre passé il y a déjà bien longtemps. C'est fait.

— Vraiment ?

— Pour moi, oui.

La jeune femme tourna le regard vers l'eau, cette sérénité était tellement frappante qu'elle aurait pu s'y perdre, oublier pourquoi elle était là, et ce qui l'avait amenée à ce point précis dans sa vie. La façon dont elle avait mené sa barque, dont elle s'était mesurée aux hommes, depuis sa plus tendre enfance. Et tout cela à cause de son père. Elle se demandait souvent si elle ne faisait pas ce métier non pas parce que c'était ce qu'elle aimait faire et ce qu'elle voulait faire de sa vie, mais plutôt parce qu'elle avait ressenti un besoin puissant de prouver à son père qu'elle était capable de le faire, qu'elle pouvait réussir aussi bien que n'importe quel homme.

— Si tu ne la laisses pas sortir, ça va te bouffer de l'intérieur.

— Laisser sortir quoi ? demanda-t-elle en décochant un regard à Spencer.

— La colère qui te ronge. Ça va te distraire. Tu as besoin de t'en défaire.

— Je ne suis pas en colère.

— Bien sûr que si, répliqua-t-il. C'est contre papa, ou les hommes en général ?

— Laisse tomber ta psychologie de comptoir, cingla-t-elle d'un air hautain. J'ai déjà passé l'examen psy à l'académie. Et je l'ai tout à fait réussi.

— Je n'en doute pas, mais il n'empêche que tu es énervée, et cela va avoir un impact sur ton boulot. Il faut que tu puisses faire confiance à ton partenaire.

— Tu veux dire que tu ne peux pas faire confiance à ta partenaire tant que tu ne sais pas tout sur elle ? demanda-t-elle.

— Oui.

— Dans ce cas, il faut que ça fonctionne dans les deux sens, pas vrai ?

Spencer n'avait pas de repartie cinglante à lui opposer. Bien. Pensait-il qu'elle était stupide ? Pourquoi voulait-il savoir tout ça sur son passé de toute façon ? La dernière chose qui intéressait la plupart des hommes, c'était d'écouter une femme déblatérer sur ses ennuis.

Il ne pouvait pas l'aider. Rectification : elle n'avait pas besoin d'aide. Il n'y avait rien qui clochait chez elle.

— Je suis prête à rentrer.

Shadoe prit ses bottes et leva un pied pour enfiler la première.

— Mon père était un ivrogne et ma mère ne valait pas beaucoup mieux que lui, commença Spencer.

La jeune femme posa sa botte dans l'herbe.

— Tout l'argent passait dans l'alcool pour eux deux, ce qui voulait dire que mon petit frère et moi, nous avions faim. Souvent. Donc si Trevor et moi on voulait manger, c'était à moi de nous trouver de la nourriture. La plupart du temps, papa et maman rentraient du travail, ouvraient leurs bouteilles de bière et de whisky, puis ils étaient soûls ou sans connaissance sur les coups de 21 heures.

— Ils ne vous nourrissaient pas ?

— Non.

— Vous aviez quel âge ?

— J'avais dans les douze ans. Trevor en avait neuf.

Shadoe sentit comme un coup de poignard dans ses entrailles. Quel genre de parent pouvait négliger ses enfants de cette façon ?

— Tu avais d'autres personnes dans ta famille ? Quelqu'un qui pouvait t'aider ?

— On vivait dans le bayou, répondit-il en secouant la tête. Les gens restent chacun de leur côté et ne se mêlent pas de la vie des autres.

— Et à l'école ? Le principal, ou un conseiller ?

Spencer tourna les yeux vers la jeune femme.

— Tu penses que j'allais en parler autour de moi ? Ils nous auraient placés en foyer, nous auraient séparé Trevor et moi. Je ne pouvais pas laisser cela arriver. Au moins à la maison, on était ensemble.

Shadoe avait envie de le prendre dans ses bras et de le serrer, mais elle savait qu'un homme tel que Spencer verrait ça comme un signe de faiblesse. Ce qui était tout l'inverse de ce qu'elle pensait de lui. Comment avait-il pu survivre à une enfance pareille ?

— Comment vous faisiez pour manger ?

— J'ai commencé à voler de l'argent dans le porte-monnaie de mes parents. Juste un peu ici et là, pas assez pour qu'ils s'en rendent compte, enfin, c'est ce que je croyais.

— Ils s'en sont rendu compte ?

— Ils ont fini par le faire. Impossible de prendre des dollars d'alcool à un ivrogne sans qu'il s'en rende compte, expliqua-t-il avec un sourire sinistre. Mon père s'en est aperçu, puis ma mère a remarqué aussi que le porte-monnaie se vidait bien vite. C'est alors que l'enfer s'est déchaîné sur nous, et je l'ai payé au prix fort.

— Il t'a battu ? demanda Shadoe, les yeux écarquillés.

— Rien de bien nouveau, répondit Spencer en haussant les épaules. À cet âge-là, j'étais déjà habitué, donc j'ai pu gérer.

Un enfant qui avait tellement l'habitude de se faire battre qu'il ne s'en souciait plus à l'âge de douze ans. Shadoe était horrifiée.

— Ça s'est passé comment ?

— Cette fois-ci, il ne m'a rien cassé. Juste quelques bleus et une lèvre ouverte. J'ai survécu.

— Bon sang, Spencer. Pourquoi est-ce que tu n'as pas…

— À cause de Trevor.

Le jeune homme arbora un air farouche. Coléreux.

— C'était mon boulot de le protéger, reprit-il, de prendre soin de lui. Parce qu'une chose était sûre : ce n'était pas eux qui allaient le faire.

Shadoe réprima quelques larmes en pensant à ce garçon de douze ans – encore un enfant – contraint de prendre en charge son petit frère. Elle était abasourdie et en colère pour lui.

— Que s'est-il passé ensuite ? demanda-t-elle.

— Je suis devenu plus malin. J'ai arrêté de voler mes ivrognes de parents. J'ai trouvé d'autres moyens.

— Qui étaient ?

— Je volais toutes les autres personnes, indiqua-t-il avec un sourire empreint de fierté.

— Qui ça ?

— Les camarades de classe, les voisins, les commerçants de la petite ville où on vivait. Partout où je le pouvais : argent, nourriture, tout ce qui était nécessaire pour nous nourrir, mon frère et moi.

Comment pouvait-il ne pas être en colère – porter encore cette colère avec lui ? C'est ce qu'elle ferait.

— Tes parents auraient mérité d'être arrêtés.

— On a survécu avec Trevor, c'est tout ce qui compte.

— Combien de temps ça a duré tout ça ?

Spencer se tourna sur un côté et posa sa tête dans la main.

— Les années ont passé, mes parents ont perdu leurs boulots. On ne peut pas boire comme ils le faisaient tout en gardant son emploi. Mon père a fini par partir, et ma mère n'a plus eu que les allocations. Je détestais ça. Tout le monde le savait. Et on me le faisait payer.

— Qui ça ? Tes amis ?

Le jeune homme laissa échapper un bref rire.

— Les amis ne se moquent pas de toi quand tu es en mauvaise posture. Je n'avais pas d'amis. Seulement Trevor. Lui et moi on était soudés.

— Est-ce qu'il volait, lui aussi ?

— Carrément pas ! dit-il, l'air étonné. Je ne l'aurais jamais laissé faire, même s'il savait que moi je le faisais. Je ne voulais pas ruiner sa vie. Je voulais que ce soit un gars honnête et droit. J'avais de grands espoirs pour lui, je souhaitais qu'il fasse quelque chose de sa vie malgré le trou à rats dans lequel il avait grandi. Il était intelligent, tu sais ? Des putains de bonnes notes à l'école et tout. Les profs l'adoraient. Quand il a fêté ses seize ans, j'ai su qu'il ferait des études. Il avait tout ce qu'il fallait pour décrocher des bourses. Il fallait que je l'aide à rester sur la bonne voie, que je m'assure que ça se passe bien pour lui.

Shadoe n'aimait pas trop le tour que prenait cette conversation.

— Qu'est-ce que tu as fait ?

— Je l'ai fait sortir de cette maison qui sentait toujours l'alcool et l'échec. Je l'ai confié à une famille d'accueil. Un couple vraiment sympa qui avait un fils de l'âge de Trevor et qui avait toujours voulu avoir d'autres enfants sans y parvenir. Ils ont toujours été gentils avec nous, nous donnaient à manger chaque fois qu'on était là. Ils ont contacté les services sociaux et ont lancé une procédure judiciaire pour récupérer les droits parentaux de maman.

— Comment as-tu réussi à faire ça ?

Son sourire machiavélique lui en disait déjà assez long.

— J'ai contourné le système. J'y avais joué pendant quelques années, donc je connaissais bien les tenants et les aboutissants. Pas besoin d'être un expert en physique quantique pour voir quel dépotoir était notre maison et se rendre compte que ce n'était pas un environnement propice pour un enfant.

— Et toi alors ?

— J'avais dix-neuf ans à l'époque, et j'étais dans la merde jusqu'au cou. Je me suis vite carapaté avant que tout ne s'effondre. Je voulais m'éloigner en ayant préparé au mieux le terrain qui mènerait Trevor à la réussite.

— Tu l'as abandonné ?

Dès que la jeune femme entendit les mots sortir de sa bouche, elle regretta de les avoir prononcés. Spencer fronça les sourcils, et Shadoe eut envie de se faire toute petite.

— J'ai fait ce qu'il y avait de mieux pour mon frère. Moi, j'étais un voleur, un arnaqueur, et il était trop proche de moi. Je l'ai vu clairement : si je ne sortais pas de sa vie, je risquais de le faire sombrer.

Shadoe n'en croyait pas un mot, mais cette fois, elle se tut.

— Je m'étais déjà un peu trop souvent frotté à la justice et j'étais vraiment limite. Il était préférable que je disparaisse, et il était hors de question que je laisse Trevor aux mains d'une mère inutile, poivrote, décérébrée, qui ne s'en occuperait même pas. Donc… je me suis arrangé.

— Comment Trevor l'a-t-il pris ?

— Je ne sais pas, répondit Spencer en haussant les épaules. J'imagine qu'il s'en est remis. Aux dernières nouvelles, il faisait des études de médecine.

Son sourire mélancolique serra le cœur de Shadoe.

— Il va devenir médecin ?

— Oui. C'est cool, hein ?

— C'est magnifique. Tu as fait quelque chose de merveilleux pour ton frère.

— Il était destiné à avoir une belle vie de toute façon, précisa-t-il en haussant les épaules. Je l'ai juste mis sur la bonne voie.

— Tu as sauvé sa vie, son avenir. S'il a survécu, c'est grâce à toi. S'il est là où il est aujourd'hui, c'est grâce à ce que tu as fait pour lui, grâce aux sacrifices que tu as faits pour lui.

Shadoe s'était trompée au sujet de Spencer. Tout ce qu'il avait dû endurer pendant toutes ces années, les souffrances qu'il avait dû supporter… Il avait raison. Il n'y avait pas de comparaison entre sa vie à lui et la sienne. La jeune femme avait honte d'avoir cru que sa propre vie avait été difficile. Lui avait vécu une enfance en enfer, sans amour, sans chaleur, sauf avec son frère.

— Pourquoi est-ce que tu n'essaies pas de le revoir maintenant ?

— Ça ne servirait à rien, dit-il en secouant la tête. On a coupé le cordon. Il a sa vie, et moi la mienne.

— Mais regarde ce que tu as fait de ta vie. Elle est absolument géniale…

— Dont je ne peux pas lui parler, l'interrompit-il en lui décochant un regard. Tu le sais bien.

Shadoe acquiesça et comprit. Elle détestait le fait qu'il ne puisse pas partager sa réussite avec son frère, lui montrer ce qu'il était devenu. Aux yeux de Trevor, Spencer pouvait parfaitement être en train de moisir en prison, ou mort.

Cela ennuyait la jeune femme, mais ce n'était pas à elle d'y objecter, ou même franchement, de s'en soucier. Spencer n'était rien d'autre que son partenaire dans cette mission.

Le problème, c'est qu'elle s'en souciait. Plus que de raison. Elle ressentait la douleur de Spencer, même s'il se donnait du mal pour la dissimuler derrière ses haussements d'épaules, ses sourires et sa nonchalance. Elle tendit le bras et posa une main sur le sien, lui offrant le seul soutien qu'elle pouvait lui donner.

— Je suis désolée.

— Ne fais pas ça, dit-il sur un ton rude.

— Pourquoi ça ?

— Je n'ai pas besoin de ta pitié.

— Tu crois que j'ai pitié de toi ? demanda-t-elle en riant. Je n'ai pas pitié de toi, Spencer, je suis admirative.

— De quoi ? demanda-t-il, abasourdi.

— De ce que tu as fait de ta vie, des sacrifices que tu as consentis. De l'incroyable force que tu as eue pour supporter toutes ces épreuves. La plupart des hommes qui ont grandi dans un milieu de ce genre n'auraient pas fait ce que tu as fait pour ton frère. Peut-être qu'ils auraient terminé tout simplement comme tes parents.

— C'est exactement la dernière chose que je voulais.

— C'est évident. C'est pour cette raison que je t'admire. Tu as montré un bel exemple à ton frère.

— Ouais, s'esclaffa-t-il. En mentant, en trichant et en volant… super exemple.

— Tu as fait ce qu'il fallait vu que tu n'avais aucune autre ressource. Je suis sûre qu'il a compris que tu avais fait tout cela par amour pour lui.

— Je ne suis pas un héros, Shadoe. Ne me prends pas pour ce que je ne suis pas.

La jeune femme sourit, refusant de le laisser s'autodénigrer.

— Tu n'es pas non plus un voyou.

— N'empêche que tu ne me connais toujours pas du tout.

— J'en sais plus sur toi maintenant qu'il y a une heure.

— Je ne suis pas un mec bien, déclara-t-il en se levant.

Elle se leva à son tour et se baissa pour reprendre ses bottes.

— Je pense que tu es vraiment un mec bien.

Shadoe se fichait de ce qu'il pouvait bien penser. Elle avait besoin de lui faire entendre cette vérité, qu'il la comprenne. Il ne l'avait sûrement pas assez souvent entendue.

— Non, mais vraiment, Shadoe, je ne suis pas quelqu'un de bien, répéta-t-il.

Elle était sur le point de se lancer dans le débat, mais elle ne s'attendait pas au mouvement rapide comme l'éclair qu'il fit, passant un bras sous le sien, se servant de l'autre pour la serrer contre lui. Choquée, elle laissa tomber ses bottes et haleta.

La jeune femme n'eut qu'une fraction de seconde pour voir le désir et la colère briller dans son regard bleu clair, juste avant qu'il se penche en avant et s'empare de sa bouche avec fougue. Elle n'eut pas le temps de se poser la question de savoir pourquoi il faisait ça. Son esprit se vida complètement et elle oublia tout pour se concentrer uniquement sur la sensation de l'avoir tout contre elle, le goût de sa bouche, et tout son corps qui s'animait brusquement, comme une éruption volcanique.

Chapitre 8

Le baiser de Spencer était coléreux. Au fond de son esprit envahi par la passion, Shadoe comprit qu'il n'était pas en train de l'embrasser en raison d'une subite pulsion sexuelle. Il avait envie de la punir. Il la provoquait, tâchant de lui prouver qu'il n'était pas un mec bien.

La jeune femme ne s'en souciait guère, parce que son baiser la faisait fondre, craquer, c'était tout ce qu'elle avait toujours voulu dans un baiser : se retrouver emportée, ne plus penser à rien face à un homme qui sait exactement ce qu'il est en train de faire, qui sait s'y prendre avec un corps de femme.

La façon dont il la touchait – sans timidité, avec audace, sans la moindre hésitation, saisissant ses fesses pour la plaquer contre son érection monumentale – était tout sauf gentille. Est-ce qu'il croyait qu'elle allait le rejeter parce qu'il se montrait un peu rude avec elle ? C'était tout l'inverse. Elle sentit ses tétons se durcir face à sa fougue, son désir puissant se faisant visible dans la façon dont il enfonçait ses doigts dans la chair des bras de la jeune femme, passait la main sur ses côtes pour soulever son tee-shirt afin de sentir le contact avec sa peau nue. Et pendant tout ce temps, il activait ses lèvres sur les siennes de manière impérieuse, sa langue se muant en un instrument de torture velouté qui faisait flageoler les jambes de la jeune femme. Elle sentit son sexe s'émouvoir de la façon dont il la dévorait.

Shadoe en voulait plus, et elle le lui fit savoir en agrippant ses bras pour l'attirer plus près d'elle, gémissant contre ses lèvres, balançant ses hanches contre lui. Il répondit par un grognement, et bon sang, ce que ça pouvait l'exciter ! Elle n'était jamais sortie avec un homme aussi animal que Spencer. À vrai dire, elle n'était jamais sortie avec un homme aussi viril, primitif, même dans les odeurs qu'il dégageait – parfums de terre, de sexe et de puissance. Elle avait envie de le déshabiller là, sur-le-champ, de le pousser pour qu'il s'allonge sur la pente herbeuse et de le baiser comme une folle.

Au lieu de cela, il s'écarta d'elle et se mit à genoux, usant de ses mains pour caresser ses hanches, ses cuisses.

La jeune femme retint son souffle quand il s'arrêta là, faisant jouer ses doigts sur les ourlets de sa jupe avant de se faufiler en dessous. Il commença à soulever le cuir, centimètre par centimètre, comme une lente torture. Chaque contact de ses doigts contre ses jambes faisait gonfler son sexe, son clitoris frémissant d'excitation.

— Écarte les cuisses pour moi, Shadoe, dit-il en continuant de regarder ses jambes – ou plutôt entre ses jambes.

La jeune femme s'exécuta, et il continua à soulever lentement sa jupe, la soulevant au-dessus de ses hanches pour révéler son string noir. Il lui retira son fourreau secret et son couteau pour les poser au sol près de lui. Ensuite, il se pencha en avant, étalant ses doigts sur ses fesses et enfouissant son visage entre ses cuisses.

— Oh, mon Dieu ! murmura-t-elle.

Shadoe sentit ses genoux faiblir et elle posa une main sur le sommet du crâne du jeune homme. Il soufflait un air chaud près de son sexe, ce qui la poussait à se demander si elle allait parvenir à rester debout s'il avait l'intention de continuer à lui faire ça.

— Tu sens bon. Comme une chaleur d'été et des fleurs sauvages.

Il étira son string sur un côté et se mit à lécher les contours de sa cuisse. Shadoe sentit ses jambes se contracter et Spencer lui tendit une main. Elle geignit quand sa langue s'attarda aux abords des lèvres de son sexe, taquinant, excitant, promettant monts et merveilles…

— Ce string me dérange, Shadoe.

Le jeune homme ne lui demanda pas la permission, ses gestes n'étaient pas doux, il tira un coup sec et le string disparut, déchiré puis rejeté sur le côté. La jeune femme était à présent dénudée. Spencer rejeta la tête en arrière, et elle aurait aimé se dire que c'était un sourire qu'il esquissait dans sa direction, mais cette lueur machiavélique qui brillait dans ses yeux n'avait rien à voir avec un sourire. C'était plus comme une menace, une sorte d'avertissement, « prends garde à toi ». Parce que, ensuite, il se pencha pour poser sa bouche sur son sexe, couvrant son clitoris, sa langue passant dans ses replis, chaude, mouillée, dévastatrice. Shadoe gémit et fut parcourue de frissons incontrôlables tandis qu'il s'emparait de son sexe. Elle se cambra pour se coller à ses lèvres, mais elle ne pouvait rien faire de plus. Il saisit ses fesses, s'agrippa fermement à elle, la lécha en longues caresses maîtrisées avec sa langue si douce, la lapant comme si elle était un cône de glace qui était sur le point de fondre trop vite. Shadoe n'en pouvait plus de ce plaisir doux et chaud. Elle était submergée de part en part, incapable d'arrêter le flot de sensations qui la gagnait à une vitesse hors de tout contrôle.

Spencer s'activait sans relâche, posait sa bouche partout, explorait du bout de la langue, léchait, et suçait. Il la mordilla à l'intérieur de la cuisse, et ce plaisir douloureux la fit grimper aux rideaux. Il la lécha de part en part, et elle avait envie de le supplier de continuer encore. Quand il s'empara de son clitoris et l'aspira, elle eut envie de crier.

Puis, elle finit par le faire, car elle fut totalement surprise par son orgasme, submergée par une chaleur aveuglante et des sensations tourbillonnantes incroyables. Elle se balança contre la bouche de Spencer, ressentant le besoin désespéré du contact avec sa langue tandis qu'elle surfait sur cette vague de plaisir, puis elle sombra de nouveau, surprise que son orgasme puisse durer aussi longtemps. Cela faisait tellement longtemps qu'elle n'avait pas fréquenté d'homme, sa période creuse était en train de se terminer dans une explosion torride. Quand elle n'en put plus, quand les spasmes qui la secouaient se firent tout petits, agréables, elle baissa les yeux sur Spencer, gênée de le voir la tête penchée en arrière, une expression très attentive sur son visage.

Les joues de Shadoe s'empourprèrent. Aucun homme ne l'avait jamais vue jouir auparavant. Dans toutes ses expériences passées, le sexe avait été plutôt… inoffensif et sans surprise. Absolument rien à voir avec ça, et jamais en public. Et jamais avec un homme aussi… viril.

La jeune femme ne savait pas quoi dire, ni quoi faire. Elle s'était toujours retrouvée au lit avec les autres hommes.

Spencer se leva, humecta ses lèvres, et la regarda de haut, toujours avec cette même expression sur son visage.

— Putain ce que tu es belle quand tu jouis ! dit-il en l'attirant à lui. Tu me fais bander.

Il saisit le poignet de Shadoe pour poser sa main sur son érection. Elle frémit en sentant sa verge gonflée sous ses doigts. La jeune femme entrouvrit les lèvres et haleta d'excitation quand il accompagna sa main dans un mouvement de va-et-vient pour caresser sa queue.

— J'ai envie de te baiser, Shadoe.

— Oui.

Toute gêne s'était envolée face à cette demande verbalisée, cette promesse d'actions à venir.

Spencer s'allongea par terre, et attira Shadoe sur lui. Il passa ses mains dans les cheveux de la jeune femme et s'y tint tandis que sa bouche rencontrait la sienne pour un autre de ses baisers dévastateurs. Comment pouvait-elle garder les idées claires alors qu'il ne cessait de la faire chavirer comme ça ? Peu importait, tout ce qu'elle voulait dans l'immédiat, c'était se concentrer sur la sensation de ses lèvres contre les siennes, et son sexe durci entre ses jambes.

La jeune femme délaissa toute autre forme de pensée, ne comptaient pour elle que ces sensations. L'odeur de Spencer, le contact de son corps dur contre le sien, la manière dont il la regarda quand elle se releva pour reprendre son souffle. Pour quelqu'un qui semblait si léger, bourré d'humour, il savait aussi se montrer plus intense par moments – tout particulièrement maintenant que ses yeux se teintaient d'un bleu plus sombre, et qu'il fronçait les sourcils comme s'il était en colère. Mais elle savait que ce n'était pas vraiment la colère qui le motivait ; c'était la passion, ce même besoin impérieux qui la poussait à onduler tout contre lui, ce besoin de sentir son sexe se frotter contre le sien.

Spencer saisit ses hanches et la fit rouler sur le dos, pour qu'il se retrouve sur le dessus, la tige durcie de son érection se retrouvant tout contre ses zones les plus érogènes. Shadoe haleta.

— Tu aimes bien quand c'est là ?

— Oui, parvint-elle à articuler, malgré son souffle devenu très court.

Maudit soit-il, s'il continuait à bouger son sexe contre son clitoris de cette façon, elle allait jouir une nouvelle fois.

— Spencer, s'il te plaît.

— Dis-moi ce que tu veux.

— Baise-moi. Fais vite parce que je vais jouir encore.

— Vraiment ? demanda-t-il en relevant un sourcil.

Au lieu d'accéder à sa demande, il roula sur le côté et posa sa main sur le sexe de la jeune femme, enfonçant ses doigts dans sa moiteur et la répandant ensuite sur son clitoris. Shadoe se contracta, et quand il passa sa main, chaude et ferme sur son sexe, elle chavira, s'accrochant de toutes ses forces à son poignet pour qu'il reste en place pendant qu'elle se frottait contre lui, criant de toutes ses forces pour exprimer ce plaisir si intense qui était en train de la gagner.

Shadoe se sentit épuisée. Plus une once d'énergie. Mais Spencer laissa sa main sur son sexe, sans jamais la quitter du regard. Elle se mordit la lèvre inférieure quand il commença à faire bouger ses doigts autour de son clitoris, taquinant ses lèvres. Puis il glissa un doigt en elle. Elle haleta.

— Mouillée, dit-il. Chaude.

Il enfonça un autre doigt, et elle laissa échapper un gémissement. Le feu qu'elle pensait être passé revenait encore une fois, prenait une nouvelle ampleur.

— Je vais te faire jouir encore une fois, Shadoe. Et cette fois-ci, je serai en toi quand ça arrivera.

La jeune femme n'avait jamais été très branchée sexualité. D'accord, elle aimait le sexe. Elle aimait jouir avec un homme. Mais jamais… jamais… trois fois sur un laps de temps aussi court.

— Je ne sais pas si…

— Tu vas le faire, tu verras. Regarde un peu comme c'est allé vite ces deux dernières fois. Je vais encore te faire jouir.

Spencer était tellement sûr de lui, de sa capacité à y arriver, qu'elle le crut. Bon sang, elle le croyait réellement. La façon dont il enfonçait ses doigts en elle lui donna envie d'y croire. Il était magique, avait l'air de savoir précisément comment la caresser, la paume de sa main pressant doucement son clitoris pendant que ses doigts s'enfonçaient encore, dans une suite de caresses parfaitement maîtrisées. Le sexe de Shadoe se resserra autour de ses doigts tandis qu'il lui arrachait une jouissance qu'elle ne pensait pas être possible. Elle se cambra contre lui, en voulant toujours plus.

— Je veux que tu sois toute nue, que je puisse te lécher partout, susurra-t-il à son oreille, ponctuant chaque parole d'un mouvement de ses doigts encore plus en profondeur avant de les retirer dans un mouvement toujours plus lent. Mais pas ici, pas dans l'herbe. Je veux te voir en pleine lumière, prendre mon temps. Et ma queue est tellement dure que j'ai envie de l'enfoncer jusqu'au bout, jusqu'à ce que je jouisse à mort. Tu es prête pour ça ?

— Oui. Baise-moi.

Quand il l'aida à se redresser, elle tremblait. Il s'installa entre ses jambes étendues et s'agenouilla, sortit un sachet de préservatif de sa veste et défit son pantalon, baissant son jean juste assez pour pouvoir sortir son sexe.

Bon sang, ce qu'il était beau ! Son gland était large, d'un pourpre assez vif, sa verge était épaisse, tout comme le reste de son corps. Elle avait envie de le toucher, de glisser ses doigts et sa bouche sur son sexe. Mais il enfila le préservatif et se positionna entre ses jambes.

— On pourra jouer plus tard.

Shadoe y comptait bien. Elle écarta les jambes encore plus et se souleva légèrement quand il plaça son gland à l'entrée de son vagin. Spencer glissa une main sous ses fesses, et entra en elle.

La jeune femme rejeta la tête en arrière et absorba cette sensation de sentir Spencer en elle, la façon dont ses parois se contractaient autour de sa verge tandis qu'il entamait son va-et-vient, la façon dont elle l'accueillait. Il lui correspondait parfaitement. Chaud, dur, et oh, bon sang, ce qu'il baisait bien ! Doucement pour commencer, laissant Shadoe apprécier chaque centimètre de sa magnifique verge, puis durcissant ses mouvements, des coups de reins rapides qui la rendirent folle de plaisir.

Et ses mains – cet homme avait des mains incroyables, et il s'en servait pour la caresser partout. Elle n'était même pas entièrement nue, mais il souleva son tee-shirt pour passer les mains sur ses seins.

— Quand j'aurais retiré tes vêtements, je vais te sucer les tétons.

Le jeune homme commença par les taquiner du bout des doigts. Elle ressentit ces caresses jusqu'au cœur de son clitoris, et son sexe se contracta autour de sa verge.

— Ah, Shadoe, ta chatte est en train de me serrer.

Il se balança contre elle, empoignant ses hanches, ses doigts s'enfonçant dans sa chair tendre. Mais il relâcha son étreinte aussitôt.

— Ne t'arrête pas.

— Je ne peux pas te faire de bleu. Tu seras sur scène demain soir.

Bon sang. Elle voulait qu'il la prenne brutalement, qui lui laisse des marques, qu'il la possède. Elle était incapable d'expliquer ce besoin primaire ; tout ce qu'elle savait, c'est qu'elle le voulait, il fallait que ça se passe comme ça. La jeune femme se souleva contre lui et enroula ses jambes autour de sa taille.

— Touche-moi, Spencer. Sans ménagement. Ma peau ne marque pas facilement.

Avec un grognement grave, il s'empara de sa bouche, glissant sa langue pour l'enrouler autour de la sienne. Il l'embrassa avec fougue, serrant un bras autour d'elle et posant une main pour la surélever. Il commença alors un mouvement de va-et-vient puissant, s'enfonçant en elle au rythme d'énergiques coups de reins.

Les sensations étaient si intenses qu'elle ne pouvait plus se retenir, ne voulait plus se retenir. Shadoe enfonça ses ongles dans la peau des bras du jeune homme tandis qu'elle était secouée de spasmes de plaisir incontrôlables, son sexe se contractant sur lui en d'intenses vagues à mesure qu'elle jouissait.

— Oh mon Dieu, murmura-t-elle contre ses lèvres.

Puis elle sentit qu'elle perdait le contrôle, et se délecta de cette impression tandis qu'il s'activait avec vigueur et rapidité, jusqu'à ce qu'il soit parcouru d'un frisson, entrouvre les lèvres et pose la bouche contre le cou de la jeune femme pour la mordiller tandis qu'il succombait à un orgasme bruyant et intense.

Shadoe le tint dans ses bras, passant une main apaisante sur son épaule, regrettant qu'ils ne soient pas tous deux entièrement nus pour pouvoir sentir sa peau toute moite contre la sienne. Mais elle aimait tout de même cet instant, car il avait joui et la maintenait encore puissamment entre ses bras.

Elle mit du temps à reprendre conscience de l'herbe humide sous elle. Spencer se redressa d'un bond et passa une main sur le dos de la jeune femme, rabaissant sa jupe sur ses fesses exposées. Il la regardait comme si elle était une étrangère, fronçant les sourcils, la mine sombre.

Pas vraiment le genre d'expression qu'on rêve de voir chez un homme juste après l'amour.

— Quoi ?

— Rien, dit-il en l'enlaçant pendant qu'il se redressait avant de l'aider à le faire à son tour.

Il se sécha et remit son pantalon.

— On devrait y retourner. La route est longue.

Intéressant. Avait-il des regrets là-dessus ? Elle, non. Cela avait été… incroyable. Mais elle sentait bien qu'il prenait ses distances ; et c'était plus que simplement physique. Un mur émotionnel s'était dressé entre eux, une barrière qui n'existait pas il y avait quelques minutes.

— Spencer.

Il ramassa les bottes de la jeune femme et les lui tendit, arborant cette fois un sourire.

— C'est sympa de baiser comme ça, Shadoe. Mais n'essaie pas d'y accorder plus d'importance que ça.

La jeune femme enfila ses bottes, refusant de s'offusquer de la façon nonchalante avec laquelle il venait de tirer un trait sur tout ce qui venait de se passer.

— Ce n'était pas mon intention.

Elle aurait dû s'en douter, elle aurait dû se rendre compte qu'un homme tel que Spencer ne voyait dans une femme rien de plus qu'un objet sexuel. Il ne faisait pas dans les sentiments ni dans le partage, tout ce qui lui importait, c'était le plaisir physique.

Bien, c'était d'accord alors. Cela ne se reproduirait plus.

— Prête ? demanda-t-il.

Elle acquiesça brièvement, n'ayant pas assez confiance dans ses propres émotions pour lui adresser la moindre parole pour le moment.

Ils grimpèrent sur la moto et retournèrent à l'hôtel. Shadoe avait hâte de retrouver la chambre, pour prendre une douche et digérer cette nuit. Ce qu'elle avait pu être stupide !

Mais déjà, assise sur la moto, elle sentit le vent mettre un peu plus d'ordre dans ses idées. Elle se rendit compte que Spencer avait déjà partagé énormément avec elle ce soir. Il lui avait confié son passé, son histoire, ses douleurs. Et il n'avait probablement pas partagé cela avec beaucoup de monde auparavant.

Peut-être n'était-ce pas ce qu'il avait voulu, mais le fait est que c'était sorti. Et peut-être était-ce cela qui l'irritait le plus. Pensait-il qu'elle aurait de la peine pour lui maintenant qu'elle savait ? Ou qu'elle le prendrait en pitié ?

Elle ignorait quoi penser ou quoi faire de Spencer. Comprendre ce qui se passait dans la tête d'un homme relevait d'une mission impossible. Mais elle savait qu'elle avait ressenti quelque chose pour lui ce soir-là, et ce n'était pas de la pitié.

Shadoe n'était pas du genre à abandonner facilement, mais s'impliquer dans une relation avec un partenaire, c'était le désastre assuré. Ils avaient tous les deux besoin d'avoir les idées bien en place et d'être concentrés à cent pour cent sur cette mission. Il fallait absolument qu'elle trouve ce mouchard, et qu'elle réussisse à jouer ce rôle de stripteaseuse. C'était déjà bien assez pour ne pas se compliquer la vie avec son partenaire, non ?

Toutefois, Spencer l'intriguait. Il y avait à la fois des aspects durs et des côtés plus tendres chez lui, et elle mourait d'envie de les explorer.

Bon sang, c'était le chaos le plus total !

La jeune femme avait sérieusement besoin de réfléchir à tout cela.

Chapitre 9

Spencer passa la main dans ses cheveux et fit les cent pas dans la chambre d'hôtel, ayant plutôt l'impression de tourner en rond dans une cage. Partager cet espace avec Shadoe allait être une torture pour lui, surtout après ce qu'il s'était passé la veille entre eux.

Il lâcha un juron et poussa les portes-fenêtres qui donnaient sur le balcon, espérant que l'air du matin lui éclaircirait les idées. Mauvaise pioche. L'atmosphère était déjà chaude et moite et il sut que cela ne l'aiderait en rien.

Bon sang, à quoi avait-il bien pu penser ? À part Grange et les autres *Wild Riders*, il n'avait jamais parlé à personne de son passé. La seule raison pour laquelle les autres gars le connaissaient, c'est parce que Grange insistait pour qu'ils parlent tous de ce qui leur était arrivé – il n'avait eu d'autre choix que de se plier à cette règle s'il voulait rester dans le groupe. Et cette discussion avait eu lieu longtemps auparavant, quand ils étaient encore tous des gamins.

Grange leur avait fait rouvrir les vieilles blessures, en parler, pour ne plus jamais y revenir.

Alors pourquoi maintenant, et pourquoi avec Shadoe, une femme qu'il connaissait à peine ? Il avait voulu qu'elle parle d'elle. Son intention était d'en savoir plus sur la jeune femme, de mieux comprendre. Mais résultat : il ne savait toujours presque rien d'elle ou de sa relation avec son père, alors qu'elle savait tout sur lui. Pour une raison qui lui échappait, il s'était mis à parler sans pouvoir s'arrêter.

Purée ! Cela faisait des années qu'il n'avait pas pensé à Trevor, qu'il essayait d'enterrer cette partie de sa vie, son passé, ces horreurs. Il s'était donné toutes les peines du monde pour aller toujours de l'avant, sans se retourner.

Peut-être était-ce parce que Shadoe et lui s'étaient retrouvés sur ces terres où il avait grandi, et que ça avait remué des souvenirs en lui. Il n'en avait aucune fichue idée. Il n'était pas du genre branché psy, à se creuser la tête sur le pourquoi du comment. Il vivait dans l'instant présent, point barre. Impossible de revenir en arrière et de changer ce qui s'était déjà passé ; la seule façon de faire, c'était de vivre en allant de l'avant, et il était donc parfaitement inutile de revenir sur le passé.

Et c'est pourtant bien ce qu'il avait fait la veille, non ? Et Shadoe l'avait écouté, lui avait posé des questions, sans jamais trouver à redire sur ce qu'il avait fait. Elle le voyait comme un putain de héros.

Spencer s'esclaffa. Il n'avait rien d'un héros. C'était Trevor, le héros.

Il sentit son ventre se nouer à la pensée de son frère. Il se demanda où se trouvait Trevor en cet instant. Avait-il réussi dans la vie ? Il avait toujours voulu savoir, mais ne s'était jamais autorisé à rechercher l'information. À quoi cela servirait-il ? Il ne voulait pas le contacter… il ne le pouvait pas. Il voulait tirer un trait définitif sur son passé, isoler cette partie de sa vie et oublier son existence.

Sauf que le jeune homme avait déterré tout cela la veille, l'avait partagé avec Shadoe. Cela l'avait ramené à cette dure réalité.

Spencer regarda par-dessus la rambarde du balcon pour voir les éboueurs circuler et nettoyer de façon systématique les vestiges des festivités de la veille sur Bourbon Street. Il aurait aimé pouvoir faire de même.

Il passa une main dans les courtes pointes de ses cheveux. Bon Dieu, il était tellement débile ! Et il l'avait été toute la nuit. Shadoe l'avait obsédé depuis le premier soir où il l'avait rencontrée, et ça ne lui était jamais arrivé avec une femme.

En général, les femmes, c'était pour le fun. Elles sentaient bon, il aimait bien les baiser et passer du temps avec elles, mais ça s'arrêtait là. Spencer ne donnait pas dans les relations longue durée.

Il n'était pas du genre à papoter et à apprendre à mieux connaître l'autre. Il faisait plutôt la fête avec elles, puis couchait avec. Il prenait soin de choisir le genre de femmes qui ne s'attachait pas.

Shadoe n'était pas de ce genre-là. Pire encore, elle était sa partenaire sur cette mission.

Alors à quoi avait-il bien pu penser en la baisant comme un animal dans la chaleur de la nuit précédente ? C'était pour la faire taire et l'empêcher de le prendre pour une sorte de héros ? Ou avait-il fait cela pour une autre raison ?

Le jeune homme n'avait même pas envie de penser à ce qu'il ressentait. Il n'était pas le genre de mec à se prendre la tête sur ces sujets-là. Au moindre soupçon qu'une femme en veuille plus que ça, il prenait la poudre d'escampette.

Heureusement, quand ils étaient rentrés dans leur chambre la veille, Shadoe n'était pas d'humeur plus bavarde que lui. Elle avait filé directement à la salle de bains, sans un mot. Il avait fait de même. Cela lui convenait parfaitement. Il avait eu peur qu'elle veuille lui parler de ce qui s'était passé entre eux.

Elle n'en avait rien fait.

La jeune femme lui en voulait probablement, car il l'avait rembarrée juste après l'avoir baisée. Trop dur pour elle. Elle allait pourtant devoir s'y faire, parce que c'est comme ça qu'il était.

Non pas qu'il ait l'intention de recoucher avec elle. Cela avait été une énorme erreur et il n'allait pas recommencer. Il était temps qu'ils se concentrent sur leur mission et pas l'un sur l'autre.

Mais bon sang, elle avait été bonne la veille ! Belle, sexy, elle lui convenait parfaitement dans sa fougue et son désir.

Le jeune homme sentit sa queue frémir en se souvenant d'elle en train de jouir à répétition. Elle présentait un mélange d'innocence et de séduction parfaitement dosé. Et il ne l'avait même pas entièrement déshabillée, il n'avait pas pu la goûter tout entière. Il était prêt à parier qu'il aurait d'autres occasions de le faire.

Il maudit son érection grandissante et ses pensées contradictoires, refusant de se laisser entraîner sur ce terrain. Cela ne se reproduirait pas.

— Bonjour.

Il se tourna à moitié pour la voir se tenir dans l'encadrement de la porte, portant un short gris et un débardeur en coton. Ses cheveux étaient ébouriffés par la nuit passée, ses joues roses et ses yeux à peine ouverts.

Même entièrement nue, elle n'aurait pas pu être plus sexy que ça.

Cette vision fit durcir la verge du jeune homme et ses testicules frémirent. Il avait envie de la prendre dans ses bras et de la baiser pendant des heures, jusqu'à ce qu'il arrête de penser à elle.

Il préféra répondre un sobre :

— Bonjour.

Shadoe s'avança sur le balcon pour se tenir près de lui et elle posa les mains sur la rambarde. Elle ne prononça pas un mot pendant quelques minutes, ce qui lui laissa le temps de l'observer du coin de l'œil. La brise du matin écartait doucement les mèches de cheveux de son visage. Elle n'avait aucun besoin de le faire de sa main. Lui en avait envie. Il avait envie de l'embrasser juste au creux du cou. Et le vent soulevait aussi son petit débardeur, lui offrant un aperçu de son ventre plat. Il avait aussi envie d'y poser des baisers.

Il avait aussi envie de partir en courant et en grognant, pour ne plus avoir à se tenir près d'elle, à sentir l'odeur de son savon et de son shampooing, à avoir envie d'elle.

C'était stupide. Il existait toutes sortes de femmes sur cette terre qu'il pouvait avoir sans le moindre effort, des femmes qui l'aideraient facilement à ne plus penser à Shadoe. Elle n'avait pourtant rien de spécial.

— Je suis désolée, je me suis immiscée dans ta vie personnelle hier soir, déclara-t-elle, tout juste plus fort qu'un murmure. Je n'en avais aucun droit et je t'ai mis mal à l'aise. Je ne le ferai plus.

La jeune femme pivota légèrement, appuyant maintenant sa hanche contre la rambarde pour lui faire face. Il n'avait d'autre choix que de faire pareil, sinon, il aurait eu l'air d'un lâche.

— Ce n'est rien, ne t'en fais pas.

— Tu peux me demander ce que tu veux sur mon passé, mon enfance, mon père, et je répondrai, dit-elle après avoir esquissé un petit sourire. Je crois que je te dois bien ça.

Oui, vu qu'il lui avait déballé ses tripes la veille.

— Je n'ai pas besoin de savoir quoi que ce soit de ta vie personnelle.

— Mais hier soir, tu disais que…, dit-elle avant que son demi-sourire s'évanouisse.

— Ouais, eh bien hier soir, c'était hier soir. Aujourd'hui, il faut qu'on bosse sur la mission, et qu'on commence à bien se concentrer dessus.

— Tu ne crois pas qu'on a besoin de mieux se connaître pour pouvoir bien travailler ensemble ?

Il lui décocha un sourire amer.

— Chérie, je n'ai absolument pas besoin de te connaître pour bosser avec toi. Je t'ai déjà vue à poil en train de rouler des fesses sur scène. De quoi d'autre je pourrais bien avoir besoin ?

Il repoussa la rambarde du balcon et passa la porte-fenêtre pour rentrer dans la chambre, se sentant dix fois plus un salaud après ce qu'il venait de dire.

Mais si elle le détestait pour ça, alors tant mieux. Cela leur faciliterait les choses.

Enfin, surtout à lui.

Il entendit les portes du balcon se refermer et Shadoe se rendit dans la salle de bains. Il resta dos à elle, ayant décidé que moins il passerait de temps à la regarder, mieux ce serait. Elle en sortit quelques instants plus tard, vêtue d'un pantalon corsaire et d'un minuscule débardeur. Ses cheveux étaient relevés en une queue-de-cheval et elle ne portait aucun maquillage.

— Alors, quel est le programme pour aujourd'hui ? demanda-t-elle, semblant se consacrer de tout son être au travail à présent.

— Je pensais qu'on prendrait un petit déjeuner et qu'on jouerait les touristes aujourd'hui.

— On n'est pas vraiment en vacances, fit-elle remarquer en relevant un sourcil.

— Oui, je sais bien, mais on sait aussi où se sont déroulés les échanges de drogue, c'est pourquoi j'aimerais faire un tour sur les berges de la rivière.

— Ah, acquiesça-t-elle. Maintenant, je comprends.

— Une femme belle comme toi devrait pouvoir entamer la conversation avec pas mal d'hommes. Et s'il n'y a que ça qui les intéresse, tu pourras leur laisser une carte de visite afin d'attirer encore plus de clients pour ton spectacle de ce soir.

— Parfait, sourit-elle. Je suis une nouvelle tête d'affiche après tout, et j'ai envie d'attirer la foule. On aura donc une très bonne raison de se balader comme ça et d'aborder des hommes, si jamais on nous pose la question. T'es malin.

— Nan, je suis juste un bon manipulateur.

Shadoe éclata de rire, ce qui voulait dire qu'elle avait sûrement fermé les yeux sur l'insulte du jeune homme. Qu'elle s'en offusque ou pas, il s'en contrefichait. Peu lui importait ce qu'elle pensait de lui. Beaucoup de femmes le voyaient déjà comme un salaud.

Et la plupart du temps, elles avaient raison.

— Il faut que je descende au club après le petit déjeuner et avant de partir en « excursion ». J'ai une répétition.

— Ça prendra combien de temps ?

— Environ une heure. Il faut que je prenne quelques repères sur leur podium et leur scène. Je veux répéter mon numéro et travailler la musique avec le DJ.

— Très bien. On ira après manger, et ensuite, on ira sur les docks.

— Et Pax et AJ alors ?

— Ils ont leurs propres missions, mais ils seront au club ce soir. Je veux que personne ne nous voie avec eux. La version officielle, c'est qu'ils sont de simples clients. Tu peux parler avec eux au club, mais pas plus que tu ne le ferais avec n'importe quel autre spectateur.

— D'accord.

Shadoe essayait de concentrer toutes ses pensées sur leur mission. C'était plus facile comme ça et ça lui ferait moins d'émotions. Elle descendit avec Spencer, et ils prirent le petit déjeuner au restaurant de l'hôtel. Shadoe avait déjà demandé à la réception d'expédier tout son matériel au club, ils se contentèrent donc de s'y rendre ensuite à moto. Il n'ouvrait pas avant 16 heures. La jeune femme toqua à la porte. Un homme âgé aux cheveux gris clairsemés lui ouvrit.

— Je suis Desi, la tête d'affiche, annonça-t-elle.

L'homme hocha la tête et poussa la porte pour qu'elle entre, puis la tira pour la fermer à clé derrière eux.

Sans les lumières, le club avait un air différent. La salle n'avait vraiment rien d'exceptionnel privée du clignotement de ses spots et de sa musique trop forte. Les tables étaient vides, les lieux étaient propres, presque dépouillés. Les murs étaient sombres, la moquette était d'une teinte bordeaux riche et intense. Il y avait quelques filles sur scène qui dansaient et enlevaient leurs vêtements, mais elles ne s'y prenaient pas comme des pros. Le volume de la musique était assez faible pour qu'elle puisse s'entendre penser.

Elle repéra Brandon assis devant la scène. Shadoe se dirigea vers lui.

— Salut, lança-t-il dans un sourire. Content de te voir.

— Je suis venue pour répéter et bien visualiser la scène, si ça ne dérange pas.

Le patron acquiesça.

— Je fais passer des auditions à quelques nouvelles pour les créneaux du milieu de semaine. Donne-moi encore un quart d'heure et j'en aurai fini ici.

— Pas de souci. Ça me laisse le temps de me préparer.

Brandon désigna du doigt le couloir sur la gauche.

— Les loges se trouvent derrière cette porte. Ariele y est, vu qu'elle voulait travailler sur un nouveau numéro. Elle t'aidera à trouver un casier pour tes affaires. L'hôtel les a livrées il y a environ une heure.

— Génial, merci.

Shadoe se tourna pour trouver Spencer, mais il était déjà assis au bar, l'air tout à fait stoïque, en bon garde du corps, la mine renfrognée, un ennui apparent transparaissant sur son visage. La jeune femme se demanda si c'était de la comédie ou pas. Elle ne resta pas assez longtemps pour le découvrir. Elle poussa plutôt la porte menant aux loges.

Une jolie brunette se trouvait là. Elle se retourna et esquissa un sourire. Elle était belle à en couper le souffle : un visage en forme de cœur, avec des lèvres pulpeuses, boudeuses, et un sourire généreux, un petit nez et de grands yeux bleus. Elle ne devait pas avoir plus de vingt et un ou vingt-deux ans tout au plus, et elle portait un short très court et une toute petite brassière qui dissimulait tout juste ses tétons. Ses cheveux étaient longs jusqu'au milieu de son dos, et ils brillaient, tombant parfaitement droit, rien à voir avec les boucles indomptables de Shadoe.

— C'est toi, Desi ? demanda-t-elle avec un fort accent du sud.

— Oui, c'est moi. Tu dois être Ariele, répondit Shadoe en lui tendant la main.

— Oh, chérie, ici dans le sud, on s'embrasse, répondit Ariele en passant les bras autour de Shadoe et en la serrant fort. Et tu es belle comme une princesse. Bienvenue au *Wild Rose*.

— Merci. Brandon m'a dit que tu pourrais me montrer un casier que je pourrais utiliser.

— Mais bien sûr.

Ariele mena la jeune femme au fond de la pièce, où se trouvait toute une rangée de casiers. Elle en ouvrit ensuite un.

— Tu vas avoir besoin d'un cadenas pour le tien. Tu peux faire confiance à la plupart d'entre nous pour ne pas aller fouiller dans tes affaires, mais il y en a quelques-unes qui en seraient quand même capables.

— J'ai apporté un cadenas justement, merci.

Shadoe commença à déballer ses affaires.
— Alors, c'est quoi ta thématique, Desi ?
— Cuir et moto.
— Oh, c'est sexy ça. Les clients vont adorer.
— J'espère. J'ai un peu le trac.
— Il ne faut pas. Le public est sympathique et les hommes ont plein d'argent à donner ici. Les videurs prennent bien soin de nous et s'assurent que personne ne dérape. Si tu sais comment bouger ton corps, tu vas crouler sous les billets. En plus, tu es une tête d'affiche. Elles font toujours plus d'argent.

Quand Shadoe eut terminé de déballer ses costumes, elle se tourna vers Ariele.

— Eh bien, je suis une nouvelle tête d'affiche, donc j'ai quand même une légère appréhension, mais c'est vrai que c'est très enthousiasmant. Depuis combien de temps travailles-tu au *Wild Rose* ?
— Trois ans. J'ai commencé quand j'avais dix-huit ans, en sortant du lycée. J'espère que je pourrai devenir tête d'affiche l'an prochain. J'ai suivi des cours de danse, et j'ai d'abord commencé par les journées et après-midi, puis je suis passée aux soirs et week-ends. Là on se fait beaucoup plus d'argent.

Shadoe sourit.

— On dirait que tu travailles dur et que tu fais tout le nécessaire pour y arriver. En plus tu as le physique idéal pour ce genre de boulot.

Le visage d'Ariele s'illumina.

— Tu crois vraiment ? Merci. Ce n'est pas rien venant de quelqu'un comme toi.

Shadoe ne savait absolument pas si Ariele ferait une bonne stripteaseuse ou pas, ni même si elle dansait bien. Mais cette fille était sympathique et bavarde, et ça faisait trois ans qu'elle travaillait là, donc elle connaissait sans doute tout le monde. Elle était la personne idéale à avoir dans sa poche.

— Ce serait génial si tu regardais un peu mon numéro et si tu me donnais quelques conseils.

Shadoe déglutit. Oh là là ! Comme si elle pouvait donner des conseils à une pro expérimentée comme Ariele ! L'agent fédéral allait devoir faire bonne figure malgré tout.

— Bien sûr, avec plaisir. Pourquoi est-ce que tu ne commencerais pas ? J'allais répéter mon numéro avant de passer ce soir, mais en te regardant, j'aurai déjà une meilleure idée de la configuration de la scène.

— Super idée. Je vais voir si Brandon a terminé ses auditions et puis je programmerai ma musique. Tu pourras me regarder depuis le premier rang et me dire ce que tu en penses.

Ariele poussa les portes avec l'enthousiasme d'une ado surexcitée. Shadoe secoua la tête et traversa le club pour s'asseoir près de Brandon. Il était en train de prendre des notes sur un bloc.

— Tu as trouvé quelqu'un de bien ?

— Il y a quelques possibilités, répondit-il. Mais je croyais que tu allais répéter.

— Ariele m'a convaincue de regarder son numéro pour lui donner quelques conseils.

— Elle est enthousiaste et motivée, dit-il en souriant. C'est une de mes meilleures danseuses.

— Ah oui ?

— Oui, elle est fiable, elle a la tête sur les épaules, elle ne boit pas tout son argent et elle a des objectifs.

— Elle m'a dit qu'elle voulait devenir tête d'affiche.

— Elle pourrait y arriver. Tu me diras ce que tu en penses.

Super. Une personne de plus qui croyait qu'elle savait ce qu'elle faisait.

La musique d'Ariele commença. Un air funky et moderne. Un artiste de hip-hop du moment, dont les paroles étaient faciles à comprendre et parlaient d'une femme, d'amour et d'une fille qu'on déshabillait. Idéal pour un strip-tease.

Ariele arriva sur scène et n'attendit pas longtemps avant de s'emparer de la barre et de faire quelques pirouettes. Shadoe fut impressionnée. Il fallait avoir les bras bien musclés pour tenir sur cette barre et glisser dessus comme ça. La jeune danseuse se suspendit même la tête en bas avant de s'écarter pour faire son strip-tease.

Elle retira ses vêtements trop rapidement, mais une fois qu'elle eut terminé, elle dévoila un corps incroyable. Pas étonnant qu'elle soit en train de gravir les échelons aussi vite. Elle avait un corps harmonieux, ferme, des seins parfaits et des fesses magnifiques. Pas un poil de graisse sur elle. Et elle souriait tout le temps, comme si elle aimait vraiment ce qu'elle faisait, pas comme d'autres filles que Shadoe avait vues danser, et qui avaient l'air de s'ennuyer en faisant leurs chorés. Elle était sûre que beaucoup d'hommes s'en contrefichaient, mais la jeune femme se disait que ça ne pouvait pas faire de mal de faire au moins semblant d'aimer son boulot.

Quand Ariele eut terminé, Shadoe se leva et monta sur scène pour lui parler.

— Alors, tu en as pensé quoi ?

— Je pense que tu es magnifique. Tu prends bien soin de ton corps, de toute évidence.

Ariele acquiesça.

— Je suis végétarienne. Je m'entraîne tout le temps, je suis des cours de danse et de yoga. Je ne bois pas d'alcool, je ne fume pas et je bois des litres et des litres d'eau.

— Ça se voit, commenta Shadoe avec un grand sourire. Tu as une peau splendide.

— Merci. Et ma danse alors ?

— J'aime beaucoup ton numéro. Tu pourrais peut-être ralentir légèrement, allumer un peu plus les hommes. Tu enlèves tout un peu trop vite.

— C'est ce qu'on nous apprend à faire. Ils veulent qu'on soit nues le plus rapidement possible.

— Je sais. Mais avec quelques secondes de plus, ça peut rajouter du suspense. Les hommes auront encore plus envie de toi. Quand tu seras en string, ils baveront, langue pendante sur la scène, et ils te demanderont de marcher dessus avec tes talons aiguilles. Tu obtiendras plus d'argent comme ça. Toujours les laisser en état de manque. Crois-moi, tu vaux le coup d'attendre un peu.

Le regard d'Ariele s'illumina.

— C'est un super conseil. Merci beaucoup !

Une fois de plus, Ariele embrassa chaleureusement Shadoe, puis il fut temps pour elle de répéter à son tour. Elle ignora Spencer avec superbe, alors qu'elle sentait qu'il la regardait. Dur. Elle avait déjà été assez insultée comme ça la veille. Elle faisait son boulot maintenant, et ce boulot consistait à jouer une stripteaseuse tête d'affiche, pas à jeter des regards en coin à son garde du corps toutes les cinq minutes.

Shadoe donna sa musique au DJ, informa Brandon qu'elle voulait seulement travailler ses mouvements et zapper la partie effeuillage avant ce soir. Brandon lui répondit qu'elle pouvait bien faire ce qu'elle voulait : la scène était à elle. Il devait passer dans son bureau pour travailler sur l'inventaire des boissons, afin que tout soit en ordre pour la semaine.

Après son départ, elle monta sur les planches et attendit que sa musique commence. Cette scène était moins longue que celle de Dallas, mais était plus large. Elle adapta donc son numéro en conséquence. Elle découvrit aussi que personne ne prêtait attention à elle pendant qu'elle s'entraînait. Ariele la regarda l'espace de quelques minutes, mais son téléphone se mit à sonner et elle fila dans les loges. Le seul qui semblait avoir les yeux posés sur elle était Spencer, et il fronça les sourcils pendant tout ce temps. Elle se doutait que cela n'avait rien à voir avec son numéro.

Une fois de plus, il semblait être de mauvaise humeur, et cela semblait être sa faute à elle. Ou peut-être était-il toujours comme ça. Elle ne savait pas vraiment, ou plutôt, elle avait décidé de ne pas s'en soucier. La veille, elle avait commis une erreur monumentale en couchant avec son partenaire.

Le sexe entraînait une certaine implication, des émotions, qui pouvaient voiler son jugement.

Cela ne se reproduirait pas.

Chapitre 10

Pendant que Shadoe s'activait au club, Spencer avait tout le temps nécessaire pour réfléchir et penser à la façon dont il allait gérer les choses sur les docks. Il avait déjà examiné le chantier naval – il était sécurisé et ils n'avaient aucune chance d'y pénétrer, mais ils pouvaient traîner dans le coin, voir comment ça se passait, avec quelle liberté les gens pouvaient circuler. Pendant ce temps, Shadoe pourrait commencer à identifier les visages, voir si certains d'entre eux étaient des habitués du *Wild Rose*.

Elle termina sa session, dit au revoir à tout le monde et vint le voir. Il se leva en repoussant le bar et sans un seul mot, ils sortirent du club.

La jeune femme était silencieuse, tout comme lui, une tension palpable s'était de nouveau installée entre eux. Spencer avait pensé qu'ils pourraient tirer une croix sur ce qui s'était passé la veille, mais peut-être qu'ils n'y parviendraient pas, parce qu'il restait clairement une forme de gêne entre eux. Ils allaient pourtant devoir passer outre, car ils avaient une mission à accomplir.

— Prête à jouer les touristes ?

Elle acquiesça et ils enfourchèrent la moto, s'éloignèrent du club pour arriver sur les berges. Spencer trouva un endroit où se garer et ils marchèrent en direction de la rivière, essayant de passer inaperçus parmi les centaines de touristes qui se promenaient sur les trottoirs. Il prit son temps, tâchant délibérément de laisser du temps à Shadoe pour observer les visages, malgré le fait que tous ceux qu'ils croisaient pour le moment étaient des touristes. Ils prirent un certain temps pour arriver vers les docks, là où se trouvaient les chantiers navals, et quand ils furent arrivés, il la prit par la main et entrelaça ses doigts dans les siens.

La jeune femme lui décocha immédiatement un regard.

— On doit avoir l'air un couple qui se promène et partage un bon moment, peut-être même qui ne prête pas trop attention aux alentours, trop occupé à son bonheur. Essaie de faire comme si tu appréciais ma compagnie.

La jeune femme fronça légèrement les sourcils sous ses lunettes de soleil.

— Je le ferai si tu fais pareil.

Elle serra sa main, mais ce n'était pas un mouvement empreint de tendresse. Il lui adressa un sourire narquois.

— Allons, chérie, on ne va pas se disputer. On est censés être amants.

— Continue comme ça, et je vais te mordre par amour, crois-moi, tu ne l'oublieras jamais.

Il éclata de rire tandis qu'ils descendaient la rue.

— Ça dépend où tu me mords, beauté.

Shadoe s'esclaffa puis le repoussa de tout son corps, mais tout comme lui, pendant ce temps, elle continuait de surveiller l'activité des chantiers navals. Ils continuèrent à marcher, bras dessus bras dessous, donnant l'air de se regarder l'un l'autre alors qu'ils scrutaient en réalité les docks. Quand il ne regardait plus, elle prenait le relais, et ainsi de suite.

— Tu vois quelqu'un que tu as déjà vu au club hier soir ? lui demanda-t-il alors qu'ils s'arrêtaient à un angle.

— Pas encore. Passons de l'autre côté pour que je puisse y regarder de plus près.

Elle le prit par la main et l'attira pour traverser la rue.

Il la força à s'arrêter alors qu'elle semblait bien partie pour se ruer sur les boutiques. Il l'attira à lui et elle rejeta la tête en arrière.

— Pas si vite, chérie. Planifions tout cela avant de se lancer.

— D'accord.

Elle ôta ses lunettes de soleil pour les positionner en serre-tête afin qu'il voie ses yeux.

Ces derniers étaient hypnotisants pour lui, c'était comme du whisky doré entouré de cils noirs. Elle inclina la tête et cligna des yeux. La façon dont elle le regardait, si directe, comme si elle pouvait voir en lui – comme si elle le désirait –, lui fit ressentir un frémissement dans les testicules. Elle sortit sa langue pour humecter sa lèvre inférieure. Avait-elle seulement idée des images que cela évoquait dans l'esprit du jeune homme ? Sa bouche sur sa queue.

Elle était dans ses bras, son corps doux et ferme à la fois. Il savait qu'elle était agent spécial et que son métier était physique, donc elle était en pleine forme, mais elle avait aussi des courbes très féminines. Il aimait la sentir contre lui, et il aimerait toujours la voir nue, entièrement nue, pour qu'il puisse l'explorer de ses mains et de sa bouche. Shadoe ne s'écarta pas de lui. Et il sentit sa queue continuer à durcir, son imagination était partie en vrille.

— Qu'est-ce que tu fais ? demanda-t-elle en fronçant les sourcils, se rendant compte à l'évidence de son érection contre sa hanche.

— Je bande en pensant à toi.

— Eh bien… il faut que tu arrêtes.

— Alors, arrête de me regarder comme si tu allais me dévorer tout cru.

Elle écarquilla les yeux.

— Je ne te regardais pas du tout comme si…, commença-t-elle avant de s'écarter d'un pas. Enfin, tu racontes n'importe quoi, Spencer.

Le jeune homme saisit ses hanches et l'attira à lui de nouveau.

— Hun-hun. Tu n'es pas censée te disputer avec moi. On est amants, tu te souviens ?

— Je ne te regardais pas comme ça, souffla-t-elle entre ses dents.

La taquiner était plus facile et bien plus amusant que de penser à quel point elle était sexy. Cela causait aussi moins de soucis.

— Tu as envie de moi. Avoue-le. Je suis irrésistible.

— Tu n'es qu'un prétentieux. Allons-y.

— Embrasse-moi d'abord.

Elle leva les yeux au ciel.

— Et si je te donnais un coup de genou dans les parties plutôt ?

— Et tu m'embrasses après ?

Il vit l'ombre d'un sourire poindre au coin de ses lèvres.

— Je suis sûre que tu attires beaucoup de femmes dans ton lit avec tout ce charme.

— Ça marche parfois.

— On peut changer de sujet maintenant ? lança-t-elle en secouant la tête.

— A-t-on vraiment le choix ? Je ne pense pas que je vais attirer beaucoup de femmes dans cette rue-là.

— Sûrement pas moi en tout cas, mais si tu veux, je t'aide à trouver une compagne tarifée.

— Très drôle, dit-il en prenant sa main tandis qu'ils avançaient tranquillement sur les docks.

Vu comment Shadoe était habillée, elle attira beaucoup l'attention des ouvriers des chantiers, ce qui était un bon point pour leur mission. Bien sûr, vu qu'elle marchait près de Spencer, les hommes n'étaient pas aussi lourds qu'ils l'auraient été si elle avait été seule, ou avec d'autres femmes, mais elle réussit tout de même à récolter quelques sifflets.

Ses cheveux clairs brillaient et ressemblaient à des boucles de soie sous les rayons du soleil, la légère brise maintenait ses cheveux en arrière tandis qu'ils avançaient. Elle avait de longues jambes hâlées qui ressortaient bien avec son corsaire, et le col rond de son débardeur laissait entrevoir une jolie portion de décolleté. Attirante sans tomber dans l'excès, elle était vêtue pour incarner la séductrice innocente à la perfection. Les ouvriers n'étaient pas loin de baver en s'adossant aux rambardes de leurs bateaux.

— Tu as un fan-club, on dirait.

— Vraiment ?

— Oui. Fais-leur un sourire.

Elle tourna la tête en direction des hommes qui la regardaient et elle ébaucha un sourire timide. Puis elle s'écarta de lui et passa par le portail ouvert pour s'avancer vers le bateau le plus proche. Plusieurs hommes se tenaient là, traînant près de la passerelle. Spencer resta quelques pas derrière elle, assez pour lui offrir une protection, mais sans l'étouffer.

— Salut les gars, lança-t-elle en fouillant dans son sac pour en tirer sa carte de visite. Je fais un numéro ce soir au *Wild Rose*. Je ne sais pas à quel moment vous avez du temps libre, mais si vous avez quelques heures ce soir, passez me voir.

Dès qu'elle commença à tendre ses cartes, une foule s'amassa autour d'elle, tandis que Spencer se tenait là, les bras croisés, sans s'interposer.

Soudain, Shadoe devint très populaire. Avec un peu de chance, elle arriverait aussi à scruter et retenir tous les visages qu'elle voyait. Elle avait l'air de bien se débrouiller en leur parlant, les faisant rire, et leur proposant de venir dépenser leur paie au *Wild Rose*.

On aurait dit que ces hommes n'avaient pas vu de femme depuis des années, à la façon dont ils la collaient. Mais la jeune femme s'en tira très bien. Quand ils s'approchaient un peu trop, elle posait une main sur leurs épaules pour leur demander de reculer, puis elle faisait un signe de tête en direction de Spencer en guise d'avertissement.

Les hommes avaient tous l'air sympathiques et de bon fond, pas du genre à créer des soucis. Spencer avait son arme dans la poche au cas où quelqu'un irait un peu trop loin. Il ne pensait pas qu'un de ces hommes soit assez stupide pour ça, surtout qu'ils étaient sur leur lieu de travail.

Après une quinzaine de minutes à papoter, Shadoe leur dit au revoir d'un signe de la main et revint vers Spencer. Ils repartirent vers la rue et les hommes retournèrent à leurs travaux.

— On devrait en voir plusieurs ce soir, ou au moins un soir de cette semaine, déclara-t-elle. Et maintenant, j'ai plein de nouveaux visages que je peux associer aux docks.

— L'un d'entre eux t'a paru familier ?

— Pas encore, répondit-elle en secouant la tête. Mais notre homme ne travaillerait pas sur les docks de toute façon.

— Quand même, c'est bien là que les livraisons arrivent. Ce n'est pas seulement de la taupe qu'on doit se préoccuper. Il y a un lien avec le club aussi : l'emballage, la distribution peut-être, mais personne n'a encore pu identifier qui ou quoi.

— Je sais. C'est pourquoi plus je vois de visages, plus vite nous pourrons rassembler les pièces du puzzle ensemble.

Ils descendirent la rue, passant devant les rangées de navires. Shadoe le prit par le bras, enfonçant ses ongles dans sa peau. Elle virevolta et lui fit faire demi-tour.

— Qu'est-ce qu'il y a ?

— Il y a un homme qui parle à quelqu'un là-bas. Je le reconnais, il était au club.

Spencer observa tous les ouvriers des docks. Là, devant un bureau, se tenaient deux hommes.

— Ceux qui sont près du bureau du chef de chantier ?

— Je crois oui, c'est un petit bâtiment près du portail.

— C'est bien ça. Quel homme est-ce ?

Elle répondit en détournant le regard.

— Grand, mince, des cheveux blonds assez longs. Il porte un jean et un tee-shirt blanc moulant.

— Je le vois, dit Spencer qui ne le reconnut pas. C'est qui ?

— Je ne sais pas. Mais il travaille au *Wild Rose*.

— À quel poste ?

— Je ne sais pas non plus, je n'ai pas eu le temps d'avoir assez d'infos hier soir pour comprendre les postes précis de chacun. Mais je me souviens qu'il portait un tee-shirt du *Wild Rose*.

— On va le garder à l'œil, déclara Spencer en hochant la tête.

— Qu'est-ce qu'il fait ?

— Rien dans l'immédiat. Il reste juste dans l'encadrement de la porte et discute avec un homme qui porte un bloc-notes. La conversation semble légère et amicale, donc ils ne sont peut-être qu'amis.

— Ou cela pourrait être autre chose.

— Sortons de là avant qu'il nous voie. Je ne veux pas qu'il nous soupçonne, indiqua Spencer. Parce que j'ai bien l'intention de le surveiller au club.

Shadoe acquiesça et ils revinrent sur leurs pas jusqu'à trouver une route perpendiculaire, puis ils retrouvèrent la moto là où le jeune homme l'avait garée. Il sortit ses clés de sa poche et se tourna vers elle.

— Est-ce qu'il y a un moment où tu satures de choses dont tu te souviens ?

— Ça ne m'est jamais arrivé jusqu'ici, répondit-elle en haussant les épaules. J'ai mémorisé chaque mot de chaque livre de classe au lycée et à l'académie, et c'était déjà pas mal. Je pense que tu n'as pas de souci à te faire : je pourrai me souvenir de tous les visages. Je me souviens toujours de tous les visages que j'ai côtoyés étant plus jeune.

— C'est un don incroyable.

— Parfois, c'est aussi pesant. Parfois on a envie d'oublier des choses, mais on n'y arrive pas.

Spencer connaissait bien ce besoin d'oublier son passé. Il s'imaginait bien qu'il devait y avoir des choses dont elle se souvenait et qu'elle aurait préféré oublier.

— Finalement, ça craint d'avoir une mémoire photographique.

La jeune femme éclata de rire.

— Parfois oui. Parfois, c'est plutôt pratique, comme dans cette mission.

Ils s'arrêtèrent pour déjeuner, puis rentrèrent à l'hôtel. Spencer contacta Grange et lui fit son rapport. Shadoe passa les heures suivantes à faire les cent pas dans la chambre. Quand elle en eut marre d'être enfermée, elle sortit sur le balcon pour en parcourir la longueur, puis revint pour reprendre ses cent pas.

Spencer comprit qu'elle était tendue et il avait remarqué qu'elle regardait l'horloge posée sur la table de chevet à peu près chaque minute.

Qu'est-ce qui la rendait nerveuse à ce point ? Son numéro au club ce soir ?

Probablement. Lui n'aurait aucune envie de se déshabiller devant des centaines de personnes. Dallas, c'était une chose. Mais le *Wild Rose* était un club populaire, et c'était la saison touristique, l'été. Le club serait bondé. Et puis, AJ et Pax seraient là eux aussi. En outre, il fallait qu'elle ouvre l'œil pour voir si elle repérait la taupe. Ça faisait un sacré paquet de trucs à gérer pour quelqu'un qui débutait dans ce boulot.

Spencer ne pouvait pas lui en vouloir d'être nerveuse, et il aurait aimé pouvoir faire quelque chose pour relâcher ses tensions, mais il savait bien ce que c'était d'être sur les nerfs lors d'une mission.

Parfois les rôles à jouer en infiltration étaient amusants à faire, et d'autres fois, c'était plutôt comme un calvaire. Dans le cas de Shadoe, il se doutait bien qu'elle ne trouvait pas son rôle très amusant. Même un agent chevronné serait quelque peu amer à l'idée de devoir retirer ses vêtements pour le boulot.

Spencer était sorti avec beaucoup de strip-teaseuses. Pour ce métier, soit il faut aimer ça, soit il faut aimer l'argent, et dans tous les cas, il ne faut ressentir aucune pudeur. Ce n'était pas le genre de boulot dont rêverait une femme qui avait passé sa vie à l'abri d'une école privée. Dans le genre « sortie de sa zone de confort », elle était servie. Elle en était très loin avec cette mission.

Peut-être devrait-il la faire boire ? Ça la détendrait, mais ça pourrait aussi affecter sa performance, bon sang ! Il fallait qu'il trouve autre chose, parce que, au rythme auquel elle faisait les cent pas, ils allaient devoir remplacer la moquette de la chambre avant de partir.

— Euh, et si tu essayais de prendre un bain chaud ?

Shadoe s'arrêta, se tourna vers lui :

— Quoi ?

— Tu es tendue.

— Non, c'est pas vrai.

— Ça fait quatre heures que tu tournes en rond, j'ai l'impression que tu vas percer le plancher.

La jeune femme parcourut la moquette du regard, puis se tourna vers lui.

— Même pas vrai.

En plus, elle n'en était même pas consciente.

— D'accord. Et si on allait dîner ?

Shadoe posa une main sur son ventre.

— Oh. Euh, même ça, ça ne me dit rien du tout.

Spencer s'en serait douté.

— Je vais te chercher un peu de *ginger ale* pour calmer ton estomac.

— Tu ferais ça, vraiment ? Ce serait super. Il faut que je prenne une douche avant de me préparer.

C'était au tour du jeune homme de regarder l'horloge. Il était presque 20 heures. En effet, il était temps.

— Bon, j'ai faim et je vais me prendre un burger tant que je suis en bas. Prépare-toi. Je te porterai quelque chose à boire.

— Merci.

Il descendit au restaurant et commanda un repas pour lui, et une boisson, des fruits et du fromage pour Shadoe. Peut-être ne mangerait-elle pas grand-chose, mais au moins elle aurait un peu de choix. Il savait que si elle partait sans rien dans le ventre, elle ne se sentirait sûrement pas bien. Quand il ouvrit la porte de la chambre, la jeune femme se tenait près de son lit, une serviette enroulée autour de son corps nu. Son odeur emplissait toute la chambre – du shampooing, du savon, tout ce qu'il y avait de féminin en elle.

Il posa la nourriture sur la table et déboucha la bouteille de *ginger ale*. Elle s'approcha de lui et baissa les yeux sur la nourriture.

— Tout ça, c'est pour toi ?

— Non, seulement le burger et les frites. Je t'ai porté des fruits et du fromage. Essaie de manger quelque chose. Tu ne feras pas une bonne tête d'affiche si tu t'évanouis en plein milieu de ta choré, et on va rester tard ce soir.

Elle avala une gorgée de *ginger ale* et piqua de sa fourchette un morceau de fromage.

— Oui, maman, répondit-elle dans un sourire narquois.

— Tu peux toujours te moquer, mais tu es en train de manger, pas vrai ?

Elle s'assit à table et non seulement elle mangea les fruits et le fromage, mais elle lui piqua aussi quelques frites. Spencer lui adressa un grand sourire tout en mangeant son burger.

Maintenant au moins, il savait qu'elle avait des chances de survivre à la nuit. Et un souci de moins pour lui.

Il n'était pas vraiment inquiet pour elle, mais il devait quand même s'assurer qu'elle ne fasse pas planter toute la mission. C'était son unique préoccupation.

C'était agréable de la regarder dans cette tenue. Elle avait de belles épaules, bien dessinées, et la serviette commençait à glisser dans son dos, révélant une quantité de peau que le jeune homme aurait adoré explorer du bout des doigts. Ou de ses lèvres.

Shadoe sentit qu'il était en train de l'observer, et elle lui décocha un regard par-dessus son épaule, en rejetant une mèche de cheveux bouclés et humides.

Leurs regards se croisèrent et demeurèrent ainsi quelques instants. Spencer savait qu'il ferait mieux de détourner les yeux, mais il ne pouvait pas résister au regard de la jeune femme. Il y avait là quelque chose qui l'attirait, le retenait. Il y voyait de la chaleur, et du désir, des choses dont il avait si peu profité dans sa vie, des choses dont il n'aurait jamais pensé ressentir le manque ni les vouloir.

Jusqu'à maintenant.

Shadoe ouvrit la bouche et passa la langue sur sa lèvre inférieure. Spencer se pencha, sachant qu'il ne devrait pas, puis il saisit son menton entre son pouce et son index, effleurant ses lèvres des siennes, juste pour goûter.

Les lèvres de la jeune femme frémirent et elle poussa un soupir, puis elle posa la paume de sa main contre son torse et le repoussa.

— Il faut que je me prépare.

Elle avait le regard embué, ses tétons durcis étaient visibles sous la fine serviette.

Elle savait, tout comme lui, que s'ils commençaient par là, il leur faudrait un bon moment avant d'en avoir fini. La verge du jeune homme avait durci en un clin d'œil et il se sentait drôlement mal à l'aise en la regardant s'éloigner et fermer la porte de la salle de bains.

Et voilà comment il entretenait des rapports professionnels avec elle. Un seul regard et il bandait et oubliait toute sa détermination. Oui, il n'y avait pas à dire, dans le genre résolu, il faisait fort, n'est-ce pas ? Heureusement qu'elle avait mis le holà, parce que lui n'en aurait rien fait.

Spencer débarrassa la table et attendit que Shadoe sorte de la salle de bains. Ce qu'elle finit par faire, vêtue d'un jean et d'un débardeur, maquillée et coiffée.

— Jolie tenue.

Elle le regarda comme s'il venait de l'accuser de meurtre alors qu'il venait de lui faire un compliment.

— Ce n'est pas ma tenue, fit-elle remarquer.

— Je me doutais bien, même si tu pourrais faire ton strip-tease comme ça sans que personne y trouve rien à redire.

— Encore mieux, dit-elle en secouant la tête.

— Ben oui. J'ai hâte de voir ça.

— Bien sûr. Tu es prêt ?

Spencer se dit qu'il ferait mieux de se calmer sur les compliments avec les femmes en général. Il aurait mieux fait de se taire.

Shadoe était raide comme un I derrière lui, sur la moto, ses cuisses tendues contre les siennes tandis qu'ils roulaient vers le club. Il se gara et ils descendirent, et là, il vit que l'expression du visage de la jeune femme était tout aussi tendue que le reste de son corps.

— Tu pourrais essayer de sourire.

Il tendit une main vers elle, mais elle le repoussa. Elle allait exploser de stress et il avait l'intention de lui offrir un *shot* de tequila pour y remédier.

— Je suis en train de sourire là.

— Non, chérie, pas du tout. Tu es raide comme un bâton en plus, dit-il en posant une main au creux de son dos. Détends-toi. Tu ne montes pas sur scène avant quelques heures.

Shadoe inspira, expira, puis entra dans le club, adressant un signe de tête aux videurs de l'entrée, et laissant Spencer la guider vers le bar. Le jeune homme commanda deux *shots* de tequila et lui en offrit un. Elle secoua la tête.

— Je n'ai pas envie de boire ce soir.

— Ça va seulement te détendre. Tu es tellement tendue en ce moment que tu ne pourras jamais bouger comme il faut. Un *shot* ou deux ne te feront pas de mal.

La jeune femme accepta le verre et le descendit en une seule gorgée. Elle se tourna et se hissa sur un tabouret du bar, puis se pencha pour observer la danseuse sur scène, penchant la tête sur le côté, comme si elle étudiait tous ses mouvements.

— Tu es meilleure qu'elle, lui murmura-t-il à l'oreille.

— C'est une pro, s'esclaffa-t-elle en se tournant vers lui.

— N'empêche que tu es meilleure.

Il aimait bien parvenir à lui parler de cette façon, en restant assez près d'elle pour pouvoir sentir l'odeur de son shampooing. Bon sang, il était pathétique ! Ou simplement en manque de sexe. S'il continuait à la distraire, peut-être qu'elle se détendrait et arrêterait de penser à ce qui la rendait si nerveuse.

— Tu reconnais quelqu'un que tu as vu dans la journée ?

— Non.

— Et le gars que tu avais vu ici hier soir ? Celui qui travaille ici ?

Elle parcourut le club du regard.

— Il n'est pas là. Peut-être est-il de repos ce soir.

— Il peut aussi prendre son service plus tard. Et aucun des hommes auxquels tu as parlé sur les docks n'est là ?

— Pas encore, indiqua-t-elle en secouant la tête, mais ils savent que je ne passe qu'à 23 heures. Ils viendront peut-être plus tard. Ou pas. J'espère qu'on va avoir du monde tout à l'heure. Je n'aimerais pas louper mon premier soir.

— Tu ne vas rien louper. Il est tout juste 21 heures. Les clubs de strip-tease ne commencent à s'activer que vers les 22 heures. Ne t'en fais pas.

— Facile à dire pour toi. Ce n'est pas toi la tête d'affiche. Si je me fais virer après la première soirée, notre couverture tombe à l'eau.

Elle commençait vraiment à délirer. Il fallait que Spencer trouve de quoi l'égayer de toute urgence, sinon, elle ferait déprimer tous les clients, ce qui ne serait pas un bon départ pour une tête d'affiche.

Pax et AJ entrèrent dans la salle. Ils repérèrent Spencer et prirent soin de s'asseoir de l'autre côté du club. Les muscles de Shadoe se tendirent encore plus quand elle les vit passer devant elle.

Spencer passa la main sous ses cheveux et lui massa la nuque. Elle sursauta au début, mais plus il la massait, plus ses épaules se détendaient. Elle restait concentrée sur les danseuses, et il continuait de masser doucement les muscles de sa nuque.

La chevelure de la jeune femme retombait sur le bras de Spencer comme une cascade de soie. La toucher le faisait bander. Bon sang, tout en elle le faisait bander. Il abandonna l'idée de faire de ce geste quelque chose d'impersonnel. Se trouver si près d'elle, sentir son odeur, toucher sa peau, tout cela lui donnerait une érection qu'il le veuille ou non. Vu que le rôle du garde du corps et petit ami lui permettait de la toucher ainsi, il pouvait bien bander, et personne n'y verrait rien à redire. Ça correspondait bien à leur couverture et puis, ça lui faisait un petit bonus.

Pourtant, cette érection était assurément inconfortable et cette excitation lui donnait des idées. Comme de la faire cambrer sur son tabouret de bar, de lui enlever son jean et de s'enfoncer en elle jusqu'à la jouissance. Ou l'allonger sur une table et lécher son sexe jusqu'à ce qu'elle ait un orgasme incroyable, puis la baiser jusqu'à ce qu'ils jouissent tous les deux.

Aucune de ces deux pensées ne l'aida à calmer sa libido débridée. Il fallait qu'il prête plutôt attention à ce qui se passait autour de lui. Il fouilla le club du regard. Les lieux étaient déjà bondés, et il se mit à observer tous les visages qu'il voyait. Spencer n'avait peut-être pas une mémoire photographique comme Shadoe, mais il se souvenait en général assez bien des personnes qu'il avait rencontrées la veille. Le patron, Brandon, n'avait pas l'air d'être là – probablement dans son bureau, si jamais il était sur place. Il se souvint de ces hommes de l'entrée quand ils étaient arrivés. C'étaient les mêmes que la veille. Spencer n'avait pas encore vu les videurs. Seules deux danseuses étaient passées jusqu'ici, et ce n'étaient pas celles qui étaient en train de répéter la veille.

Le jeune homme posa les doigts sur le cuir chevelu de Shadoe et la massa doucement, avant d'appeler le barman en levant deux doigts. Ce dernier leur fit passer deux autres *shots*. Spencer en tendit un à Shadoe.

— Si tu continues à me faire boire et à me masser le crâne comme ça, il risque de se passer deux choses.

Le jeune homme descendit le *shot* et posa son verre sur le bar.

— Ah oui ? Quelles choses ?

— Ou je m'endors, ou j'ai un orgasme.

Spencer afficha un grand sourire et la regarda boire son *shot* de tequila.

— Moi, je vote pour l'orgasme.

Elle prit une grande inspiration, puis expira en frissonnant.

— J'avoue que ça ne me ferait pas de mal. Ça me détendrait plus que la tequila, mais je dois dire que ton massage aide déjà pas mal.

Spencer se pencha vers elle, posa une main en haut de sa cuisse et serra sa chair.

— Je peux te faire jouir.

Leurs regards s'entremêlèrent.

— Ici ? Je ne crois pas, non.

— Où est passé ton goût pour l'aventure ?

Shadoe rit en secouant la tête.

— J'ai beaucoup de goût pour l'aventure, mais ici, ce n'est pas le bon endroit.

Elle avait tort. N'importe quel endroit était le bon, il suffisait d'avoir un peu d'imagination. Et Spencer avait beaucoup d'imagination.

— Il faut que j'aille là-bas, que je me prépare, que je rencontre les filles.

Le jeune homme acquiesça, songeant déjà à un plan.

— D'accord.

Elle glissa de son tabouret de bar et disparut par la double porte qui menait aux loges.

Spencer lui donnait une demi-heure. Ensuite, il avait l'intention de la trouver, et de s'occuper d'elle.

Après tout, c'était son boulot de s'assurer qu'elle était détendue avant de monter sur scène.

Ou du moins, assez divertie pour ne pas être tendue.

Il afficha un grand sourire et commanda un autre *shot* de tequila.

Les loges débordaient d'œstrogène, avec plein de piaillements de conversations entre filles, et surtout divers corps féminins plus ou moins dénudés. Si Shadoe avait quelques réserves sur le fait de côtoyer d'autres femmes en étant nue, elle allait devoir surmonter cette phobie au plus vite. Heureusement, elle s'était défaite de cette pudeur il y avait bien longtemps, dans son école privée, là où les douches communes étaient un passage obligé, et puis, elle n'avait jamais été si pudique que ça de toute façon.

Ariele se trouvait là, avec une vingtaine d'autres femmes de corpulences et couleurs diverses et variées.

Elles étaient entassées dans les vestiaires comme des sardines, ce qui lui rappela encore son école privée. Mais des rires, des cris, des hurlements résonnaient tandis que certaines se racontaient les derniers potins, que d'autres se disputaient, que d'autres encore papotaient en tête à tête dans les recoins qu'elles avaient trouvés. Certaines des filles avaient même emmené leurs petits amis dans la salle. Personne ne semblait s'en soucier. D'autres enfin piaillaient dans leurs téléphones.

Certaines d'entre elles étaient sympathiques, comme Elan, une petite beauté à la peau couleur café dotée d'une élégance calme et d'un accent français absolument incroyable. Elle avait des yeux de biche fascinants et des lèvres pulpeuses que la plupart des hommes devaient sûrement adorer.

Spitfire était un nom parfait pour la rousse flamboyante à la peau claire et à la poitrine généreuse qui le portait. Une vraie pile électrique qui parlait sans arrêt, ses yeux verts pétillant d'animation. Elle parlait si vite que Shadoe ne comprenait que la moitié de ce qu'elle disait. Elle était incroyablement exubérante et faisait apparemment office de comité d'accueil.

Star était une beauté froide aux cheveux de jais et aux yeux gris qui semblait toujours être en train de juger ce qu'elle voyait. Elle parlait peu, n'était pas forcément distante, mais elle n'était pas non plus très sociable. Elle acquiesça quand Shadoe se présenta à elle. L'agent fédéral remarqua qu'elle ne semblait pas très bavarde avec les autres filles non plus. Elle s'assit à sa table et commença à se maquiller en silence. Peut-être était-elle timide ; peut-être était-ce seulement son tempérament. Ce pourrait être autre chose, mais on ne pouvait pas faire confiance aux personnes qui gardaient leurs distances, du moins était-ce ce que Shadoe pensait. Il allait falloir qu'elle garde Star à l'œil.

— Alors c'est toi, la nouvelle.

Tandis que Shadoe était assise à sa coiffeuse pour se farder, elle leva les yeux sur une blonde, très grande et belle, avec de grands yeux bleus et une silhouette de rêve.

— Oui, je suis Desi.

— Moi, c'est Cheri, et je suis la chef de file ici. On va voir le genre de tête d'affiche que tu fais.

— Arrête de te montrer aussi peu sympa, Cheri, objecta Ariele en se dirigeant vers Shadoe. Tu ne peux pas te contenter de souhaiter la bienvenue à Shadoe ?

Cheri leva le menton et dévisagea Ariele.

— Mais c'est ce que je viens de faire, non ? lança-t-elle avant de s'éloigner.

Ariele balaya sa dernière réplique d'un geste de la main.

— Grosse vache.

Puis elle se tourna vers Shadoe :

— Ne fais pas attention à elle. Elle pète plus haut que son derrière et pense qu'elle ferait une bonne tête d'affiche.

Ariele se pencha pour chuchoter :

— Ce qui est loin d'être le cas, parce qu'elle a autant de sex-appeal qu'une vieille jument. Attends un peu de voir son numéro.

Une danseuse mécontente qui avait déjà une dent contre Shadoe ? Génial.

— Merci de m'avoir prévenue.

Ariel lui tapota l'épaule, puis partit se préparer pour son numéro. Shadoe était presque prête, ne lui restait plus qu'à s'habiller, puis elle aurait une heure à tuer avant de passer. Elle pouvait enfiler un peignoir et traîner sur le seuil de la porte pour voir les autres danseuses, voir comment elles se débrouillaient.

Cela pourrait l'aider à se détendre. Si elles pouvaient y arriver, elle le pouvait aussi.

L'agent fédéral ignorait pourquoi elle était si tendue ce soir. Ce n'était pas le premier soir qu'elle faisait un strip-tease. Elle en avait déjà fait à Dallas, devant un vaste public, et cela ne l'avait pas vraiment impressionnée.

Mais, peut-être était-ce parce qu'à Dallas, elle s'était lancée sur scène sans trop penser à ce que son numéro donnerait.

Depuis lors, elle avait eu beaucoup de temps pour y penser, et à présent, elle subissait la pression de sa mission aussi, sa recherche de la taupe. En outre, AJ et Pax étaient là pour la regarder.

Ce qui ne devrait pas faire de différence par rapport à Spencer qui la regardait s'effeuiller, pas vrai ?

Mais qui croyait-elle duper ? Bien sûr que c'était différent. Ce soir, tout était différent. La jeune femme prit un peignoir, en ferma la ceinture, puis passa la porte pour traverser le couloir. La musique tonitruait dans ses tempes et mettait ses nerfs, déjà soumis à rude épreuve, encore plus à vif. Le couloir était très sombre et elle dut tâtonner en suivant le mur pour se diriger vers la lumière de la porte donnant sur la salle. Elle avait l'intention de rester un peu là et d'observer les danseuses, espérant ainsi gagner un peu de courage, mais elle se heurta à quelque chose de massif et d'immobile. Il ne lui fallut que quelques secondes pour se rendre compte qu'elle venait de rentrer dans un corps grand, dur et masculin sans l'ombre d'un doute.

— Pardon, dit-elle, tâchant de mieux voir dans le noir pour apercevoir le visage de celui qu'elle venait de croiser.

— Pas besoin de dire « pardon ».

— Spencer. Qu'est-ce que tu fabriques ici ?

Shadoe pivota sur ses talons, certaine que quelqu'un allait se ruer sur eux, les bousculer, mais elle ignorait pourquoi elle était si nerveuse. Certaines des autres filles avaient bien ramené leurs petits amis dans les loges. Spencer dans le couloir, ce n'était rien en comparaison. Il était son garde du corps et son petit ami après tout – du moins était-ce ce que tout le monde était censé croire. Le jeune homme avait donc tous les droits de se trouver là.

—Je suis juste venu voir comment tu allais.

—Je vais bien. Sors de là.

Spencer la serra plutôt contre son torse.

—Tu venais jeter un petit coup d'œil ?

—C'est vrai, répondit Shadoe qui resserra la ceinture de son peignoir autour de sa taille.

—Alors, allons voir ça.

—Je ne crois pas que ce…

Le jeune homme ne lui laissa pas le temps de terminer sa phrase, et il enroula plutôt son bras autour de sa taille et la guida vers les portes, puis recula vers un coin sombre. Là, ils pouvaient observer les danseuses, mais ce recoin était assez reculé pour qu'ils se trouvent hors de portée des battants des portes.

—C'est un bon endroit.

—Peut-être.

Spencer ne l'avait pas lâchée d'un pouce. Il était tellement grand, son corps pressé contre le sien. Elle le sentait de toutes les particules de son corps, et elle était nue sous son peignoir. Il avait posé le bout de ses doigts juste en dessous de son sein gauche, où il devait sûrement ressentir son cœur qui battait la chamade.

— Détends-toi, Desi, lui murmura-t-il à l'oreille. Contente-toi d'observer, et laisse-moi m'occuper de toi.

S'occuper d'elle. Mais qu'est-ce…

Le jeune homme leva la main et la glissa à l'intérieur de son peignoir pour prendre son sein dans sa main. Shadoe haleta et pendant une simple fraction de seconde, elle pensa à prendre ses jambes à son cou. Mais il faisait sombre, et même les autres filles ne pouvaient pas les voir. Elles utilisaient une autre porte pour entrer sur scène et en descendre.

Shadoe entrouvrit les lèvres et tâcha de reprendre son souffle. L'idée de se faire surprendre était à la fois terrifiante et excitante tandis que Spencer passait son pouce sur son téton. Elle sentit contre sa joue son souffle, chaud, sentant la tequila. Elle sentit les contours durcis de sa verge qui se faisaient de plus en plus pressants contre sa hanche.

— J'ai pensé à toi toute la journée, et toute la soirée, lui chuchota-t-il à l'oreille. Je t'ai imaginée penchée sur un de ces tabourets de bar, et moi je te prenais par-derrière. Ou alors toi, allongée sur une table, et moi qui te léchais jusqu'à ce que tu cries de plaisir.

Les jambes de Shadoe se mirent à trembler quand elle visualisa à son tour ces scènes où il lui faisait toutes ces choses. Elle en avait envie, elle voulait qu'il la prenne de tant de façons différentes. Ses tétons se durcirent un peu plus, chatouillés par un désir grandissant à mesure qu'il passait ses doigts dessus, les faisait rouler entre ses doigts, les pinçait.

— Tu aimes bien qu'on te suce les tétons, Shadoe ?

— Oui.

— Tout doucement, ou plus sauvagement ?

— Sauvagement, peina-t-elle à articuler en réponse.

Sa gorge était desséchée, mais entre ses jambes, c'était loin d'être sec : elle était mouillée, trempée.

Spencer ouvrit son peignoir et passa une main sur sa hanche. Elle frissonna au contact de la paume de sa main contre sa peau.

— Chut, détends-toi, ma belle. Je vais te faire jouir. Je vais te caresser, jouer avec ton clitoris, et enfoncer mes doigts en toi, jusqu'à ce que tu jouisses pour moi.

Oh, bon sang ! Il avait vraiment l'intention de faire ça, pas vrai ?

— Spencer, je... Il faut que je...

— Tu n'as rien à faire que te détendre, et me laisser prendre les choses en main.

Il saisit sa hanche, se pressa contre elle, lui faisant sentir sa verge. La jeune femme se souvint de la veille, des sensations qu'il lui avait procurées en étant en elle, la comblant, et oh là là, elle en voulait encore. Elle le voulait *lui*, et de tant de différentes façons. Mais ça, ce qu'il était en train de lui faire… c'était érotique, coquin, risqué. N'importe qui pouvait passer ces portes, y compris Brandon. Qu'en penserait-il ? Se ferait-elle virer ?

Elle sentit son clitoris frémir. L'excitation de l'interdit.

— Vas-y, le supplia-t-elle. Fais-moi jouir, Spencer.

Cela ne demanderait pas beaucoup de temps. Elle était déjà au bord de l'orgasme alors qu'il ne l'avait même pas touchée.

Quand il le fit, il posa sa grande main à la peau rêche contre son sexe. Elle se cambra contre lui, se frottant plus avant sur sa main.

— Voilà, c'est ça que j'aime, Shadoe, susurra-t-il, abandonnant par la même occasion son nom de scène.

La jeune femme adorait l'entendre prononcer son prénom, et la façon dont il faisait glisser la paume de sa main contre son sexe dénudé.

— Je sens ton odeur. Quand tu seras sur scène tout à l'heure, quand tu vas secouer ton joli petit cul devant tous ces mecs, je la sentirai encore, et je saurai que tu es à moi. Ils vont te désirer, avoir envie de te baiser, mais c'est moi et moi seul qui te baiserai.

Shadoe leva le bras pour l'enrouler autour de la nuque de Spencer.

— Oui. Seulement toi.

Il enfonça deux doigts en elle, et elle se hissa sur la pointe des pieds, ayant besoin de plus, envie qu'il aille plus loin en elle.

— Tu es tellement mouillée, Shadoe. Tellement chaude et étroite. J'ai envie de mettre ma queue en toi.

— Spencer.

Elle en avait envie, elle aussi.

— Plus tard dans la soirée, je vais te baiser à fond, jusqu'à ce que je jouisse.

La jeune femme ferma les yeux, n'ayant plus conscience de rien autour d'elle, étant uniquement focalisée sur le plaisir qu'il lui procurait, la caressant de ses doigts dans des mouvements intenses et rapides, et en un rien de temps, elle voulut atteindre l'orgasme plus que tout au monde. Et quand la jouissance arriva, elle poussa un cri aigu, le son étant couvert par la musique forte qui provenait de derrière les portes. Elle sentit son sexe se contracter autour de ses doigts, se resserrer comme un étau tandis qu'elle surfait sur les vagues d'une jouissance qui la fit trembler et la laissa totalement désorientée.

Spencer se retira, la retourna, lui remit son peignoir et lui souleva le menton pour l'embrasser.

— Maintenant, va t'habiller et détends-toi. Et souviens-toi, c'est moi qui te baiserai après.

La jeune femme frissonna en entendant l'intonation si confiante de sa voix, son esprit s'égarant dans les visualisations d'eux deux un peu plus tard dans la soirée.

Elle avait hâte d'y être.

Shadoe hocha la tête et se dirigea vers les loges, les jambes tremblantes, se demandant si cela se voyait sur son visage quand elle passa la porte.

Personne ne lui prêta attention, heureusement. Elle se recoiffa, se remaquilla puis prit une bouteille d'eau dont elle but de grandes rasades avant de pousser un grand soupir satisfait.

Waouh ! Spencer était un génie. Non seulement elle était détendue maintenant, mais elle sentait tous ses membres relâchés. Toute tension avait disparu. La jeune fille sourit et partit prendre son costume, prête à revêtir sa casquette de tête d'affiche.

Chapitre 11

Au moment où Spencer trouva un endroit où se tenir près de la scène, le club était plein à craquer. Il reconnut même certains des hommes qu'ils avaient croisés sur les docks plus tôt dans la journée.

Bien. Shadoe serait contente de savoir que ses efforts n'avaient pas été vains.

Et avec un peu de chance, elle était plus détendue maintenant.

Lui, en revanche, était plus tendu que la corde d'un arc après ce qui venait de se passer dans le couloir. Il sentait encore l'odeur de la jeune femme sur lui, et la façon dont elle avait frissonné et joui contre lui était gravée dans sa mémoire. Il avait maintenu son érection sous contrôle, mais il avait dû très sérieusement penser aux maths et à la pêche à la ligne pour y parvenir.

Maintenant, il allait falloir qu'il la regarde faire son strip-tease.

Cela mettrait son endurance à rude épreuve.

Il remarqua qu'AJ et Pax s'étaient installés à une table près de la scène.

Les enfoirés. Pax leva les yeux et lui adressa un clin d'œil. Spencer avait les bras croisés, et il leva son majeur dans sa direction. AJ sourit, puis consacra toute son attention à la fille qui était en train de danser sur la scène, une beauté à la peau d'ébène et aux longues jambes du nom d'Elan, si Spencer se souvenait bien. Elle se mouvait avec amplitude et lenteur, dans une démarche de séduction.

Toutes les filles avaient un talent particulier. C'étaient toutes de bonnes danseuses, et Spencer n'était pas le moins du monde intéressé par elles, ce qui était rare venant de lui. Il avait tendance à être attiré par les stripteaseuses. Elles étaient en général tout comme lui – pas vraiment intéressées par des relations sur le long terme, mais plutôt désireuses de passer un bon moment, sans engagement. Typiquement son genre de femme.

Alors, qu'est-ce qui l'attirait tant que ça chez Shadoe ? Il y avait quelque chose chez elle qui lui donnait l'air un peu perdue. Elle lui rappelait quelqu'un, mais il n'arrivait pas à mettre le doigt dessus. Il se sentait simplement… proche d'elle, partageant une complicité. Il y avait là une réelle attirance. Il la désirait, mais il adorait coucher avec des femmes, donc ce désir n'avait rien de surprenant.

La musique s'arrêta après la dernière danseuse, et la scène s'assombrit. Les hommes se massèrent autour, enthousiastes à l'idée de voir la tête d'affiche.

Il espérait que Shadoe serait encore assez détendue, parce que la salle du club était réellement pleine à craquer.

— Mesdames et messieurs, votre attention s'il vous plaît, entonna le DJ. Elle nous vient de Dallas au Texas, offrons un tonnerre d'applaudissements à Desi !

Les lumières tombèrent sur l'entrée de la jeune femme et en même temps résonnèrent dans les haut-parleurs des sons de moteurs de moto – puissants, à pleins gaz. Des fumigènes envahirent les planches avant de gagner toute la scène. La musique commença, et *Desi* poussa la porte dans un grand fracas.

Spencer en eut le souffle coupé. Elle portait un long manteau de cuir noir, boutonné jusqu'au cou, mais le bas s'entrouvrait à mesure qu'elle s'avançait. Elle portait des cuissardes hypersexy qui asséchèrent la gorge de Spencer. Quand elle arriva sur le devant de la scène, elle ouvrit le manteau et le balança de côté, révélant un soutien-gorge en cuir noir et un short assorti qui couvrait tout juste son intimité. L'ensemble était orné de clous argentés, tout comme un siège de moto. Quand elle se tourna pour rouler des fesses, on put voir qu'à l'arrière de son short se trouvait un logo étalant les lettres de son nom, Desi, en clous argentés sur la largeur de ses hanches. Les lumières tombèrent sur son postérieur aux rondeurs parfaites, et qui avaient l'air encore plus belles moulées dans ce cuir noir.

Bon sang ! Spencer pensait n'avoir jamais vu autant d'hommes s'abstenir de crier et de siffler. Ils étaient aussi abasourdis que lui. Personne n'osa bouger – à part Shadoe. Elle ondula des hanches en pliant les genoux pour atteindre progressivement le sol, l'effleurant du bout des doigts. Elle balaya la foule du regard, tâchant apparemment d'établir un contact visuel avec chacun des hommes, mais il savait qu'elle le cherchait. Elle le trouva, sourit, lui fit un clin d'œil, puis rejeta la tête en arrière et éclata de rire comme si elle adorait être là. Elle se leva ensuite et arpenta la scène de bout en bout dans une danse frénétique, mobilisant toutes les parties de son corps.

Le club s'éveilla alors, surtout lorsque Shadoe leva la jambe dans un grand coup de pied et saisit la barre, puis s'enroula autour dans une double vrille. La foule se déchaîna.

À partir de cet instant, la jeune femme sut qu'elle les tenait. Spencer remarqua son petit sourire satisfait, l'étincelle dans ses yeux. Elle retira son soutien-gorge, puis le short, ne portant plus rien qu'un string en cuir noir. Elle se bougea, s'activant sur la scène comme si elle était la patronne.

Et pendant trois minutes, Spencer la prit pour la tête d'affiche qu'elle prétendait être. Elle était sûre d'elle, elle gérait son show, et était sexy en diable.

Elle assura. Les billets affluèrent sur la scène, et quand elle termina, les planches étaient couvertes de dollars. Les videurs durent empêcher certains hommes de grimper sur scène pour la rejoindre, surtout quand elle rampa vers eux et pointa la hanche dans leur direction pour qu'ils glissent leurs billets dans son string.

Tous les hommes du club étaient à ses pieds.

Bon sang, Spencer lui-même était à ses pieds pendant cette danse. Et il avait envie de massacrer n'importe quel homme qui pensait avoir une chance avec elle. Même AJ et Pax avaient été scotchés, la bouche grande ouverte alors qu'ils regardaient Shadoe, les yeux pleins de désir. Il avait remarqué la façon dont ils l'avaient regardée. Il connaissait ces hommes, leurs besoins sexuels. S'ils pensaient une seule seconde que…

Il était hors de question que ça arrive. Pas avec Shadoe. Jamais de la vie. Spencer ressentit un instinct primaire l'envahir et il eut envie de tirer tous les hommes par le col et de crier que la femme qui se trouvait là était à lui.

Purée ! Qu'est-ce qui clochait chez lui ? Il tourna brusquement le regard vers Shadoe. Leurs yeux se croisèrent et il y perçut du désir, ce léger sourire n'était que pour lui.

La chanson se termina, la scène sombra dans l'obscurité, et Spencer se rendit compte qu'il avait serré les poings pendant tout ce temps.

Qui était tendu à présent ? Des gouttes de sueur perlaient sur ses tempes. Il les essuya et se rendit au bar pour commander une bière, puis la descendit en quelques gorgées seulement.

AJ s'installa au bar à côté de lui. C'était bondé et bruyant, et personne ne leur prêta attention.

— Dis donc, c'était chaud, déclara AJ en prenant la bière que le barman lui tendit avant de se tourner pour faire face à la scène.

Spencer ne répondit rien.

— Tu l'as déjà baisée ? lança AJ en fronçant les sourcils. Parce que sinon…

— Va te faire.

AJ esquissa une moue.

— On dirait que la réponse est oui. Dommage.

Il porta la bouteille de bière à ses lèvres puis s'éloigna.

Connard. AJ et Pax pouvaient aller trouver n'importe quelle autre femme pour jouer à leurs parties fines à trois.

Spencer virevolta en entendant les acclamations et les applaudissements. Shadoe venait de passer la porte… ou plutôt, Desi venait de le faire. Elle était vêtue d'une minirobe blanche qui remontait haut sur ses cuisses et serrait sa poitrine dans un bustier moulant et très décolleté. Elle portait des talons aiguilles blancs, donc elle était parfaite pour jouer son rôle.

Spencer s'avança vers elle, en direction du seuil de la porte où elle se tenait, submergée de nouveaux fans enthousiastes. Deux des gardes du corps du *Wild Rose* avaient déjà pris position de part et d'autre afin de lui éviter de se faire bousculer par les hommes.

Spencer se fraya un chemin, ce qui irrita fortement ceux qu'il bouscula. Il joua des coudes et en repoussa plus d'un pour arriver à elle.

— Hé, c'est mon garde du corps, lança-t-elle en faisant signe aux hommes de lui céder le passage.

Elle souriait quand il arriva enfin à ses côtés. Il se sentit triplement idiot de ne pas avoir été en coulisse pour l'accompagner pour cette apparition. Il était temps qu'il se remette sa couverture en tête et qu'il arrête de penser avec sa queue.

Le jeune homme prit son menton entre ses mains et inclina la tête de la jeune femme vers le haut pour plaquer un baiser contre ses lèvres.

— Joli travail, lui murmura-t-il avant de se redresser.

— Merci, dit-elle dans un sourire encore plus grand.

Puis elle passa son bras sous celui de Spencer et fendit la foule.

— Laissez la demoiselle respirer un peu et elle aura du temps pour chacun d'entre vous, déclara Spencer.

Ils reculèrent et les videurs devant eux ouvrirent la voie. L'un d'eux se tourna vers elle.

— On vous a installé une table à l'arrière. On dirait que vous allez avoir de quoi vous occuper.

Shadoe dégagea des mèches de cheveux de son visage.

— Waouh, on dirait bien, hein ? Et merci.

Elle s'assit à la longue table noire, et en l'espace de quelques secondes, six hommes étaient déjà assis auprès d'elle, l'air impatient.

Quoi ? Ils pensaient qu'elle allait faire un strip-tease sur la table ? Même pas en rêve !

— Et si on prenait un verre ? finit-elle par lancer.

Au moins elle savait comment s'y prendre.

Ils s'empressèrent de lui offrir à boire. Spencer leva les yeux au ciel. L'heure suivante se poursuivit ainsi, tandis que Spencer campait sa position derrière elle, surveillant tous ceux qui se rapprochaient trop ou pensaient qu'ils pourraient poser la main sur elle. En général, un simple regard les décourageait, mais les quelques courageux qui poussaient encore le bouchon se faisaient expulser en vitesse.

Shadoe partit après la première heure afin de prendre une pause avant sa deuxième représentation à 1 heure. Il la guida jusqu'au bar et elle s'assit tout au bout.

— Tu te sens bien ?

— Je me sens super, répondit-elle dans un grand sourire.

— Tu as raison. C'est toi la star ce soir.

La jeune femme battit des cils avant d'incliner la tête pour poser les yeux sur lui.

— Je ne suis pas sûre de ça, mais waouh, quand même, c'était encore plus fort que ce à quoi je m'attendais.

— Tu as fait un super boulot. Tu étais canon.

Quand elle lui sourit, ça lui fit de l'effet jusque dans ses testicules.

— Je suis contente que tu penses ça, lança-t-elle.

— Tout le monde a pensé ça.

— Mais je suis contente que toi tu aies pensé ça.

Spencer posa une main sur sa nuque une nouvelle fois.

— On dirait que tes tensions ont disparu.

Le corps de la jeune femme vibrait de rires.

— Oui, tu as fait du bon boulot, tu t'es bien occupé de moi.

— Avec plaisir.

Elle posa la paume de sa main sur sa joue.

— Je veillerai à ton plaisir moi aussi. Plus tard, assura-t-elle.

Spencer prit une grande inspiration et se pencha vers elle.

— Tu me fais bander.

— J'espère bien.

Sa deuxième représentation fut aussi bonne, si ce n'est meilleure, que la première. Comme dans son show de Dallas, elle portait la tenue en cuir à franges et mit les hommes dans un état encore plus frénétique.

Il n'y avait pas l'ombre d'un doute : Desi était une star.

— Elle assure grave, dit Brandon à Spencer quand Shadoe eut terminé sa seconde représentation.

— C'est sûr.

— Tu es un gars qui a de la chance.

— C'est sûr.

— Je parie que c'est un sacré boulot de repousser tous les hommes qui lui tournent autour.

— Oui.

— Tu lui fais confiance ?

Le jeune homme décocha un regard à Brandon, dont le visage était inquisiteur.

— Qu'est-ce que ça veut dire cette question ? demanda Spencer.

— Simple question, répondit Brandon en levant les mains. Plein de filles prennent la grosse tête avec leur succès au club. Et le petit ami ne dure jamais très longtemps.

— On est ensemble depuis… un moment. Tout va très bien entre nous, affirma le jeune homme.

— D'accord, c'était juste pour vérifier.

— Est-ce que tu te cherches une copine, Brandon ? Parce que si tu louches sur ma femme, ça va mal se passer.

Spencer n'en revenait pas d'avoir cette conversation. En général, le jeune homme ne se souciait guère du nombre d'hommes que voyait une fille. Il ne restait jamais assez longtemps avec elle pour le découvrir, ou pour s'en soucier.

Même si c'était sa couverture et rien d'autre, les suggestions et sous-entendus de Brandon l'énervèrent.

— Pas du tout, Spencer. Je faisais juste la conversation, pour apprendre à connaître une de mes danseuses. Elle ne m'intéresse pas, tu peux me croire.

Brandon fit donc machine arrière et s'excusa pour retourner en vitesse à son bureau.

Tant mieux, parce que, patron du club ou pas, Spencer s'était trouvé sur le point de mettre son poing dans la figure de Brandon.

Ce qui n'aurait pas été très positif pour la mission, pas vrai ? Il fallait qu'il empêche les choses de devenir personnelles, sur pas mal de fronts.

Une fois de plus, Shadoe sortit des coulisses. Cette fois, elle portait une jupe verte sexy, et un haut qui laissait entrevoir son ventre et moulait ses formes.

Elle prit place à sa table et laissa les hommes venir à elle, ce qu'ils firent, par vagues. Spencer monta la garde auprès d'elle tandis qu'elle se montrait gentille et amicale, tout en poussant les hommes à la consommation, ce qui devait sûrement faire le bonheur de Brandon.

Cette partie du boulot était bien, tant que les hommes n'essayaient pas de toucher.

Toucher les filles était interdit, surtout pour une tête d'affiche. Ils pouvaient regarder, ils pouvaient leur parler, mais ils ne devaient pas les toucher. Il y avait toujours quelques hommes pour penser que ces règles ne les concernaient pas, comme celui qui était assis à côté de Shadoe à ce moment même. Il était élégant, avait l'air un peu plus âgé, et Spencer le classa immédiatement dans la catégorie des clients habitués. C'était apparemment quelqu'un qui connaissait toutes les filles, ainsi que les employés du club. Il avait sûrement droit à quelques « faveurs », comme des occasions d'avoir des conversations privées avec des têtes d'affiche.

En fait, cet homme fit un signe du menton aux videurs dès qu'il s'assit près de Shadoe, et un videur hocha la tête à son tour avant de s'approcher de Spencer. Nul doute qu'il avait l'intention ainsi de le distraire pour que le client élégant puisse faire ce qu'il voulait avec Shadoe.

Spencer connaissait le milieu des escrocs mieux que personne. Il voyait clair dans son jeu. Mais il laissa le videur s'approcher de lui, juste pour voir comment il comptait jouer son coup.

— Ta femme est populaire, lança le videur.

— Elle l'a toujours été, acquiesça Spencer, même avant de devenir une tête d'affiche.

— Ça te fout pas les boules de voir tous ces mecs tourner autour d'elle ?

— Je sais où elle dort le soir.

Le videur se tourna vers Spencer.

— Je suis Lance.

— Spencer, répondit le jeune homme sans quitter Shadoe des yeux.

— Ma femme est danseuse ici.

— Ah oui ? C'est qui ?

— Cheri. Une grande blonde.

— Ah oui. Jolie.

— C'est la danseuse principale ici, acquiesça Lance.

— Et ça fait longtemps que vous êtes ensemble ? demanda Spencer.

— Cinq ans. Et on est au *Wild Rose* depuis trois ans.

— Vous travaillez tout le temps ensemble ?

— Oh que oui ! J'ai besoin de garder un œil sur mon investissement.

Son investissement ? Sa femme était quoi, sa propriété ? Quel salopard.

Shadoe toussa et Spencer tourna immédiatement les yeux vers elle. Il s'accroupit, convaincu qu'il allait devoir botter les fesses du gars qui était assis à côté d'elle.

— Qu'est-ce qui se passe, beauté ?

— Rappelle-moi plus tard de te dire quelque chose, lui murmura-t-elle à l'oreille.

— C'est entendu.

Pour le lui prouver, il l'embrassa fougueusement et resta là plus longtemps que nécessaire. Quand il s'écarta d'elle, elle avait le regard vitreux et lui offrit un sourire prometteur accompagné d'un soupir.

Le jeune homme se redressa, et Lance était toujours là.

— C'était pour quoi, ça ?

— Je gardais juste un œil sur mon investissement, déclara Spencer en renvoyant ainsi le videur à ses propres paroles.

Quoi qu'il ait été prévu entre Lance et l'homme assis près de Shadoe, il ne se passa rien. Mais peut-être était-ce parce que Spencer s'était déplacé sur la droite de la jeune femme et qu'il ne l'avait pas quitté des yeux. Le genre de regard pas très agréable. Assez long et dur pour que l'homme commence à se sentir mal à l'aise et quitte la table. Peu après cela, Lance partit à son tour.

À 3 heures du matin, il n'en pouvait plus de tous ces hommes qui se battaient pour avoir une place près de Shadoe. Elle avait quitté sa place et s'était baladée un moment, papotant avec les clients installés aux tables et au bar, mais la foule finit par se disperser.

— Sortons de là, suggéra-t-il.

— Ce programme me va tout à fait, acquiesça-t-elle. Laisse-moi me changer.

Ce programme lui allait aussi parfaitement : avoir Shadoe pour lui tout seul. La regarder parader, dans sa tenue moulante, puis faire deux strip-teases, ça l'avait excité, durci et embêté comme pas possible. Quand elle sortit par la porte de derrière, il faisait déjà chauffer le moteur de sa moto.

Elle haussa un sourcil et grimpa.

— Tu es pressé ?

— Oui, allez monte.

Elle s'exécuta et il battit des records de vitesse pour retourner à l'hôtel.

La jeune femme se serra contre lui et enroula ses bras autour de sa taille, ses seins se pressant contre son dos.

— Tu es vraiment très pressé, pas vrai ? Tu as besoin d'un petit quelque chose, toi.

Voyant qu'il ne répondait pas, elle passa ses mains sur ses côtes, puis les abaissa encore.

— Je sais de quoi tu as besoin.

Elle posa ensuite les mains sur ses cuisses, et les serra.

— J'aimerais bien pouvoir atteindre ton sexe d'ici.

Il grogna et mit les gaz, les faisant foncer comme une fusée sous la lueur des lampadaires. Heureusement que l'hôtel ne se trouvait qu'à quelques blocs de là. Il se gara dans le parking, la prit par la main et la guida jusqu'à leur chambre, sans dire un mot.

Il était incapable de parler, sa gorge était aussi contractée que ses testicules. Il fit glisser la carte dans la fente de la porte et la tint ouverte pour elle. Elle entra et il ferma la porte derrière eux, l'observant tandis qu'elle posait son sac, puis elle s'empressa de s'installer au balcon. La jeune femme lui lança un regard entendu par-dessus l'épaule, une esquisse de sourire, puis elle disparut derrière la porte-fenêtre.

Spencer la suivit. Elle se tenait là, baignée par la lumière du clair de lune. Là, tout le monde pouvait la voir.

— Ici, en plein air ? lança-t-il.

Elle acquiesça.

Il n'allait pas se le faire redire. Le jeune homme s'avança plus sur le balcon et, la saisissant par le poignet, l'attira dans l'obscurité, puis la retourna, plaquant son dos contre le mur, avant de poser sa bouche sur la sienne.

Shadoe noua ses bras autour de lui. Ses lèvres se scellèrent aux siennes avec une passion qui faisait écho à celle du jeune homme, le surprenant par sa puissance. Il s'était attendu à ce qu'elle soit fatiguée, qu'elle lui dise non, et il fut pour le moins surpris par la vigueur de son assaut, sans parler de son envie.

Mais elle était comme ça ce soir. Elle enroula une jambe autour de sa hanche et frotta son pelvis contre le sien.

La queue de Spencer était déjà durcie, elle l'avait été depuis la première minute où il avait goûté sa bouche. Maintenant, il subissait un désir rageur contre lequel il ne pouvait rien. Il retira son chemisier, content de voir qu'elle ne portait pas de soutien-gorge. Le jeune homme prit ses seins à pleines mains, puis il s'agenouilla sur le sol de béton et prit ses tétons dans sa bouche. Il avait voulu les goûter depuis qu'il la connaissait, depuis ce tout premier jour où elle avait fait un strip-tease pour lui et lui avait révélé ces tétons tendus et ses seins parfaits. Il passa la langue sur l'un des boutons durcis, puis il le prit dans sa bouche et l'aspira. C'était comme du velours, et elle avait un goût sucré, comme le reste de son corps, il le savait. Il mourait d'impatience de l'embrasser plus bas, ressentant le besoin de sentir son goût tout autour de sa langue. Il l'embrassa sur les côtes, puis le ventre, il défit la fermeture de son jean, en tâtonnant, avec maladresse, comme s'il était encore un adolescent inexpérimenté. Bon sang, quel âge avait-il de toute façon ? Et pourquoi ses mains tremblaient-elles ? Ce n'était pas sa première fois. Il aurait dû se montrer détendu, pas si empressé, mais plutôt prendre le temps d'apprendre à connaître son corps.

Oui, bien sûr. Il abaissa le jean de la jeune femme sur ses chevilles, retira sa culotte et couvrit son sexe de sa bouche.

Elle gémit et son corps se cambra quand sa langue trouva son clitoris. Elle enfonça les doigts dans les cheveux du jeune homme, puis serra le poing, s'accrochant de toutes ses forces pendant qu'il aspirait son bouton érogène, jouait avec ses dents, la léchait de part et d'autre, et glissait sa langue au creux de son sexe moite.

— Purée, Spencer ! C'est tellement… oh, oh, je vais jouir.

Elle se plaqua contre son visage et frémit, criant avec toute la force de son orgasme rapide et ravageur.

Il aimait vraiment l'entendre et la sentir jouir, la sentir mouiller sur sa langue en même temps qu'elle jouissait, savoir qu'il l'avait emmenée au septième ciel si rapidement qu'elle ne pouvait rien retenir.

Dans la pénombre, il l'entendit haleter, sentit la sueur lustrer la peau de ses cuisses tandis qu'il s'accrochait à elle, continuant d'embrasser ses jambes, ses hanches, remontant lentement vers le haut de son corps.

Il embrassa de nouveau ses seins, adorant la façon dont ils tenaient dans sa bouche, la façon dont ses tétons se durcissaient quand il les aspirait, la manière dont son cœur s'emballait follement contre sa main quand il la serrait contre lui.

Leurs lèvres se rencontrèrent dans un baiser fougueux, il était prêt à la prendre dans ses bras pour la mener au lit. Mais quand il commença à l'éloigner du mur, elle le fit pivoter et le repoussa contre les briques fraîches.

— À mon tour, dit-elle d'une voix grave, dans un soupir voilé. Tu crois que je vais me priver de cette occasion de rester encore un peu dehors ?

— Je crois que tu es une exhibitionniste.

Elle esquissa une moue.

— Peut-être bien.

Elle n'avait pas l'air d'être gênée de se retrouver toute nue sur le balcon. Peut-être avait-elle envie que des gens les voient. Il sentit sa queue s'animer contre son boxer. Oui, il avait hâte de se trouver en elle. Que ce soit sur le balcon, dans le lit ou même par terre, il n'en avait rien à faire.

Elle souleva son tee-shirt, passant ses mains partout sur son corps – ses épaules, son cou, son torse –, et toutes ces caresses furent suivies par sa bouche douce et chaude. Elle l'embrassa avec une fougue sauvage, elle le mordit, le goûta, lécha ses tétons et les aspira de la même façon qu'il l'avait fait pour elle. Il frémit tandis que cette sensation atteignait directement son sexe, le faisant frémir d'excitation.

— Shadoe.

Elle ignora sa supplication, se mit à genoux de la même façon que lui l'avait fait auparavant.

— J'avais envie de faire ça.

Elle ouvrit le bouton de son jean, et avec des mouvements d'une lenteur infernale, elle en fit descendre la braguette, ses doigts effleurant son érection et lui faisant serrer les dents. Elle tira son jean jusqu'en bas.

— J'aime les hommes qui en ont, dit-elle en enfouissant son visage contre sa hanche, le mordillant là, puis léchant tout le long de son os pour arriver à son entrejambe.

— Tu sens bon !

Elle lécha l'intérieur de sa cuisse, ce qui fit trembler les jambes du jeune homme.

Spencer était un homme fort, mais Shadoe parvenait à le faire flageoler. Aucune femme n'avait réussi à lui faire cet effet-là auparavant. Quand elle prit sa queue dans sa main et commença à la caresser, il posa ses paumes contre le mur pour s'appuyer. Et quand elle passa son pouce sur son gland, il dut se mordiller une lèvre pour s'empêcher de gémir.

Quand elle plaça ses lèvres à l'extrémité de son sexe et le prit dans sa bouche, il laissa échapper un grognement, sachant qu'il se trouvait à sa merci.

Elle fit glisser sa langue chaude et humide le long de sa tige, usant de ses mains pour caresser et guider ses mouvements, refermant ses lèvres sur lui pour créer l'effet de succion parfait. Elle allait toujours un peu plus loin, puis elle s'écartait, elle le suçait et le caressait, et maintenant, il regrettait qu'ils ne soient pas à l'intérieur, baignés de lumière, pour qu'il puisse l'observer. Au lieu de cela, tout ce qu'il put faire fut de sentir la douce sensation de sa queue glissant sur sa langue, l'emprise de ses lèvres tandis qu'elle compressait son gland avant de le prendre plus en profondeur, jusqu'au fond de sa gorge.

Puis elle déglutit, et il voulut tomber par terre et se laisser mourir. Elle le tenait littéralement par les couilles. Il s'abandonnait entièrement à elle.

Shadoe rejeta la tête en arrière, la bouche emplie de son sexe, ses yeux bruns assombris par le désir.

— Oui, ma belle, suce-moi.

Il abaissa une main pour saisir ses cheveux, qu'il enroula autour de ses doigts, et il s'en servit pour la guider, pour prendre sa bouche dans une succession de coups de reins doux.

Elle prit tout ce qu'il lui donnait, puis elle prit ses testicules entre ses mains et les massa, jusqu'au point où il sut qu'il n'avait plus aucun espoir de pouvoir se retenir. Il sentit la sensation se former au plus profond de lui, prêter à surgir comme une éruption volcanique.

Quand elle se mit à pousser un gémissement, cela provoqua une vibration dans ses testicules et il ne put plus rien retenir.

— Je vais jouir dans ta bouche, Shadoe. Est-ce que c'est ce que tu veux ?

Elle se contenta de continuer à aller de l'avant, pour le prendre encore plus, se tenant à ses hanches et lui ravissant les derniers soupçons de contrôle qu'il pouvait encore avoir. La puissance des sensations le souleva quasiment du sol, générant des éclairs lumineux sous ses paupières tandis qu'il explosait dans sa bouche. Il tira sur ses cheveux, la maintenant en place pendant qu'il éjaculait un long filet de sperme chaud dans sa gorge. Elle enfonça ses ongles dans sa chair, ce qui ne fit qu'ajouter au plaisir ardent qui le submergeait. Il lui donna tout ce qu'il avait, jusqu'à ce qu'il se trouve épuisé, en nage, et totalement abasourdi par la femme qui se tenait à genoux devant lui.

Il se pencha pour la relever, il l'embrassa, goûtant sa propre saveur sur ses lèvres. Cela le poussa à s'attarder dans sa bouche, à glisser sa langue à l'intérieur pour caresser la sienne, intensifiant ainsi les saveurs. Malgré ce qu'il venait déjà de vivre, sa queue s'anima en la goûtant, avec ce mélange de leurs saveurs respectives dans leurs bouches.

Il était prêt à en faire plus. L'était-elle ? Il passa un pouce sur son téton qui se durcit.

— Ça t'a excité de me sucer ?

— Ça m'a fait mouiller, Spencer. Baise-moi.

Il ne se le fit pas dire deux fois. Il retira ses bottes, enleva complètement son jean, puis la prit dans ses bras pour la mener à la chambre.

Le corps tout entier de Shadoe vibrait. Elle était surexcitée du fait que Spencer la porte jusqu'au lit. Le faire jouir, avoir son sexe dans sa bouche et avoir le contrôle de cette manière, c'est quelque chose qu'elle n'avait jamais connu – qu'elle n'avait jamais voulu faire auparavant. Mais avec Spencer, oh oui, elle en avait eu envie.

Dès sa première apparition sur scène ce soir-là, elle avait vu son regard empli de désir chaque fois qu'elle avait croisé ses yeux. Elle savait qu'il avait envie d'elle. Mais cela allait plus loin que cela. C'était dans la manière dont il la regardait, avec une intensité qui lui donnait des bouffées de chaleur, la possédant d'un seul coup d'œil.

Spencer était un bel homme. Dès qu'ils étaient entrés dans le club, les autres filles l'avaient bien repéré, l'avaient observé avec cette appréciation toute féminine. Elle connaissait cela, et ça n'avait fait qu'augmenter quand elle était montée sur scène et avait croisé son regard.

Quelle sensation incroyable, surpuissante, elle avait ressentie en cet instant ! Être désirée par un homme comme Spencer était magnifique. Elle ne le comprenait pas, était incapable de l'expliquer, mais bon sang, ça l'avait excitée au possible. Et cela avait duré toute la nuit. Si elle s'était sentie étourdie, ce n'était pas sous l'effet des acclamations de la foule. Cela, elle ne s'en souciait pas du tout. Elle s'était bien débrouillée sur scène parce qu'elle avait joué pour Spencer, et pour lui seul. Personne d'autre n'avait existé pour elle.

Tout comme aucun autre homme n'existait pour elle en ce moment précis, à part celui qui la tenait dans ses grands bras musclés. Il était si fort, capable d'une telle violence, et pourtant, il la posa si tendrement sur le lit, et il la suivit pour lui donner un baiser qui lui coupa le souffle et la laissa sans voix.

Elle n'avait pas besoin de parler. Ni l'un ni l'autre n'en avait besoin. Parce qu'ils avaient leurs mains, leurs bouches et leurs corps qui parlaient à leur place. Il lui retira ses bottes et son jean – elle rit de la façon dont il accrochait à ses pieds –, puis il déplia les jambes de la jeune femme en plaçant ses doigts autour de ses chevilles pour les maintenir en place.

— Tu crois que je vais tenter de m'échapper ? demanda-t-elle en se relevant sur ses coudes.

— Je voulais seulement te regarder.

Il avait allumé la lampe de chevet. Toute la pièce baignait dans une lumière douce. Pas assez pour constituer un éclairage trop violent, mais suffisant pour qu'ils puissent se voir. Et en cet instant, il avait les yeux rivés sur le sexe de la jeune femme. Cela le fit trembler.

— J'aime ton goût, Shadoe.

Il rampa entre ses jambes et lécha longuement et lentement son sexe.

Elle l'observa, hypnotisée par les mouvements de sa langue.

— J'aime la façon dont tu me lèches, dit-elle.

— J'aime te faire jouir.

Elle se sentit un peu gênée d'entendre ça.

— Je ne sais pas pourquoi, mais pour toi ça semble si facile. Ça n'a pas toujours été le cas, fit-elle remarquer.

— Vraiment ? dit-il en relevant un sourcil.

— Vraiment.

— Bien, répondit-il en esquissant un sourire.

Les hommes et leur ego.

Maintenant qu'ils avaient tous deux eu un orgasme, l'empressement s'était émoussé – enfin, d'une certaine façon. Mais c'était aussi la première fois qu'elle avait l'occasion de le voir entièrement nu. Et oh là là, quelle vision !

— Mets-toi debout près du lit, ordonna-t-elle.

— Quoi ?

— Je veux te regarder.

Il éclata de rire, mais s'exécuta.

Il avait un corps massif, tout en muscles, pas un poil de graisse. De larges épaules, une taille fine, des cuisses puissantes et un sexe réellement impressionnant. Un sexe qui aimait qu'on le regarde apparemment, car il se durcissait à mesure qu'elle le fixait. Shadoe leva les yeux vers Spencer.

— C'est intéressant.

— C'est ce que j'espérais que tu penserais.

Sa queue se souleva, remonta puis redescendit.

Elle éclata de rire et se sortit du lit pour marcher autour de lui, passer la main sur le tatouage de son épaule. Elle embrassa l'aigle et le mot « Liberté », puis elle pressa sa joue contre son dos et noua ses bras autour de lui.

— Shadoe.

— Oui.

— Qu'est-ce que tu fais ?

— Je te serre dans mes bras.

— Pourquoi ?

Quelle question !

— Parce que c'est agréable.

— Oh.

Il se tourna et elle rejeta la tête en arrière pour le regarder. Ses yeux étaient envoûtants. Si déterminés, si bleus, si sexy. Cet homme était d'une intensité proprement incroyable.

Et dans l'immédiat, il était tout à elle.

— Tu vas rester là à me lorgner toute la soirée, ou on va se mettre à baiser ?

Et la façon dont il lui parlait, sans détour, toujours à dire ce qu'il pensait. Même ça, ça l'excitait.

— Je pense qu'on va se mettre à baiser.

— Bien.

Il la poussa sur le lit, se pencha pour prendre un préservatif dans la poche de son jean, puis rampa près d'elle.

— J'ai besoin d'être en toi. Je bande, depuis le début de la soirée, depuis que tu es montée sur scène en te pavanant.

La jeune femme s'étendit sur le dos et posa ses pieds à plat sur le lit, le taquinant en ouvrant ostensiblement les jambes.

— Je crois que tu bandais bien avant que je monte sur scène en me pavanant.

Il posa les mains sur ses genoux.

— Tu as raison. Te faire jouir m'a fait bander. Ça t'a plu ?

Se souvenir de la façon dont il l'avait fait jouir dans le couloir sombre la fit mouiller, et son clitoris frémit.

— Tu sais bien que oui.

— Je ferai ça pour toi chaque soir avant ton show.

— C'est bien, Spencer. Tu me fais mouiller.

— Mouillée, c'est bien ça.

Il se positionna entre ses jambes et entra en elle d'un coup de reins.

Shadoe haleta, puis se cambra contre lui, accueillant ses mouvements avec un besoin de le sentir encore plus profond en elle. Il plaça une main sous elle et la souleva, frottant ainsi son clitoris contre sa queue, la submergeant de sensations alors que son va-et-vient incessant gagnait en puissance.

Il cherchait à dominer, contrôler. Elle n'avait jamais été du genre à se laisser dominer au lit. Mais avec Spencer, cela lui était égal. Il la maîtrisait, et elle ne le remettait pas en question. Elle en avait besoin, le demandait même.

La jeune femme renonça à tout pour se concentrer sur ses sensations, la façon dont il se mouvait en elle, passant son sexe sur toutes ses zones érogènes, sachant exactement où la caresser, l'embrasser, tirer le plus de plaisir de son corps. Il se retira à moitié, puis revint de plus belle, touchant son point G en même temps que la base de sa tige massait son clitoris.

Aucun homme ne connaissait son corps aussi bien, la façon dont elle réagissait, où se trouvaient les zones qui la rendaient folle. Spencer savait tout cela. Elle le regarda, observa la façon dont il semblait se concentrer sur les points qui la menaient tout près de l'extase. Il se concentra sur elle, sur ce dont elle avait besoin.

Impressionnant.

Il ne lui fallut pas beaucoup de temps pour retrouver le chemin de l'orgasme. Elle se sentit brisée en mille morceaux, comme du verre, son corps ondulant au même rythme que les basses des morceaux d'électro qui passaient au club. Mais Spencer ne voulait pas qu'elle redescende aussi vite, et il continua à la baiser, encore plus dur, encore plus rapide. Il trouva le bon rythme et la fit jouir de nouveau, plantant ses doigts dans la chair tendre de ses fesses tandis qu'il s'enfonçait toujours plus loin.

— Spencer.

— Oui, je sais.

Il savait. Il lui administra un long baiser, resserra son étreinte, et s'activa de plus belle en elle. Elle le sentit de tout son être et jouit encore une fois, criant son nom tandis qu'elle retombait, l'entraînant cette fois dans sa chute.

Elle avait l'impression de se trouver sur un petit nuage, ne ressentant presque rien de ce qui pouvait la rattacher à la réalité. Spencer se retira et quitta le lit pour quelques instants avant de la serrer contre lui, nouant ses bras autour d'elle, et d'embrasser sa nuque, son souffle chaud contre ses cheveux.

Shadoe ne se souvenait pas de s'être jamais sentie aussi satisfaite que cela tandis qu'elle sombrait doucement dans le sommeil.

Chapitre 12

Spencer était assis dans un fauteuil, une tasse de café à la main, et observait Shadoe dormir. Les cheveux de la jeune femme tombaient sur ses yeux. Le drap ne couvrait que le bas de son corps, lui offrant une superbe vue sur son dos dénudé. Ses bras étaient relevés, ce qui permettait au jeune homme d'avoir un bel aperçu de son sein.

Il se renfonça dans le fauteuil et regretta de ne pas être un peintre ou un photographe. Il aurait aimé immortaliser cet instant.

Bon sang, voilà qu'il versait dans la poésie. Pas vraiment son style, mais c'est ce qu'elle lui inspirait – la regarder dormir et se perdre dans la contemplation de son visage et de son corps. Si les autres *Riders* pouvaient le voir maintenant, ils se moqueraient de lui.

Il ne connaissait Shadoe que depuis quelques jours, et pendant ce laps de temps, quelque chose s'était passé en lui. Quelque chose de doux et de profond.

Il ressentait quelque chose pour elle. Elle lui correspondait au niveau sexuel – sauvage, débridée, joueuse en toutes circonstances, et sans réserve. Sa passion était sans limites. Spencer aimait cela chez une femme. Il n'y avait aucune préméditation en elle, elle n'était pas collante, elle avait l'air d'aimer faire l'amour avec lui, tout simplement. Quel homme faudrait-il être pour ne pas aimer cela chez une femme ?

Elle n'avait rien exigé de lui, ne lui avait pas demandé ce qui allait se passer entre eux à l'avenir. La nuit précédente, après qu'ils avaient fait l'amour, elle s'était lovée contre lui et avait directement sombré dans le sommeil, pas besoin de mots ni de quoi que ce soit d'autre entre eux.

Elle était exactement comme un homme, sauf que c'était une femme.

Il commençait à se dire qu'elle allait lui manquer une fois que la mission serait terminée, et il n'aimait pas se mettre à penser comme ça. Il préférait que chacun reprenne sa route une fois que les festivités arrivaient à leur terme. Il n'aimait pas penser à l'« après » et à ce que cela signifiait. Il n'était pas du genre à s'engager dans des relations.

Les relations, cela impliquait des liens, les liens menaient au mariage, et le mariage menait à faire des enfants. Faire des enfants impliquait des responsabilités, s'occuper de quelqu'un d'autre que soi. Les parents de Spencer avaient lamentablement échoué à cette tâche. Le jeune homme était parvenu à préserver sa liberté pendant toute sa vie. Il avait l'intention que les choses demeurent ainsi, et ne voulait pas prendre le risque de bousiller la vie d'éventuels enfants, comme ses parents l'avaient fait.

— Tu as l'air perdu dans tes pensées. Ça fait longtemps que tu me regardes comme ça ?

Il ne s'était même pas rendu compte que Shadoe s'était réveillée.

— Ça fait un moment.

— C'est un peu bizarre. Ou alors vraiment mignon.

Elle repoussa les mèches de cheveux de son visage et s'assit, ne se souciant guère d'avoir les seins nus tandis qu'elle plaçait un oreiller contre la tête de lit pour s'y adosser. Elle huma l'air.

— Et c'est du café, ça ?

— Oui. Je t'en ai pris un. Il est sûrement encore chaud.

Il lui passa une des tasses.

— Tu veilles à tous mes besoins. Merci.

Spencer sourit en entendant cela, et il l'observa prendre une grande rasade du breuvage sombre, puis se lécher la lèvre inférieure. Son sexe s'anima et il résista à l'envie de pousser un petit grognement. On aurait dit que tout ce qu'elle faisait – même le simple fait de boire du café – le faisait bander.

— Ça fait longtemps que tu es debout ?

— Ça doit faire une heure environ.

Elle regarda l'horloge posée sur la table de nuit.

— Oh mon Dieu, il est déjà presque 11 heures !

— C'est normal de dormir tard quand on est stripteaseuse.

— Oui, bien sûr, s'esclaffa-t-elle. Tout cela a décalé mes horaires. Je suis une lève-tôt. Je vais courir à l'aube tous les jours d'habitude.

— Tu ne vas pas pouvoir le faire pendant cette mission.

Elle haussa les épaules et fit rouler sa tête d'un côté puis de l'autre.

— Alors, quel est le programme aujourd'hui ?

— Hier soir, tu m'as demandé de te rappeler de me dire quelque chose.

— Ah oui, ce videur qui s'est mis à côté de toi et t'a parlé pendant que j'étais assise à la table…

— Oui ?

— C'était lui que j'avais vu sur les docks hier.

— Lance ?

— Je crois bien.

— Intéressant. C'est aussi le mari de Cheri, qui selon lui est la danseuse principale de ce club.

— Et c'est loin d'être un ange, dit Shadoe en faisant la grimace.

— Il y en a comme ça, commenta Spencer en riant.

— Je crois qu'elle n'a pas vraiment été enchantée de me voir débarquer et lui voler la vedette.

— Je l'ai vue danser. Tu n'as pas à te soucier d'elle, affirma Spencer.

— Merci ! Mais parle-moi de Lance.

— Il a essayé de faire diversion, je pense, pour qu'un des clients puisse se rapprocher de toi.

— Oui, j'en ai vu quelques-uns comme ça. Je me suis occupé d'eux avant qu'ils ne deviennent ingérables ou avant que tu aies eu besoin d'intervenir et de leur casser le bras.

— Dommage, ça m'aurait bien amusé.

Spencer n'aimait pas qu'on la touche. Bon sang, il n'aimait pas le fait que cela l'embête aussi.

— La prochaine fois, je te préviendrai alors, lança-t-elle.

— Je crois qu'il faut qu'on surveille ce Lance.

Shadoe posa sa tasse de café sur la table de chevet.

— Tu crois qu'il pourrait être impliqué dans le trafic de drogue ? demanda-t-elle.

— Je ne sais pas, il y a quelque chose qui me gêne avec ce mec.

— Oui, je sais qu'avec Cheri aussi, il y a quelque chose qui me gêne, mais c'est peut-être tout simplement sa personnalité qui est comme ça. Je vais travailler sur les filles, essayer de mieux les connaître, voir ce que je peux trouver. Les danseuses sont généralement au courant de tout ce qui se passe dans leur club.

— D'accord. Et Brandon m'a posé des questions sur toi hier, aussi.

— Ah bon ? Qu'a-t-il dit ?

— Il a posé des questions sur nous deux, sur notre relation. Je pense qu'il voulait savoir à quel point on était proches, s'il y avait une place pour lui.

— Tu es sérieux ? demanda-t-elle en haussant un sourcil.

— Oui. Certains hommes ne sont pas si possessifs que ça.

— C'est… intéressant, dit-elle sans parvenir à dissimuler l'inquiétude dans sa voix.

— Ne t'en fais pas, je ne suis pas du genre à partager.

Elle inclina la tête sur le côté pour le regarder.

— Bon à savoir, vu que je n'ai aucune intention d'être partagée. Dans ce milieu on trouve vraiment de tout, pas vrai ?

— Oui, sûrement. Certains sont honnêtes et droits. La plupart des autres ne le sont pas. Cela peut nous faciliter le travail s'ils sont bavards en prime.

— Est-ce que notre travail ne serait pas facilité si *nous* n'étions pas si liés que ça ?

Spencer avala une grande gorgée de café.

— Qu'est-ce que tu veux dire par là ?

— Et si on n'était pas si exclusifs dans notre relation, et qu'on… se laissait un peu de liberté ? Tu crois que ça pourrait nous permettre de rassembler des informations plus facilement ?

— Tu veux dire qu'on fasse comme si on était d'accord pour voir d'autres personnes ?

— Oui.

Spencer fut contraint de se souvenir qu'il s'agissait d'une mission. Ils ne formaient pas un vrai couple. Il n'avait aucun droit sur Shadoe. Elle pouvait baiser tous les mecs du *Wild Rose* si elle le voulait afin d'obtenir des informations, même s'il pensait que ça lui retournerait les tripes.

— Tu crois qu'on gagnera quoi en faisant cela ?

— Je ne sais pas, dit-elle en haussant les épaules. C'était juste une suggestion.

— Je vais y réfléchir.

Quand les poules auront des dents.

— D'accord.

Spencer se leva.

— Je vais prendre une douche. Ensuite, on pourra manger un morceau.

Shadoe observa Spencer fermer la porte de la salle de bains. Elle prit son café et en but quelques gorgées, méditant sur leur conversation, qui l'avait à la fois éclairée et perturbée.

Se réveiller et trouver Spencer assis à côté du lit en train de l'observer lui avait procuré une sensation de chaleur, d'attention. En réalité, ça l'avait même excitée. Il était en train de la regarder en détail. Elle avait ouvert les yeux et l'avait épié par-dessous les cheveux qui couvraient son visage. Il était perdu dans ses pensées, les yeux rivés sur le visage de la jeune femme.

Il aurait pu réfléchir à n'importe quel endroit. Sur le balcon, au bureau, même en bas, dans le salon. Mais il avait préféré s'asseoir à côté du lit pour la regarder. Il faudrait être folle pour ne pas se sentir flattée par ce geste. La première pensée de Shadoe avait été de l'attirer de nouveau au lit, auprès d'elle, pour s'adonner aux mêmes activités que la veille.

Puis, il s'était mis en mode mission. Dommage. Mais elle avait suivi son idée et lui avait proposé de faire semblant de se montrer disponibles pour d'autres relations, et elle avait remarqué la colère qui avait animé son regard.

Spencer était jaloux. Elle s'autorisa un petit sourire triomphant rien que pour ça. Elle ne se souvenait pas d'avoir jamais connu d'homme jaloux d'elle. C'était une première et elle décida de s'en délecter pendant quelques minutes. Oh, il avait bien tenté de le dissimuler, mais elle était une femme, et les femmes savent repérer les signes de jalousie à des kilomètres à la ronde. Il n'avait pas rejeté complètement l'idée parce qu'il pensait qu'elle était mauvaise… il l'avait rejetée parce qu'il n'aimait pas l'idée d'avoir à prendre un autre homme en compte.

Peut-être ne seraient-ils ensemble que pour la durée de cette mission, mais pendant qu'ils le seraient, il voulait qu'ils ne soient que tous les deux. Et cela voulait dire, aucun contact avec d'autres hommes.

Le sourire de Shadoe s'élargit. Elle ne pouvait s'en empêcher : ça faisait du bien de se sentir désirée. Et protégée, même si elle n'avait nul besoin de l'être. Elle était un agent de terrain entraîné et elle pouvait très bien se débrouiller toute seule, mais là, ce n'était pas comme s'il essayait d'assurer sa sécurité. C'était surtout qu'il voulait la garder pour lui, ce qui n'avait rien à voir.

C'était un constat qui lui plaisait, qui lui donnait des papillons dans le ventre et des sensations de chaleur un peu partout.

Elle n'était pas sûre de savoir quoi faire de ces sentiments grandissants pour un homme qui de toute évidence ne saurait pas quoi en faire non plus. Il était clairement dans le déni quant à ses sentiments envers elle. Pour être honnête, elle n'était pas non plus très sûre de savoir ce qu'elle ressentait précisément.

Le sexe, bien sûr, était phénoménal. Elle aimerait bien continuer comme ça. Mais elle se connaissait aussi. Elle n'était pas du genre à pouvoir s'adonner à des relations sexuelles sans aucune conséquence.

Elle n'était pas le genre de fille à faire la fête, sortir, coucher avec n'importe qui sans s'engager.

L'engagement, c'était le terme exact. Et c'était ce qui faisait peur à la jeune femme. Spencer avait probablement peur de la même chose.

Ils avaient pourtant tort, vu qu'ils ne pouvaient pas vraiment s'engager. Lorsque la mission serait terminée, elle retournerait à Washington, elle reprendrait sa carrière, entamerait sa mission suivante qui l'entraînerait on ne sait où dans le monde. Et Spencer ? Il retournerait à Dallas, au QG des *Wild Riders*, et il entreprendrait une nouvelle mission confiée par le général Lee, ce qui le mènerait à n'importe quel endroit du pays lui aussi.

Ils ne se reverraient plus jamais. Ils travaillaient pour deux branches différentes du gouvernement, et vivaient dans deux états différents quand ils ne travaillaient pas. Ni l'un ni l'autre ne poursuivait une carrière laissant beaucoup de place à la vie personnelle, donc même s'ils profitaient de bons moments ensemble, Shadoe savait qu'ils avaient tous deux conscience qu'il ne s'agissait de rien de plus qu'une liaison… à court terme. Elle aurait une fin.

Le problème, c'est qu'elle ne savait pas comment s'y prendre avec une liaison. Peut-être que Spencer se débrouillait mieux, savait comment gérer cela sans s'impliquer un minimum. Shadoe était déjà sortie avec des hommes ici ou là à l'université, elle avait eu quelques expériences sexuelles au fil des ans, mais rien que l'on puisse qualifier de relation. Elle n'avait que des objectifs et des ambitions, et le fait de tomber amoureuse ne ferait qu'entraver son chemin.

Spencer n'avait pas l'air d'être du genre à tomber amoureux.

Ils faisaient la paire. Peut-être était-ce pour cela qu'ils s'entendaient si bien. Il serait plus aisé pour elle d'arrêter de se monter la tête avec un *happy end* de conte de fées avec Spencer si elle savait dès le départ qu'il n'y avait aucun avenir pour eux.

Mais elle y avait pourtant pensé.

Elle prit sa douche une fois Spencer sorti de la salle de bains, passant devant lui sans un mot. Elle réfléchit à tout cela sous l'eau chaude, y songer en plein jour semblait tellement... différent. Ils étaient des partenaires sur une mission, tandis que la nuit, ils étaient bien plus comme des amants.

Pas étonnant qu'elle se sente aussi confuse que ça. Après sa douche, elle se coiffa, mit son maquillage et s'habilla avant de partir à la recherche de Spencer, qui était assis dehors, sur le balcon. Elle s'assit près de lui, poussant un soupir en ressentant la chaleur infernale et l'humidité qui lui donnaient déjà l'impression d'avoir besoin de prendre une autre douche. Le soleil était chaud et lumineux dans le ciel, pas un nuage, pas un souffle de vent, rien pour les rafraîchir. Aujourd'hui, ils allaient avoir chaud.

— Quel est le programme ? demanda-t-elle face à son silence.

— Rien de spécial. Pas avant qu'on aille au club ce soir. Peut-être qu'on pourrait y aller tôt et parler un peu avec les videurs et les danseuses, voir ce qu'on peut tirer d'eux.

— Temps de se montrer sociable, acquiesça-t-elle.

Il lui décocha un regard derrière ses lunettes de soleil qui le rendaient hypersexy.

— Avec les filles, tu veux dire.

La jeune femme leva les pieds sur la rambarde du balcon.

— Tu es un peu possessif avec les femmes, toi, non ?

— Je ne vois pas de quoi tu parles.

— Tu m'as clairement dit que tu ne voulais pas que je me rapproche d'autres hommes. Tu es toujours comme ça avec les filles avec qui tu couches ?

Il marqua une pause de quelques secondes avant de répondre.

— Non.

Une réponse honnête, intéressant.

— Alors pourquoi es-tu comme ça avec moi ?

— Parce que tu es différente des filles avec qui je couche.

— Comment ça ?

— Je ne sais pas, tu es juste… différente.

Elle tenta de réprimer un sourire, en vain.

— Je vois.

— Qu'est-ce que tu crois que tu vois ?

— Rien. Es-tu aussi confus que moi quant à notre relation, Spencer ?

— Nous n'avons pas de relation, Shadoe. On couche ensemble. C'est génial. On est partenaires sur une mission. Quand la mission sera terminée, le travail et le sexe s'arrêteront.

Elle ne fut pas blessée par cette affirmation teintée d'indifférence, car elle savait qu'il était en train d'essayer de s'en convaincre lui-même, au moins autant qu'il essayait de la convaincre.

— C'est ce que je n'arrête pas de me dire. Alors pourquoi est-ce que j'ai l'impression qu'il y a plus que ça ?

— C'est peut-être ton impression.

— Et c'est peut-être aussi ton impression, dit-elle avant de se lever. J'ai faim. Allons chercher quelque chose à manger.

Elle le laissa sur le balcon, refusant de se retourner pour voir s'il la suivait. Si ce n'était pas le cas, elle avait l'intention de manger au restaurant, en bas. Cela lui était égal. Elle avait faim et elle n'allait pas attendre de voir dans quelle humeur il se trouvait.

Au moment où elle ouvrit la porte de la chambre, il était sur ses talons pour la refermer ensuite derrière eux. Elle s'avança vers l'ascenseur et appuya sur le bouton.

— Tu es un peu grognon ce matin.

Les portes mécaniques s'ouvrirent devant eux. Elle entra et appuya sur le bouton « réception ».

— Je ne suis pas du tout grognon, rétorqua-t-elle.

— Si tu l'es. Qu'est-ce qui t'embête ?

— Toi, répondit-elle, le regard rivé droit devant elle.

— Et pourquoi ça ?

— Je ne sais pas.

Bien sûr que si, elle le savait.

— Que je sache, je ne t'ai rien fait – enfin, pas ce matin du moins.

Elle se tourna vers lui.

— Tu peux nier tout ce que tu veux, Spencer. Ce qu'il y a entre nous me perturbe autant que toi. Je sais qu'on n'a aucun avenir ensemble.

Les portes de l'ascenseur s'ouvrirent et deux couples se tinrent devant eux.

— Je sais bien qu'il n'y a que du sexe entre nous, poursuivit-elle.

Elle se tourna vers les couples qui la dévisageaient :

— Attendez le prochain, je suis en train de parler, là.

Ils la regardèrent avec des yeux de merlan frit, tandis que Shadoe se penchait et appuyait sur le bouton refermant les portes de l'ascenseur. Elle inclina la tête en direction de Spencer qui avait commencé à sourire. Quand elle lui lança un regard noir, il tendit les mains en signe d'impuissance.

— Tu es remontée. Je ne vais pas t'arrêter.

— Oui, il y a du sexe entre nous. Mais il y a plus que ça. Je le sais et tu le sais.

— Plus que ça ? Comme quoi ?

Elle inspira puis expira.

— Je ne sais pas. Et c'est ça qui me rend folle. On est tellement pareils toi et moi, même si tu t'en défends.

— On n'est pas du tout pareils.

Les portes s'ouvrirent sur la réception. Heureuse d'y trouver une bouffée d'air frais et un peu plus d'espace, elle s'avança avant de se tourner vers lui.

— Tu sais, tu as tout à fait raison. On n'est pas du tout pareils. Parce que je vois la vérité là où toi tu ne la vois pas.

Elle tourna les talons sur ces paroles.

Spencer la saisit par le bras.

— Où est-ce que tu vas ?

— J'ai besoin d'être seule.

— Non.

— Ne me dis pas « non ». Tu n'es pas mon gardien.

— Non, mais je suis ton partenaire, répliqua-t-il en se penchant vers elle.

— Ce qui ne veut pas dire que je ne peux pas profiter d'un bon repas toute seule. Laisse-moi un peu d'espace, Spencer. J'ai besoin de temps pour moi.

Elle retira son bras de son emprise et se dirigea vers les portes d'entrée de la réception, puis elle tourna à droite et marcha vers la rue, sans vraiment savoir où elle allait. Mais c'était le Vieux Carré français, et les restaurants y foisonnaient. Au bout de trois blocs, elle trouva un petit café et prit quelque chose à boire dans l'établissement à air conditionné, à l'une des tables près de la fenêtre. Elle aima voir l'agitation des touristes qui se promenaient, et elle aima aussi ce temps où elle se retrouvait seule face à ses pensées.

Elle avait assurément piqué une sacrée crise à l'hôtel, pas vrai ? Et pourquoi ? Parce que Spencer ne voyait pas les choses comme elle ?

Cela n'aurait pas dû la surprendre, parce qu'il avait raison. Ils n'étaient pas pareils. Ils ne voyaient pas le monde de la même façon. Ils ne provenaient pas du même milieu. La façon dont il pensait leur relation pouvait être entièrement différente de celle de la jeune femme. Ce qui ne voulait pas dire qu'elle avait raison et qu'il avait tort.

Elle se laissait submerger par les sentiments, trop occupée par des pensées sur Spencer en tant qu'homme et pas seulement en tant que partenaire.

Il fallait que ça cesse.

C'était sa première mission et il fallait qu'elle fasse des efforts pour se comporter en agent fédéral, et moins en… femme.

Exactement le genre d'accusations que porterait son père contre elle. Qu'elle était faible, sentimentale, qu'elle était incapable de surmonter le stress et les contraintes d'un travail gouvernemental aussi bien qu'un homme.

N'importe quoi.

Elle *pouvait* le faire, elle était capable de faire la différence entre ses émotions et son travail. La première chose qu'il fallait qu'elle mette de côté, c'était le sexe. Dommage. Parce qu'elle avait vraiment commencé à bien aimer cette partie-là, s'était dit que ça ne faisait de mal à personne, n'entravait pas la mission, et était peut-être même un plus à y ajouter. Après tout, Spencer et elle étaient censés former un couple. Quelle meilleure façon de gérer leur couverture que d'agir comme s'ils étaient vraiment un couple ?

Mais elle n'allait de toute évidence pas être capable de coucher avec quelqu'un avec qui elle travaillait tout en gardant les sentiments hors de l'équation. C'est pourquoi il fallait que le sexe s'arrête là pour qu'elle se concentre mieux sur son travail. La dernière chose qu'elle voulait, c'était planter sa première mission et ruiner sa carrière, tout ça parce qu'elle se laissait guider par ses instincts primaires et ses émotions au lieu de raisonner.

Et si elle continuait comme ça avec Spencer, elle savait que ce serait précisément ce qui surviendrait.

Clairement déterminée à modifier sa relation avec lui, elle termina son café au lait et sortit dans la rue. Le rugissement d'un moteur de moto derrière elle retint son attention. Elle se tourna et vit Spencer se garer au coin de la rue.

La jeune femme s'avança vers lui.

— Tu m'as suivie ?

— Bien sûr que oui. Il fallait que je te retrouve après avoir récupéré ma moto, et j'ai dû pas mal tourner avant de te voir à la fenêtre.

Toutes ses bonnes résolutions seraient plus faciles à suivre s'il n'était pas tout le temps là. Et assis sur sa moto avec cet air sexy en diable.

— Tu vas rester plantée là à me regarder ou tu as l'intention de monter ?

Poussant un soupir, la jeune femme s'installa à l'arrière de la moto. Spencer mit les gaz et les fit quitter le Vieux Carré français pour aller au centre-ville, loin des grands buildings, de l'autre côté du pont. L'air frais du lac Pontchartrain les changea de l'oppressante chaleur, même si ce fut temporaire.

Il les emmena vers le nord, aux abords du lac, dans les bois – au cœur des bois, là où des familles vivaient dans des caravanes blanches garées en masse au même endroit, comme celles des camps de réfugiés.

Shadoe savait de qui il s'agissait : c'étaient les survivants à l'ouragan Katrina, des gens qui avaient perdu leurs maisons, et tout le reste. Ils étaient restés là et attendaient de reconstruire. Certains attendaient depuis très longtemps.

Spencer s'engagea dans un sentier de terre jonché d'arbres abattus. Il éteignit sa moto, et Shadoe en descendit pour jeter un coup d'œil aux alentours. Il n'y avait rien à voir dans le paysage que ces arbres qui avaient l'air d'avoir été éparpillés au hasard par un bulldozer géant, projetés sur des kilomètres de terre, altérant ainsi le terrain.

— Pourquoi est-ce qu'on est là ? demanda la jeune femme, se tournant vers Spencer qui se tenait sur une butte.

— Tu veux savoir pourquoi on n'a rien en commun ? Voilà pourquoi.

— Je ne comprends pas.

— C'est ici que j'ai grandi.

Elle virevolta, en quête d'une maison.

— Où ça ?

— Exactement là où tu te tiens, indiqua-t-il. C'était un parc de mobil-homes ici. On louait un de ces adorables engins. Une chambre. Trevor et moi, on dormait dans le salon, sur un canapé-lit.

Elle avait du mal à s'imaginer cela.

— Où est le parc à présent ?

— Il a été anéanti par les inondations. Tout a disparu.

Shadoe sentit son estomac se nouer.

— Comment le sais-tu ?

— Je suis revenu et j'ai travaillé ici pendant un moment. Pour donner un coup de main, dit-il sans même lui adresser un regard. Il fallait que je fasse quelque chose. C'était chez moi. Et maintenant, ce n'est plus que de la boue.

Ce n'était pas que de la boue. Il restait des souvenirs qu'on ne pouvait pas effacer. Shadoe imaginait à peine ce que c'était de perdre son domicile, tout ce qui nous avait accompagné dans notre enfance. Tous ces souvenirs disparus en un instant.

La jeune femme s'avança vers lui et posa une main sur son épaule. Il s'écarta et pivota sur ses talons pour lui faire face.

— J'essaie de te faire comprendre, Shadoe. C'était ma vie. De la boue dans mon jardin. Pas de trottoir goudronné. Pas même une chambre à moi. Des chiens qui aboient. Le crime qui rôde partout. Pas de grand bus jaune pour aller à l'école. Pas de parents souriants. Rien de ce que tu as connu, toi.

Elle sentit ses tripes se nouer de douleur pour cet enfant à qui on avait refusé amour et tendresse. Malgré ce qu'il semblait penser… elle savait. Et il était temps qu'elle partage son lot avec lui.

Elle trouva un tronc d'arbre abattu pour s'y asseoir.

— J'avais une jolie maison avec près d'un hectare de terrain. Je n'avais pas besoin du bus jaune parce que papa me déposait toujours à l'école. Il ne faisait confiance à personne d'autre pour le faire, et ma mère était toujours partie faire… quelque chose d'autre, qu'elle estimait plus important. Quand papa était de service ou quand pour une raison ou une autre il ne pouvait pas m'emmener, Mère demandait à un domestique de s'occuper de moi. Comme papa était un militaire de haut rang, la sécurité a toujours constitué un problème. Ce n'était pas comme si j'avais le droit de jouer dans la rue avec les autres enfants. On vivait dans un coin reculé. Notre propriété était cernée de clôtures – de grandes clôtures qui empêchaient de voir le monde extérieur. Mon père voulait toujours avoir ce qu'il se faisait de mieux, tu sais. Mère détestait ça. Elle voulait vivre en ville. Elle était de New York, une vraie citadine. Elle avait déménagé à Washington après avoir épousé mon père, pensant qu'elle parviendrait à le détourner de l'armée pour lui faire entamer une carrière juridique ou politique, sans se rendre compte que l'armée était la vocation de mon père. Elle pensait qu'elle pourrait le changer, mais il était issu d'une famille de militaires, avec son arrière-grand-père, puis son père et ses frères. Ma mère, qui avait pourtant du caractère, n'avait aucune chance de parvenir à faire changer un Grayson.

Spencer s'était assis par terre en face d'elle.

— Et tu t'es retrouvée au milieu de tout ça.

— Tant que j'étais à l'école, ça allait, dit-elle en haussant les épaules. J'ai réussi à me faire quelques amis.

— Oui, je sais ce que c'est. La galère commençait vraiment au moment où tu rentrais chez toi.

— S'il la forçait à rester à la maison, elle buvait. Et quand elle buvait, ils se disputaient. Il ne voulait pas qu'elle boive. En fait, il y avait pas mal de choses qu'il ne voulait pas qu'elle fasse. Mon père avait une tonne de règles pour elle, dit-elle en levant les yeux sur lui.

— Et pour toi aussi, je parie.

Elle s'autorisa un sourire.

— J'ai brisé sa règle fondamentale le jour où je suis née. Je n'étais pas un garçon. Ses frères avaient tous des garçons. Et lui avait une fille. Et bon sang, ce qu'ils ont pu le torturer avec ça ! Il ne s'en est jamais remis. C'était son plus grand échec, et comme eux le *lui* rappelaient sans cesse, il *me* le rappelait sans cesse.

Spencer prit sa main.

— La plupart des hommes seraient ravis d'avoir une fille.

Elle éclata de rire.

— Marshall Grayson n'est pas un homme comme les autres. Il a toujours voulu se distinguer dans tout ce qu'il faisait. Et il a obtenu tout ce qu'il voulait.

— Sauf un fils.

— Il reprochait cela à ma mère aussi, acquiesça-t-elle.

— Euh, il n'a jamais compris comment la biologie et la génétique fonctionnaient ?

— Cela ne lui importait guère. Il voulait réessayer pour avoir un fils, mais pour une raison qu'on ignore, ma mère n'est jamais retombée enceinte. Personnellement, je crois qu'elle le détestait et ne supportait pas l'idée d'avoir un autre enfant avec lui. Je crois qu'elle prenait la pilule en cachette. Pour moi, elle n'avait pas eu une grossesse facile et bien sûr, j'avais ruiné sa ligne, enfin, c'est ce qu'elle ne cessait de me répéter. Elle disait qu'elle ne voulait plus jamais avoir à revivre ça.

Spencer frotta son pouce contre sa main.

— Sympa, de dire ça à une enfant.

Shadoe haussa les épaules.

— Ils n'étaient jamais sympas. Je pense qu'ils n'avaient pas vraiment conscience de ce qu'ils disaient, ni du fait que leurs paroles pouvaient faire du mal.

— Et pourtant elles en ont fait du mal, pas vrai ?

La jeune femme regarda alentour, les yeux rivés au sol.

— Oh oui. Au départ tu les laisses te faire du mal, pendant un moment, et puis ensuite, tu te blindes contre ces mots qu'ils te balancent afin qu'ils n'aient plus aucun pouvoir sur toi.

— Au fait, pourquoi est-elle partie ?

Shadoe leva brusquement les yeux sur lui.

— Comment l'as-tu su ?

Il eut la décence de baisser les yeux en lui répondant :

— J'ai parcouru ton dossier. J'ai pensé que tu avais lu le mien, alors j'ai voulu savoir avec qui j'allais travailler.

— Voleur, va, soupira-t-elle.

— Eh bien, oui, c'est vrai, dit-il dans un grand sourire.

Elle éclata alors de rire, incapable de s'en empêcher.

— Allez, raconte-moi la suite.

— La situation a empiré après mon douzième anniversaire. Les disputes devenaient de pire en pire, ma mère partait en voyage de plus en plus souvent. Je me souviens de les avoir entendus se crier dessus un soir. Je me suis faufilée hors de ma chambre et je me suis cachée en haut de l'escalier. Mon père a dit que si elle partait comme ça tout le temps, elle ferait mieux de partir de façon définitive. Mère répondit que ça lui allait parfaitement, mais qu'elle n'avait nullement l'intention de m'emmener, parce qu'elle voulait un nouveau départ – une vie sans enfant. Elle était encore jeune, encore belle, elle pouvait recommencer de zéro.

— Bon sang, Shadoe.

Spencer se leva et s'approcha du tronc d'arbre pour poser un bras autour d'elle.

La jeune femme voulut le repousser, mais elle avait besoin de ce réconfort. Cela faisait bien longtemps qu'elle n'avait pas ressorti ces horreurs de son passé. Elle avait tenté de les enterrer sous son ambition, ses études et sa détermination à être la meilleure dans tout ce qu'elle entreprenait. Elle s'autorisait rarement à ressentir de la douleur, et quand c'était le cas, elle était toujours surprise de la trouver là, toujours aussi brute. Elle avait espéré que le temps panserait ses plaies.

Ce ne fut jamais le cas.

Elle se pencha vers le jeune homme, n'ayant pas honte d'avoir besoin de cela – d'avoir besoin de lui –, même si ce n'était que temporaire.

— Qu'a dit ton père ? demanda-t-il.

— Il lui a dit de faire ses bagages et de partir. Il ferait ça à l'amiable, mais c'était tout ce qu'elle obtiendrait de lui. Elle n'avait pas besoin d'argent de toute façon. Sa famille avait tout l'argent dont elle pouvait avoir besoin. Tout ce qu'elle voulait, c'était sa liberté. Elle n'avait besoin de rien. Pas de mon père. Ni de la vie qu'elle avait construite avec lui.

Il était toujours difficile pour elle de prononcer ces mots :

— Ni de moi.

Merde. Les larmes coulèrent malgré sa décision de ne jamais en verser une de plus sur la connasse qui lui avait donné naissance, cette femme qui lui avait peut-être donné la vie, mais ne l'avait jamais vraiment désirée.

Spencer la serra dans ses bras et caressa ses cheveux, murmurant à son oreille.

— Ça va aller. Laisse couler.

Shadoe s'accrocha à son tee-shirt, enfouit son visage contre son torse et sanglota. Elle pleura pendant ce qui lui sembla être une éternité, faisant ainsi ressortir toute la douleur qu'elle avait retenue dans son cœur depuis ses douze ans, se demandant pourquoi la mère qu'elle avait tant aimée ne l'avait jamais aimée en retour.

Elle n'avait pas les réponses à l'époque ; elle n'en avait toujours pas. Elle ne saurait jamais.

— Parfois, il n'y a tout simplement pas de réponse, déclara Spencer qui semblait capable de répondre à ses pensées, même inexprimées. Parfois les gens merdent complètement, sont des connards égoïstes, et leurs enfants payent les pots cassés.

Frissonnant, elle renifla et leva la tête, sachant qu'elle devait avoir l'air bouleversée.

— Certaines personnes ne devraient pas avoir le droit de se reproduire.

— Amen, répondit Spencer en souriant.

Il passa un pouce sous ses yeux et ajouta :

— Je déteste voir que ça te blesse.

— Je déteste voir qu'ils t'ont fait du mal aussi.

— Je suis un grand garçon, dit-il en haussant les épaules. Je peux l'encaisser.

— Je suis une grande fille, donc je peux encaisser aussi. Mais à l'époque où nous étions des enfants tous les deux, les gens qui étaient censés nous aimer le plus ne se sont pas occupés de nous comme il fallait.

Elle le repoussa un peu pour retrouver son équilibre.

— C'est ce que j'ai essayé de te dire, Spencer, reprit-elle. Tu as peut-être de moi cette image de la princesse dans sa tour d'ivoire. Ce n'est pas entièrement faux, d'accord : j'avais un toit sur ma tête et des repas chauds tous les soirs. J'avais des vêtements à mettre et une bonne éducation, donc il n'y a pas de comparaison entre ce que tu as dû endurer et là d'où je viens.

Il commença à prendre la parole, mais elle l'arrêta.

— Laisse-moi d'abord terminer, s'il te plaît. Je crois que ce qui fait qu'on est pareils, c'est la blessure. Cette douleur brute de ne pas avoir été aimés quand on en a eu besoin. Ce sentiment d'avoir peut-être échoué quelque part, qu'on ne méritait pas ça.

Shadoe se leva et commença à faire les cent pas, ressentant le besoin de mettre de l'ordre dans ses pensées pour éviter de tout faire foirer.

— Quand tu t'es ouvert à moi et que tu m'as raconté ton enfance, ça m'a réellement blessée, dit-elle. Et si ça m'a fait tant de mal, c'est parce que je savais ce que tu ressentais. Enfin, je ne savais pas ce que ça faisait d'avoir faim ou de devoir filer dans les rues et voler des gens afin de survivre, mais je sais ce que ça fait de se sentir indigne d'être aimé. Tu peux penser des tas de choses sur moi, Spencer, mais tu ne peux pas m'enlever ça. Je n'ai pas été aimée.

Il la regarda pendant quelques secondes, puis se leva et s'approcha d'elle, posant les mains sur ses épaules.

— Il n'y a pas de quoi en être fière, Shadoe.

— On a survécu, pas vrai ? Regarde où on en est maintenant dans nos vies. Regarde les carrières qu'on a.

— C'est vrai. On est tous les deux des survivants. On aurait pu terminer tout comme ceux qui nous ont procréés.

— Mais ce n'est pas le cas, n'est-ce pas ?

— Non, ma belle. Ce n'est pas le cas.

— On se ressemble de toutes sortes de façons. Et je déteste quand tu me repousses et essaies de faire ton « homme solitaire qui part seul dans la montagne » avec moi.

— Pardon ? s'étonna-t-il en relevant un sourcil.

— Tu m'as bien entendue. Tu crois que tu es le seul à ressentir ce que tu ressens ? Eh bien, tu te trompes. Moi aussi j'ai mal. Et je me sens seule aussi.

— Qu'est-ce que tu essaies de dire, Shadoe ?

Elle serra ses bras autour d'elle, sachant qu'elle était en train de perdre son recul, que ses émotions étaient encore en train de prendre le dessus.

— Je ne sais pas exactement. Seulement que je suis lasse de me sentir seule. Que je pense que j'ai trouvé quelqu'un qui peut vraiment comprendre ce par quoi je suis passée et ce que je ressens. Et pendant ce temps, tu veux jouer les gros durs et faire semblant de ne pas t'en soucier. Et c'est ça qui m'énerve. Le problème c'est que quelque part ça te touche quand même. Je le sais.

Il s'approcha de son visage, qu'il prit entre ses mains.

— Je ne peux pas te donner ce dont tu as besoin. Je ne suis pas ce genre d'homme.

Shadoe poussa un soupir qui la fit frissonner.

— C'est une réaction complètement débile. Je ne te demande pas d'engagement pour l'éternité, Spencer. Toi et moi, on a chacun un avenir différent, ailleurs, lorsque la mission sera terminée. Nous le savons l'un comme l'autre. Mais le temps qu'on va passer ensemble, on ne pourrait pas être vraiment… ensemble ? Ce ne serait pas agréable pendant un court instant qu'on se sente tous les deux un peu moins seuls ?

Il avait les yeux emplis de douleur, une douleur qu'elle ressentait, elle aussi.

Allez Spencer. Juste pour cette fois, rends les armes.

— N'y pense pas, ne l'analyse pas et n'y colle aucune étiquette, parce qu'il n'en existe aucune pour cette relation, expliqua-t-elle. C'est seulement maintenant, pour ces quelques semaines, le temps qu'on aura ensemble. On est pareils. On se comprend. Partageons cela pendant qu'on en a l'occasion.

Il la regarda et pour la première fois, elle lut de la compréhension dans son regard.

Puis il acquiesça.

— Oui. Tu as raison. Faisons comme ça.

Il l'attira dans ses bras et posa ses lèvres sur les siennes, les effleurant tout juste dans un baiser si tendre que la jeune femme se retrouva au bord des larmes.

C'était cet instant qu'elle avait voulu. C'était tout ce qu'elle voulait.

La solitude s'évapora brièvement, comme c'était le cas chaque fois que Spencer la tenait dans ses bras.

Chapitre 13

Cela faisait de nombreuses années que Spencer ne s'était rien autorisé de sentimental. Il était toujours plus sûr de rester fermé. Personne ne pouvait lui faire de mal comme ça. Il avait appris cette précieuse leçon il y avait bien longtemps.

Mais en entendant l'histoire de Shadoe et de ses parents – sa mère d'une cruauté sans nom qui pensait que les soirées en société et son image étaient plus importantes que d'élever sa propre fille, et son père militaire et assez bête pour penser que le sexe d'un enfant faisait vraiment une différence –, il était étonnant que la jeune femme semble aussi normale qu'elle l'était. Elle était cultivée, animée, enthousiaste, et n'importe quel homme aurait une sacrée chance de l'avoir dans sa vie.

Elle aurait vraiment pu être détruite par son enfance. Au lieu de cela, elle avait inversé la tendance et avait décidé de se construire une belle personnalité, de ne dépendre de l'amour ou de l'approbation d'aucun parent – même s'il se doutait qu'indirectement, elle cherchait tout de même l'approbation de son père, vu la carrière qu'elle s'était choisie. Mais il n'allait pas entrer là-dedans maintenant avec elle.

Pas alors qu'il la tenait dans ses bras et que la sensation de son corps contre le sien était si agréable, pas alors qu'il se tenait à cet endroit qui lui rappelait l'enfer, alors qu'elle ressemblait à un paradis des sens. Pas alors que tout ce qui était doux en elle pouvait l'aider à effacer tout ce qu'il y avait d'horrible dans son passé.

Il huma son odeur, qui était plus forte que les odeurs de boue et de destruction qui les entouraient. Il n'y avait personne à des kilomètres à la ronde – plus personne ne venait ici. Ils étaient complètement seuls.

Spencer laissa sa main tomber dans le dos de la jeune femme, et il intensifia son baiser. Sa volonté de la prendre dans ses bras n'avait rien de sexuel – enfin, pas à l'origine. Il voulait seulement la réconforter. Mais comme d'habitude, en se trouvant si proche de Shadoe, en sentant son odeur, il eut envie d'être en elle.

La jeune femme gémit contre ses lèvres, passant ses mains sur ses épaules puis sur ses bras, à la recherche de ses doigts, qu'elle saisit dans une prise ferme, ses intentions ne faisant aucun doute.

Elle en avait envie tout autant que lui, de cette fusion dont ils éprouvaient tous deux si souvent le besoin intense.

Il s'écarta.

— Tu es sûre ? Ici ?

— Oui, acquiesça-t-elle. Maintenant.

Elle avait raison – ils se ressemblaient de toutes sortes de façons, surtout dans leurs besoins sexuels au mépris de l'endroit où ils se trouvaient, et de qui pouvait se trouver là. Il aimait vraiment cela avec elle.

— Attends.

Il avait une couverture dans la sacoche de sa moto. Il la prit et l'étala sur une petite étendue d'herbe à l'ombre avant de s'y allonger.

— Viens là.

Elle se positionna au-dessus de lui et il balaya ses cheveux de son visage, approcha ses lèvres des siennes et la goûta, glissa sa langue dans sa bouche pour se mêler à la sienne. Il passa une jambe par-dessus la sienne, approcha son corps du sien, aussi proche que c'était possible alors qu'ils étaient encore habillés.

Il n'allait pas pouvoir la déshabiller entièrement ici, même s'il doutait que quelqu'un puisse débarquer ici. Mais il pouvait la sentir, la caresser, lui faire l'amour dans cet endroit où il remplacerait ses souvenirs d'adversité par celui-ci, qui le rendrait toujours heureux.

Shadoe leva la tête et lui offrit un beau sourire – ce sourire qui parvenait toujours à calmer la tempête qui faisait rage en lui. Elle avait raison. Il allait devoir arrêter de lutter contre leur relation et faire comme elle l'avait suggéré : se contenter d'en profiter pendant qu'ils le pouvaient, parce qu'ils savaient tous deux que ça ne durerait pas.

Il ne voulait pas lui faire de mal. D'autres personnes s'en étaient déjà chargées auparavant. Mais tant qu'elle prendrait cette relation avec lucidité, alors ça irait.

Il passa les mains sur les côtés du corps de la jeune femme, s'attardant sur chacune de ses courbes. Elle posa le front sur sa poitrine et se hissa près de son visage, s'agrippant à ses épaules, puis se relevant pour s'asseoir sur lui. Ce mouvement mit son sexe en contact avec sa queue, dure comme un roc.

La jeune femme rejeta ses cheveux en arrière et lui adressa un sourire, tout en enfonçant ses ongles dans son torse. Elle aspira sa lèvre inférieure entre ses dents et lui adressa un regard chaud comme la braise, ce qui lui indiqua que cette minette avait envie de jouer.

Il saisit ses hanches, les serra entre ses mains, et elle se frotta contre lui.

— Dis-moi ce que tu veux, lança-t-il.

— Lève-toi.

Il s'exécuta, se levant de la couverture. Shadoe se mit debout à son tour, et se tourna pour lui faire face, tendant la main vers la braguette de son propre jean. Elle la fit descendre, puis baissa son jean sur ses hanches, et se tourna lentement pour présenter son dos au jeune homme, son pantalon suffisamment baissé pour lui offrir des fesses aux rondeurs parfaites.

Elle s'agenouilla ensuite et se pencha en avant en s'appuyant sur ses mains, lui adressant un regard et un sourire par-dessus son épaule.

Oh oui ! Oh que oui ! Il s'agenouilla près d'elle.

— J'aime ta façon de penser, toi, dit-il en empoignant ses fesses et en frottant ses mains contre elles.

— Je me doutais bien. Maintenant, dépêche-toi et baise-moi.

Spencer défit sa braguette et enfila un préservatif, puis se plaça tout contre elle avant de s'enfoncer en elle d'un coup de reins. Il ferma les yeux l'espace d'une seconde, sentit le corps de Shadoe se contracter autour de sa queue et frémir autour de lui, l'accueillant. Il prit une inspiration rapide pour marquer le doux plaisir qu'il ressentait à se trouver en elle.

Il se pencha en avant, tendit le bras pour caresser son sexe, voir à quel point elle était mouillée.

— Tu aimes le faire à l'extérieur ?

— J'aime que tu me baises. Peu importe où c'est.

Il s'écarta puis s'enfonça plus avant, sentant ses parois l'agripper comme un gant très serré.

— Je vais garder ça en tête. Il se pourrait bien que je décide de te baiser n'importe quand et n'importe où.

— N'importe quand, répéta-t-elle, émettant un son sifflant quand il la pénétra un peu plus encore. N'importe où.

Il passa une main sur sa hanche, sur les rondeurs de ses fesses, et lui administra une brève claque. Elle se tendit, puis rejeta la tête en arrière et gémit, son sexe se resserrant autour de sa queue.

— Bon sang, Spencer.

— Comme ça ?

— Oui.

Il savait qu'elle aimerait ça. D'une manière ou d'une autre, il savait qu'elle avait envie de sortir un peu de l'ordinaire. C'était quelque chose qu'il adorait chez elle. Il passa une main plus douce sur la rougeur qu'il venait de créer et lui donna une autre fessée dont le son résonna dans les bois déserts. Le grand cri de la jeune femme résonna aussi. Elle se plaqua contre lui, pour le recevoir encore plus en elle, entre ses cuisses désormais trempées d'excitation.

Cette femme en voulait plus. Maintenant, il avait envie qu'ils soient seuls, dans un endroit où il pourrait lui demander de se dénuder entièrement, où il pourrait vraiment explorer ce qu'il pouvait y avoir entre eux. Mais il ferait avec ce qu'il avait dans l'immédiat. Il saisit sa queue-de-cheval avec fermeté, la tirant un peu pour qu'elle rejette la tête plus en arrière, puis il se servit de son autre main pour lui donner une autre fessée. Elle continua de crier, mais de plaisir seulement. Spencer connaissait la différence, et ne lui ferait jamais de mal de façon intentionnelle, mais il avait envie de la rendre folle.

Vu la manière dont elle se frottait sauvagement contre lui, la façon dont elle se cambrait en arrière, les sons qu'elle produisait, la façon dont elle mouillait jusque sur lui, Spencer se dit qu'il avait réussi.

Bon sang, les réactions de Shadoe le rendaient fou lui aussi. Sa queue était dure comme fer, ses testicules frémissaient d'un besoin de libération imminente. Il la chevaucha donc, en de grands coups de reins, se retirant un peu dès qu'il sentait qu'il approchait l'extase de trop près.

Pas encore. Pas avant un petit moment encore. Il voulait l'anéantir de plaisir, qu'elle vive un orgasme à couper le souffle. Il voulait qu'ils sombrent tous deux en même temps dans un gouffre de jouissance.

Shadoe empoigna la couverture.

— Spencer.

Elle prononça ce mot d'une voix grave, gutturale, son souffle se faisant rauque. Il savait ce qu'elle voulait. Il se retira partiellement pour entamer un va-et-vient bien plus restreint et rapide, assez pour l'allumer, mais pas assez pour la faire jouir.

— Pas tout de suite.

Elle lui hurla dessus. Il sourit, reprit sa queue-de-cheval en main et tira dessus, plus fort cette fois.

— Bon sang, Spencer !

Shadoe poussa de tout son poids contre lui, prenant sa queue entre ses lèvres contractées.

— Purée ! s'écria-t-il en lâchant ses cheveux et en s'emparant de ses hanches, se pressant toujours plus fort contre elle. C'est ça que tu veux ?

Il se retira puis revint de plus belle avec de grands coups de reins rapides.

— Oui. Oh mon Dieu, oui ! C'est ça.

La jeune femme jouit, se cambra et reposa le haut de son corps sur le sol, levant les fesses en l'air. Cela donna à Spencer l'occasion d'aller encore plus loin dans ses mouvements, s'enfonçant au maximum en elle, sentant ses parois se serrer autour de lui au rythme des vagues de son orgasme. Elle trembla autour de lui et il se lâcha à son tour, enroulant ses bras autour d'elle et continuant de s'activer jusqu'à ce que son propre orgasme le gagne dans une explosion qui faillit le mettre KO à mesure que les vagues de plaisir intense le parcouraient, jusqu'à ce qu'il se sente complètement vidé.

Exténué, il saisit Shadoe par la taille et les fit rouler tous les deux sur la couverture pour s'allonger sur le côté. Ils eurent besoin de plusieurs grandes respirations avant de reprendre leur souffle, et ils mirent encore plus de temps à reprendre la parole.

Il repoussa ses mèches de cheveux trempées de sueur de son visage.

— Ça va ?

— Mmm.

— Qu'est-ce que ça veut dire ?

— Ça veut dire que je suis peut-être morte à l'heure qu'il est. Ne me parle pas maintenant, j'ai besoin d'une sieste.

— Il y a sûrement des tas d'insectes par terre, s'esclaffa-t-il.

— Je m'en fiche. Je partagerais la couverture avec un serpent si besoin. Je suis épuisée.

— Retournons à l'hôtel. Je vais te faire couler un bain chaud. Et ensuite, tu pourras faire ta sieste.

— Bien sûr, fais-moi rêver.

— Je te promets, c'est vrai. Je te frotterai le dos, même.

— Alors, ça, j'aimerais bien le voir. Chiche !

Ils se redressèrent et Shadoe replia la couverture pour la ranger dans la sacoche de la moto.

Spencer balaya du regard la zone dévastée qui avait abrité auparavant la maison de ses cauchemars.

Eh bien, à présent, ces lieux ne lui rappelleraient pas que de mauvais souvenirs.

Shadoe s'approcha de lui et entrelaça ses doigts dans les siens. Il se tourna vers elle :

— Merci.

Elle inclina la tête sur le côté et haussa un sourcil.

— Merci pour quoi ?

— Pour avoir chassé quelques démons pour moi.

Elle sourit et déposa un doux baiser sur ses lèvres.

— J'ai toujours voulu être le chevalier blanc de quelqu'un. Merci à *toi* pour ça.

Shadoe pivota et se dirigea vers la moto.

Spencer secoua la tête. C'était vraiment une femme incroyable.

Cela lui donnait envie de rester ce genre d'homme pour toujours.

Mais il savait que ce ne serait pas le cas.

Ils retournèrent à l'hôtel, et, fidèle à sa parole, la première chose qu'il fit fut de faire couler un bain pour Shadoe. Il y mit même ces sels de bain qui sentent bon, tant appréciés des femmes, et qui rendaient l'eau colorée et toute douce. Il aimait l'odeur que cela déposait sur sa peau. À vrai dire, il aimait tout ce qui impliquait qu'elle se retrouve nue. Elle se glissa dans la baignoire et il s'assit sur le rebord, comme l'homme dévoué qu'il lui avait promis d'être, serviette à la main.

— Tu as vraiment l'intention de me frotter le dos ? dit-elle en lui lançant un regard dubitatif.

Il plongea la serviette dans l'eau.

— J'ai dit que je le ferais, pas vrai ?

— Je crois que tu ferais mieux de venir ici, avec moi.

— Sentir bon la lavande, c'est pas vraiment mon truc.

— Et si l'odeur de lavande sur toi m'excitait ? suggéra-t-elle.

Il éclata de rire.

— Alors, je dirais qu'il y a quelque chose qui cloche chez toi.

Elle s'esclaffa.

— D'accord, mais peut-être que tu peux prendre une douche ensuite. J'aurai probablement besoin de faire pareil, vu qu'il doit y avoir de la terre, de l'herbe et Dieu sait quoi d'autre dans mes cheveux. Alors, viens ici avec moi et frotte-moi le dos, esclave.

Spencer aimait bien jouer avec elle. Elle le détendait, et il lui arrivait rarement de se sentir relaxé. Il se déshabilla et grimpa dans la baignoire avec elle. C'était un de ces bains à remous extra-larges, avec un robinet à pression situé au milieu. Il attira Shadoe à lui et s'empara de la serviette mouillée. Elle avait relevé ses cheveux à l'aide d'une pince et de petites boucles s'échappaient le long de sa nuque. Il avait envie de les embrasser.

— Tu n'es pas en train de me laver, fit-elle remarquer.

— Désolé.

Il passa la serviette le long de sa peau douce, l'embrassant partout où la serviette passait.

— Humm, c'est agréable. Je pourrais m'habituer à avoir un serviteur de ce genre.

— Ne t'y fais pas trop. Je n'ai pas pour habitude de servir les femmes comme ça.

Elle fit un demi-tour vers lui pour lui faire face, lui offrant une vue tentante sur sa poitrine et son téton.

— Ah oui, vraiment ? Pourtant on dirait que tu m'as bien servie ces derniers temps.

— C'est ce que tu crois que j'étais en train de faire ? s'étonna-t-il.

— Eh bien… je me sens particulièrement bien servie, c'est vrai.

— Peut-être que c'est toi qui devrais me rendre service pour changer.

Semblables à un ciel changeant, les yeux de la jeune femme se transformèrent en un instant et passèrent du jeu à un désir sombre, d'un brun clair à de sombres reflets couleur whisky. On percevait une telle tentation dans son regard. Spencer s'y perdait chaque fois qu'il y regardait.

— Tu veux que je te rende service, répéta-t-elle.

— Oui.

La jeune femme se tourna entièrement pour lui faire face.

— Dis-moi ce que tu veux.

Voilà qui était tentant, même si la réponse semblait évidente. Que veulent tous les hommes ?

— Suce-moi.

Le sourire transforma le visage de Shadoe qui, de tentatrice, devint un ange sexy.

— Avec plaisir. Assieds-toi sur le rebord de la baignoire.

Il s'agrippa et se hissa sur le rebord.

Elle s'approcha de lui dans l'eau et posa les mains sur ses genoux.

— Maintenant, écarte les jambes pour moi.

Il s'exécuta, écarta grand.

Elle avait les yeux rivés sur son sexe et ses testicules. Elle n'avait nul besoin de le toucher. Rien que le fait de le regarder de cette façon le faisait bander. Et elle ne le lâcha pas du regard, l'observa réagir ainsi, ce qui le fit bander encore plus.

— C'est beau, tout ça.

Shadoe passa les mains sur ses genoux puis l'intérieur de ses cuisses, ses caresses semblables à du velours humide, des gouttelettes s'échappant du bout de ses doigts.

— Chaque centimètre carré de ton corps est viril.

Elle avança les mains, glissa les pouces sous son scrotum, puis s'enfonça encore plus loin entre ses jambes, ses épaules se calant contre ses cuisses.

La jeune femme posa la tête sur une cuisse et leva la main, faisant couler de l'eau sur le sexe de Spencer, apparemment hypnotisée de voir ce flux s'écouler sur sa tige. Elle le regarda jusqu'à ce qu'il ne reste plus que de petites gouttes, puis elle l'entoura d'une main, le caressant de la base à l'extrémité, couvrant son sexe d'unc cau satinée. Il se pencha en arrière et s'avança vers sa main, adorant toute sa douceur, tout l'inverse de la peau calleuse des siennes. Elle le caressait d'une façon différente de lui, avec un respect presque trop grand, comme si elle avait peur de lui faire mal.

— Je ne vais pas me casser en deux, Shadoe. Serre-le fort, caresse-le de la façon qui te plaît.

La jeune femme suivit ses conseils, le saisit plus fermement tout en le caressant, avec des mouvements lents pour commencer, puis se relevant progressivement sur ses genoux. De l'eau dégoulinait des épaules de la jeune femme, de ses bras, de ses seins, ce qui lui donnait des airs de déesse sortie des flots.

Spencer n'était pas le genre d'homme à déceler une grande poésie dans le corps d'une femme, mais bon sang, Shadoe le poussait toujours à s'y mettre. Et quand elle entrouvrit les lèvres et que sa langue s'en échappa pour lécher le bout de son gland, l'esprit du jeune homme se vida et il ne se concentra que sur la vue de sa langue rose et sur les sensations de chaleur qu'elle lui procurait, et sur la façon dont il avait déjà envie de jouir, de se voir éjaculer sur sa langue, dans sa bouche.

Il frémit et leurs regards se croisèrent. Elle referma les lèvres sur son sexe et il sentit sa langue le parcourir tandis qu'elle l'aspirait dans les profondeurs veloutées de sa bouche. Spencer posa la main sur l'arrière de son crâne tandis qu'elle l'engouffrait, une main de la jeune femme venant serrer sa tige, l'autre ayant pris ses testicules et les serrant doucement.

Il avait envie d'exploser, de crier sous l'effet de cette douce torture. Mais il avait envie de la baiser encore une fois. Il voulait tout faire pour elle en cet instant. Il ne savait plus par où commencer.

Elle s'écarta, laissant son sexe s'échapper de sa bouche dans un « pop » sonore.

— Vas-y. Jouis pour moi, Spencer. Laisse-moi sentir ça.

Sans attendre sa réponse, elle le prit en main à nouveau, lui adressant des caresses précises et déterminées.

— Bon Dieu !

Spencer n'avait plus de voix, pas quand elle referma ses lèvres sur lui. Cette chaleur sexy et moite qui l'enveloppait l'aspirait dans un vortex de sensations indescriptibles et lui enlevait toute détermination. La jeune femme retira sa main, le regarda dans les yeux et le prit plus loin dans sa gorge. C'est là qu'il perdit tout contrôle dans un cri guttural. Il s'accrocha à sa tête tout en lui donnant tout ce qu'il avait, incapable de maîtriser son souffle alors que l'orgasme atteignait chacune de ses terminaisons nerveuses avant de le laisser épuisé.

Shadoe posa une nouvelle fois la tête sur sa cuisse, caressa son autre jambe, affichant un sourire satisfait. Quand Spencer finit par retrouver ses esprits, il décida qu'elle avait bien mérité qu'il le lui rende.

Elle avait peut-être des airs de divinité sereine dans l'immédiat, mais il avait l'intention de la rendre folle.

— Merci ma belle, dit-il en la tirant des eaux et l'attirant à lui pour lui administrer un baiser fougueux.

Quand il s'écarta, elle avait le regard perdu et ses lèvres étaient gonflées des sensations de son baiser. Elle les humecta.

— De rien.

Elle commença à se laisser tomber dans l'eau, mais il la maintint fermement.

— On n'en a pas encore fini, Shadoe.

— Ah bon ?

Il secoua la tête.

— Lève-toi.

Le jeune homme l'attira contre lui. Maintenant, c'était son tour de se glisser dans l'eau. Il posa la tête contre la paroi de la baignoire.

— Enfourche mes épaules, Shadoe.

Elle écarta les jambes et les plaça entre ses bras et le côté de son torse, plaçant son sexe à l'endroit parfait.

Il leva la tête et lui adressa un sourire.

— Oh, se contenta-t-elle de dire, avant d'esquisser un sourire.

Il ne répondit rien, se contenta de saisir ses fesses et de la rapprocher de sa bouche affamée, qu'il positionna tout contre son sexe.

Elle sentait la lavande du bain, sa peau nue étant satinée et humide. Cela facilitait tellement le glissement de sa langue contre sa peau nue quand il voulut la goûter. Elle tendit le pelvis vers lui, s'appuyant contre le mur pour se tenir, et elle ferma les yeux, laissant échapper un petit halètement alors qu'il léchait autour de son clitoris.

Oh là là, elle avait un sexe magnifique, et maintenant qu'elle se tenait ainsi, il le voyait clairement, pouvait le taquiner avec sa bouche et ses doigts. Il glissa sa langue en elle, passa son pouce sur son clitoris et sur ses lèvres, et commença par jouer un peu avec elle. Il voulait voir ce qu'elle aimait bien, ce qui lui procurait de bonnes sensations, observait ses réactions tandis qu'il la léchait et l'aspirait.

Shadoe aimait à peu près tout ce qu'il lui faisait, mais elle aimait particulièrement qu'il aspire son clitoris tout en enfonçant deux doigts en elle. Tout son corps se raidit, elle écarquilla les yeux et baissa la tête pour le regarder.

Il aimait vraiment qu'elle le regarde, son regard doré concentré sur tout ce qu'il faisait, l'encourageant de divers signaux visuels.

Il la lécha de haut en bas, et ses lèvres s'entrouvrirent. Elle commença à haleter et il lui donna des coups de langue autour du clitoris.

— Bon sang, Spencer, ça va me faire jouir.

Le jeune homme saisit ses fesses et y enfonça ses doigts, approchant encore son sexe de sa bouche, enfouissant son visage dans sa douce odeur et pressant un peu plus la langue contre son clitoris. Elle prononça son nom dans un frémissement et s'agrippa à ses cheveux, épousant les mouvements de sa langue tandis qu'elle jouissait jusqu'à s'effondrer dans l'eau pour se serrer contre lui.

Elle se releva, prit le visage du jeune homme entre ses mains et pressa ses lèvres contre les siennes dans un baiser sauvage, avant de s'écarter pour ensuite reposer la tête contre son épaule.

Ils restèrent installés ainsi pendant un long moment, jusqu'à ce que l'eau refroidisse et que Shadoe commence à frissonner. Alors seulement, il l'aida à sortir de la baignoire et ils prirent une douche rapide ensemble. Ils se séchèrent et s'écroulèrent sur le lit en même temps. Shadoe s'endormit presque immédiatement.

Elle avait besoin de se reposer. Lui appréciait le simple fait de la tenir dans ses bras, de caresser son dos et ses cheveux, d'écouter les doux sons de sa respiration.

Oui, elle avait raison. Il n'y avait rien de mal à ce qu'ils soient ensemble, tant qu'ils gardaient en tête que ça n'allait pas durer.

L'amour et les relations ne duraient jamais de toute façon.

Mais ce fut la première fois de sa vie qu'il aurait souhaité qu'il en fût autrement.

Le *Wild Rose* faisait salle comble une fois de plus. Shadoe avait déjà fait un premier passage, et, comme la veille, elle se trouvait encerclée par les admirateurs. Ce soir, elle avait décidé de se promener un peu et d'aller à la rencontre des gens, au lieu de rester coincée à une table. Cela lui donnerait une occasion de se mêler à la foule et de voir des visages.

Il y avait des hommes qu'elle avait déjà vus la veille, certains des ouvriers des docks qu'elle avait vus auparavant, et même quelques nouveaux. Beaucoup de touristes aussi. Brandon lui avait dit qu'il y avait toujours de nouvelles têtes qui se présentaient au club chaque soir, et que c'était grâce au tourisme. Certains revenaient, d'autres fréquentaient d'autres clubs, certains venaient de façon irrégulière. Il lui avait dit qu'il était impossible d'établir un planning fixe ou de déterminer qui étaient les vrais habitués d'un club du Vieux Carré français. La mémoire photographique de la jeune femme s'avérait donc encore plus décisive dans cette mission. Et pour la première fois de sa vie, elle sentit que ce serait un outil utile. Personne d'autre ne pouvait prétendre mémoriser des visages soir après soir en espérant repérer une taupe parmi les milliers de visages vus dans les bases de données de l'agence.

C'était pourtant ce qu'elle comptait faire. Elle avait bien l'intention de coincer ce salaud qui faisait affaire avec les Colombiens.

Elle vit Pax et AJ assis à une des tables du centre de la salle – endroit idéal pour surveiller les lieux aussi. La jeune femme ignorait s'ils se consacraient vraiment à la mission ou s'ils en profitaient simplement pour reluquer les danseuses. Elle s'approcha de leur table et se pencha pour enrouler ses bras autour d'eux.

— Comment ça va, les mecs ?

AJ leva la tête vers elle et lui offrit le genre de sourire qui ferait fondre n'importe quelle femme, ses yeux gris semant la confusion.

— Salut toi. Tu étais canon ce soir, comme d'habitude.

— C'est bien vrai. Difficile de se concentrer sur autre chose que ton numéro, ajouta Pax en esquissant un sourire sexy.

Entre ces deux hommes, les femmes n'avaient aucune chance. Le visage de Pax était digne d'un mannequin, avec ses pommettes ciselées et sa mâchoire carrée, sans oublier ses lèvres aux contours idéaux pour un baiser.

Shadoe éclata de rire.

— Je parie que vous dites ça à toutes les filles.

— C'est notre habitude, avoua AJ avec un clin d'œil.

— Alors, il se passe des choses ce soir ? lança-t-elle.

Pax secoua la tête.

— Rien que de jolies femmes nues, et des hommes qui en ont après leurs strings.

— Des hommes comme vous ?

— Toujours, répondit AJ en éloignant sa bière. Mais on a une piste qu'on est en train de suivre.

— Vraiment ? demanda Shadoe en relevant un sourcil. Et c'est quoi comme piste ?

— Hé. Tu essaies de me piquer mes hommes ?

Shadoe se redressa et vit Ariele s'arrêter à la table pour coller une hanche à la chaise d'AJ. Ce dernier passa un bras autour de la taille de la danseuse.

— Moi ? Non, pas du tout. Je passais seulement dire bonjour. Alors ces deux-là sont à toi, hein ?

Ariele éclata de rire.

— Ce ne sont pas des cadeaux, mais ils savent faire passer de bons moments à une femme.

Les deux ? En même temps. *Oh là là* ! Le regard de Shadoe oscilla entre AJ et Pax, les deux hommes lui retournant un grand sourire.

— Ça a l'air marrant.

Les yeux d'Ariele brillaient de désir.

— Ça l'est, Desi. Tu devrais essayer une fois.

Elle pensa à Spencer. Un homme… du moins cet homme en particulier… ça lui suffisait largement.

— Je vais y réfléchir. Il est temps pour moi d'y retourner. Amusez-vous bien tous les trois.

Pax tira une chaise entre AJ et lui, et la tapota pour inviter Ariele à s'y asseoir.

— C'est bien notre intention.

Ce ménage à trois l'avait déjà découragée avant même qu'elle s'éloigne d'eux. Elle secoua la tête et commençait à avancer, quand elle sentit un bras se glisser autour de sa taille. Elle s'immobilisa, puis pencha la tête pour découvrir Spencer. Elle lui adressa un sourire.

— Où est-ce que tu te cachais ? demanda-t-elle.

— Je parlais un peu avec Lance.

Il la mena au coin du bar, où ils pouvaient parler un peu plus en privé, et commanda des boissons.

— Tu as trouvé quelque chose ? lui demanda-t-elle.

— Pas vraiment. Je ne cherchais pas à obtenir des informations, c'était plus pour me rapprocher de lui, voir s'il pouvait éventuellement s'ouvrir un peu.

— S'il ressemble un tant soit peu à sa femme, je n'y compterais pas, déclara Shadoe en posant les yeux sur Cheri, qui venait de monter sur scène, toute vêtue de blanc, avec des bottes immaculées et des ailes d'ange.

— Pas étonnant, son thème.

— Oui, dit Shadoe en faisant la grimace et en regardant Cheri traverser la scène.

Techniquement, c'était une très bonne danseuse, dotée d'une grande souplesse et connaissant des mouvements magnifiques. C'était facile de comprendre pourquoi elle était chef de file dans ce club. Mais il lui manquait un petit quelque chose que d'autres danseuses avaient pourtant à foison : la passion et l'amour de ce qu'elle faisait. Il était évident que la vocation de Cheri n'était pas dans le strip-tease. Elle était là pour devenir riche et célèbre, ou peut-être se servait-elle de cela comme d'un tremplin vers autre chose. Mais elle ne se donnait pas à son public, évitait les contacts visuels avec les hommes. En réalité, elle avait l'air de… s'ennuyer, parcourant la scène comme si elle s'attendait à être vénérée.

Bien sûr, elle avait un corps splendide et elle savait s'en servir à son avantage, et tous les hommes avaient l'air d'aimer cela, alors peut-être que pour eux – et pour le *Wild Rose* –, ce n'était pas très important. Mais Shadoe, elle, voyait clair dans le jeu avide d'argent et opportuniste de Cheri.

Elle se tourna vers Spencer.

— Qu'en penses-tu ?

— Elle est nulle, décréta-t-il en haussant les épaules. Ariele et Elan sont meilleures. Elles jouent avec leur public.

— Tu lis dans mes pensées, acquiesça-t-elle.

Il se pencha pour donner un coup de langue sur le lobe de son oreille. La jeune femme frissonna.

— Mais c'est toi la meilleure, ma belle.

— Tu n'es pas objectif, rit-elle, parce qu'on couche ensemble.

— Peut-être. Mais je pense que toi tu crées un contact avec ton public, et les hommes aiment ça.

Elle rayonna en entendant ce compliment.

— Merci.

Quand Cheri eut terminé, Shadoe dit :

— J'ai eu une conversation intéressante avec AJ et Pax.

— Sur quoi ?

— Je crois qu'ils se font Ariele, tous les deux.

— Sûrement, répondit-il en esquissant un sourire. C'est comme ça qu'ils font.

— Comme ça qu'ils font quoi ?

— Ils partagent les femmes.

— Vraiment ?

— Oui. Ils ont commencé à faire ça il y a longtemps déjà. Ils sont en quelque sorte tombés dedans. Ils sont copains comme cochons depuis qu'ils sont arrivés chez les *Wild Riders*. Ils font tout ensemble, ils l'ont toujours fait. Et ils ont naturellement poussé cette habitude jusque dans leurs fréquentations des femmes.

— Alors, oui, mais euh… pourquoi ?

Spencer haussa les épaules.

— On parle pas tellement de sexe entre mecs. C'est comme ça qu'ils font. J'imagine qu'ils aiment bien ça.

— C'est intéressant.

— Pourquoi ça ? dit-il en riant. Tu es intéressée ?

— Moi ? Oh non, pas du tout. J'ai déjà largement de quoi faire avec toi.

— Tant mieux.

Il l'attira à lui et l'embrassa d'un baiser chaud et fougueux. Quand il s'écarta, elle était à bout de souffle.

— Je ne peux pas me passer de toi, murmura-t-elle. Tu me fais oublier mon boulot.

— Est-ce une mauvaise chose ?

Elle caressa sa joue, adorant sentir sa barbe de trois jours sous la paume de sa main.

— Je ne sais pas. Je suis censée m'intéresser aux autres clients.

— Tant pis pour les clients. Tu t'es déjà bien assez intéressée à eux. Tu peux rester ici avec moi jusqu'à ton deuxième passage. Fais-toi désirer un peu.

— Tu veux seulement les rendre jaloux.

— Peut-être, répondit-il avec un air malicieux.

Il la fit se retourner et l'attira contre son torse, puis l'entoura de ses bras pour qu'ils puissent tous deux regarder les autres danseuses. Shadoe observait Ariele, Pax et AJ. Pax passait la main dans les cheveux de la danseuse. AJ avait la sienne sur ses cuisses, et tous deux se penchaient vers elle pour chuchoter à son oreille. Et Ariele semblait se délecter d'avoir toute cette attention de la part de deux hommes.

Bof. Ce n'était pas vraiment dans les fantasmes de Shadoe, mais elle pouvait s'imaginer la sensation – à quel point ça pouvait être excitant et érotique.

Ariele finit par repousser sa chaise, les embrassant tous les deux et passant à la table suivante. Après son départ, Shadoe laissa son regard se promener dans le club, observant les autres danseuses se mêler à la foule. Cheri – sans Lance – sortit par la porte et fut accueillie par un grand groupe d'admirateurs. Elle avait l'air hautaine, presque royale, comme si elle s'attendait à ce qu'on l'adule. Elle laissa son « entourage » la suivre, mais sans jamais vraiment leur parler. Beurk.

Star faisait son numéro sur la scène. Elle était une bonne danseuse, mais comme Cheri, elle n'avait jamais l'air de s'impliquer pour son public.

Elan se trouvait dans la zone des *lap dances* – une salle privée sur un côté, que l'on voyait à peine à travers un rideau. Elle était en train de fasciner un homme en s'étendant sur lui, la tête sur ses genoux, tandis que ses jambes s'ouvraient en V dans une danse qui en dévoilait beaucoup.

Et Spitfire se trouvait en compagnie d'un groupe d'hommes complètement sous le charme à une des tables où elle bavardait sans cesse dans son effervescence habituelle.

D'autres danseuses parlaient avec des hommes à des tables, ou dansaient sur des barres installées sur les côtés, un peu partout dans la salle, comme des minispectacles pour que chacun puisse se divertir, quel que soit l'endroit du club où il était assis.

Alors que Shadoe observait une des danseuses virevolter sur une barre dans un coin obscur de l'arrière du club, elle remarqua un visage familier. Au début, elle pensa que c'était quelqu'un qu'elle avait vu la veille, mais ce n'était pas le cas. Elle connaissait ce visage. Elle s'en rendit compte dans un éclair de compréhension.

— Je reviens dans une minute.

Elle s'écarta de l'étreinte de Spencer et se mit à marcher en direction de l'arrière du club, tâchant de n'avoir l'air de rien, s'arrêtant pour sourire et bavarder avec des clients en chemin. Elle demanda une boisson au barman et se fraya un passage dans la foule, voulant rester discrète, ne pas se faire repérer par l'homme.

La jeune femme s'appuya contre une des grosses barres noires pour pouvoir le regarder. Elle avait besoin de mieux le voir. Il faisait sombre dans le club et elle ne le distinguait qu'assez mal.

L'homme fit signe de venir vers lui à la danseuse à la barre. La jeune femme – Shadoe ne la connaissait pas – descendit de la scène et s'avança vers lui. Quand l'homme fut entièrement concentré sur l'amazone aux cheveux de jais qui le chevauchait, Shadoe en profita pour se dégager de la barre et se rapprocher, espérant ne pas se faire repérer.

Il posait les mains sur les hanches de la stripteaseuse tandis qu'elle ondulait contre son entrejambe, la tête baissée pour admirer ses fesses.

Allez. Lève les yeux un peu. Il fallait qu'elle soit sûre.

Quand la danseuse se retourna pour secouer ses seins sous le nez de l'homme, il finit par lever la tête et afficha un grand sourire.

Et là, Shadoe fut sûre d'elle.

Cet homme était un agent fédéral : un certain Jerry DeLaud de Washington, D.C.

Chapitre 14

Yes ! Elle l'avait. Le département lui avait dit que l'agence nationale n'avait pas d'affaires actives dans cette zone, rien d'autre que celle sur laquelle elle-même était, donc DeLaud n'avait rien à faire ici. Et elle connaissait tous ceux qui étaient actuellement en congés. Il n'en faisait pas partie.

Shadoe sourit et en même temps elle sentit les battements de son cœur s'accélérer.

Elle savait qu'elle avait raison. Elle se souvint de la photo de DeLaud qu'elle avait vue à l'agence, parmi la multitude d'autres images qu'elle avait examinées avant cette mission. Il arborait dans l'immédiat un air peu soigné, mal rasé, qui ne ressemblait guère à sa photo officielle. Mais c'était sans l'ombre d'un doute le même homme.

Il fallait qu'elle le dise à Spencer, mais elle n'aimait pas l'idée de lâcher DeLaud pour cela. Mais la chanson durait encore deux minutes, et il avait payé pour cette *lap dance*, donc il y avait peu de risques qu'il parte ailleurs. Elle recula de quelques pas et prit un tournant pour s'empresser de rejoindre Spencer.

Ce dernier l'attira à lui.

— Où étais-tu partie ?

Shadoe se glissa entre ses bras et colla la bouche à son oreille.

— Il est ici.

Le jeune homme se tendit.

— Où ça ?

— Le salon privé du côté nord du club. Il est occupé par une danseuse aux cheveux noirs dont j'ignore le nom.

Spencer s'écarta suffisamment pour regarder le visage de la jeune femme.

— Tu es sûre que c'est notre homme ?

— À cent pour cent.

— Faisons quelques pas, lança-t-il en lui prenant la main.

Comme la dernière fois, ils se mirent à marcher tranquillement, souriant et adressant des signes de tête aux clients qui regardaient Shadoe. Spencer s'arrêta à la barre où elle s'était cachée quelques instants auparavant.

DeLaud était toujours seul dans le salon privé. Spencer plaça Shadoe contre la barre et se colla contre elle, donnant l'impression qu'il était en train de lui embrasser le cou. Cela devrait lui offrir une vue dégagée sur ce qui se passait dans le salon.

— Homme maigre, environ trente-cinq ans, barbe de trois jours, polo blanc et jean ?

Elle s'agrippa à ses épaules.

— C'est lui. Jerry DeLaud. C'est un agent de Washington.

— Il est en avance de plusieurs jours. L'échange doit avoir lieu au plus tôt ce week-end.

— Je sais.

— Peut-être qu'il est en train de vérifier s'il n'y a pas d'agents de la Nouvelle-Orléans dans le club.

— Ce doit être ça, confirma-t-elle.

Spencer la prit dans ses bras.

— Il faut que tu y retournes dans quinze minutes, lui rappela-t-il.

Merde. Elle avait oublié son deuxième numéro de la soirée.

— Tu as raison.

— Vas-y. Je vais prévenir Pax et AJ que notre cible a fait une apparition. On va garder un œil sur lui.

— D'accord.

Le jeune homme s'écarta d'elle, déposa un baiser sur ses lèvres et elle se dirigea vers le couloir menant aux loges.

Au moment où elle serait prête à entrer sur scène, DeLaud en aurait terminé avec sa danse privée. Que ferait-il alors ? Où serait-il ? Depuis la scène, elle pourrait le voir s'il se trouvait encore dans le club.

Elle ressentit l'enthousiasme la gagner jusqu'au plus profond d'elle : les nerfs à vif, elle éprouvait le désir de passer à l'action. Elle dut se forcer à rester calme alors qu'elle n'en avait aucune envie, se souvenir de préserver sa couverture.

Mais bon sang, c'était excitant au possible.

La partie pouvait enfin commencer.

Spencer dut se servir des signaux qu'ils avaient définis avec Pax et AJ afin d'attirer leur attention. Il resta au bar, et Pax vint se glisser près de lui et commanda deux bières. Il y avait tant de bruit, avec cette foule compacte, qu'il fut facile pour les deux hommes de s'adresser un hochement de tête et de s'entretenir à voix basse.

— La cible est repérée, déclara Spencer en évitant tout contact visuel avec Pax.

— Qui, et où ?

Spencer avait surveillé DeLaud depuis qu'il avait terminé sa *lap dance* avec la stripteaseuse. DeLaud lui avait donné un pourboire, puis avait pris son verre et s'était installé à une des tables près de la scène.

— Tout seul à une table près de la scène, à environ 10 heures. Polo blanc, jean, mal rasé.

Pax prit les deux bières que le barman lui passa, puis se retourna et s'appuya contre le bar.

— Je le vois.

Il s'écarta ensuite du bar et s'éloigna sans un mot de plus.

Spencer savait que Pax préviendrait AJ, et qu'ils l'aideraient alors à garder un œil sur la taupe.

Il voulait tout savoir sur cet homme – à qui il parlait quand il était au club, où il logeait en ville. Ainsi, ils pourraient le placer sous une surveillance permanente.

DeLaud était assis à sa table, seul, buvait sa bière et regardait les danseuses sur scène. Personne ne l'approcha et il n'avait pas l'air de chercher qui que ce soit.

Les lumières s'éteignirent et Shadoe entra en scène pour danser. Spencer profita de la pénombre et de la foule qui se rapprochait du podium pour s'avancer vers l'homme et le voir sous un meilleur angle.

Contrairement à la plupart des hommes près de la scène, qui se ruaient dans l'espoir que Shadoe s'approcherait d'eux pour qu'ils glissent des billets dans son string, DeLaud regardait le spectacle calmement, sans quitter son siège, et continuait de boire sa bière. L'homme ne quittait pas la scène des yeux. Il semblait être hypnotisé par le spectacle de Shadoe, se concentrant sur chacun de ses mouvements. Il inclina la tête sur le côté, comme s'il l'examinait.

Spencer n'aimait pas la façon dont il regardait Shadoe d'aussi près, mais peut-être que DeLaud avait simplement un faible pour les stripteaseuses. Toutefois, il y avait quelque chose de légèrement différent dans ses yeux, dans la façon dont il suivait tous ses mouvements sur la scène. Ce n'était pas de l'intérêt pur, le plaisir simple que la plupart des hommes semblaient tirer du spectacle. Chez cet homme-là, il y avait quelque chose de plus sombre.

Peut-être était-ce parce que Shadoe accordait aux hommes tant d'attention, les regardant dans les yeux. Elle parcourut la foule du regard et survola DeLaud plus d'une fois, pointant la hanche de côté après avoir retiré un vêtement, se retournant pour bouger les fesses, puis jetant un regard par-dessus son épaule. Spencer vit la façon dont DeLaud la regardait, l'appréciation toute masculine qu'il lisait dans ses yeux.

Et Shadoe en jouait, s'assurant qu'elle retenait bien son attention.

Quand sa danse fut terminée, elle se changea pour enfiler une minirobe moulante couvrant à peine ses formes et elle ignora Spencer pour se consacrer plutôt aux clients. Spencer resta dans les parages, assez près pour intervenir en cas de besoin, mais ne voulant pas se montrer trop proche d'elle non plus.

Elle avait échangé quelques regards avec DeLaud. Spencer avait compris ce qu'elle essayait de faire, alors il allait rester aussi loin que possible pour voir ce qui allait se passer.

Shadoe ne s'approcha pas de DeLaud. Elle fit ce qu'elle avait fait depuis la veille : traverser la foule, marquer des pauses pour bavarder avec les hommes à leurs tables ou ceux qui s'arrêtaient pour lui parler. Spencer, quant à lui, continua de se concentrer sur Shadoe et DeLaud.

DeLaud l'observa pendant tout ce temps. Une autre danseuse était montée sur scène, captivant l'attention d'une partie de la foule, mais pas celle de DeLaud. Son regard de prédateur se focalisait sur Shadoe et ne la quittait pas. Quand la jeune femme passa devant sa table, il fit un geste dans sa direction. Elle lui sourit, s'avança vers lui et il tira une chaise pour elle.

DeLaud commanda à boire pour Shadoe et ils commencèrent à parler. Pas de contact physique, rien qui pousse Spencer à débarquer. Ils se contentèrent de discuter. Il ne souriait pas beaucoup, et Spencer se doutait que, DeLaud étant un homme assez séduisant, ce look de rebelle devait être attirant pour certaines femmes. Shadoe faisait mine d'être intéressée, alimentant la conversation dès que nécessaire. Elle riait beaucoup, parlait beaucoup, tâchait aussi de s'exprimer par les gestes, afin de lui faire comprendre qu'elle appréciait cet instant qu'ils étaient en train de partager.

Bon sang, Spencer aurait bien aimé savoir ce qu'elle lui disait. Cela lui rappela que Shadoe portait un appareil de communication dans son piercing au nombril. Il était temps d'activer ce gadget.

La jeune femme faisait du bon boulot. Elle savait qu'il ne fallait pas trop s'attarder, rester seulement assez longtemps pour finir son verre, lui donner une tape sur l'épaule et se lever pour partir. Elle passa ensuite à la table suivante. Spencer laissa vingt minutes s'écouler avant de la retrouver en se tenant derrière elle. Elle tourna légèrement la tête pour lui adresser un clin d'œil.

DeLaud partit à environ 2 h 30. Pax et AJ partirent juste après pour le suivre.

Une heure plus tard, Shadoe avait terminé son travail au club.

— Paré au départ ?

Il acquiesça et elle se rendit dans les loges pour se changer. Il sortit et grimpa sur sa moto, prit son téléphone et envoya un message sur le portable d'AJ.

Shadoe sortit quelques minutes plus tard et ils rentrèrent à l'hôtel.

Une fois dans la chambre, elle posa son sac sur la chaise proche de la porte, puis se tourna vers lui.

— DeLaud est affreux.

— Je m'en doutais. Mais pour le débriefing, attends que Pax et AJ soient là.

— Ils viennent ici ? demanda-t-elle en haussant un sourcil.

Il haussa les épaules.

— Je ne suis pas sûr encore. J'ai envoyé un texto à AJ et lui ai proposé de nous retrouver ici. Ils ont suivi DeLaud quand il est parti du club, donc selon où il est allé, ils vont arriver tôt ou tard.

— D'accord.

Les *Riders* arrivèrent tôt, frappant à la porte environ trente minutes plus tard. Spencer ouvrit pour laisser AJ et Pax entrer. Ils s'installèrent tous dans les fauteuils du salon.

— Il est allé à l'hôtel *Western Springs*, déclara Pax.

— Bel endroit, dit Spencer en fronçant les sourcils. Dans le centre-ville.

— Et environ à équidistance du club et des docks.

— Bien. Tous les deux, vous allez prendre une chambre là-bas pour la nuit.

— C'est ce qu'on pensait déjà faire, indiqua AJ. Rien d'autre ?

— Si, dit Pax. J'ai soudoyé un des portiers pour me tenir informé des allées et venues dans sa chambre. Je lui ai dit que je pensais qu'il se faisait ma petite copine, et que c'était pour ça que je voulais connaître tous ses faits et gestes.

— Oh, bonne idée, fit remarquer Shadoe. Donc tu auras quelqu'un qui le gardera à l'œil quand tu ne pourras pas le faire en personne.

— Et moi qui pensais que c'était moi le cerveau et lui le beau gosse pendant tout ce temps, dit AJ avec un sourire malicieux.

— Mais non, moi je suis le beau gosse *et* le cerveau, tête de nœud !

— Ah non, le nœud, c'est moi qui l'ai, rétorqua AJ. C'est pour ça que tu as besoin de mon aide pour les femmes. Toi tu les séduis avec ton look et moi je les garde avec ma queue.

Shadoe s'esclaffa et adressa un regard à Spencer.

— Ils sont toujours comme ça ?

— Oui, répondit le jeune homme en levant les yeux au ciel et en s'appuyant contre le minibar. Bon, pour résumer, il est arrivé ici en avance. Il faut qu'on trouve pourquoi.

— AJ et moi, on va le suivre demain. On s'imagine qu'il n'est pas venu ici pour s'enterrer dans cette chambre toute la journée en attendant d'aller au club le soir. Il va forcément sortir à un moment, et quand il le fera, nous le suivrons.

Spencer hocha la tête en direction de Pax.

— D'accord. Shadoe et moi, nous pourrons vous venir en aide sur ce plan aussi.

— Je ne sais pas si c'est une bonne idée, Spencer, dit AJ. Ça met notre couverture en danger. Tu commences à être connu au club à présent. Shadoe y est présente sous l'identité de Desi. Il ne faut pas faire voler tout cela en éclats. S'il repère l'un de vous pendant que vous le suivez, c'est toute la mission qui va planter.

— J'ai du mal à l'admettre, parce que j'aurais adoré pouvoir le suivre, mais je crois qu'il a raison, dit Shadoe en posant une main sur le genou de Spencer.

AJ et Pax échangèrent un regard entendu.

Spencer en entendrait parler par la suite.

— Oui, sûrement. Mais si vous avez besoin d'un coup de main, vous me dites.

— On peut gérer ça, répondit Pax en s'enfonçant dans son fauteuil.

— Qu'est-ce qu'il t'a dit ce soir ?

Shadoe fit la grimace.

— Rien de spécial, vraiment. Il a dit qu'il avait bien aimé mon numéro, que j'avais un joli corps. Le bla-bla habituel. Ensuite, il m'a posé des questions sur mon passé, où est-ce que j'avais commencé, dans quels clubs j'avais déjà dansé. Un vrai interrogatoire.

— C'est peut-être normal vu qu'il est un agent, c'est comme une routine pour lui, suggéra AJ.

— Peut-être, mais j'ai moi aussi été entraînée, et je n'interroge pas tous les gens que je rencontre. Il m'a donné l'impression d'avoir vraiment envie de mc connaître.

Spencer posa une main sur son épaule.

— Ça peut vouloir dire qu'il s'intéresse à toi.

— Oui, j'y ai pensé. Il avait l'air très attentif quand je dansais.

Très attentif.

— C'est peut-être le genre d'homme qui aime vraiment s'envoyer en l'air avec des stripteaseuses, dit Pax.

— Peut-être. Et peut-être qu'il aime bien essayer de les draguer quand il est en ville.

Spencer connaissait beaucoup d'hommes qui voyageaient et avaient des copines stripteaseuses dans chaque ville.

— Ça pourrait nous être utile, s'il m'aime bien.

— Qu'est-ce que tu veux dire ? demanda Spencer en fronçant les sourcils.

— Tu te souviens de ce que je t'avais proposé avant ?

— Qu'on rompe tous les deux ? hasarda-t-il.

Elle acquiesça.

— Ça pourrait fonctionner : si DeLaud s'intéresse à moi, il ne va pas oser s'avancer si on est toujours collés ensemble tous les deux.

— Mais si on n'est plus un couple…

— Alors, je pourrai peut-être me rapprocher de lui, voir ce que je trouve.

Spencer n'aimait pas cette idée.

— Il ne te dira rien du tout, tu sais, contra-t-il.

Elle haussa les épaules.

— J'en doute en effet. Mais d'avoir un de nous deux bien placé, ça ne peut pas faire de mal, n'est-ce pas ?

Spencer ne pouvait rien répondre face à une telle logique, et s'il ne couchait pas avec Shadoe, ça ne changerait rien du tout pour lui.

Mais le fait est qu'il couchait avec elle… ou du moins qu'il entretenait une sorte de relation avec elle. Enfin, du sexe. Il n'en savait rien. C'était un terrain inconnu pour lui, d'éprouver quelque chose pour une femme. Il savait que ça risquait d'altérer son jugement, et c'était bel et bien ce qui était en train de se passer. Il ne voulait pas que Shadoe séduise DeLaud, même si elle était un agent fédéral entraîné.

Mais c'était l'homme qui parlait. Lui aussi était un agent entraîné, et il fallait qu'il accomplisse sa mission, ce qui signifiait qu'il devait laisser Shadoe faire son travail.

— D'accord. Tu veux qu'on gère ça comment ?

Elle haussa un sourcil, comme si elle ne s'était pas attendue à ce que ce soit si facile.

— Demain soir, au club, on va rompre en public.

— Et si DeLaud n'est pas là ? demanda AJ.

— Les nouvelles vont vite dans ces milieux-là, fit remarquer Spencer. Même s'il n'est pas là, le fait que Shadoe soit à présent disponible va circuler dans tout le club en quelques minutes.

— Surtout, si je clame haut et fort que ça faisait longtemps que ça n'allait plus entre nous, et que je ne suis pas tellement affectée par la rupture.

— Aïe, dit Pax en adressant un regard compatissant à Spencer. Elle est train de te briser le cœur, là.

— Il faut juste s'assurer qu'aucun de vous deux ne va essayer de la récupérer, lança Spencer en levant les yeux au ciel.

— Regarde un peu comme il nous gâche tout le plaisir, dit Pax en regardant AJ.

Shadoe ricana. Spencer fit sortir les *Riders* de là et ferma la porte à clé pour faire face à la jeune femme.

— Alors comme ça tu me largues, hein ?

Elle se leva et s'approcha pour se pencher vers lui. Bon sang, il adorait son odeur. Elle noua ses bras autour de son cou.

— Eh bien, je te plaque au club, mais quand on rentrera ici, je coucherai encore avec toi.

— Quelle traînée ! lança-t-il en souriant.

— Beau parleur, répliqua-t-elle en battant des cils.

Il passa son bras autour de sa taille.

— Techniquement, tu devrais prendre une chambre séparée. Comme ça, s'il se renseigne sur toi, il saura que nous faisons déjà chambre à part.

Le sourire de la jeune femme s'évanouit.

— C'est normal que cette idée ne me plaise pas ? lança-t-elle.

— Oui, à moi non plus elle ne plaît pas.

En quelques jours seulement, Spencer s'était habitué à sa présence, à l'avoir dans son lit la nuit. C'était typiquement le genre de soucis auquel il ne voulait pas penser. Pas alors qu'il y avait d'autres choses à garder en tête, comme leur mission.

— D'accord, soupira-t-elle. Quand devrais-je prendre cette chambre séparée ?

— Demain, après avoir quitté le club. Ça sera plus logique vu que c'est là qu'on va mettre en scène notre dispute et notre rupture.

Elle posa la tête contre son torse.

— Je m'étais habituée à dormir avec toi, Spencer. Je vais garder une clé de cette chambre. Ne sois pas étonné si je me faufile en douce dans ton lit.

— Si c'est le cas, tu risques de ne pas dormir.

Elle inclina la tête en arrière et sourit.

— Le sommeil, ça sert à rien.

— Tant mieux, parce que ce n'est pas non plus vraiment au programme de ce soir, annonça-t-il.

— J'attendais que tu le dises.

Elle se hissa sur la pointe des pieds, posa sa main sur la nuque de Spencer, attira son visage à elle et s'approcha de ses lèvres.

Il se pencha en avant et l'embrassa, d'abord doucement, mais il ne resta pas sage très longtemps. Il avait envie d'elle. L'avoir vue faire son strip-tease l'avait excité. Penser à elle avec DeLaud, savoir ce qui allait se passer, tout cela éveilla en lui des instincts possessifs qu'il ignorait.

Il la souleva dans ses bras, la porta jusqu'à la chambre et la posa sur le lit. Elle retira ses chaussures. Il enleva ses bottes et retira son tee-shirt, puis il défit les boutons de son pantalon. Il ne put aller plus loin, car Shadoe l'attira dans le lit avec elle.

— Embrasse-moi. J'ai besoin de toi.

Il posa ses lèvres sur les siennes, glissa sa langue à l'intérieur, sentit la chaleur gagner tout son corps. Son sexe était dur, gonflé, et il le frotta contre elle. Même à travers le jean, il haleta à ce contact, regrettant qu'ils ne soient pas encore nus et qu'il ne soit pas encore en elle.

Avec elle, il devenait comme un adolescent empressé, et cela faisait longtemps que ça ne lui était pas arrivé.

Shadoe souleva ses hanches, se pressa contre son érection, et sans dire un mot, lui indiqua qu'elle le désirait.

Il s'écarta, lui retira son débardeur et son jean, puis baissa les yeux sur elle. Elle portait un soutien-gorge en dentelle blanche et la culotte assortie, et c'était encore plus sexy sur elle que les tenues noires qu'elle portait sur scène. Elle leva une jambe et posa un pied à plat sur le matelas, sans le quitter des yeux.

Il posa une main sur son ventre, remonta sur ses côtes, sentit son cœur battre, se rassurant de constater qu'il n'était pas le seul à le sentir tambouriner contre sa poitrine.

Spencer se lassait vite des femmes, surtout une fois qu'ils avaient couché ensemble. Avec Shadoe, chaque fois était une nouvelle aventure, chaque fois qu'il découvrait son corps, c'était comme un nouveau Noël : un cadeau à ouvrir pour son plus grand bonheur.

Au fond de lui, des sonnettes d'alarme retentissaient bien fort : attention ! Il savait qu'il était en train de s'impliquer émotionnellement.

Mais il pouvait le gérer. Il savait que ce serait temporaire. Ils étaient tous les deux d'accord, ils savaient ce qu'ils faisaient. Il avait donc trouvé une femme qu'il aimait bien. Cela ne voulait pas dire qu'il ne pouvait pas s'en aller dès que ce serait fini.

Il pourrait le faire.

Et il le ferait.

Shadoe avait toujours pensé que les hommes ne pensaient à rien pendant le sexe, mais en voyant le jeu d'émotions qui s'exprimait sur le visage de Spencer tandis qu'il la regardait, elle sut qu'il n'en était rien.

Pas pour lui en tout cas. Il était en train de réfléchir. À quoi, elle l'ignorait, mais ses pensées étaient définitivement occupées par quelque chose.

Il en allait de même pour elle. Elle se posait des questions sur cet air qu'il avait, l'intensité de son froncement de sourcils tandis qu'il examinait son corps avant de revenir sur son visage. Ce mélange d'émotions, passant du désir à la colère quasiment.

Elle comprit ce qui le tiraillait. Il éprouvait des sentiments pour elle alors qu'il voulait l'éviter. Et il ne pouvait s'empêcher d'en être content, même s'il savait bien que ça ne servait à rien. Ils n'iraient pas plus loin après cette mission.

Mais pour l'instant, elle avait l'intention de profiter d'avoir ses mains sur elle, ses lèvres sur les siennes et de voir tout ce désir dans ses yeux.

Shadoe ne s'était jamais sentie aussi désirée, et n'était pas sûre de rencontrer un homme comme Spencer de sitôt. Elle voulait savourer chaque instant tant qu'elle l'avait.

Il se pencha sur elle et posa ses lèvres sur son ventre, juste au-dessus de sa culotte. Elle sentit son estomac se nouer et une vague de chaleur la gagna à cet endroit, s'intensifiant à mesure qu'il descendait, abaissant sa culotte pour déposer un baiser au sommet de son sexe.

Elle frissonna, mais ce n'était pas sous l'effet du froid. Elle avait l'impression d'avoir la peau en feu au contact de ses lèvres, elle était en proie à des sensations folles tandis qu'il décrivait des cercles sur l'os de sa hanche, puis il s'engouffra dans le creux entre sa cuisse et son sexe.

Son clitoris frémit d'excitation, toutes ses terminaisons nerveuses sur le qui-vive et attendant le contact de sa bouche, de sa langue, attendant avec impatience cette chaleur moite qui la ferait chavirer.

La jeune femme souleva ses hanches, tendit une main pour la passer dans ses cheveux. Il leva la tête.

— S'il te plaît.

— D'accord, répondit-il dans un sourire.

Il se pencha et pressa sa bouche contre son sexe, et elle rejeta la tête en arrière, contre le matelas. Elle était perdue dans ces sensations qu'il suscitait en elle avec ses lèvres et sa langue si habiles. Il la dévora avec appétit jusqu'à lui couper le souffle, jusqu'à ce qu'elle se cambre au-dessus du lit et plaque son sexe contre son visage, jusqu'à ce qu'elle se liquéfie dans un abandon sauvage, se voyant secouée de spasmes fous et ne se souciant guère qu'il soit contraint de maintenir ses hanches pour aspirer son clitoris tandis qu'elle jouissait de toutes ses forces.

Le fait qu'il aime son corps de cette façon était phénoménal. Qu'il parvienne à lui donner autant la laissait pantoise. Qu'elle veuille lui donner autant en retour lui fit mal au cœur.

Et quand il la déshabilla entièrement, puis se dévêtit à son tour avant de glisser son corps contre le sien, d'enfiler un préservatif et d'entrer en elle d'un coup de reins, elle l'accueillit dans l'abandon le plus parfait, son corps s'arquant de désir, voulant qu'il aille toujours plus loin en elle – là où aucun homme n'était allé auparavant.

Tandis qu'il s'activait en coups de reins fermes et réguliers, elle enfonça ses ongles dans la chair de ses bras, et fouilla son visage des yeux, tant elle avait envie qu'il lui donne tout.

— J'en veux plus.

Il s'écarta pour revenir plus fort.

Mais ça ne suffisait toujours pas. Elle se sentait agitée d'un désir trop puissant, et voulait lui donner autant qu'il venait de lui donner.

— Plus.

Il s'étendit sur elle, leurs corps moites glissant l'un contre l'autre.

— Dis-moi ce que tu veux, lança-t-il.

Sa voix la fit frémir. Si grave, si sombre, c'était tout ce qu'elle n'avait jamais osé désirer. Mais avec Spencer, elle osait.

— Je veux tout.

Il s'immobilisa, enfonça ses doigts dans ses hanches.

— Tu es sûre ?

— Oui.

Il la guida au bord du lit, la retourna sur le ventre et écarta ses cheveux. Il posa ses lèvres sur sa nuque et la mordilla. Elle fut prise de chair de poule ; ses tétons se durcirent, au point qu'ils devinrent douloureux. Elle releva la tête et tendit le bras en arrière pour atteindre sa tête.

— Plus.

Il passa une main dans son dos, sur ses fesses, et passa les doigts dans sa raie. Elle frissonna.

Oui, c'était ce qu'elle voulait.

— Tu l'as déjà fait ?

— Non.

— Tu es sûre que c'est ce que tu veux ?

— Oui.

Sa réponse ne fut qu'un gémissement, car il avait posé la main sur son sexe et commençait à le caresser de haut en bas, la menant déjà au bord d'un orgasme qui lui donnait l'impression d'être sur le point d'exploser en mille morceaux, mais de ne jamais y parvenir.

Il s'agenouilla, écarta un peu plus ses jambes et écarta ses fesses.

— Tu as du lubrifiant ?

— Dans le tiroir de la table de chevet.

Elle tremblait, mais pas de peur. L'excitation l'envahissait. Elle voulait ça, à la fois pour elle et pour Spencer. C'était spécial, enthousiasmant, elle ne l'avait jamais fait mais l'avait toujours voulu.

Et elle se rendit compte aussi que c'était parce qu'elle faisait confiance à Spencer.

Il écarta encore ses jambes, cette fois passant ses doigts lubrifiés entre ses fesses, puis encerclant son anus. Le liquide froid la fit frémir d'anticipation, son doigt lui procurant des sensations intenses. Elle agrippa les draps tandis qu'il continuait à la taquiner, se servant d'une main pour jouer avec son sexe, et de l'autre pour stimuler son petit trou.

Quand il glissa le bout de son doigt à l'intérieur, les lèvres de Shadoe s'entrouvrirent et elle gémit d'un plaisir exquis. Elle n'aurait jamais pensé que ce serait si bon. Il enfonça ses doigts dans son sexe, puis inséra son doigt tout entier dans son anus.

Elle rejeta la tête en arrière et cria de plaisir. D'être caressée devant et derrière en même temps – la pensée d'AJ et Pax traversa son esprit –, à l'idée de deux hommes en train de satisfaire une femme ensemble.

Cela devait ressembler à ça.

Les sensations étaient incroyables. Ses nerfs, tendus, chauds, se libéraient dans une explosion en elle.

— Oui. Oh oui, c'est bon !

Un plaisir difficile à supporter qui la traversait comme un éclair. Spencer avait enfoncé ses doigts partout en elle, et son pouce décrivait des cercles sur son clitoris. Elle était tellement proche de l'orgasme qu'elle se contracta autour de ses doigts.

Mais pas comme ça, elle voulait qu'il soit en elle.

Elle tendit un bras en arrière pour saisir son poignet.

— Spencer, arrête. Baise-moi maintenant.

Le jeune homme se retira et elle frissonna, exposée, en attente, brûlante de désir. Il ne la laissa que l'espace de quelques secondes avant de revenir, son préservatif étant lubrifié, et il se mit en position derrière elle. Il reprit son sexe en main, la caressa de haut en bas pour la rendre folle.

— Respire pour moi, Shadoe, dit-il en posant son gland à l'entrée de son anus. Ma queue est plus grosse que mes doigts. Expire quand je pénètre.

La jeune femme s'exécuta. Il s'enfonça. Ça brûlait. Ça faisait mal. Il donna des coups de reins lents et doux, mais ça faisait quand même mal. Et… oh là là, c'était tellement bon, malgré cette douleur qui lui mettait le feu. Il continua à caresser son sexe tout en enfonçant sa verge dans ses fesses.

Puis la douleur se dissipa et elle sentit que son sexe l'emplissait. Elle ne s'était jamais sentie aussi complète, aussi intimement liée à quelqu'un.

— Bon sang, murmura-t-il contre son dos avant de s'activer plus intensément.

Elle avait envie de mourir tellement c'était bon. Il maintint sa main contre son sexe et glissa ses doigts en elle tout en la prenant par-derrière.

Elle se sentait bien, gagnée par une foule de sensations, et elle commença à accompagner ses mouvements, se soulevant pour se plaquer encore plus contre lui, alors qu'il continuait à s'activer.

— Tu es serrée. Tellement serrée.

— Encore, put-elle seulement répondre, aveuglée par cette sensation folle.

— Purée, Shadoe, dit-il d'une voix rocailleuse. Assure.

Il s'écarta et s'enfonça plus fort, la prenant dans des mouvements puissants, tout en se servant de ses doigts pour la mener au bord du gouffre. Elle se trouva là pendant une fraction de seconde, puis elle sombra, criant de toutes ses forces, balayée par un orgasme surpuissant. Elle le sentit dans toutes les fibres de son corps qui s'agrippait à la queue et aux doigts de Spencer, et elle chavira dans un état proche de l'inconscience.

Le plaisir la gagna par vagues, sa gorge se noua et elle se trouva le souffle coupé. Elle fut prise de spasmes si forts qu'elle ne voyait plus rien, et ne pouvait que sentir Spencer partout en elle tandis qu'il lui offrait les sensations les plus douces qu'elle ait jamais connues.

Spencer s'enfonça encore plus profond, grogna et fut secoué d'un grand frisson avant de s'étendre contre son dos, le souffle court et chaud, ce qu'elle sentit sur sa nuque tandis qu'il jouissait à son tour.

Shadoe lutta pour retrouver ses esprits et son souffle. Elle n'avait jamais imaginé que le sexe pouvait être comme ça, aussi bon que ça. Elle avait connu la passion, mais pas aussi intensément. De toute sa vie, jamais elle n'avait voulu se donner aussi entièrement à un homme.

De longs moments silencieux passèrent, au cours desquels tout ce qu'elle entendit fut le bruit de leurs respirations respectives. Pendant tout ce temps,

Spencer la caressa, passa la main sur ses jambes, ses bras et l'embrassa dans le cou. Jamais elle n'avait ressenti que tout cela n'était que du sexe pour lui.

C'est peut-être ça qui faisait toute la différence : la façon dont il la caressait, se reliait à elle. Elle ne le comprenait pas vraiment, mais elle savait que ça voulait dire quelque chose.

Il finit par s'écarter et ils entrèrent tous deux dans la salle de bains pour faire couler la douche, sous laquelle ils entrèrent ensemble. Il la lava, la tint dans ses bras et l'embrassa. Ses gestes étaient si tendres qu'elle en avait presque les larmes aux yeux.

C'était tellement inattendu, ce gars un peu dur à cuire qui refusait de faire étalage de ses sentiments, et qui ne voulait pas la partager. Mais il se dévoilait tout de même, juste assez pour lui laisser entrevoir le petit garçon blessé qui rêvait d'avoir quelqu'un à aimer, et qui tentait de dissimuler ses besoins sous une véritable armure. Elle connaissait trop bien cette nécessité-là.

Il avait besoin d'elle. Tout comme elle avait besoin de lui.

Et elle savait, au plus profond d'elle-même, elle savait que ni l'un ni l'autre ne finirait par obtenir ce dont il avait besoin dans cette relation.

Chapitre 15

Spencer laissa Shadoe seule le lendemain. Il se leva tôt et partit à la rencontre d'AJ et Pax. AJ lui avait envoyé un message lui annonçant que DeLaud était sorti, selon les dires du portier.

Le jeune homme les retrouva dans un restaurant près des docks. Ils s'assirent à une table d'angle. Spencer se glissa sur la banquette près de Pax, dos à la porte.

— Où est-il ?

AJ désigna la fenêtre d'un signe de tête.

— Il prend son petit déjeuner dans le restaurant de l'autre côté de la rue. On peut le voir en regardant par cette fenêtre. La première table près de la porte.

Spencer jeta un coup d'œil et repéra DeLaud en train de parler à une serveuse. Il était seul.

— Il a rencontré quelqu'un ?

Pax secoua la tête.

— Non. Dès qu'on a eu le signal du portier, on s'est magné le cul pour le suivre. Il était à pied vu que cet endroit ne se trouve qu'à quelques blocs, donc on n'a pas eu de mal à le suivre. Il est entré là et a pris une table. On est donc venus ici, pour avoir un bon point de vue sans qu'il nous repère. Comme ça, on pourra encore passer du temps au club ce soir et on le surveillera là-bas aussi.

Spencer commanda un petit déjeuner, descendit sa première tasse de café et observa DeLaud en train de lire le journal. Au moment où leur nourriture arriva, DeLaud avait terminé de manger, mais il buvait encore son café.

— Je crois qu'il fait les mots croisés, dit AJ.

— Peut-être qu'on va devoir les faire aussi, lança Pax en désignant le journal qui se trouvait au bout de leur table. Et si on bloque sur un mot, on pourra traverser la rue et lui demander son aide.

Spencer leva les yeux au ciel, mais reprit son sérieux quand il vit deux hommes qui ressemblaient à des ouvriers des docks passer la porte du restaurant d'en face et s'installer à la table de DeLaud.

— Il faut qu'on file ces deux-là, déclara-t-il.

— On va se séparer quand ils partiront, acquiesça AJ. Je vais les suivre. Pax pourra garder un œil sur DeLaud.

Spencer se sentit frustré en regardant les trois hommes se lancer dans une conversation de l'autre côté de la rue.

— Ce serait beaucoup plus simple si on pouvait les mettre sur écoute.

— Difficile à faire sans lui coller un micro aux fesses, marmonna Pax.

— Peut-être que Shadoe pourrait s'arranger pour s'approcher de lui et lui en poser un, proposa AJ avec un grand sourire.

Spencer lui jeta un regard noir.

— Ou pas, reprit AJ en levant les mains en l'air avant d'échanger un autre regard entendu avec Pax.

Spencer savait ce qu'ils pensaient.

— Fais attention quand même, lança Pax. On est fauchés en ce moment, on n'aura pas les moyens de vous faire un cadeau de mariage.

AJ ricana.

— Très drôle. On ne va pas se marier. On ne sort même pas ensemble.

— Non, tu te la fais, tout simplement. Ce qui est encore pire, parce que ça saute aux yeux que tu es en train de tomber amoureux d'elle, dit AJ en arborant une mine horrifiée qui fit presque rire Spencer, parce que c'était la même tête qu'il faisait quand il parlait de relations à long terme avec les femmes.

— Je ne suis pas amoureux d'elle, je la connais à peine.

— Tu la connais assez pour être jaloux à l'idée qu'elle soit avec quelqu'un d'autre.

— On est sur une mission ensemble, répliqua Spencer.

— Et alors ? dit AJ en haussant les épaules. Tu as déjà couché avec des femmes pendant des missions auparavant, et tu ne t'es jamais soucié de ce qu'elles faisaient. Pourquoi est-ce que c'est différent avec celle-là ?

Pourquoi était-*elle* différente ? Pour pas mal de raisons. Elle n'était pas vraiment différente. C'était surtout le fait de se trouver ici – à la Nouvelle-Orléans – qui lui faisait remonter toutes ces satanées émotions, ces choses qu'il gardait bien sous contrôle en temps normal. Et Shadoe faisait les frais de ces sentiments qui ne ressortaient que rarement, c'était tout. Cela n'avait rien à voir avec elle. Elle était une simple figurante.

Il avala une grande gorgée de café.

— Ce n'est rien. Il n'y a pas de sentiments entre nous.

AJ échangea un autre regard avec Pax.

— Vous allez arrêter ça, tous les deux ? C'est trop bizarre, vous êtes tellement pareils, lança Spencer.

— Tu es simplement jaloux, s'esclaffa Pax.

Spencer leva les yeux au ciel.

— De quoi ? Du fait que vous vous faites une femme à deux ? Que chacun de vous soit incapable d'en baiser une tout seul ? Non merci. Moi, je ne partage pas. Et à quoi ça sert tout ça de toute façon ?

— Ça nous est juste arrivé comme ça, répondit AJ en haussant les épaules. Et il se trouve qu'on aime bien ça. Ça fonctionne pour nous.

— Pourquoi ?

— Si tu t'amuses, tu n'engages pas tes sentiments. Et en le faisant à trois, ce n'est jamais sérieux, déclara Pax.

— Tu as peur de l'engagement ?

— Et toi, t'en as peur ? répliqua AJ en riant.

— Je n'ai pas besoin de la présence d'un autre pour baiser une femme et éviter de me retrouver seul avec elle.

Spencer savait que ça allait plus loin que ça. AJ et Pax avaient toujours fait ça à trois. Toujours. Aussi loin qu'il puisse se souvenir.

— Quand tu trouves un truc qui te plaît, tu en profites, indiqua AJ avant de s'enfoncer dans sa chaise, avec sa tasse de café à la main.

— Tant que ça vous excite, dit Spencer, content d'avoir détourné la conversation de Shadoe et lui.

— C'est le cas, confirma Pax avec un grand sourire.

DeLaud se leva, reportant sur lui l'attention de Spencer, Pax et AJ. Ils regardèrent tous par la fenêtre et observèrent DeLaud et les deux autres hommes sortir du restaurant, puis s'engager dans une ruelle. DeLaud baladait son regard un peu partout, comme s'il cherchait quelqu'un. Ou peut-être voulait-il s'assurer que personne ne les observait.

Une fois dans la ruelle, les trois se rapprochèrent, DeLaud leur tournant le dos.

— Vous avez vu ça ? demanda AJ.

— Oui, répondit Spencer en fronçant les sourcils. On dirait qu'ils se sont passé quelque chose de la main à la main.

— Je n'ai pas vu ce que c'était, déclara Pax. Ça pourrait être de la drogue.

— Ou peut-être pas. On n'a aucune certitude.

— On est dans un lieu public, et ce n'est pas comme si on pouvait installer un équipement de surveillance ici.

Spencer aurait bien aimé que ce soit aussi simple, mais ce n'était pas le genre de cette mission.

DeLaud sortit de la ruelle et se dirigea vers le sud. Les deux autres hommes marchèrent en direction des docks.

— Je vais suivre les deux hommes, dit Pax en se levant. S'ils trafiquent de la drogue, je pourrai peut-être leur en acheter. Ce serait assez facile d'y parvenir ici. Les vendeurs sont toujours faciles à repérer. Peut-être qu'on pourra ensuite remonter la chaîne alimentaire.

— Moi, je file DeLaud, déclara AJ en se levant à son tour. Je vous tiendrai au courant.

Tous deux passèrent la porte d'entrée et disparurent dans la foule des touristes, laissant Spencer à la table avec son café, et l'addition. Il secoua la tête, esquissa un sourire, et prit la note pour aller payer au comptoir.

Shadoe était nerveuse. Elle savait que le travail d'infiltration faisait partie intégrante de sa mission, et elle s'apprêtait à s'infiltrer aussi loin qu'un agent pouvait le faire. Après tout, elle se déshabillait en public tous les soirs.

Mais ce soir-là, il allait falloir qu'elle joue un numéro digne des oscars. Elle allait devoir faire comme si elle détestait un homme auquel elle était en train de tenir de plus en plus. Et elle allait devoir le quitter.

D'un autre côté, peut-être qu'il faudrait qu'elle s'y fasse, vu que c'était précisément ce qui allait se passer lorsque cette mission serait terminée. Ce serait un bon entraînement avant de le faire pour de vrai, n'est-ce pas ?

Tu rêves, Shadoe. Ce ne serait que du chiqué ce soir. Il n'était pas encore temps de quitter Spencer. Pourtant, en songeant à ce jour – qui viendrait bien trop vite –, son estomac se noua. Et ce n'était pas bien, parce que ça voulait dire qu'elle commençait à s'attacher, qu'elle avait développé des sentiments pour Spencer, chose qu'elle s'était juré de ne jamais faire.

Leur relation était censée être un jeu, un divertissement, pas d'engagement, seulement du sexe. C'était en train de devenir bien plus que ça, du moins pour elle. Et elle avait beau tenter de se convaincre qu'elle ne ressentait rien pour lui, elle n'y parvenait pas. Il allait falloir qu'elle trouve un moyen de gérer cela.

Mais pas ce soir. Ce soir, place au spectacle. Et elle ne parlait pas que du strip-tease.

DeLaud était encore là, assis à une des tables de devant, comme la veille. Il l'avait observée attentivement pendant son premier numéro, donc elle s'assura de bien lui lancer quelques regards. Et Spencer s'assura d'avoir l'air bougon, à tel point que Shadoe crut presque à son numéro du petit ami pas content.

Elle aimait bien cela d'une certaine manière.

La jeune femme se changea et revint dans la salle, portant une minijupe rouge, un haut moulant noir et des talons aiguilles noirs. Ces satanés talons hauts allaient finir par avoir raison d'elle avant la fin de la mission. Comment les femmes faisaient-elles pour en porter tout le temps ? Shadoe ressentit une admiration nouvelle pour les stripteaseuses.

Se préparant à ce qui allait suivre, elle afficha une mine exaspérée, releva le menton, et passa tranquillement devant Spencer, qui la saisit par le bras.

— Il faut que je te parle.

— Pas maintenant. Tu ne vois pas que je suis en train de bosser ?

— Maintenant.

Elle se libéra de son étreinte.

— Écoute, on s'est déjà tout dit. Il faut que tu te calmes maintenant, compris ?

— Bien sûr que j'ai compris, espèce de chieuse. Mais si tu veux que je reste ton garde du corps, il va falloir que tu arrêtes de m'agiter toutes tes liaisons sous le nez.

Shadoe éclata de rire.

— Je n'ai pas de liaison, Spencer. C'est juste toi qui es un jaloux maladif.

— Je sais ce que je vois, Desi. Et je ne suis pas ton pantin.

Elle se tourna pour lui faire entièrement face et croisa les bras.

— Je ne veux pas d'un pantin, moi je veux un homme. Et si tu n'es pas capable de me donner ça, alors tu ferais mieux de dégager.

Un éclair de colère traversa les yeux bleus du jeune homme. Elle n'avait aucune envie d'en faire plus, parce qu'il jouait la fureur à merveille.

— J'en ai marre de ces conneries, qu'elles viennent de toi ou de n'importe quelle autre femme.

— Alors, casse-toi.

Il la dévisagea pendant ce qui sembla être une éternité. Elle tint bon et le regarda elle aussi droit dans les yeux, jusqu'à ce qu'il fasse exactement ce qu'elle venait de suggérer – il s'en alla du bar, l'air excédé. Shadoe fit semblant d'avoir l'air blessée, puis prit une grande inspiration, expira, pivota sur ses talons pour se diriger dans la direction opposée – vers la table de DeLaud.

Ce dernier croisa son regard. Elle afficha un sourire forcé et s'assit sur la chaise qu'il avait tirée pour elle. DeLaud appela la serveuse et lui fit un signe avec deux doigts, puis il concentra son attention sur la jeune femme.

— Des problèmes, Desi ?

— On dirait.

Elle allait jouer la réticente et ne pas tout déballer du premier coup.

— Tu veux qu'on en parle ?

— Non. Ça va aller.

Il parla d'une voix basse, calme et rassurante.

— Dis-moi un peu.

— Je viens de rompre avec mon petit ami, déclara-t-elle dans un soupir mélodramatique.

— Je suis désolé, répondit-il en fronçant les sourcils.

— Ça faisait un moment que ça devait arriver, dit-elle en haussant les épaules. Il est trop possessif.

Il caressa son bras du bout des doigts. Elle eut envie de frissonner, mais elle maintint une mine neutre.

— Une femme comme toi a besoin de libertés. Après tout, ça fait partie de ton travail.

Elle se tourna légèrement pour lui faire face.

— Je sais. C'est ce que je n'arrête pas de lui dire. J'aime les gens. J'aime leur parler. C'est mon boulot aussi, mais j'aime vraiment bien ça. Je sais pas, dit-elle en lissant ses cheveux. Je crois qu'il était temps que j'arrête tout ça. Je suis prête pour de nouvelles aventures plus légères.

— Vraiment ? dit-il en ébauchant un sourire.

Elle se mit à sourire.

— Oui. J'aime bien mon travail, m'occuper de tous ces hommes. J'aime bien voyager, et pouvoir essayer de nouvelles choses. Et j'adore les hommes. Je crois que je n'aurais jamais dû me limiter à en avoir un seul.

Shadoe s'assura de le regarder dans les yeux en prononçant cette dernière phrase. Elle espérait qu'il la croirait.

Vu le désir qu'elle put lire sur son visage, elle eut l'impression d'y être arrivée. Il promena le bout de ses doigts sur son épaule puis ses clavicules.

— Je pense que tu devrais avoir le droit de faire tout ce qui te plaît.

La serveuse leur porta leurs boissons, et Shadoe se mit à siroter la sienne. Jerry descendit la sienne en deux rasades, puis en commanda une autre. La jeune femme se dit qu'il serait sûrement trop facile d'essayer de le soûler pour lui soutirer des informations.

Non, il était trop intelligent pour cela. Mais elle savait aussi qu'elle allait devoir se maîtriser, ne pas avoir l'air de lui tomber dans les bras trop rapidement.

— Merci de m'avoir écoutée. J'ai besoin de quelqu'un qui sache écouter.

— De rien, ma belle.

Elle repoussa sa chaise.

— Il faut que je travaille encore dans la salle.

— Reviens me voir quand tu auras fini. On pourra… parler encore un peu.

Bingo. C'était exactement ce qu'elle avait voulu entendre. Elle lui adressa un grand sourire.

— Merci. On va faire comme ça.

Elle s'éloigna et vaqua à ses occupations, évitant Spencer, qui était revenu au bar. Elle ne lui adressa même pas un regard, au cas où DeLaud serait en train de l'observer.

— Hé, j'ai vu ce qui s'était passé. Je suis désolée, dit Ariele en passant un bras autour de ses épaules.

— Ça va aller. Je me doutais que ça arriverait. J'ai attendu trop longtemps, mais c'était inévitable.

Ariele acquiesça, affichant une mine sérieuse.

— Les hommes sont vraiment nuls parfois. Mais ils peuvent être marrants aussi, ajouta-t-elle, son visage s'illuminant.

— Et si facilement remplaçables, dit Shadoe en riant.

— Une queue en vaut bien une autre, non ?

Shadoe repéra AJ et Pax en train de mater Ariele.

— Dans ton cas, c'est peut-être même deux queues ?

— Je m'amuse bien avec eux, dit Ariele en rigolant. Et ils sont tellement canon que j'en suis tout excitée.

— Oui, ils sont beaux gosses, hein ?

— Je t'assure qu'ils sont beaux, même tout nus.

C'était là bien plus que Shadoe voulait en savoir sur ses collègues de travail, mais elle dut jouer le jeu.

— J'imagine bien.

Ariele se tourna vers elle.

— Oh, tu pourrais te joindre à nous une fois. Je suis sûre que ça ne les dérangerait pas du tout.

Beurk.

— Merci, mais je crois que je vais éviter les trucs à trois dans un premier temps. Ou les trucs à quatre. Maintenant que je suis libre, c'est la chasse à l'homme.

— Ce beau brun a l'air d'avoir flashé sur toi.

Shadoe suivit le regard d'Ariele, qui s'était posé sur DeLaud qui était en train de les observer. Il lui adressa un clin d'œil. Shadoe eut envie de vomir. D'accord, il était peut-être beau gosse, mais c'était un sale type. Et les sales types lui retournaient l'estomac.

— Il est sexy *et* il a l'air intéressé.

— Le meilleur moyen d'oublier un homme, c'est de s'en trouver un autre illico, déclara Ariele avant de faire un clin d'œil. C'est à moi de passer sur scène, à plus, dit-elle en lui adressant un geste de la main avant de partir.

Shadoe partit aussi et se dirigea vers la table de Pax et AJ.

— Pas mal, la scène de rupture, commenta AJ. J'ai failli verser une larmichette.

Elle s'installa dans une chaise et sourit.

— Merci. Spencer et moi, on devrait avoir une récompense pour ça, vous ne trouvez pas ?

— Si, dit Pax en se penchant vers elle. Et notre ami, il y a cru ?

— Oui. Il m'a proposé d'être une épaule compatissante.

— Oh, c'est tellement généreux de sa part. Tu sais qu'il veut te baiser ?

Dans le genre direct, AJ était pas mal.

— Oui, j'avais compris. Et il n'y a aucune chance que ça arrive. Je vais devoir passer du temps avec lui, mais empêcher qu'on en arrive au sexe.

— Pourquoi ça ? demanda AJ. Tu l'as bien fait avec Spencer.

En temps normal, elle aurait pris ça comme une insulte, mais c'était seulement AJ et sa franchise.

— Oui, je l'ai fait. Mais je ne le « fais » pas avec n'importe qui. Par exemple, avec vous, y a pas moyen.

— D'accord, beauté, dit AJ en riant. Je comprends.

— Quel connard ce AJ, dit Pax en secouant la tête. Je ne sais même pas pourquoi je l'aime bien.

— Parce que c'est moi qui ramène toutes les gonzesses.

Pax leva les yeux au ciel. Shadoe se doutait d'où cette conversation allait les mener.

— Tu en as trouvé, d'ailleurs, aujourd'hui ?

— Je me suis fait de nouveaux amis, déclara Pax. J'ai acheté de la drogue sur les docks. J'y retournerai plus tard pour voir si je peux passer un peu plus de temps avec eux.

— DeLaud est retourné à l'hôtel après avoir rencontré ces hommes, dit AJ. Je l'ai suivi le reste de la journée, et le portier l'a surveillé à son tour. Il n'est pas ressorti de sa chambre.

— Alors il est impliqué avec des dealers de la rue, dit Shadoe en se penchant vers eux. Cela n'a pas de sens.

— C'est ce que je me suis dit aussi, dit Pax. À moins qu'ils soient des intermédiaires pour autre chose, ou pour des huiles, et qu'au lieu de les contacter par téléphone ou en personne, DeLaud passe par eux.

— Pour l'instant, précisa Shadoe.

— C'est ce qu'on s'est dit aussi, acquiesça AJ. De toute façon si on le surveille tous, il n'a aucune chance de pouvoir trafiquer quoi que ce soit sans qu'on en soit informés.

— Je vais rester aussi proche de lui que possible, affirma Shadoe.

Aussi proche qu'elle pourrait le supporter. Elle connaissait ses limites, savait jusqu'où elle était prête à aller pour son travail. Coucher avec un homme qu'elle désirait, c'était une chose. Baiser avec un autre faisait-il partie de la mission ? C'est là qu'elle fixait sa limite. Mais elle devrait allumer DeLaud et maintenir son intérêt aussi longtemps que possible.

Shadoe ne s'attarda pas avec Pax et AJ, et se dirigea vers d'autres tables où elle s'arrêta pour bavarder avec plusieurs hommes, faisant tout ce qu'elle était censée faire en tant que tête d'affiche.

Elle croisa Brandon alors qu'elle retournait vers un coin sombre du club. Il glissa une main dans la sienne, ce qui la surprit dans la mesure où il ne l'avait jamais touchée auparavant.

— J'ai vu ce qui s'est passé entre ton petit ami et toi.

— Ah oui ?

— Je suis désolé. Ça doit être un coup dur pour toi, j'en suis sûr.

Elle poussa un soupir de soulagement. Elle avait été convaincue qu'il allait la réprimander pour avoir fait une scène tout à l'heure.

— Ça va aller, dit-elle en haussant les épaules. On s'est déjà pris la tête plein de fois, et franchement j'en ai marre de lui.

— Il est encore là.

— Je sais.

— Tu veux que je le vire ? proposa le patron du club.

— Non, pas du tout, répondit-elle en secouant la tête. Il peut rester là s'il le veut. Et s'il cause des problèmes, je te le dirai.

— Il va te falloir un autre garde du corps.

— Tes videurs font vraiment un super boulot et gardent bien à distance ceux qui s'approchent de trop.

— Oui, c'est vrai, dit Brandon dans un sourire. Mais ils ne seront pas toujours à côté de toi.

— Je vais chercher un remplaçant assez vite. Merci de veiller sur moi.

— Je ne fais que mon boulot. Tu te débrouilles super bien ici. Le club est bondé depuis le premier soir où tu es passée, et tu gères les clients comme une pro.

— Ah, merci. Je suis contente que les affaires marchent et tant mieux si je peux aider.

— Tu peux revenir ici quand tu veux, Desi.

Il s'éloigna et Shadoe fut soulagée d'avoir un poids de moins sur la conscience. Maintenant, il était temps de s'attaquer à ce DeLaud, et de voir si elle pouvait trouver quoi que ce soit sur cet homme mystérieux.

Tandis qu'elle balayait la salle du regard, Shadoe remarqua que Spencer s'était éloigné du bar pour bavarder avec Spitfire, la rousse bavarde. En les voyant tous les deux en train de se rapprocher et de rire ensemble, elle ressentit une pointe de jalousie, mais elle savait qu'elle n'en avait aucun droit. Elle dut se détourner, refuser de les regarder, et se concentrer sur son travail. Spencer faisait exactement ce qu'il avait à faire. Il fallait qu'elle fasse de même.

— Tu t'es déjà trouvé un remplaçant ?

Shadoe se tourna pour découvrir Cheri. Qui portait… eh bien elle portait quelque chose qui « habillait » à peine. C'était une sorte de tenue transparente et longue, un peu comme une robe de nuit, et en dessous, elle ne portait qu'un string. Vraiment, cette fille était incapable de laisser planer un minimum de mystère. Elles se donnaient déjà assez sur la scène. Quand elles se baladaient dans la salle du club, c'était quand même plus logique de donner envie aux hommes de découvrir ce qu'elles portaient en dessous, et non de tout étaler comme ça.

— Je ne vois pas du tout de quoi tu parles.

— Oh, allez, dit Cheri en levant les yeux au ciel. Tu viens de larguer ton petit ami et tu es déjà en train de t'attaquer à Brandon.

— Pardon ? Pas du tout.

— Je t'ai vue lui parler dans le coin là-bas. Tu essaies de décrocher une place de permanente au *Wild Rose* ?

Bien sûr, comme si c'était sa plus grande ambition. Pas du tout.

— Tu ne devrais pas aller dans la salle pour parler aux clients au lieu de me parler à moi, Cheri ?

— Garde tes distances avec Brandon. Il ne t'embauchera pas. Ce sera moi la star ici.

Shadoe en eut assez.

— Mais va te faire voir ! lança-t-elle.

L'agent fédéral commença à tourner les talons, mais Cheri saisit son bras et y enfonça ses ongles. Par réflexe, Shadoe s'empara du poignet de Cheri qu'elle tordit dans son dos, retournant la danseuse si vite que cette dernière eut à peine le temps de pousser un halètement scandalisé. Elle poussa le corps de

Cheri face au mur, se servant de la surface pour la maintenir immobile.

Shadoe savait que ça ferait parler d'elle, mais il fallait qu'elle établisse sa domination ici, sinon c'est les autres qui allaient la piétiner.

— Occupe-toi de ton cul, Cheri, compris ?

Pour être sûre de se faire mieux comprendre, elle souleva un peu plus le bras de Cheri, assez pour la mettre dans une position inconfortable, mais pas assez pour lui faire mal.

— C'est bon. Oh, connasse !

Shadoe la relâcha et recula prestement, le corps tendu et parée à se battre si Cheri décidait de se ruer sur elle.

— Qu'est-ce que vous fichez ? demanda Lance, qui se rua dans le couloir pour dévisager sa femme.

Cheri réajusta sa tenue et s'avança vers son mari.

— Rien. On a juste eu un petit désaccord avec Desi.

Brandon était arrivé, lui aussi, ainsi que la moitié des hommes du club, qui espéraient sûrement assister à un crêpage de chignons.

— Qu'est-ce qui se passe ? demanda Brandon.

— Juste un petit échange entre Cheri et moi.

Brandon lança à Cheri un regard d'avertissement, puis il adressa un regard inquiet à Shadoe.

— Ça va bien, Desi ?

Cheri cria d'un air outragé.

— Est-ce qu'*elle* va bien ? Elle vient quasiment de me tordre le bras ! Pourquoi est-ce que ce n'est pas à moi que tu demandes si ça va bien ?

— Lance, escorte Cheri à mon bureau. Il faut que je lui parle.

Lance acquiesça et fit sortir une Cheri peu coopérative.

— Je suis désolé, dit Brandon tandis que les videurs faisaient sortir tous les hommes qui étaient venus là.

— Il ne faut pas, dit Shadoe en haussant les épaules. Ce n'est pas la première fois que je me bats contre une fille. Et ce ne sera pas la dernière. Je peux très bien me débrouiller.

Brandon afficha un grand sourire.

— Je me doute bien. Mais je vais m'occuper de Cheri.

— Elle n'a rien fait, vraiment. Ne t'en fais pas.

Mais il lui adressa un clin d'œil avant de tourner les talons. Enfin, c'était à lui de gérer le problème de Cheri, pas à elle. Shadoe avait déjà bien assez à faire.

— Est-ce que ça va bien ?

Une main posée sur son épaule, une voix familière. Pas celle qu'elle aurait voulue pour la réconforter, mais ça tombait à point pour sa mission. Elle se tourna et adressa un sourire à Jerry DeLaud.

— Je vais bien. Juste une prise de bec entre une autre danseuse et moi.

— Elle est jalouse ? demanda-t-il en relevant un sourcil.

Il tendit un bras vers elle, et elle s'y abrita.

— Elle devrait l'être, reprit-il. Tu es une des meilleures danseuses ici.

— Et la flatterie te mènera à…

Il lui lança un regard plein d'espoir.

— Eh bien, on verra où ça te mènera, reprit Shadoe.

Il éclata de rire et la mena à une table dans une des zones privées.

— Je pensais qu'on pourrait parler sans interruption, sauf si tu dois retourner bosser.

La jeune femme s'assit sur un des fauteuils.

— Je crois que j'ai assez travaillé pour ce soir. J'ai besoin de me détendre un peu.

Il s'assit près d'elle.

— Bien. Je voudrais apprendre à mieux te connaître.

Une serveuse s'arrêta et il commença à commander à boire.

— Je voudrais de l'eau, s'il vous plaît, dit Shadoe.

Quand il tourna un regard interrogateur vers elle, la jeune femme ajouta :

— La danse me déshydrate. J'ai besoin de boire beaucoup d'eau.

Il acquiesça et termina sa commande.

— Tu n'es pas trop portée sur la boisson. J'aime bien ça.

— Tant mieux. J'ai besoin d'avoir quelques amis de mon côté, parce que j'ai peur de m'être fait quelques ennemis aujourd'hui.

— Cette femme, et ton ex-petit ami.

— Oui.

Elle baissa les yeux sur ses genoux et tenta d'avoir l'air triste.

Il releva son menton du bout des doigts pour qu'elle le regarde dans les yeux.

— J'aimerais bien être ton ami.

Quelle horreur !

— C'est vraiment gentil. J'aurais bien besoin de quelques nouveaux amis, mais je ne te connais pas vraiment.

— Jerry, lança-t-il en lui tendant la main.

Elle la lui serra.

— Ravie de faire ta connaissance, Jerry. Tu vis ici, à la Nouvelle-Orléans ?

— Non, répondit-il en secouant la tête, mais je viens ici par moments, pour le boulot.

— Bel endroit où voyager. Tu fais quoi dans la vie ?

— Je suis dans l'importation.

Tu m'étonnes.

— Ça a l'air intéressant.

— Ça peut l'être.

— Alors tu viens d'où ?

— De Los Angeles.

Menteur.

— Ooh, génial ! J'adorerais aller à LA un jour.

— J'adorerais que tu viennes m'y rendre visite un jour. Où est-ce que tu dois te produire par la suite ?

— J'ai une date à Shreveport, ensuite Dallas, et Houston. Pour la suite, il faudrait que je consulte mon planning.

— Tu aimes voyager ?

— J'adore ça, répondit-elle avec un grand sourire.

— Et toi, Desi, tu es d'où ?

— Tulsa à l'origine, mais j'ai vécu dans d'autres lieux. J'ai quitté la maison à l'âge de seize ans, et j'ai voyagé avec des amis. Ensuite j'ai décroché un boulot dans un club de strip-tease à dix-huit ans, et je ne l'ai jamais regretté.

— Tu aimes cette vie-là.

— Oui.

C'est incroyable la quantité de mensonges qu'elle arrivait à créer comme ça, à l'improviste. Shadoe s'améliorait à ce petit jeu.

— J'aime les femmes qui savent ce qu'elles veulent.

— J'adore le divertissement.

— Tu fais aussi des fêtes privées ?

— J'en ai fait un peu, avoua-t-elle en baissant les yeux. J'ai travaillé avec une de ces boîtes qui proposent des stripteaseuses pour les enterrements de vie de garçon.

— C'est lucratif.

— Ça dépend des compagnies, répondit-elle en haussant les épaules. Celle pour laquelle j'ai travaillé n'était pas nette. Ils m'ont entubée sur ma paie.

— Tu devrais pouvoir prendre tes décisions toi-même et fixer tes tarifs.

— Ce serait bien oui. J'espère qu'un jour j'aurai un bon manager, que je pourrai monter ma boîte et embaucher des gens qui travailleront pour moi.

Il tendit une main pour la passer sur les cheveux de la jeune femme.

— Belle et entreprenante aussi.

— Merci, oui, c'est ce que j'aime à penser.

— Tu prends de la drogue parfois ?

Question intéressante. Elle se demanda où il comptait en venir en lui demandant ça.

— C'est une offre ou une simple question ? Mais en fait, t'es un flic ou quoi ?

Il rejeta la tête en arrière et éclata de rire.

— Désolé. Non, je ne suis pas un flic. C'est juste que tu as l'air tellement clean.

— Je le suis maintenant, mais ce n'a pas toujours été le cas. J'ai pris de la drogue quand j'étais plus jeune. Ça m'a déglingué les idées, alors j'ai arrêté.

— C'est mauvais tout ça, hein ?

Shadoe haussa les épaules.

— Ça peut être bien pour ceux qui en veulent et peuvent gérer ça. Moi, je préfère avoir les idées claires.

— Alors, tu ne juges pas ceux qui en prennent ?

— Tant qu'ils ne me causent pas de problèmes quand ils sont dans leur trip, et qu'ils ne me volent pas pour acheter leur came, ça m'est complètement égal. Cela ne me touche en rien.

— Belle attitude, acquiesça-t-il.

— Je ne suis pas du genre à juger les autres, Jerry. J'ai trop souvent été jugée par le passé. Je crois que les gens devraient avoir le droit de faire tout ce qui peut les rendre heureux.

Elle espérait qu'elle lui apportait toutes les bonnes réponses.

— Ça te dirait d'aller manger un morceau ?

Shadoe en déduisit qu'elle avait réussi le test.

— Bien sûr, mais je ne peux pas rester dehors trop longtemps. J'ai besoin de faire mes heures de sommeil.

— Je comprends. J'aimerais seulement qu'on parte de cet endroit bruyant.

— Oui, moi aussi.

Elle savait que Spencer et AJ allaient les suivre, elle se sentait en sécurité. Elle portait un micro aussi, avec le transmetteur de son nombril : avec Spencer, ils l'avaient testé un peu plus tôt dans la journée. Ils savaient que ce soir se présenterait une occasion de s'en servir, donc Spencer serait à l'écoute. En plus, elle avait une arme dans son sac à main, elle l'avait emportée lorsqu'elle s'était changée pour enfiler un jean et un débardeur. Shadoe retrouva Jerry à la porte et se glissa dans sa voiture, un modèle de sport qui sentait le neuf. Une location, probablement. Il était plus difficile à tracer comme ça.

— Jolie bagnole.

— Merci.

Il la mena hors du Vieux Carré français pour aller en ville. Ils s'arrêtèrent à un *diner* ouvert toute la nuit. Là, ils mangèrent et burent du café.

— Tu restes combien de temps en ville cette fois-ci, Jerry ? demanda Shadoe en repoussant son assiette et en se resservant dans la cafetière que la serveuse avait posée sur leur table.

— Environ cinq jours. J'ai quelques rendez-vous, et une grosse vente qui doit avoir lieu demain normalement.

— Vraiment ? dit-elle en haussant les sourcils. Quelque chose de bien pour les affaires ?

Jerry posa les paumes de ses mains autour de son café.

— Quelque chose de très bon pour les affaires.

— Tu dois vraiment bien te débrouiller alors.

— Pourquoi tu dis ça ?

La jeune femme hocha la tête dans sa direction.

— Tu t'habilles bien, tu portes des chaussures hors de prix, tu conduis une belle voiture, tout ça doit coûter une somme.

Il afficha un sourire amer.

— Tu fais un inventaire ?

— Non, mais c'est mon boulot d'être observatrice.

Ça au moins, c'était la vérité. C'était son boulot, son vrai boulot.

— Tu observes drôlement bien.

— Mes clients aiment bien que je remarque des choses. Je ne peux pas me contenter de montrer mes seins.

— Ils sont quand même très jolis.

— Merci, dit-elle en éclatant de rire. Mais je me suis rendu compte que les hommes aiment parler d'eux-mêmes aussi. Pas seulement de la beauté de mes seins.

— Alors tu fais dans la psychologie aussi ?

— Une de mes matières préférées à la fac.

— Tu es allée à la fac ? demanda-t-il en inclinant la tête de côté.

Elle avait une réponse toute trouvée pour lui.

— Je te l'ai dit, je n'ai pas l'intention de me limiter au strip-tease, même si j'adore ça. Si je veux monter ma boîte un jour, il fallait bien que j'aille à la fac pour savoir comment faire. C'est pourquoi à mon âge, je suis devenue tête d'affiche.

— Tu as donc tout prévu, pas vrai ?

— C'est important de se fixer des objectifs.

Son grand sourire et son acquiescement indiquèrent à Shadoe qu'il était sous le charme. C'est bien ce qu'elle espérait.

— Je t'aime bien, Desi.

— Je t'aime bien aussi, Jerry. Tu as transformé ma soirée pourrie en une soirée vraiment agréable. Je t'en remercie.

— Cette soirée n'est pas obligée de s'arrêter là.

Oh que si, elle allait s'arrêter là. Shadoe tendit une main pour la poser sur la joue de Jerry.

— Ta proposition est tentante. J'adorerais me perdre dans ton lit ce soir, mais il faut que j'aille changer de chambre d'hôtel, pour ne plus être avec mon petit ami. Et ensuite, il va falloir que je dorme.

— Je comprends.

Il paya l'addition et la ramena à l'hôtel, lui ouvrit la porte, puis se tourna vers elle.

— Merci, Jerry. On se revoit ce soir ?

— Je ne manquerai ça sous aucun prétexte.

Avant qu'elle puisse s'éloigner, il l'attira à lui et l'embrassa, glissant sa langue dans sa bouche. Elle ne pouvait pas vraiment le repousser, donc elle se laissa aller dans ses bras, posa les mains sur ses épaules et lui rendit son baiser, même quand il tendit les bras pour peloter ses fesses et la serrer contre son érection.

Il libéra sa bouche pour déclarer :

— J'ai vraiment envie de te baiser.

Elle fit semblant d'être surprise.

— Je penserai à toi toute la nuit.

Shadoe déposa un bref baiser sur ses lèvres et tourna les talons.

Elle demanda une autre chambre à l'accueil et empocha la clé. Une fois dans l'ascenseur, elle s'essuya la bouche du dos de la main, fouilla dans son sac et prit un bonbon à la menthe.

— Connard aux mains baladeuses, marmonna-t-elle.

Elle chercha la clé de la chambre de Spencer et appuya sur le bouton de son étage. Quand elle entra dans la chambre, il n'était pas là. Elle poussa un soupir, se sentant seule sans lui ici. Elle empaqueta toutes ses affaires et descendit d'un étage pour entrer dans sa nouvelle chambre.

À peine eut-elle terminé ses bagages que son téléphone se mit à sonner.

— C'est quoi ton numéro de chambre ?

C'était la voix rauque et posée de Spencer. Elle lui indiqua son numéro de chambre et il raccrocha immédiatement.

Shadoe savait pourquoi. Elle fit les cent pas devant sa porte, en attendant.

Il ne lui fallut pas très longtemps. Moins d'une minute plus tard, il toqua à la porte. Elle l'ouvrit et, en le voyant, elle se trouva le souffle coupé : il lui avait manqué. Elle venait de passer un moment désagréable avec Jerry, avait détesté avoir ses mains et sa bouche sur elle, même si elle s'était contentée de faire son travail.

Spencer entra et ferma la porte.

— Je l'ai vu te toucher, j'ai entendu tout ce qu'il t'a dit. Il t'a embrassée, dit Spencer d'une voix aussi tendue que son corps. Je n'ai pas aimé ça.

— J'ai détesté ça, dit-elle.

Elle se rapprocha de Spencer en inclinant la tête en arrière pour pouvoir plonger son regard dans ses magnifiques yeux bleus, s'ouvrant à lui par la même occasion.

— Fais-moi oublier son contact.

Spencer la prit dans ses bras et la serra contre lui. Il l'embrassa avidement, sa langue entrant dans sa bouche comme celle de Jerry venait de le faire. Seulement là, c'était très différent. Elle accueillit le baiser de Spencer, se délectant de sentir sa bouche contre la sienne, sa langue léchant la sienne, la façon fougueuse dont ses mains se baladaient sur son corps, lui retirant ses vêtements au fur et à mesure. Il la guida vers le lit.

Shadoe tendit les bras vers son tee-shirt, le sortit de son pantalon, puis glissa les mains en dessous pour caresser sa peau.

Elle était chaude et douce, ses abdos se contractant sous ses doigts. Spencer laissa échapper un petit grognement et ce son la fit mouiller.

Oh, là là. Elle était mouillée depuis l'instant où il avait ouvert la porte.

— Pose ta bouche sur moi. Caresse-moi, dit-elle à bout de souffle.

Elle n'était pas encore entièrement déshabillée. Rien que de le toucher lui faisait tout cet effet.

Le jean de Shadoe était déboutonné, partiellement défait, et ouvert pour qu'il puisse y glisser la main et caresser son sexe. Elle cria, et se cambra à son contact. Il glissa un doigt en elle, et passa la paume de sa main contre son clitoris, dans des mouvements incessants pendant qu'il la regardait avec une ardeur qui la fit frémir de toutes parts.

Elle voulait le voir nu, en elle. Elle voulait être libre de le caresser, de laisser ses mains vagabonder sur son corps magnifique. Mais elle était paralysée sur le matelas, son corps tout entier concentré sur les mouvements de sa main tandis qu'il la menait à un orgasme rapide et fulgurant, qui la fit lever les fesses et saisir son poignet pour qu'il enfonce ses doigts encore plus en elle.

— Ouais, murmura-t-il avant de reprendre sa bouche avec la langue, la menant une nouvelle fois au bord de l'extase par les mouvements experts de ses mains et de ses doigts.

Ensuite, il s'arrêta, se retira, et elle ignorait si elle en était soulagée ou frustrée.

Il sortit du lit pour se déshabiller. Elle se tourna alors sur le côté et posa la tête contre sa main pour admirer le spectacle. Il avait la peau lisse et bronzée, ses muscles saillaient en dessous, elle vit ses tablettes de chocolat, ses larges épaules – elle ne se lasserait jamais de regarder son corps. Avec quelques cicatrices, c'était la perfection aux yeux de la jeune femme. Il lui donnait des papillons dans le ventre et l'excitait à mort, et quand il se tourna, elle se rendit compte qu'il avait un joli petit cul aussi. Elle se mit à genoux et se pressa contre son dos, embrassant le tatouage sur son omoplate.

— C'est agréable, dit-il en lui adressant un regard qui la fit fondre.

— Le baiser ?

— Tes tétons contre mon dos.

Elle éclata de rire et se frotta de haut en bas, ses tétons la picotant tandis qu'ils glissaient contre la peau lisse de son dos.

Il se tourna et l'étendit sur le matelas, s'empara de ses poignets et les plaça au-dessus de sa tête. Il passa la paume de ses mains sur ses tétons, gonflés et sensibles. Elle entrouvrit les lèvres et laissa échapper un halètement à ce contact, la sensation l'envahissant jusqu'entre ses jambes et accroissant encore le besoin qu'elle ressentait de l'avoir en elle.

Il fit rouler son téton entre ses doigts, en pinça l'extrémité jusqu'à ce qu'elle se cambre.

— Encore.

On aurait dit que c'était son mot préféré dès que Spencer lui faisait l'amour. Quoi qu'il lui fasse, elle en voulait toujours encore. Elle ressentait pour lui une attirance qu'elle n'avait jamais connue avec aucun autre homme. Son contact l'enflammait immédiatement et elle en voulait plus chaque fois.

Il se pencha et prit son téton dans sa bouche, se servant de sa main pour caresser son sein et le maintenir en place tandis qu'il léchait et suçait le téton, passant la langue dessus, le mordillant, chaque coup de langue ou passage de ses dents envoyant des étincelles dans les terminaisons nerveuses de son clitoris.

Il avait relâché ses poignets et elle prit sa tête entre ses mains, laissant ses doigts explorer sa chevelure. Elle le tint ainsi pendant qu'il s'occupait d'un téton, puis de l'autre.

— S'il te plaît. Baise-moi.

Elle avait trop hâte, et glissa une main entre eux pour saisir son sexe avec fermeté. Il releva la tête pour lui adresser un regard, ses yeux étaient vitreux de passion et de désir. Il laissa échapper un halètement sifflant quand elle se mit à le caresser, puis il s'écarta pour enfiler un préservatif, étant apparemment aussi empressé qu'elle.

Il la fit rouler sur le côté et souleva sa jambe pour la placer sur sa hanche, s'enfonçant en elle tout en l'agrippant, écrasant ses doigts dans sa chair.

Paradis. Enfer. Torture et plaisir entremêlés tandis qu'il se projetait en elle en coups de reins transformés en caresses, pour la taquiner, la rendre folle. Il maintint une main sur sa hanche, et plaça l'autre derrière sa tête pour l'embrasser avec une intensité qui les fit fondre tous deux dans un tourbillon d'émotion et de passion, dans un mélange quasiment insupportable.

Elle tenta de se concentrer sur le sexe, sentant sa chair tendre se fondre en elle, mais la façon dont il usait de ses lèvres allait plus loin que le physique.

Peut-être était-ce seulement dans sa tête, mais la connexion qu'elle ressentait allait beaucoup plus loin que l'alliance de leurs corps.

Arrête de réfléchir. Profite de tout ça. Ça ne va pas plus loin.

Elle repoussa toutes les émotions qui venaient à elle, les implications de son cœur, la façon dont les yeux de Spencer semblaient pénétrer son âme tandis qu'il se mouvait contre elle. Elle n'allait pas s'encombrer de sentiments.

Elle n'était pas en train de tomber amoureuse de lui. Ce n'était que du sexe.

—Jouis pour moi, Shadoe.

Il ondula contre elle, sa verge se frottant contre son sexe, la menant au bord de l'orgasme. Il effectua des mouvements lents, sensuels, excitants contre elle, et elle perdit tout contrôle en enserrant son sexe en elle sous l'effet de spasmes de plaisir foudroyant.

Spencer s'accrocha à elle pendant qu'elle tourbillonnait dans un vortex de sensations fortes. Son orgasme l'avait saisie entre ses griffes et ne voulait pas la relâcher, la secouant de sensations incroyables qui persistèrent encore longtemps après la fin de leurs ébats. Elle eut l'impression de mourir sous l'ampleur d'un tel plaisir, et s'agrippa à Spencer, cria son nom tandis qu'il poursuivait son va-et-vient en elle, pour l'amener une nouvelle fois au bord du gouffre, ayant décidé cette fois de sombrer avec elle dans un lourd grognement accompagné d'un frisson.

Bouleversée, elle posa son front contre lui, son corps tremblant encore après de telles secousses. Spencer lui caressa le dos, l'embrassa, et les yeux de la jeune femme s'emplirent de larmes. Elle cligna des yeux pour les réprimer, car elle n'était pas du genre faible, ni sentimental. Elle était solide, bon sang. Elle pouvait gérer cela. Bientôt, il se lèverait et retournerait à sa chambre.

Il se leva, se rendit dans la salle de bains et revint avant de grimper dans le lit pour la prendre dans ses bras. Elle posa sa tête contre son torse, heureuse de sentir sa main en train de caresser sa peau. Elle sentit ses paupières lourdes, mais elle ne cessait de lutter.

— Qu'est-ce que tu fais ? murmura Spencer.

— Je ne veux pas m'endormir.

— Pourquoi pas ?

— Je veux être éveillée quand tu partiras.

— Partir pour aller où ?

— Retourner à ta chambre.

Il souleva son menton du bout des doigts, la contraignant à le regarder dans les yeux.

— Je ne dormirai pas sans toi ce soir.

Shadoe poussa un soupir, ayant envie de pleurer, et détestant le fait d'en avoir envie.

— Oh.

— Détends-toi, et dors, Shadoe.

C'était trop bon. Trop parfait. Un million de pensées papillonnaient dans sa tête. Des suppositions, la fin annoncée de cette relation, quelle qu'elle soit, qu'elle entretenait avec Spencer.

Le fait qu'elle soit en train de tomber amoureuse de lui, et de savoir que ces sentiments ne mèneraient jamais à rien.

Mais pour le moment, il était ici. Dans sa chambre. Il était venu à elle.

Quoi d'autre pouvait compter ?

Elle se laissa doucement emporter par le sommeil.

Chapitre 16

Shadoe se réveilla seule dans sa chambre. Il était tard, quelque part dans l'après-midi, devina-t-elle. Bon sang, elle serait sûrement crevée quand cette mission serait terminée. Ne pas fermer l'œil de la nuit, dormir tout le jour. Waouh ! Son horloge interne était déréglée. Elle glissa une main sur le bord du lit, là où Spencer avait dormi, et elle ressentit un moment de mélancolie et de tristesse.

Remets-toi. Bientôt, ta vie n'aura plus rien à voir avec ça. Tu dormiras seule.

Le téléphone sonna quand la jeune femme sortit de la douche. C'était Spencer qui lui annonçait qu'AJ et Pax se trouvaient dans sa chambre et qu'il fallait qu'elle monte les rejoindre. Elle s'habilla en toute hâte et monta un étage en ascenseur pour trouver la chambre de Spencer. Elle se servit de sa clé pour ouvrir, puis elle ferma la porte derrière elle.

Pax et AJ prenaient un café et le petit déjeuner dans le salon. Spencer faisait les cent pas. Shadoe se servit une tasse sur le chariot du *room service*, et prit une viennoiserie qu'elle croqua à pleines dents.

— Quoi de neuf ?

— Devine qui a rendu visite à DeLaud dans sa chambre hier soir ? lança Pax.

— Qui ça ? demanda la jeune femme en se glissant dans un des fauteuils.

— Lance.

Elle jeta un regard à Spencer.

— Le mari de Cheri ? Mais pourquoi ?

— Bonne question, dit Spencer en fronçant les sourcils. C'est ce qu'on est en train d'essayer de comprendre.

— Peut-être qu'il lui achetait de la drogue.

Spencer secoua la tête.

— Il aurait pu faire ça avec n'importe qui d'autre, y compris les deux hommes auprès desquels tu as fait des achats hier, Pax.

— Tu crois que Lance est le contact de DeLaud au club ? demanda Shadoe en se grattant le nez.

Spencer hocha la tête.

— Ce serait logique. On se doute depuis le début que DeLaud a un contact au club, quelqu'un qui connaît les coulisses pour l'aider à faire ses affaires dans un endroit loin des docks.

Shadoe pensait que c'était logique aussi.

— Il est assez haut placé là-bas. Brandon m'a dit que Lance prenait ses fonctions de directeur quand il n'était pas là ou indisponible.

— Ce qui veut dire qu'il a les clés, et accès à tous les endroits du club, fit remarquer AJ.

Shadoe acquiesça.

— Tu sais, Brandon m'a proposé un autre garde du corps quand Spencer et moi avons rompu de façon très publique hier soir.

— Je parie que tu penses que Lance ferait un bon garde du corps, dit Pax.

— Pourquoi pas ? Je suis déjà sur la piste de DeLaud. Si je prends Lance comme garde du corps et qu'ils sont comme larrons en foire, alors ce sera parfait.

Spencer fronça les sourcils.

— Tu as raison, dit AJ. Tu serais proche des deux à la fois.

Spencer n'avait toujours émis aucun commentaire.

— Je peux me débrouiller, précisa-t-elle.

— Je n'aime pas cette idée. C'est trop dangereux. Et si le trafic se déroule et que tu te retrouves en plein milieu ?

— N'est-ce pas précisément ce qu'on veut ? argua-t-elle.

Il passa les doigts dans ses cheveux.

— Je crois bien.

— Vous êtes tous là pour me protéger, Spencer. Et n'oublions pas que je suis un agent entraîné. C'est mon boulot.

— Oui, acquiesça-t-il. J'essaie de ne pas oublier ça.

Le jeune homme eut l'air d'avoir envie d'ajouter quelque chose, puis il tourna les yeux vers AJ et Pax qui le regardaient dans cette attente. Spencer se tut et traversa la chambre pour se rendre sur le balcon.

— Dis donc, c'est intéressant, ça, fit remarquer AJ.

— Je n'ai jamais vu ça auparavant, dit Pax en haussant les épaules.

L'attention de Shadoe oscillait entre les deux hommes.

— Qu'est-ce qu'il y a ?

Pax regarda la porte menant au balcon, puis ramena son regard sur la jeune femme.

— Il est embêté.

— À quel propos ?

— Toi, déclara AJ.

— Moi ?

— Il tient à toi.

Elle baissa lentement les yeux sur la tasse de café qui tenait en équilibre sur ses genoux.

— Bon, eh bien oui.

— Oui, c'est le bon mot. Je ne l'ai jamais vu aussi embêté que ça. La mission est une priorité pour Spencer. Toujours.

— Jusqu'à maintenant, nota AJ. Tu l'as vraiment affecté.

— Mais qu'est-ce que ça veut dire, ça ? lança Shadoe en jetant un regard colérique à AJ.

— Hé, dit-il en écarquillant les yeux, ne deviens pas hystérique contre moi. Je voulais juste dire qu'il est affecté par toi, mais de façon positive. Il a besoin d'avoir quelqu'un qui tient à lui.

— Il vous a, vous tous.

— Ouais, dit Pax en riant, mais on ne le baise pas, nous.

Shadoe sentit son visage s'échauffer, mais elle ne put s'empêcher d'éclater de rire.

— J'espère bien que non.

— Écoute, dit AJ en parlant à voix basse. C'est en train de lui embrouiller la tête. Il éprouve des sentiments pour toi. Il est protecteur, et se sent inquiet, et il ne sait pas comment réagir par rapport à ça. Normalement, il ne se soucierait pas de voir un collègue se mettre en danger. C'est notre boulot, tu sais bien ?

— Oui, c'est mon boulot.

— Mais ton boulot pourrait te faire tuer. Et il tient à toi. Comme il est chef de cette mission, il doit donner son accord pour que tu mettes ta vie en danger. Il a un conflit d'intérêts.

— Waouh. Tu étudies la psychologie dans les toilettes, AJ ? lança Pax, l'air atterré.

— Ouais, s'esclaffa AJ. Je cache des manuels de psycho avancée dans les *Playboy* des WC.

Shadoe secoua la tête, mais ce que les garçons venaient de dire la fit réfléchir. Elle pensait que ses sentiments n'étaient pas partagés.

Peut-être que si. Ce qui ne changeait rien à rien. Quand la mission serait terminée, leur relation serait aussi terminée.

Mais peut-être qu'elle ne serait pas la seule à s'en trouver contrariée. Cela la réconforta un peu de savoir que Spencer en souffrirait peut-être autant qu'elle.

Elle se leva et posa sa tasse de café sur la table.

—Je vais aller lui parler.

Spencer était penché sur le balcon, le regard perdu dans la rue. Shadoe s'approcha de lui et posa une main dans son dos.

—Je vais bien me débrouiller. Je sais être prudente.

Il tourna la tête et lui sourit.

—Je n'en doute pas un instant.

—Tu sais que grâce à mon entraînement, je suis capable de tuer un homme à mains nues ?

—Je suis content de ne pas t'avoir trop énervée jusqu'ici alors.

Elle rit, s'approcha de lui et l'embrassa.

—J'ai une arme sur moi à tout moment. Ça va bien se passer.

—Et nous, on va assurer tes arrières. J'écouterai tes conversations grâce à ton micro. Je sais bien tout ça. Mais ça ne veut pas dire que je ne vais pas me faire de souci pour toi.

Elle ne voulait pas qu'il se fasse de souci, mais elle aimait bien voir qu'il tenait autant à elle.

— Merci.

Il se redressa et lui fit face.

— Je me fais du souci pour tous les membres de mon équipe. S'il vous arrive quoi que ce soit, il en va de ma responsabilité. Il faut que j'anticipe tout cela pour pouvoir… minimiser les dégâts potentiels.

— Je vois.

Maintenant, il essayait de faire comme si elle n'était qu'un « membre » de son équipe, comme s'il ne se faisait pas plus de souci pour elle que pour les autres.

— C'est bon de savoir que tu seras là en renfort.

Shadoe ne voulait pas le pousser dans sès retranchements, mais elle ne voulait pas tout laisser passcr non plus.

Il fallait qu'elle en prenne son parti.

Après une longue conversation tactique sur les possibilités et les limites de son champ d'action, Shadoe sut ce qu'elle pouvait et ne pouvait pas faire avec Lance et DeLaud. AJ et Pax partirent. Pax devait voir s'il pouvait suivre la piste de son achat de drogue de la veille, et AJ devait garder un œil sur DeLaud. Spencer décida d'aller avec AJ pour lui servir de renfort en cas de besoin. Shadoe voulut passer quelques heures au club, avant le show, pour voir ce qu'elle pourrait soutirer des filles. Spencer annonça qu'il resterait à l'écoute de son micro afin de savoir s'il se passait quoi que ce soit.

Cheri travaillait sa choré sur la scène. Elle lança un regard mauvais à Shadoe. Cette dernière l'ignora avec superbe. Lance lui adressa un clin d'œil, lui, et Shadoe lui répondit d'un grand sourire. La jeune femme fit signe à Brandon, qui se trouvait derrière le bar à donner un coup de main pour défaire les cartons de bouteilles d'alcool. Elle se rendit dans les loges et y trouva Star, calme et silencieuse, comme à son habitude, et Spitfire, qui bassinait Elan, assise à l'écouter patiemment en souriant.

— Quoi de neuf aujourd'hui, les filles ?

Spitfire leva les yeux, renifla et sourit.

— On papote, ma belle. Viens avec nous. Tu veux un café ? Ou peut-être un verre, même si je pense qu'il est trop tôt pour se mettre à boire, mais peut-être pas pour toi. Certaines personnes aiment commencer leurs cocktails plus tôt que d'autres. Mais pas moi, hein, nan-nan. Je ne bois pas d'alcool. Du soda ou de l'eau pour moi, et c'est tout. Enfin, j'étais en train de parler à Elan de cette super promotion sur les chaussures. Je me suis payé une nouvelle paire. T'as vu ?

La danseuse leva les pieds pour exhiber une paire de chaussures en acrylique clair, sexy à outrance. Shadoe cligna des yeux, d'abord pour accuser la vitesse du début de la conversation, puis pour observer les incroyables talons de quinze centimètres.

— Ouaouh ! Elles sont cool.

— Je trouve aussi. Et elles étaient à moitié prix. J'en ai acheté une paire en cuir rouge aussi. Il faut que je me trouve un nouveau numéro et je veux que tout soit rouge pour être assorti à mes cheveux. Ce serait pas d'enfer ? Je me verrais tellement bien en string en cuir rouge. Est-ce que je t'ai déjà dit à quel point j'adorais ton ensemble en cuir noir, Desi ? Waouh, les hommes bavent littéralement sur ta tenue.

— Merci, dit Shadoe en se dirigeant vers son vestiaire, tout en regardant Spitfire se tourner vers Elan.

Cette dernière devait avoir une patience d'ange à rester là à écouter le piaillement continu et éparpillé de Spitfire. Et la façon dont Spitfire se frottait constamment le nez, son regard vitreux, tout cela mena Shadoe à croire que ce n'était pas seulement son exubérance naturelle qui la rendait si bavarde.

Spitfire prenait une substance. Cocaïne ou métamphétamine selon Shadoe. Elle se demanda si Spitfire était de mèche avec DeLaud ou Lance d'une façon ou d'une autre. Il faudrait qu'elle garde un œil sur cette fille ce soir, pour voir si elle se rapprochait de ces deux hommes.

Shadoe passa voir chacune des filles. Spitfire, bien sûr, était la plus bavarde, mais elle faisait partie de ces gens qui parlent sans arrêt pour ne pas dire grand-chose. Elle semblait avoir du mal à se concentrer. Quand Shadoe lui demanda ce qu'elle faisait de son temps libre, elle répondit qu'elle faisait « la fête », puis elle changea de direction, lui dit qu'elle avait des tonnes d'amis, avant de commencer à lui citer une foule de noms méconnaissables, ce qui n'aida Shadoe en rien. La jeune femme sentit qu'elle ne pourrait pas aller plus loin, alors elle abandonna.

Elle passa un moment avec Ariele, qui lui dit qu'elle aimait bien passer le plus clair de son temps libre en cours de danse – ou à faire l'amour avec AJ et Pax. Et ça, c'était un point sur lequel elle ne voulait pas avoir de détails. Ariele n'avait rien d'une suspecte. Shadoe sortit donc des loges pour entrer dans la salle du club, où Lance, qui était en train de regarder Cheri danser, la salua.

— J'ai entendu dire que tu avais besoin d'un nouveau garde du corps.

— Oui, dit-elle dans un sourire. Spencer et moi avons rompu hier soir.

— Je suis désolé. C'est dur.

— Oui, enfin pas tant que ça. Ce doit être agréable de pouvoir s'occuper de sa femme tout en travaillant avec elle.

— Hun-hun, répondit-il alors que son sourire disparaissait.

Humm, peut-être que le mariage de Lance et Cheri n'était pas le paradis. Shadoe pouvait jouer là-dessus.

— Donc, tu me proposes tes services de garde du corps ?

— Eh bien, je suis là. J'ai le temps, et je serais content de veiller sur toi. Tu es assez populaire, donc il te faut quelqu'un pour te protéger.

— Merci, dit-elle en lui désignant une table.

Ils s'assirent là et parlèrent des horaires et de la rémunération, pour parvenir rapidement à un accord. Cheri lançait des regards assassins dans leur direction assez régulièrement, mais Brandon s'avança près de la scène pour lui parler lorsqu'elle termina sa danse, ce qui l'empêcha de venir faire une scène. Tant mieux, car ce n'était pas ce que Shadoe voulait. Elle avait besoin d'embaucher Lance comme garde du corps ce soir, puis elle verrait ce qui se passerait par la suite.

— Ça va être un problème ? demanda-t-elle quand ils se levèrent.

— Quoi ?

— Le fait que tu sois mon garde du corps. Cheri n'a pas l'air enchantée.

— Cheri, c'est moi qui m'en occupe, répliqua-t-il après avoir laissé échapper un rire bref.

— Ça me va.

Ils se serrèrent la main, et Shadoe alla trouver Ariele.

Elles mangèrent un morceau avant que les clients commencent à arriver. Puis elles retournèrent aux loges pour qu'Ariele puisse se préparer pour son premier passage, vu qu'elle passait bien plus tôt que Shadoe.

Ce qui signifiait que Shadoe pouvait encore se promener un moment avant de devoir monter sur scène.

Quand les portes du club s'ouvrirent à 16 heures, les gens affluèrent. C'était tôt, et il n'y avait pas foule, mais apparemment, ces hommes et ces femmes avaient soif et étaient bien contents d'échapper à la chaleur accablante et de pouvoir s'asseoir et regarder des filles danser.

Shadoe s'assit au bar et sirota un soda light. Elle rendit visite au barman et à Brandon, qui était resté là pour donner un coup de main, vu que le second barman n'était censé arriver qu'à 19 heures.

— Alors, tu as embauché Lance ? lança Brandon en désignant le garde du corps d'un mouvement de tête.

Ce dernier avait déjà pris position près d'elle, discret, mais assez proche pour lui venir en aide en cas de besoin.

— Oui. Il me l'a proposé, et c'est pratique, vu qu'il travaille déjà ici. J'espère que ça ne pose aucun problème.

— Pas du tout. S'il veille à la sécurité de notre danseuse star, je suis pour.

Brandon fronça les sourcils quand la porte s'ouvrit, laissant entrer un rayon de soleil et une flopée de nouveaux clients. Shadoe virevolta sur son siège et réprima un sourire.

— Pourquoi est-ce qu'il revient ici, si vous avez rompu tous les deux ? demanda Brandon.

La jeune femme haussa les épaules.

— Probablement pour m'énerver, même si je crois qu'il en a après Spitfire aussi.

— Cela t'embête ? Parce que je peux lui botter les fesses et le virer d'ici.

— Non, ne fais pas ça, répondit-elle en riant. Je me fiche bien de ce qu'il peut faire. Je n'ai plus aucun sentiment pour lui maintenant, donc il peut faire ce qu'il veut, avec qui il veut.

— D'accord, mais si à un moment il te pose un problème, je m'en chargerai.

— Merci, Brandon.

Elle se tourna sur sa chaise et adressa à Spencer son meilleur sourire faux cul. Il haussa un sourcil, ne dit pas un mot et sourit quand Spitfire se jeta à son cou et l'embrassa.

C'était positif que Shadoe ait identifié Spitfire en tant qu'utilisatrice de drogue et que Spencer tente de lui soutirer des informations, cela lui donnait une bonne raison de se trouver au club. Sans ça, elle n'aimait pas trop que la belle rousse frotte sa poitrine contre le torse de son homme.

Son homme. L'était-il ?

Elle refusa d'y penser. Cela lui donnait mal à la tête – et au cœur.

Spencer se dirigea vers une table avec Spitfire, et Shadoe se força à concentrer son attention ailleurs. Elle étudia certains des nouveaux numéros des danseuses, vu qu'elles commençaient tôt, puis son regard dériva sur Lance, qui lui adressa un hochement de tête depuis son poste près du bar. Cheri passa devant lui, clairement énervée contre son mari, vu qu'elle leva le menton quand elle marcha devant lui. Lance ne semblait pas non plus particulièrement heureux de voir sa femme. Cheri s'arrêta à l'autre bout du bar et fit signe à Brandon de s'approcher d'elle. Le patron soupira et s'exécuta, écoutant ce qu'elle avait à lui dire à l'oreille. Il fronça les sourcils, secoua la tête et s'éloigna, mais Cheri le saisit par le poignet et le retint pour lui dire autre chose. Apparemment, ce qu'elle voulait était urgent – du moins pour Cheri, parce qu'il y avait de l'ardeur et de la colère dans ses yeux. Mais Brandon libéra son bras, ce qui irrita la danseuse. Elle pivota et partit en trombe sans même adresser un regard à Lance. Le garde du corps la regardait, lui, et il n'était pas content, probablement parce qu'elle était en train de créer des ennuis au patron du club.

Waouh ! Quel drame ! Et quelle diva ! On dirait que ce soir, Cheri allait en faire baver à tout le monde, pas vrai ? Shadoe aurait voulu savoir de quoi il s'agissait de la bouche de Brandon, mais sans avoir l'air de fouiller pour avoir des ragots.

Comme la foule s'épaississait, elle descendit de son tabouret de bar et alla voir les clients, bavarda avec eux à leurs tables. Lance la suivit avec application, tout en gardant ses distances. Shadoe ne trouva pas Spencer, donc elle ignorait où il se trouvait et tâcha de ne pas s'en soucier. AJ et Pax étaient arrivés quelques minutes plus tôt et avaient pris une table d'angle leur offrant une bonne vue sur tout le club. Elle alla leur dire bonjour, mais Ariele arriva et Shadoe dut lever le camp sans avoir eu l'occasion de leur demander s'il y avait eu du nouveau dans la journée. Elle devrait le faire plus tard.

Elle bouillait d'impatience, comme si quelque chose d'important allait se passer ce soir. Elle ignorait ce que c'était, et peut-être était-ce seulement parce que la machine était en route et qu'elle se trouvait en plein milieu. L'atmosphère était chargée d'énergie.

— Il faut que je te parle.

Shadoe se tourna en entendant la voix de Spencer mâtinée de colère. Son regard se posa sur Lance, qui avait commencé à s'avancer vers elle. Elle leva la main.

— Ça ira, Lance.

Shadoe s'avança vers un angle, bras croisés, expression farouche.

— Qu'est-ce qu'il y a ?

Spencer maîtrisa sa colère et se pencha pour lui murmurer :

— Je voulais te prévenir. On a suivi DeLaud dans les docks aujourd'hui. Le bateau est arrivé.

La jeune femme tenta de ne pas laisser transparaître sa surprise.

— A-t-il rencontré quelqu'un ?

— Non. Il est juste passé devant, mais il a fait des signes de tête aux deux hommes avec qui il avait pris le petit déjeuner l'autre jour. Je pense que ça devrait se passer ce soir.

Au lieu de hocher la tête, Shadoe secoua la tête comme s'ils étaient en train de se disputer.

— Tu penses que DeLaud va venir ici ?

— C'est supposément l'endroit où il conclut ses affaires.

Il saisit ses bras et elle le repoussa.

— Fais attention.

— Oui. Toi aussi.

La jeune femme tourna les talons. Lance s'approcha d'elle.

— Tu vas bien ?

— Oui. Juste une prise de tête sur l'argent qu'il pense que je lui dois.

Lance jeta un regard à Spencer par-dessus son épaule.

— Tu veux que je m'occupe de lui ?

— Non. Ce ne sont que des paroles.

Lance s'immobilisa et lui fit face.

— Si tu as besoin de mon aide, je serai là pour toi.

— Merci, Lance, pour cette offre, mais ça va aller, vraiment. Je peux gérer Spencer. On s'est disputés plein de fois pendant des années. J'aurais simplement dû rompre avant d'arriver au *Wild Rose*, mais je ne voulais pas arriver seule. C'est bête, vraiment. Maintenant, je suis gênée par tous ces problèmes qu'il fait à cause de moi, ici, au club.

Elle sanglota légèrement et Lance passa un bras autour d'elle.

— Ça va aller. Tu n'es plus toute seule.

Il caressa son dos, puis sa main descendit plus bas. Elle le laissa faire, surtout parce qu'elle avait repéré Cheri qui sortait à cet instant précis. Elle les vit et s'éloigna comme si de rien n'était.

Shadoe s'écarta.

— Il faut que je me prépare. Merci, Lance.

Il la regarda comme s'il était un marcheur assoiffé dans le désert, et elle une oasis.

— Pas de souci.

Elle passa la porte menant aux loges et poussa un soupir. Waouh. Pour un couple censé être marié et amoureux, Lance et Cheri n'avaient pas l'air de nager dans le bonheur. Peut-être que les ambitions de Cheri devenaient trop envahissantes pour Lance. Et aussi, peut-être que l'attention de Lance était concentrée sur autre chose.

Au moment où elle sortit pour faire son premier passage, Jerry DeLaud était arrivé et installé à une des tables proches de la scène, mais il n'était pas seul. Les deux hommes des docks étaient avec lui. Dès qu'elle s'approcha du devant de la scène, il fit un signe de tête aux hommes, qui disparurent à l'arrière du club. À mesure qu'elle exécutait sa chorégraphie, Shadoe remarqua qu'AJ se levait de sa table, achetait une bière et se retournait pour surveiller la porte d'entrée tout en gardant l'œil sur les deux hommes. Shadoe concentra son attention sur Jerry, lui adressa un sourire et un clin d'œil tandis qu'elle poursuivait son show. Quand elle eut terminé, elle enfila une minijupe, un top moulant et des talons, puis sortit le voir. Elle s'assit sur une chaise à sa table et lui adressa un grand sourire.

— Je suis contente de te voir ce soir.

Il prit sa main et posa la sienne par-dessus.

— Tu pensais que je ne viendrais pas ?

— Je ne compte jamais sur trop de choses.

Il entrelaça ses doigts dans les siens.

— J'aime ton numéro, je n'ai pas envie de rater ça.

— Plus que quelques jours et j'en aurai terminé ici. Temps de passer à autre chose.

— Moi aussi, acquiesça-t-il. Mes affaires vont se terminer ce soir et je partirai.

— Si tôt ? dit-elle en faisant la moue. Je pensais que tu resterais plus longtemps.

— Moi aussi, mais il se trouve que mon… affaire d'import va se conclure plus tôt que je ne le pensais.

Exactement ce qu'elle avait besoin de savoir. Elle ressentit un élan d'excitation et eut soudain du mal à continuer de jouer son rôle. Mais elle afficha une mine dépitée.

— On commençait tout juste à se connaître.

— Je pourrais peut-être rester un jour de plus, si tu arrives à me convaincre.

— Et comment je pourrais te convaincre alors ? demanda-t-elle en relevant un sourcil.

— Dîne avec moi.

— J'adorerais, répondit-elle.

— Ton prochain passage est dans combien de temps ?

— Deux heures.

Il consulta sa montre.

— J'ai un… rendez-vous dans une petite heure, donc ça nous laisserait un peu de temps tous les deux.

Elle ne lui demanda même pas pourquoi il avait un rendez-vous d'affaires passé minuit, mais elle le savait déjà. Et elle voulait prolonger le temps qu'elle aurait avec lui, si possible même se trouver près de lui au moment du rendez-vous.

— Alors qu'est-ce qu'on attend ? dit-elle en se penchant vers lui, laissant sa poitrine effleurer son bras.

Il se leva et lui tendit la main.

— Allons-y.

Parfait.

— Laisse-moi le temps de me changer.

— Pas besoin. Tu es belle comme ça.

— Ça, c'est ma tenue du club, mon chou, dit-elle en riant. Ce n'est pas vraiment idéal pour aller dans un restaurant.

— On ne va pas dans un restaurant, on va dans ma chambre d'hôtel.

— Tu es si sûr de toi alors ? lança-t-elle en haussant un sourcil.

Il passa son pouce sur sa main.

— Je pense que l'on sait tous les deux ce qu'on veut.

Gloups.

— Il faut que je prenne mon sac. Il y a mon téléphone portable dedans, et j'en ai besoin pour que le club puisse me contacter si nécessaire.

Il hésita, puis hocha la tête.

— D'accord, alors vas-y.

— Ça ne me prendra qu'une seconde.

Elle s'empressa d'aller dans les loges, s'empara de son sac et écrivit un rapide texto à Spencer avant de retourner voir Jerry. Elle le prit par la main.

— Allons-y.

Shadoe fut rattrapée par Lance, qui fit un pas devant elle.

— Qu'est-ce que tu fais ?

— Je vais sortir dîner avec mon ami Jerry.

— Ce n'est pas une bonne idée, dit Lance en fronçant les sourcils.

— Et pourquoi ça ?

— Tu… as un show à assurer.

Elle le dévisagea.

— Tu es mon garde du corps, Lance, pas mon tuteur. Tu n'as pas à me dire ce que je dois faire. Je reviendrai largement à temps pour mon prochain passage.

Il ouvrit la bouche comme s'il allait ajouter quelque chose, regarda alentour et s'arrêta sur DeLaud, puis la referma et fit un pas de côté. Elle lui adressa un sourire.

— C'est gentil de te faire du souci pour moi, mais ça va aller, vraiment. Et je vais vite revenir.

— Fais attention à toi, dit-il avant de tourner les talons.

Était-il associé avec DeLaud ? Savait-il ce qui devait se passer ce soir ?

Elle espérait que Spencer aurait bien son message, et qu'elle arriverait d'une façon ou d'une autre à être là au moment du deal de Jerry. Elle sentit la chair de poule la gagner tant elle avait hâte d'assister à un tel événement.

Il était temps de passer aux choses sérieuses, qu'elle enfile sa casquette d'agent fédéral.

Ils se rendirent à l'hôtel de Jerry en voiture, et il la mena à sa chambre. Le jeune homme posa une main au creux de ses reins quand il ouvrit sa porte avant de la refermer à clé derrière lui. Ce cliquetis résonna comme un bruit de porte de prison aux oreilles de la jeune femme. Elle se souvint du pistolet qu'elle avait dans son sac à main. Elle se débrouillerait bien. Elle palpa le piercing à son nombril, sachant que Spencer l'écouterait.

S'il y avait le moindre souci, il serait là.

— Champagne ? proposa-t-il.

Elle se tourna vers lui pour répondre :

— J'adorerais ça.

Il décrocha son téléphone, commanda deux bouteilles de champagne et des amuse-gueules. Bien.

Elle pourrait gagner un peu de temps en mangeant, parce qu'il était hors de question qu'ils couchent ensemble.

Le *room service* apporta un chariot sans tarder. Jerry ouvrit une bouteille de champagne et remplit deux verres, puis il ouvrit un plat de crevettes, crabes et autres snacks. Elle n'avait pas faim du tout, mais prit une assiette et se rua sur la nourriture.

— Je meurs de faim.

Elle n'arrêtait pas de s'empiffrer, espérant ainsi repousser ses avances.

— Assieds-toi près de moi, dit-il en tapotant le canapé en brocart, ne lui laissant d'autre choix que de prendre son assiette et de s'asseoir près de lui.

Quand il la lui retira des mains pour la poser sur la table, elle prit une grande rasade de champagne pour hydrater sa gorge desséchée. Puis, il prit son verre et se pencha vers elle.

Beurk. Elle allait devoir l'embrasser. Elle espérait qu'il serait dégoûté par son haleine.

Elle n'eut pas cette chance. Il la serra dans ses bras et plongea sa langue dans sa bouche, ravissant ses lèvres dans un baiser langoureux qui la révolta. Jerry était jeune, séduisant, avec un beau corps, mais c'était aussi un criminel. Rien que cela la révulsait. Pourtant, il fallait bien qu'elle fasse son boulot, et elle lui rendit donc son baiser, tâchant de s'imaginer dans les bras de Spencer, sous les doigts de Spencer.

Cela lui facilita la tâche, même si Jerry ne la touchait ni ne l'embrassait de la même façon que Spencer. Il n'y avait aucune délicatesse, aucune passion entre eux, comme il pouvait y en avoir entre Spencer et elle. Son cœur, ses émotions, elle n'y investissait rien. Et cela faisait toute la différence.

Elle n'aimait pas Jerry comme elle aimait Spencer. Elle frissonna.

— Oh oui, murmura Jerry contre ses lèvres, pensant qu'elle frissonnait à cause de ses baisers et de ses caresses.

Il avait tout faux. Et quand il glissa sa main pour la passer sous le tee-shirt de la jeune femme et lui pincer un téton, elle se recula. Elle ne pouvait pas aller plus loin.

— Je crois qu'on…

Elle fut interrompue par quelqu'un qui frappa à la porte.

— Merde ! s'écria Jerry en se levant et en regardant sa montre, avant de lui sourire. Qui que ce soit, je vais m'en débarrasser.

Elle se tourna sur sa chaise et le regarda ouvrir la porte à un homme jeune qui se rua à l'intérieur.

— Ça y est !

Jerry lança un regard par-dessus son épaule.

— J'ai de la compagnie.

— Oh, désolé, mais il faut que je te parle. Maintenant.

— Je t'ai dit que je t'appellerai. On se parle plus tard.

L'homme était nerveux, n'arrêtait pas de se balancer sur ses jambes, les mains enfoncées dans les poches de son jean baggy. Il portait une casquette de base-ball et une veste qui semblait deux tailles trop grande pour lui. Il était jeune, dans les vingt ou vingt-cinq ans peut-être. Shadoe l'avait déjà vu au club auparavant, et lui avait parlé après un show. Mais il ne faisait pas partie des dockers, du moins pas de ceux qu'elle avait vus ce jour-là. Cet homme pouvait être le contact de DeLaud pour le trafic de drogue.

Jerry passa les doigts dans ses cheveux, regarda Shadoe, puis l'homme.

— Maintenant ?

L'homme acquiesça, se pencha et murmura quelque chose, mais Shadoe l'entendit quand même.

— La cargaison est déjà arrivée au bateau. Ils sont en train de la transférer.

Shadoe se leva.

— Il vaut mieux que j'y aille ? suggéra-t-elle.

Elle fit de son mieux pour afficher une moue déçue.

Jerry leva une main.

— Non, laisse-moi un instant pour réfléchir. Mon rendez-vous a juste été un peu avancé.

Parfait.

— Je pourrais y aller avec toi, et on pourrait peut-être y aller en voiture, proposa-t-il.

Les hommes adoraient coucher dans leur voiture. C'était public, très coquin.

Il entrouvrit les lèvres.

— Ça ne me dérange pas du tout. Du moment qu'on peut porter le champagne, dit-elle avec un grand sourire.

Il lui rendit son sourire.

— Alors c'est d'accord. Je te retrouve là-bas, dit-il à l'homme en se retournant vers lui.

L'homme partit et DeLaud prit ses clés. Shadoe saisit son sac à main et le retrouva à la porte de la chambre.

— Merci de te montrer si flexible, lança-t-il.

Elle posa un baiser sur ses lèvres.

— Ça ne me dérange pas du tout. Tu vaux le coup qu'on attende.

Elle savait où ils allaient se rendre.

Aux docks. Et le deal était sur le point de se faire.

Chapitre 17

Ils arrivèrent aux grilles des docks et Jerry se tourna vers elle.

— Ça ne sera pas long. Juste un peu de paperasse pour l'importation et quelques vérifications avant que la cargaison parte.

Elle leva la bouteille qu'elle tenait dans sa main.

— J'ai de quoi me tenir compagnie, pas de souci à se faire.

Elle versa du champagne dans son verre et retira ses chaussures, laissant ostensiblement sa jupe se lever et révéler un aperçu de son string. Il regarda longuement entre ses jambes, se pencha pour lui donner un baiser, ferma la porte et se dirigea vers le bâtiment près de l'entrée, avant d'être englouti par la pénombre. Bon sang, elle aurait bien aimé voir où il allait.

Dès qu'il fut hors de vue, elle sortit son téléphone portable et composa le numéro de Spencer.

— On te couvre. On est aux grilles des docks, à l'est de ton emplacement.

Ils avaient dû la suivre pendant tout ce temps. Son estomac se dénoua quelque peu.

— Ils sont montés à bord d'un navire rouge et blanc du nom de *The Royale*, indiqua-t-elle.

— Tu es complètement malade d'être partie avec lui.

La jeune femme ignora son reproche.

— J'avais la possibilité d'y aller avec lui, et je l'ai saisie. Je pense que le deal est en train de se faire en ce moment même, alors bougez-vous les fesses pour y arriver vite, répondit-elle.

— On est en chemin.

Elle sortit de la voiture et vit Spencer, qui lui adressa un rapide signe de la main. Il était caché derrière un ensemble de grands piliers. Bon sang, elle aurait vraiment préféré porter un jean et des chaussures plates au lieu de sa minijupe et de ses talons aiguilles. Elle laissa ses talons de côté, puis se mit à courir pieds nus, reconnaissante de ne pas avoir à courir sur du gravier. Elle se fit toute petite une fois arrivée à côté de Spencer.

— Où sont AJ et Pax ?

— Ils sont partis de l'autre côté. DeLaud et ses amis sont sur le bateau. Pax a dit qu'ils montaient sur la passerelle pour aller à l'intérieur.

— Ils ne vous ont pas vus ?

— Enfin, on a utilisé nos jumelles ultraprécises pour les suivre.

Bien, ils savaient donc ce qu'ils faisaient.

— Est-ce qu'on sait qui d'autre est à bord ?

— Non.

Elle hocha la tête, s'imaginant les variables envisageables.

— Et si on appelait d'autres agents fédéraux en renfort ? suggéra-t-elle.

— Une fois qu'on sera sûrs que le deal est en cours. Pas avant.

— Je ne suis pas d'accord, objecta Shadoe. Et s'il y a cinquante hommes à bord ? On ne pourra pas y arriver à nous quatre.

— Les agents fédéraux sont sur le qui-vive et l'ont été toute la semaine, prêts à débarquer à tout moment. Si je leur donne le signal qu'on a besoin de renforts, ils seront là.

La jeune femme n'aimait toujours pas ça, mais elle comprenait qu'il valait mieux attendre. S'ils appelaient les agents fédéraux avant d'avoir la confirmation que le deal était réellement en cours, ils perdraient toute crédibilité – et l'occasion de coincer DeLaud. Ils en savaient plus qu'il y avait quelques jours – l'identité du malfrat et le navire complice –, mais ils devaient encore faire profil bas pour voir ce qui se passait.

Le deal se déroulait avec un peu d'avance. La cargaison n'aurait dû arriver que ce week-end au plus tôt. Le timing ne tenait plus. Peut-être est-ce ainsi que DeLaud et les Colombiens fonctionnaient, en ignorant les plannings et les attentes, ce qui leur permettait d'échapper aux fédéraux qui débarquaient systématiquement au mauvais moment, une fois que le deal était déjà fait et que la cargaison était déjà déchargée, distribuée et que le bateau avait quitté le port.

Elle se demanda comment DeLaud pensait passer toute la sécurité et faire partir la cargaison de drogue sans se faire pincer.

Quand trois couples descendirent de la passerelle, elle eut sa réponse.

Des diversions. Les agents de sécurité des docks vinrent les contrôler. Shadoe reconnut des filles du club de strip-tease – elles avaient passé des auditions pour Brandon l'autre jour, elles étaient donc nouvelles et servaient assurément de pions pour DeLaud.

Les filles parvinrent à faire une belle diversion en flirtant avec les agents de sécurité. Les garçons, eux, avaient l'air jaloux, et les filles jouaient les fêtardes éméchées qui étaient seulement là pour passer du bon temps avec leurs copains. Tout cela était innocent, mais hors de contrôle, et les gardes durent appeler des renforts, ce qui signifiait que les docks n'étaient pas couverts comme ils le devraient. Shadoe entendit un garde s'énerver parce qu'ils n'étaient pas censés se trouver à bord de ce bateau. Les garçons affirmaient qu'ils voulaient faire faire un tour à leurs copines, et les filles jouaient les innocentes hilares.

— Ils sont en train de décharger la cargaison ailleurs, indiqua Spencer.

Shadoe hocha la tête.

— Probablement sur un côté du bateau. L'homme qui est venu dans la chambre a dit que le deal était en place et que la cargaison était prête à être déchargée. Je dirais que ça doit être dans un bateau non loin.

Spencer décolla comme une fusée ; les autres le suivirent, ce qui n'était pas tâche aisée vu qu'ils voulaient vraiment éviter d'attirer l'attention de la sécurité. Ils coururent tout le long des docks avant de se diriger vers l'eau.

— On va couper en passant cette barrière, déclara Spencer.

AJ fouilla dans son pantalon avant de décréter :

— Aucun problème.

Shadoe haussa un sourcil en voyant le petit coupe-boulons qu'il avait sorti, pas plus grand qu'une pince à découper.

— Tu crois que ce machin-là va pouvoir entamer cette épaisse clôture ? lança-t-elle.

— J'en suis convaincu, répondit AJ sans même prendre la peine de lever les yeux.

Il avait raison. Il mit moins d'une minute à se ménager un passage. Puis il découpa un trou plus gros pour que tout le monde puisse passer, ce qu'il dut faire avec précaution, pour qu'aucun bout de métal ne vienne leur couper les vêtements ou la peau. Pax maintint l'ouverture pour qu'ils y passent tous. Quand ils eurent traversé, ils refermèrent le grillage pour ne laisser aucune trace.

— On va aller par là.

Ils suivirent Spencer le long du quai plus étroit, tout juste assez large pour laisser passer une personne. Shadoe put voir le bateau au-devant. Dans la pénombre, il était difficile de voir ce qui se passait.

Jusqu'à ce qu'ils arrivent enfin assez près d'un bateau noir amarré là, une échelle de corde le reliant au bastingage du navire le surplombant. Ils n'utilisèrent aucune source lumineuse, et Shadoe dut plisser les yeux pour discerner les actions qui se déroulaient là.

— Je vois du mouvement là-haut, déclara AJ en s'accroupissant et en pointant le doigt.

Ils s'arrêtèrent tous et cherchèrent à se mettre à couvert.

Quelqu'un descendit l'échelle en portant un sac sur son épaule. Rempli de drogue, sans aucun doute. Il laissa tomber le sac une fois qu'il se retrouva à environ trois mètres du bateau, puis il remonta le long de la corde.

— J'alerte les fédéraux. On n'a pas la confirmation que c'est bien la cargaison de drogue, mais quoi qu'ils fassent, ça ne peut pas être légal.

Spencer sortit son téléphone et passa le coup de fil.

Maintenant, il ne leur restait plus qu'à s'assurer que ces hommes ne partent pas avant que les fédéraux débarquent.

— J'ai une idée, lança Shadoe. Je vais aller devant comme si je cherchais Jerry. Ça va alerter la sécurité et indiquer qu'il y a bien quelqu'un à bord de ce bateau.

Spencer marqua une pause avant d'acquiescer.

— C'est assez plausible. Vas-y. Je te couvre. Assurez-vous que le bateau ne parte pas, ajouta-t-il à l'intention d'AJ et Pax.

Pax plissa les yeux en direction de l'embarcation noire qui tanguait au gré des vagues.

— Tu peux considérer que c'est fait.

Spencer et Shadoe se faufilèrent à l'arrière des docks, puis retournèrent vers le grillage découpé. Elle se mit à courir vers la voiture, puis se tourna vers Spencer en renfilant ses chaussures et en lissant sa jupe. Elle saisit son sac à main et lui dit :

— Bon, j'y vais.

— Fais attention à toi. Ne fais rien de stupide.

— Ce n'est pas mon intention. Je veux seulement faire un peu de bruit pour qu'on puisse attirer l'attention de DeLaud et retarder un peu les événements.

Il hocha la tête et sortit son pistolet de l'arrière de son pantalon.

— Si les choses tournent mal, tu te couches par terre pour esquiver les balles.

— Si les choses tournent mal, je veux être la première à tirer, dit-elle en tapotant son sac à main.

La jeune femme contourna la voiture et se dirigea vers l'entrée des docks. La sécurité mit un certain temps à la repérer vu qu'ils étaient encore en train de s'occuper du groupe déjà présent. Elle décida alors d'annoncer la couleur.

— Jerry ! Youhou, Jerry, tu es dans le coin ?

Elle tenta de crier aussi fort qu'elle le pouvait, et elle ne marchait pas très droit non plus, pour que les gardes pensent qu'elle était soûle.

Cela attira leur attention. Ils se tournèrent puis se dirigèrent vers elle.

— Madame ? Madame, vous n'avez pas le droit d'être ici. Cette zone est interdite.

Elle s'arrêta et commença à faire la moue.

— Mais mon petit ami est dans ce bateau, et il m'a demandé de l'attendre. Et j'ai attendu, vraiment longtemps, et il n'est pas encore sorti. Et puis maintenant, il faut que je fasse pipi.

— Il est sur quel bateau ? demanda un garde en fronçant les sourcils.

— Celui-là, le rouge et blanc, dit-elle en le désignant du doigt.

— Il est capitaine ?

Elle ricana et hoqueta.

— Nan. Il est… dans l'importation ou un truc de ce genre. Il a dit qu'il avait un rendez-vous. Je peux aller faire pipi quelque part maintenant ?

Le premier garde appela le second garde ; ils se rapprochèrent et chuchotèrent entre eux, en la désignant très souvent du doigt, puis en pointant le bateau. Ensuite, ils sortirent leurs talkies-walkies et une conversation rapide s'ensuivit. Le groupe de jeunes derrière eux commença à avoir l'air vraiment nerveux et se dirigea furtivement vers la sortie la plus proche.

— Hé, les gars, ces gens-là sont en train de partir. Est-ce qu'ils savent où sont les toilettes ?

Un des gardes pivota, sortit son arme, et ordonna aux six jeunes de s'arrêter et de se coucher par terre. Ils s'exécutèrent. Shadoe réprima un sourire.

— Oh oh ! Ils ont des problèmes ? Et, monsieur l'agent, j'ai toujours besoin d'aller aux toilettes.

— Madame, je ne peux pas vous aider pour l'instant. Veuillez évacuer le périmètre sur-le-champ.

Shadoe supposa que les agents de sécurité avaient des problèmes plus urgents à gérer que d'aider une stripteaseuse soûle à trouver des toilettes, parce qu'ils se précipitèrent vers le navire et coururent sur la passerelle. Ce qui convint parfaitement à Shadoe, vu qu'elle avait l'intention de les suivre. Elle vit Spencer sortir de sa cachette près du bâtiment, et elle le retrouva après avoir retiré ses chaussures.

— Pas sûr de savoir à quel point ces gardes sont entraînés, mais je parierais que ceux qui sont dedans, quels qu'ils soient, sont mieux armés qu'eux.

La jeune femme acquiesça tandis qu'ils montaient tous les deux la passerelle. Elle sortit son insigne et son arme, puis se débarrassa de son sac vide, souhaitant de tout son cœur qu'ils parviennent à procéder à une arrestation sans que personne meure.

Elle entendit des voix. Spencer se plaça devant elle et elle le suivit en gravissant une volée de marches menant au pont principal. Ils se courbèrent afin de pouvoir entendre, mais sans être vus.

Les gardes n'avaient pas eu cette chance, et étaient tombés sur DeLaud et ses amis. Shadoe regarda par-dessus la balustrade en métal du pont du capitaine pour voir un groupe de six hommes tenant en joue toute l'équipe de sécurité.

Cela ne présageait rien de bon. DeLaud dit quelque chose à ses hommes dans un espagnol saccadé, et ils pointèrent leurs armes vers l'escalier de l'autre côté du pont. Les gardes, mains en l'air, commencèrent à descendre. Spencer lança un regard à la jeune femme, puis lui fit un signe de tête vers l'arrière. Elle pivota sur ses talons et vit AJ et Pax arriver de l'autre côté.

Ils étaient quatre contre une horde de méchants. Où étaient les fédéraux ? Elle tapota son poignet et Spencer leva cinq doigts.

Dans cinq minutes, tout cela serait terminé. Mais un tas d'innocents pouvaient être tués entre-temps.

Spencer lui fit signe de rester en place, lui indiquant qu'il allait se rendre de l'autre côté. Il voulait qu'elle le couvre. Shadoe acquiesça et tint sa position tandis qu'il avançait prudemment derrière elle, à l'arrière du pont. À présent, ils couvraient tous les côtés du bateau sauf le devant, où se tenaient DeLaud et ses hommes, et où la cargaison de drogue était en train d'être déchargée.

La jeune femme détestait le fait de devoir se contenter de regarder, surtout que les gardes de sécurité étaient en danger. Elle savait ce qui allait leur arriver : ils se feraient sans aucun doute tuer ou jeter par-dessus bord une fois que le bateau contenant la drogue quitterait le port, afin qu'il n'y ait aucun témoin. Shadoe ne pouvait pas laisser faire cela. Et rester plantée là à attendre que les fédéraux arrivent la rendait folle. Chaque seconde marquait du temps perdu, et qui pouvait possiblement coûter la vie à ces hommes.

Elle recula de quelques pas, dans l'intention de trouver Spencer et d'élaborer un plan pour évacuer rapidement DeLaud et les autres, mais elle se trouva saisie par les bras et une main se posa sur sa bouche.

— Qu'est-ce que tu fabriques ici, Desi ?

Lance.

D'où arrivait-il ? La jeune femme se tendit, lutta, refusant de se laisser dominer par lui. Elle ne pouvait pas rester silencieuse, laisser les choses se passer comme ça. Une montée d'adrénaline la submergea et, dans une vague de chaleur, elle parvint à se libérer de son étreinte. Elle le repoussa, mais il la maintint serrée contre lui.

Malheureusement leur lutte attira l'attention de DeLaud et de ses hommes.

— Qu'est-ce qui se passe par ici ?

DeLaud et deux de ses hommes arrivèrent sur le côté et virent Shadoe en train de se débattre dans les bras de Lance. DeLaud sortit une arme qu'il pointa dans leur direction.

— Desi ? Qu'est-ce que tu fabriques ici ?

— C'est ce que j'aimerais bien savoir, maugréa Lance en luttant pour la maintenir en place. Desi, arrête de lutter.

Elle mordit la main de Lance qui lui couvrait la bouche. Il relâcha son étreinte en criant un juron.

Shadoe sut qu'elle était dans une merde noire quand elle vit DeLaud lever son arme et la pointer sur elle. Sa vie n'avait que peu de prix, voire aucun aux yeux du jeune homme. Un vent de panique la traversa et elle se fit violence pour se souvenir de son entraînement. Elle donna un coup de coude dans les côtes de Lance et se plia en deux dès qu'il la lâcha complètement. DeLaud tira, et Lance se baissa, laissant à la jeune femme une fraction de seconde pour sortir son arme et tirer sur DeLaud.

C'est alors que tout devint un enfer. DeLaud croisa les bras sur sa taille et tomba à genoux. Spencer arriva à toute vitesse au sommet du pont et atterrit sur les hommes de DeLaud. AJ et Pax arrivèrent en même temps de l'autre côté. Shadoe retrouva quelques forces et se leva, courut dans le tournant et tint deux des hommes en joue ; AJ et Pax en avaient quatre.

Les fédéraux arrivèrent à ce moment, leurs fusils surpuissants dégainés, et des sirènes hurlantes annonçant leur identité. En anglais et en espagnol, ils ordonnèrent à tout le monde de lâcher leurs armes. Elle les entendit plus bas, donc elle fut sûre – ou du moins espéra – qu'ils avaient déjà arrêté les hommes du bateau.

Les hommes de DeLaud se rendirent, lâchèrent leurs armes et se couchèrent par terre. Shadoe pointa le canon de son arme au sol, gardant le doigt sur la gâchette, et elle approcha prudemment de DeLaud, qui était étendu face contre terre sur le pont. D'un coup de pied, elle éloigna son arme de l'homme, se pencha et vérifia son pouls.

Toujours en vie.

— Il nous faut une ambulance par ici, lança-t-elle. C'est notre suspect numéro un, et il est encore en vie, mais est grièvement blessé.

Elle le retourna et vit une tache rouge s'étendre à partir de son flanc.

— Regarde s'il y a une trousse de premiers soins sur le pont, dit-elle à AJ qui acquiesça avant d'y aller en courant.

Il revint avec du matériel quelques secondes plus tard.

Elle prit une poignée de bandages et les pressa contre la plaie pour stopper l'hémorragie.

— Lance est mort, déclara Spencer en s'approchant et en s'agenouillant à ses côtés.

La jeune femme fit une grimace, regrettant que cela se soit passé ainsi. Elle voulait savoir à quel point il était impliqué dans les affaires de DeLaud, et à présent, ils n'avaient plus aucun moyen de le savoir. Mais au moins, ils savaient qui était son complice du club.

Il était étrange que Lance ait fait son apparition aussi tard pendant la transaction, ou qu'il ait été tout simplement là. C'était une chose qu'elle ne comprenait pas.

— Est-ce que ça va ?

Elle leva la tête et acquiesça en direction de Spencer.

— Tout ça s'est passé tellement vite.

Il lui frotta le dos.

— C'est toujours comme ça. Pas le temps de réfléchir, seulement de réagir. Tu t'en es bien tirée.

— J'en tremble.

— C'est normal, répondit-il dans un sourire.

— Tout à l'heure je vais peut-être vomir.

— C'est normal aussi, dit-il en riant.

— Je ne comprends toujours pas quel est le lien exact avec le *Wild Rose*, déclara Shadoe.

— J'imagine qu'ils se servaient du club comme d'un point de distribution pour écouler la drogue. C'est pour ça que Lance est impliqué.

— Ce qui veut dire que les fédéraux vont devoir pousser un peu l'enquête sur les aspects de la distribution dans cette affaire.

— Oui.

Du moins avaient-ils identifié qui était la taupe, et qui travaillait pour lui au *Wild Rose*.

— Il faut que je parle à l'agent fédéral responsable, dit Spencer.

— Je vais rester ici avec DeLaud, acquiesça Shadoe. Jusqu'à ce que l'ambulance arrive : je veux qu'il soit en vie.

— Tu tiens tant que ça à lui ? demanda Spencer en relevant un sourcil.

— Je veux qu'il vive assez longtemps pour nous dire ce qu'on veut savoir, s'esclaffa-t-elle, puis qu'il aille en prison. Il pourra mourir là-bas, mais pas ce soir.

— Bien dit.

Spencer se leva et partit en quête de l'agent en chef de la DEA. Les ambulanciers arrivèrent et prirent le relais, laissant Shadoe surveiller leurs faits et gestes tandis qu'ils stabilisaient DeLaud, puis ils le soulevèrent dans un brancard pour le mener à l'ambulance qui les attendait. Elle demanda à deux agents de les suivre et de ne pas lâcher le malfrat d'une semelle. Elle n'avait aucune envie de le perdre, juste au cas où quelqu'un aurait l'idée de le faire s'échapper de l'hôpital.

S'il restait en vie.

La jeune femme expira, passa les deux mains dans ses cheveux, et partit retrouver Spencer.

Il était occupé avec l'agent en chef, donc elle informa AJ qu'elle allait prendre la voiture de DeLaud et retourner au club. Là, elle informerait la femme de Lance de son décès. Et puis, il serait temps pour elle de révéler sa véritable identité et de dire à Brandon que sa tête d'affiche allait arrêter les strip-teases.

Elle était contente que cette partie de la mission soit terminée. Elle n'avait qu'une envie à présent : rester habillée. Elle se gara devant le club qui venait juste de fermer. Elle alla donc frapper à la porte sur le côté du bâtiment. Ariele la fit entrer.

— Tu as raté ton deuxième show.

— Je sais. Où est Brandon ?

— Dans son bureau.

— Cheri est toujours là ?

— Oui. Elle est dans le bureau avec Brandon.

Parfait. Brandon pourrait l'aider à soutenir Cheri quand elle lui annoncerait la mauvaise nouvelle. Elle traversa le club pour se rendre dans le bureau de Brandon. La porte était fermée. Shadoe se demanda s'ils étaient en train de parler de la performance de Cheri, ou de son attitude. Bon sang, ils pouvaient parler de n'importe quoi et elle ne voulait pas les interrompre, mais elle n'avait pas le choix. Elle toqua à la porte.

Brandon mit quelques secondes à répondre.

— Quoi ? lança-t-il d'un ton bourru.

— C'est... Desi.

— Ça ne peut pas attendre ?

— Non, c'est urgent.

Elle s'appuya contre le mur et attendit, puis la porte s'ouvrit et Cheri en sortit. Elle était toute rouge et lança un regard noir à Shadoe.

— Qu'est-ce que tu fous là ? Tu as loupé ton deuxième show. J'espère qu'il va t'en mettre plein la tête.

— En réalité, il faut que je vous parle à tous les deux.

Cheri haussa un sourcil.

— Tu peux entrer dans le bureau avec moi ? demanda Shadoe.

— Pour quoi faire ?

— C'est au sujet de Lance.

Shadoe ne voulut pas en dire plus, entra dans le bureau de Brandon et se dit que Cheri la suivrait.

— Qu'est-ce que c'est que cette histoire, Desi ? demanda Brandon.

Elle ne s'assit pas, resta debout tandis que Cheri s'asseyait dans le fauteuil en face du bureau de Brandon. Shadoe n'avait jamais fait ça auparavant : annoncer un décès. Elle n'aimait pas cela, ne voulait pas le faire, mais elle n'avait pas le choix.

— Pour commencer, mon nom est Shadoe Grayson, et je suis un agent du département de la Justice, dit-elle en leur montrant son insigne et sa carte d'identité.

Cheri lança un regard à Brandon, puis à la jeune femme.

— Quoi ?

Brandon la dévisagea.

— De quoi tu parles ?

— On a surveillé des cargaisons de drogue en provenance de Colombie pour lesquelles un agent fédéral semblait être impliqué. J'ai été envoyée ici pour une mission d'infiltration, car nous pensions que ce trafic de drogue était lié d'une façon ou d'une autre au *Wild Rose*. Nous savions que notre agent passait du temps ici. Il avait recours à un complice au club et dans les docks, et un trafic a eu lieu ce soir. Nous pensons que Lance était impliqué dans tout cela, car il s'est présenté au cours de l'échange.

— Qu'est-ce que Lance faisait sur le bateau ? demanda Brandon.

— Nous avons des raisons de croire qu'il était le complice de DeLaud ici, dans le club.

Cheri lança un autre regard à Brandon, puis à Shadoe.

— Non, ce n'est pas possible. Mon Lance ne se mêlerait pas de… drogue. Où est-il ? demanda Cheri en se levant.

— Il s'est fait tirer dessus lors d'une altercation avec DeLaud. Je suis vraiment désolée, mais il n'a pas survécu.

— Quoi ? s'écria Brandon en se levant.

Cheri écarquilla les yeux.

— Non !

Elle cligna des yeux à plusieurs reprises puis se rassit dans son fauteuil et couvrit son visage de ses mains.

— Oh, non, pas Lance, dit-elle.

Brandon contourna le bureau et se tint derrière la danseuse, posant ses mains sur ses épaules.

— Je ne comprends rien de tout ça. Mon club a servi à trafiquer de la drogue ? Comment est-ce que j'ai pu ne pas en être informé ?

— Ces gens sont très forts pour couvrir leurs arrières, et ils avaient…, commença Shadoe en baissant les yeux sur Cheri qui sanglotait entre ses mains. Ils avaient un complice en interne.

Cheri se mit à pleurer bruyamment.

— Il faut que je la fasse sortir d'ici, dit Brandon en aidant Cheri à se lever de son fauteuil. Allez ma belle. On va te servir un verre pour te calmer, et après, je te ramènerai à la maison.

Shadoe se poussa de leur chemin, se sentant impuissante. Était-ce toujours ainsi ? Les endeuillés s'effondraient et elle ne pouvait rien faire d'autre que de rester plantée là et s'excuser ?

— Je suis vraiment désolée. Je vais récupérer mes affaires et partir. Brandon, un agent fédéral va passer, sûrement demain, pour recueillir ton témoignage, et celui des filles.

Brandon hocha la tête.

Cheri ne découvrit pas son visage, et préféra poser la tête contre le torse de Brandon en le laissant la guider hors de la pièce. Shadoe leur emboîta le pas et se rendit dans les loges pour vider son casier, puis charger sa voiture. Elle voulut dire au revoir aux filles, mais elles étaient toutes parties. Elle reviendrait le lendemain pour le faire avant de reprendre la route pour Dallas.

La mission était terminée. L'adrénaline redescendait, l'enthousiasme d'avoir bouclé sa première mission s'évaporait aussi vite qu'une averse sur un trottoir asséché. Ses idées commencèrent à s'éclaircir et elle se rendit compte de ce que cela signifiait.

Spencer et elle devraient bientôt se séparer. Elle ferait son rapport officiel à Washington, et recevrait sa mission suivante. Spencer partirait lui aussi vers une nouvelle aventure.

Ils en avaient fini.

La douleur au creux de son ventre s'intensifia, et soudain elle n'eut qu'une envie : passer la nuit avec lui, sentir son contact, ses bras autour d'elle, sa bouche sur la sienne, et son sexe enfoncé en elle.

Comment allait-elle pouvoir partir sans lui ?

Elle s'installa au volant et voulut mettre le contact. Puis elle marqua une pause et regarda le néon du *Wild Rose* s'éteindre. Elle s'enfonça dans son siège et médita.

Et médita encore.

Un déclic se fit en elle. Cheri qui se penchait sur le bar pour murmurer quelque chose à l'oreille de Brandon. La fermeté avec laquelle il lui avait tenu le poignet. Les regards échangés entre eux. Les joues rouges de la danseuse quand elle les avait interrompus ce soir-là.

La façon dont elle s'était couvert le visage en apprenant la nouvelle pour Lance.

Shadoe n'avait vu aucune larme couler. Brandon n'avait pas eu l'air si bouleversé que ça par la nouvelle. Tout s'était passé tellement vite. Ils ne lui avaient pas posé beaucoup de questions sur le trafic de drogue ou l'implication du club. Il avait plutôt voulu se débarrasser de Shadoe au plus vite.

Pourquoi ça ?

Et Brandon avait demandé ce que Lance faisait sur le bateau.

Shadoe ne se souvenait pas d'avoir jamais mentionné le fait que l'opération s'était déroulée sur un bateau. Elle était presque sûre de n'en avoir rien dit.

Soudain, elle se posa encore plus de questions. Peut-être que ce n'était rien, mais après, en essayant de recoller les morceaux, il y avait des choses qui restaient bizarres. Il fallait qu'elle parle de nouveau à Brandon et Cheri. Elle ouvrit sa portière et tenta d'ouvrir la porte latérale du *Wild Rose*.

Elle était toujours ouverte, donc elle entra par les loges, et jeta un coup d'œil à la salle par les baies vitrées.

Là, assis au bar, Cheri et Brandon trinquaient au champagne.

Ils souriaient, riaient, se penchaient pour s'embrasser.

Pas de veuve éplorée ni de patron embêté que son club ait servi à un trafic de drogue.

Elle ouvrit une porte juste assez pour entendre ce qu'ils se disaient.

— On devrait envoyer un mot de remerciement aux fédéraux pour nous avoir débarrassés de Lance, dit Cheri avec un grand sourire.

— C'est sa récompense pour s'être demandé ce que DeLaud était en train de faire. S'il ne s'était pas autant mêlé de tout ça, à essayer de faire le lien entre nous et DeLaud, il ne serait pas mort à l'heure qu'il est.

— Et puis, je crois que c'est une bonne chose que mon défunt mari ait vu une affaire qui lui ait mis la puce à l'oreille et soit allé voir ça, pas vrai ? Il est tombé et nous on est tranquilles.

— Ça n'aurait pas pu mieux se passer. S'ils avaient remonté la filière de la drogue jusqu'à nous, on serait sous les barreaux à l'heure qu'il est.

Cheri acquiesça, puis descendit le reste de son champagne avant de poser son verre sur la table.

— On n'a plus aucun souci à se faire, mon chéri. Les autres ont pris pour nous. DeLaud et Lance, et les gars du bateau. On est tranquilles.

— Mais on a perdu la cargaison et tout l'argent.

— Les Colombiens auront toujours besoin de distributeurs, dit Cheri en haussant les épaules. On va trouver autre chose. Peut-être que je pourrai bosser dans un autre club et qu'on pourra voir ce qui est possible là-bas.

Brandon posa le coude sur le bar.

— Je ne sais pas. C'était parfait d'avoir un complice comme DeLaud chez les fédéraux.

— Mais ce genre de deal représente de l'argent. Il y aura un autre DeLaud. On va y arriver.

— Je crois que tu as raison, dit Brandon en éclatant de rire. Au moins, on en sort lavés de tout soupçon.

— Et on peut compter l'un sur l'autre maintenant.

Elle descendit de son tabouret de bar et s'avança entre les jambes du patron, nouant ses bras autour de son cou.

— Je n'ai même pas eu besoin de divorcer de Lance.

Brandon enroula ses bras autour d'elle.

— Ni de le tuer.

Elle éclata de rire.

Shadoe secoua la tête. Quelles ordures incroyables ! Et ils pensaient être au-dessus de tout soupçon ? Ils se trompaient sérieusement. Elle tendit le bras vers l'arme rangée à sa ceinture, mais quand elle fit ce geste, la porte grinça, et Brandon et Cheri la repérèrent en même temps.

— Qu'est-ce qui se passe là ? cria Cheri avant de s'élancer à la rencontre de Shadoe.

L'agent fédéral sortit son arme et poussa la porte, mais avant qu'elle soit prête, Cheri lui sauta dessus, lui faisant tomber l'arme des mains et lui coupant le souffle. Brandon s'empara de l'arme et se leva au-dessus de l'agent, pointant le canon sur son visage.

Shadoe lutta pour aspirer quelques bouffées d'oxygène. Cheri s'assit sur son ventre et Brandon se pencha sur elle, menaçant, la mine assassine.

— Tu es morte, connasse, dit Cheri.

Tout cela n'annonçait rien de bon. Shadoe était dans la merde jusqu'au cou.

Cheri se pencha en arrière et la dernière chose que Shadoe vit fut un poing qui se dirigeait tout droit vers son visage. Elle serra les dents en attendant l'impact.

Chapitre 18

Spencer détestait la phase de nettoyage, ce moment où une mission arrive à son terme, et que tout ce qui restait en suspens finit par se régler, avant la paperasse. Les papiers, il s'en occuperait après leur retour à Dallas, et il n'avait pas à s'en soucier dans l'immédiat. Mais il fallait interroger les témoins, parler à tous les participants, entrer en contact avec le chef des fédéraux, le responsable, et faire des rapports verbaux.

Tout cela l'empêchait de se consacrer à ce qu'il préférait : l'action. Rester planté là et parler dans tous les sens, ce n'était pas de l'action, mais c'était une part nécessaire de son boulot.

À présent, ils rassemblaient le groupe des hommes de main de DeLaud et menaient des interrogatoires sur site afin de voir si l'un d'entre eux cracherait le morceau avant de prendre un avocat. Dépités, silencieux, ils se tenaient menottés, séparés les uns des autres, chacun étant interrogé par un agent de la DEA et un interprète. Spencer se promena parmi eux, écoutant des bribes de leurs interrogatoires.

Jusqu'ici, rien de bien neuf. Il s'arrêta pour parler à John Jacobs, l'agent en chef.

—Alors, rien ?

—Celui-là a l'air d'avoir une peur bleue. Il dit qu'il a une femme et quatre enfants en Colombie et il veut négocier un deal. Vu qu'on pense qu'il n'a pas tant que ça à nous offrir, on veut bien l'écouter d'abord, et ensuite on verra s'il a quelque chose qui nous intéresse.

Spencer décida de rester dans les parages pour écouter ce que cet homme avait à dire. Il était assez jeune pour quelqu'un ayant quatre enfants, mais qui était Spencer pour savoir ce genre de choses ? L'interprète posa les questions, et l'homme répondit dans un espagnol rapide, avec de grands gestes. L'interprète écouta, puis se tourna vers John.

—Il dit que DeLaud était vraiment responsable de tout, et était sous les ordres du capitaine Morales. Cela fait trois ans qu'ils gèrent des cargaisons comme ça, et le navire venait trois fois par an avec de la cocaïne et de l'héroïne. Ils déchargeaient dans le bateau qui attendait là, puis ce dernier acheminait la drogue dans les cartons de spiritueux du *Wild Rose*. Ils jetaient les cartons comme s'ils étaient vides, et quelqu'un les récupérait au club puis les distribuait.

—Belle organisation, dit Spencer.

—Oui.

L'agent posa des questions en passant par l'interprète. L'homme commença à parler encore un peu, et l'interprète releva un sourcil, puis se tourna vers John.

— Il affirme n'avoir jamais vu cet homme mort auparavant.

— Lance ? demanda Spencer en s'immobilisant.

— Oui. Il dit qu'ils faisaient affaire avec le patron du club plutôt.

— Ce doit être Brandon.

Le témoin acquiesça.

— *Si, Brandon.*

Puis il reprit la parole. L'interprète écouta, et se tourna vers John quand il eut terminé.

— Il dit aussi qu'il y avait une grande blonde qui était là en général. Une stripteaseuse. C'était la petite copine de Brandon. Cherry ou quelque chose comme ça.

— Cheri ? demanda Spencer. C'est la femme de Lance.

Spencer afficha une mine pensive, fouillant le pont du regard. Il sentit la chair de poule le gagner alors qu'il cherchait Shadoe des yeux sans la trouver.

— Avez-vous vu l'agent Grayson ?

Les agents l'entourant haussèrent les épaules.

Ce n'était pas bon. Il pivota sur ses talons et parcourut tout le pont avant de trouver AJ.

— Où Shadoe est-elle partie ?

— Elle a pris la voiture de DeLaud et est retournée au club annoncer la nouvelle à Cheri et informer Brandon de toute l'affaire.

Le cœur de Spencer se mit à tambouriner dans sa poitrine.

— Les enfoirés. Brandon et Cheri sont complices !

— Quoi ? dit AJ en écarquillant les yeux.

Spencer fourra ses mains dans ses poches, là où il avait rangé le dispositif d'écoute un peu plus tôt. Il le glissa dans son oreille.

Il entendit une respiration saccadée. Des gémissements. Puis des voix.

— Laisse-moi la tuer, qu'on en finisse.

— Pas encore. Je veux qu'elle se réveille d'abord. Ensuite, je vais m'amuser un peu.

La voix de Brandon. Celle de Cheri. Et merde.

— Retrouve Pax. Elle est au club avec eux. Blessée. Il faut qu'on y aille maintenant.

Pour quelqu'un de grand et mince, Cheri était étonnamment puissante. Shadoe n'était pas un poids plume, mais elle avait le souffle coupé : Cheri avait eu l'avantage sur elle en lui atterrissant dessus comme elle l'avait fait. Ensuite, le premier coup de poing l'avait plongée dans l'inconscience.

Cheri était de toute évidence une habituée des combats de rue, et elle ne se souciait guère d'écorcher ses poings en cours de route. Shadoe tentait encore de revenir à elle quand Brandon l'attrapa par le tee-shirt pour la remettre sur pied. Étourdie, désorientée, elle tenait à peine debout quand Cheri la frappa une seconde fois. Elle fut propulsée en arrière, à travers la double porte menant aux loges, tombant la tête la première, et remerciant l'épaisse moquette qui recouvrait le sol quand elle chuta lourdement.

Bon sang, ça faisait mal !

Shadoe dut se concentrer, retrouver ses esprits. Elle avait une sacrée chance que Brandon – qui avait maintenant récupéré son arme – ne se soit pas contenté de lui tirer dessus.

— Arrête de déconner. Laisse-moi la tuer, dit-il.

— Oh non ! Cette connasse l'a bien cherché, depuis la seconde où elle a mis les pieds dans notre club. Je vais la tabasser à mort.

Cela allait très bien à Shadoe. Le combat rapproché, elle pouvait gérer. Les balles, c'était un peu trop définitif à son goût, donc plus longtemps elle pouvait retarder cet instant, mieux c'était. Quand Cheri s'approcha d'elle cette fois, Shadoe avait les idées un peu plus claires – et était assez énervée.

Elle l'esquiva, et Cheri s'écroula face contre terre sur le tapis. C'était maintenant à son tour de sauter sur Cheri. Elle lui tordit le bras dans le dos et força dessus.

Cheri poussa un cri et donna des coups de pied en guise de réponse. Elle tenta de se défaire de Shadoe, mais cette dernière pesait de tout son poids sur la danseuse, et elle n'avait pas la moindre intention de bouger.

Jusqu'à ce qu'une crosse de pistolet la frappe en pleine tête. La douleur irradia dans son crâne, et elle lâcha le bras de Cheri, puis saisit sa tête à deux mains. Cheri en profita pour se dégager d'elle. Shadoe alla s'écraser contre le mur et atterrit à plat ventre.

— Bon sang, ça fait mal !

Une matière humide et collante s'écoulait entre ses doigts.

Du sang. Shadoe pressa ses doigts sur la plaie. Génial. Voilà qu'elle était étourdie, nauséeuse, et tout commençait à devenir flou. Elle se contraignit à rester consciente. Elle regarda Brandon, déterminée à faire tout le nécessaire pour rester en vie aussi longtemps que possible.

— Tu ne crois pas que ta petite amie peut se débrouiller toute seule ?

Brandon, dont elle avait pensé qu'il était un mec gentil, se pencha vers elle. Bon Dieu, elle s'était tellement trompée à son sujet !

— Tu peux bien raconter ce que tu veux. Tu ne passeras pas la nuit.

Il leva son arme, mais Cheri se redressa et s'empara du pistolet, poussant le canon loin de Shadoe. Cette dernière lui aurait presque dit merci si elle n'avait su que ce ne serait que temporaire.

— Non, purée ! Pas encore. J'en ai pas fini avec elle.

Haletante, désorientée, et le ventre en vrac, Shadoe peina à se redresser, refusant de se laisser abattre. Il fallait qu'elle s'éclaircisse les idées, qu'elle pense à la façon dont elle pourrait se débarrasser de Cheri, puis désarmer Brandon.

Pas facile avec une blessure ouverte à la tête, et une folle furieuse qui voulait encore se battre avec elle. Objectivement, elle avait assez peu de chances. Personne ne connaissait le rôle de Brandon et Cheri dans les opérations de trafic de drogue. Spencer serait occupé avec les fédéraux sur le bateau pour un bon moment, et il n'avait aucune raison de revenir ici… finalement. Ils n'allaient pas venir à sa recherche.

Elle était morte, et elle le savait. Mais elle n'allait pas les laisser la tuer en restant là les bras croisés. Elle prit appui sur le mur et rassembla toutes ses forces – pas facile alors qu'elle souffrait de toute évidence d'une commotion cérébrale. Cheri l'observait, un sourire satisfait et triomphant aux lèvres.

— Termines-en, Cheri, dit Brandon. Ou c'est moi qui le ferai.

La pièce commença à tourner sous les yeux de Shadoe, et Cheri aussi tout compte fait. La jeune femme savait que cette impression était due à sa blessure à la tête, mais elle ne pouvait pas y faire grand-chose. Elle pensa à repousser le mur pour se jeter contre Cheri, mais elle sut que ce serait inutile, car elle tomberait sur sa tête ou elle manquerait complètement sa cible. Elle décida donc d'attendre, la main droite cachée derrière elle, resserrée en un poing. Elle n'avait plus beaucoup d'énergie, mais elle la réservait pour une dernière attaque contre Cheri.

Quand cette dernière revint vers elle, Shadoe résista à l'envie de se baisser ou de faire un pas de côté. Elle attendit plutôt jusqu'au moment où Cheri fut à a portée. Puis elle tira sur son bras, le maintint et eut recours à toutes les forces de son corps pour administrer un énorme coup de poing en plein milieu du visage de Cheri. Elle sentit les os se briser sous ses articulations qui entraient en contact avec les cartilages du nez de la danseuse. Le sang jaillit de toutes parts, et sa main lui fit un mal de chien.

Mais elle avait tapé dans le mille. Les yeux de Cheri se révulsèrent et elle s'effondra comme un accordéon, heurtant le sol dans un bruit sourd.

Shadoe ne lui adressa pas même un regard. Elle se pencha, attrapa un de ses talons aiguilles et, pendant que Brandon haletait de voir sa petite amie dans cet état, elle écrasa le talon de la chaussure sur la tête du jeune homme. Le patron du club leva son bras armé et Shadoe s'y agrippa à deux mains. Affaiblie, elle disposait de peu de force pour le combattre, mais elle avait l'intention de s'accrocher autant qu'elle le pourrait.

Au moins elle l'avait blessé. Du sang coulait sur son visage, dans ses yeux, ce qui le contraignit à lutter contre elle pour garder le pistolet et à frotter son front contre son bras pour essuyer tout ce sang.

Renforcée par les faiblesses de Brandon, Shadoe se battit avec plus d'animosité, usant de toutes les ressources qu'elle avait à sa disposition. Elle lui donna un coup de pied avec l'autre chaussure, écrasant le pied du jeune homme. Il grogna un juron et la repoussa. Elle lui administra un coup de coude dans les côtes, mais il était plus fort qu'elle, et il finit par la pousser avec suffisamment de force pour qu'elle lâche son bras. Elle vola pour atterrir par terre, mais elle roula immédiatement sur le côté, voulant ensuite se relever.

Mais il était trop tard. Il avait une main sur son visage pour essuyer le sang, et dans l'autre, l'arme était pointée sur Shadoe.

Elle se prépara à recevoir une balle, priant pour que ce soit rapide et sans douleur. La détonation du coup de feu l'assourdit et la secoua.

Mais c'est Brandon qui écarquilla les yeux, choqué. Son torse se teinta de grenat. Il tomba à la renverse, et même mort, ses yeux exprimaient toujours cette surprise.

Shadoe était elle aussi sous le choc. Elle s'empressa de vérifier si ses bras, ses jambes et son corps étaient intacts ou pas, cherchant des impacts de balle. Mais à part sa tête douloureuse et son corps tuméfié, elle n'avait aucune blessure.

Le coup de feu était venu de derrière elle. Elle tourna la tête pour découvrir Spencer, une arme à la main, flanqué d'AJ et Pax.

La jeune femme fut tout à coup submergée de soulagement, toute tension s'évaporant de son corps. Il l'avait trouvée. Il était venu. Comment avait-il su ?

Spencer rangea son arme, et accourut à elle, s'agenouillant au sol. Il la serra contre lui et la prit dans ses bras.

— Bon sang, tu es dans un état.

— Merci, dit-elle en lui souriant.

— Tu vas bien ? lui demanda-t-il, sans sourire.

Maintenant que tout était terminé et qu'elle était en sécurité, elle sentit le relâchement la gagner. Elle lutta contre cela. Il y avait tant de choses qu'elle voulait lui dire.

— Je ne me sens pas si bien que ça.

C'est tout ce qu'elle parvint à dire avant que tout devienne noir.

Spencer faisait les cent pas devant la chambre d'hôpital, s'arrêtant chaque fois à la porte close pour la fixer des yeux.

Cela ne changeait pas grand-chose.

Cela faisait huit heures qu'elle était là – moins le temps où ils l'avaient emmenée passer un scan –, et il n'avait pas eu une seule seconde pour la voir. Il avait renvoyé Pax et AJ à Dallas. Lui n'avait pas l'intention de partir. Pas avant de savoir ce qui se passait.

Ces satanés docteurs ne disaient jamais rien.

Et le département de la Justice l'avait déjà informé que dès que les docteurs autoriseraient la jeune femme à partir, ils allaient la faire revenir à Washington, dans un hôpital du coin.

Elle ne rentrerait pas à Dallas. Pas avec lui.

Elle ne lui appartenait pas, après tout.

Bon sang !

Il se rendit au bureau des infirmières tout près de la salle des urgences pour la cinquantième fois. La même femme aux allures austères le regarda froidement.

— Non, vous ne pouvez toujours pas entrer. Ils sont en train de lui faire passer des examens.

— Cela ne m'avance pas du tout.

— Je suis sûre qu'ils vont bientôt terminer.

C'était n'importe quoi.

Il ne s'était jamais senti aussi impuissant de sa vie.

Il s'appuya sur le comptoir quand un homme en blouse blanche qu'il avait vu dans la chambre de Shadoe s'approcha, un bloc-notes à la main.

— Ils sont en train de transférer Mlle Grayson dans l'ambulance privée qui l'attend. Elle prendra ensuite un jet pour Washington. Je viens d'autoriser sa sortie.

— Merci, docteur.

— Comment va-t-elle ? demanda Spencer en s'approchant.

— Elle est stable. Elle a une commotion sévère et beaucoup de bleus.

— Mais elle va s'en sortir, suggéra Spencer.

— Oui, elle va s'en remettre. Elle est assez stable pour le transfert maintenant.

Le docteur tendit son dossier à l'infirmière.

— Puis-je la voir une minute avant qu'elle parte ?

— Une minute. Et pas une de plus.

— Merci.

C'était tout ce dont il avait besoin. Il s'efforça de ne pas courir, mais il marcha à toute vitesse pour aller ouvrir la porte de sa chambre.

L'éclairage était tamisé, mais il y en avait assez pour qu'il la voie.

Bon sang, ce qu'elle était pâle ! Il sentit son cœur se serrer. Elle avait les yeux fermés, les bras le long du corps. Elle était reliée à une perfusion, et à une sorte de moniteur qui bipait et affichait des choses sur un écran tout près de son lit. Il entra complètement dans la pièce et ferma la porte, puis s'avança aussi doucement que possible avant de s'arrêter près de son lit.

Son visage était gonflé, contusionné, il ne lui ressemblait presque plus. Elle avait des blessures de toutes sortes sur le bras et le cou, les seules parties de son corps qu'il pouvait voir.

C'était sa faute : il n'avait pas prêté assez attention, il n'avait pas été là pour elle. Ils étaient partenaires, il était censé être à ses côtés au lieu de boucler l'enquête.

Pourquoi était-elle partie seule ?

Il passa sa main sous celle de la jeune femme. Ses doigts étaient froids.

Elle ouvrit les yeux puis esquissa un sourire.

— Salut.

Même sa voix ne lui ressemblait plus.

— Salut. Comment ça va ?

— Je me sens lessivée.

— Tu as été tabassée.

— Je pense que mon adversaire est encore pire.

— Lui, il est mort, répondit-il en riant.

— Merci, dit-elle en lui serrant la main. Tu m'as sauvé la vie.

Spencer ne méritait pas ses remerciements. S'il avait été là avec elle, rien de cela ne serait arrivé.

— Cheri ?

— Ils sont en train de la recoudre et ensuite elle sera en état d'arrestation. Tu lui as cassé le nez.

Shadoe s'esclaffa puis fit la grimace.

— Oh, mince, ça doit faire mal. Mais tant mieux. J'ai assommé Brandon avec mes talons aiguilles.

— Vraiment ? dit-il en riant à son tour.

— Oui. Je savais bien que ces affreuses chaussures me serviraient un jour. Ce sont d'excellentes armes.

— Tu t'es super bien débrouillée.

— Merci. Je suis restée en vie assez longtemps pour que tu me trouves. Merci de m'avoir trouvée, ajouta-t-elle, les larmes aux yeux.

Il y avait tant de choses qu'il voulait lui dire. Il ne savait pas par où commencer. Mais la porte s'ouvrit et l'infirmière entra.

— C'est fini. Mlle Grayson a besoin de se reposer maintenant.

Il se retourna vers Shadoe, ne sachant pas quoi lui dire. Il ne pouvait pas vraiment lui parler avec l'infirmière qui s'impatientait en tapant du pied sur le seuil de la porte.

Merde.

Que restait-il à dire de toute façon ?

Shadoe leva les yeux sur lui, son regard noisette l'attendrit. Il savait qu'ils en viendraient là. Mieux valait faire les choses simplement.

Il se pencha sur elle et posa un baiser léger sur ses lèvres.

— Prends soin de toi.

Elle ne répondit rien, et il n'ajouta rien.

— Au revoir.

— Au revoir, répondit-elle en clignant des yeux, les larmes coulant sur ses joues.

L'infirmière lui tint la porte quand il sortit de la chambre. Spencer longea le couloir et atteignit la sortie de l'hôpital. Il enfourcha sa moto et la démarra, puis se dirigea vers l'autoroute, n'étant pas même sûr de savoir où il allait.

Il retournait à Dallas, sûrement. Où pouvait-il aller d'autre ? Il avait des papiers à remplir, un rapport à classer, cette mission à boucler, avant d'en donner tous les détails à Grange.

Cette affaire était finie. Shadoe était en chemin pour Washington. Elle allait s'en tirer. Le docteur le lui avait affirmé.

Spencer mit les gaz et accéléra, ayant besoin de sentir le vent contre son visage, de se vider la tête, de trouver de quoi combler le vide qu'il ressentait à l'intérieur.

Chapitre 19

Couvert de sueur, Spencer descendit du ring de boxe après avoir fait quelques passes avec Diaz. Les échanges avaient été violents, et l'avaient laissé trempé et couvert de bleus. Mais, cela lui avait été utile : pendant ces quelques instants, il avait pu tout oublier, se contenter de ne penser qu'à sa survie.

— Bon sang, Spencer, tu me cherches vraiment ? lança Diaz, tout aussi en nage que lui, qui se penchait sur la corde supérieure pour mieux le regarder.

Spencer prit une serviette et une bouteille d'eau, puis haussa les épaules.

— C'est pour rester en forme.

— N'importe quoi. Il y a quelque chose qui te tracasse, c'est évident. Qu'est-ce qui t'arrive ?

Spencer engloutit le contenu de la bouteille d'eau puis la jeta dans le bac de recyclage.

— Rien.

— Ce n'est pas rien, déclara AJ en montant sur le ring.

— C'est la femme avec qui on a fait cette mission il y a quelques semaines, précisa Pax en talonnant AJ. Il est amoureux d'elle.

Spencer lança un regard noir à Pax.

— Tu veux que je vienne t'en coller une, Pax ?

Pax lui adressa un sourire narquois.

— Tu crois que quelques rounds de boxe vont changer quoi que ce soit à tes sentiments envers Shadoe ?

— Appelle-la, dit AJ en se penchant par-dessus les cordes.

Pax finit de lacer ses gants.

— Même pas : prends un avion ou ta moto et va la voir directement.

Spencer se détourna et s'essuya la nuque à l'aide de la serviette.

— À quoi ça nous avancerait ? Elle a son boulot là-bas, et moi, j'ai le mien.

— Tu pourrais l'appeler, suggéra Diaz.

— Toi aussi tu penses ça ? Mais pourquoi ? lança Spencer en se retournant.

— Parce que tu es amoureux d'elle ? répondit Diaz en levant les yeux au ciel. Dis-lui que tu as envie de la voir.

Spencer haussa les épaules.

— Elle aurait pu m'appeler si elle avait voulu me voir.

— Bon sang, Spencer. Réveille-toi. Monte sur ta moto, prends quelques jours et va la voir. S'il y a quelque chose entre vous, trouvez un moyen pour que ça marche. Crois-moi, ça en vaut la peine.

Diaz le savait bien, parce qu'il avait dû faire en sorte que ça marche avec Jessie.

— C'est pas pareil. Elle est à Washington.

— C'est ce que tu n'arrêtes pas de dire. Ne t'arrête pas au problème, trouve une solution. Si tu l'aimes, tu en trouveras une.

L'aimait-il ? Il imaginait que oui. Il n'était pas sûr de savoir vraiment ce que ça faisait, d'aimer. Il n'avait jamais été amoureux auparavant. Si l'amour signifiait se sentir mal, alors pour sûr, il était amoureux.

Peut-être était-il temps pour lui de s'en rendre compte.

Il n'espérait pourtant pas que ça fonctionne.

Ces choses-là ne fonctionnaient jamais pour lui.

Mais il n'était pas un lâche. Et il voulait voir si elle allait bien.

Il jeta sa serviette dans le panier à linge.

— Je vais parler à Grange.

— Voilà, c'est ça ! dit Diaz en souriant. Et bon voyage !

Shadoe faisait les cent pas aux quatre coins de son appartement, s'arrêtait, et regardait le beau ciel bleu par la fenêtre, puis fronçait les sourcils.

— C'est débile. *Tu* es débile, Shadoe.

Cela faisait quatre semaines. Elle se sentait bien, mais était en arrêt maladie de six semaines auprès de son département, et ce ne serait qu'à son terme qu'elle pourrait reprendre son activité. Elle n'avait donc rien d'autre à faire que de s'asseoir là et de réfléchir.

Trop de temps pour réfléchir.

À Spencer. Et à la facilité avec laquelle il s'était volatilisé de sa vie, un baiser et un au revoir, et puis… plus rien.

Pendant la première semaine, elle était encore trop secouée pour s'en rendre compte. Elle avait eu un mal de tête infernal, et elle avait beaucoup dormi. Son corps avait eu besoin de guérir.

Mais elle se remit rapidement, et une fois qu'elle fut rentrée chez elle, le sommeil et les errances dans les confins de son appartement lui parurent durer une éternité. Elle avait hâte d'avoir du travail, quelque chose… n'importe quoi pour occuper ces longues heures.

Son père lui avait passé un coup de fil – il n'était pas venu, bien sûr, mais il l'avait appelée. Il avait dit qu'elle avait bien agi. En d'autres termes, elle ne l'avait pas embarrassé, et n'avait pas terni le nom de la famille. C'était tout.

Tant pis pour l'amour. Mais c'était à peu près ce à quoi elle s'attendait venant de lui, donc cela ne la blessa pas réellement. Cela faisait longtemps qu'il avait perdu cette capacité à la blesser. Elle était contente qu'il ne soit pas venu la voir. Cela aurait été bizarre, car ils n'avaient plus rien à se dire.

Ce qui signifiait qu'elle se retrouvait seule.

La jeune femme avait des amis, mais elle les avait suppliés de ne pas venir la voir, affirmant qu'elle était en train de récupérer et avait besoin d'être seule.

Ce qu'elle voulait, c'était Spencer.

Elle avait dû prendre son téléphone portable une centaine de fois, regarder son nom dans ses contacts, passer son doigt au-dessus du bouton d'appel, mais chaque fois, elle posait le téléphone et s'éloignait. S'il avait voulu la contacter, il l'aurait fait.

Et il ne l'avait pas fait.

Elle avait reçu son message cinq sur cinq. La mission était terminée. Et c'était terminé entre eux. Elle savait que ça devait arriver, mais elle n'avait pas voulu regarder la réalité en face.

La réalité avait disparu pour elle. Spencer était sorti de sa vie. Tant pis si elle était tombée amoureuse de lui. Lui n'était pas tombé amoureux d'elle.

Temps de passer à autre chose.

Elle serra ses bras autour d'elle et regarda par la fenêtre. Dehors, les gens faisaient leurs vies, tombaient amoureux, trouvaient cette personne avec qui partager le monde... Pour certains, ça fonctionnait.

Pour elle, ça n'avait pas marché. Elle ressentait une douleur en elle qui ne voulait pas partir. Et la nuit, quand elle était étendue dans son lit, les draps froids contre son corps nu, elle se souvenait de ses caresses, de son goût, de sa bouche sur la sienne, et elle voulait ce qu'elle ne pouvait avoir.

Son père avait raison. Elle n'était pas dure du tout. Chaque fois qu'elle pensait à Spencer, des larmes emplissaient ses yeux. Comme en ce moment. Elle les essuya, énervée de voir qu'elle le laissait une fois de plus occuper toutes ses pensées.

Quand la sonnerie retentit, elle se tourna et s'approcha de la porte. Lorsqu'elle regarda par le judas, elle laissa échapper un halètement. Elle sentit son cœur s'arrêter et se sentit gagnée par une vague de sueur froide.

Spencer ! Elle baissa les yeux sur son tee-shirt trop grand, qui composait sa tenue du jour. Elle aurait voulu sauter dans la douche et se faire présentable, se coiffer, mettre du maquillage.

Pas le temps.

Ah, bon sang, le tee-shirt lui arrivait aux genoux, comme une robe de toute façon. Elle lissa ses cheveux indisciplinés et ouvrit la porte.

Le sourire du jeune homme était plus éclatant que le soleil qui passait à travers sa fenêtre.

— Salut, lui dit-elle en lui rendant son sourire.

— Salut, toi.

Elle avait envie de se jeter dans ses bras, mais elle se retint.

— Qu'est-ce que tu fais là ?

— Si tu me laisses entrer, je te raconterai.

— Oh, oui, désolée.

Quelle idiote elle était ! Shadoe recula pour le laisser entrer. Elle ferma la porte, se délectant de le voir dans son jean moulant, son débardeur et ses bottes. Elle avait la gorge sèche et peinait à déglutir.

— Tu as fait tout ce chemin en moto ?

— Oui. J'ai pris des vacances.

— Waouh !

Il avait roulé de Dallas à Washington. Pour la voir ? Elle n'osait trop espérer.

— Bel appartement, dit-il en se tournant pour lui faire face.

— C'est petit. Une seule chambre. Rien d'extraordinaire à vrai dire.

Elle lui désigna sa petite cuisine et le petit coin-repas installé dans l'angle, puis le salon avec sa vue sur Georgetown et le Potomac.

— Je l'ai choisi pour la vue, principalement, indiqua-t-elle.

Il regarda par la baie vitrée et acquiesça.

— Je vois ça. C'est joli.

Il continua à regarder par la fenêtre, comme s'il hésitait à se lancer. Elle attendit. Il finit par se tourner vers elle.

— On… on n'a pas eu l'occasion de beaucoup parler après la fin de la mission. Tu étais blessée et puis ils t'ont emmenée. On n'a pas débriefé.

Débriefé ? Il était là pour un débriefing ? Pas pour elle, pas parce qu'elle lui manquait ou rien d'un tant soit peu personnel. Elle sentit son cœur se briser, puis releva le menton.

— J'ai rempli mon rapport et envoyé un exemplaire au général Lee.

— Je l'ai lu, mais j'ai encore quelques questions.

Elle s'efforça de ne pas lui montrer que ses mains tremblaient quand elle lui désigna le canapé.

— Assieds-toi, et je vais répondre à toutes les questions que tu pourrais avoir. Tu voudrais un peu de thé ?

Il s'assit et leva les yeux sur elle, la mine indéchiffrable.

— Euh, oui.

— Je reviens tout de suite.

Elle s'empressa d'aller à la cuisine, regrettant de ne pas pouvoir s'enfuir dans sa chambre, fermer la porte et éclater en sanglots. Mais ce serait typiquement le genre de choses qu'une femme ferait. Ce serait ce que son père attendrait d'elle : qu'elle s'effondre, qu'elle montre des signes de faiblesse.

Shadoe n'était pas faible. Elle pouvait y arriver. Nul homme ne la briserait, pas même un homme qu'elle aimait. Elle avait laissé son père la blesser par son absence d'amour. Elle ne laisserait jamais un autre homme lui refaire ça. Elle prit une grande inspiration puis expira, lentement, et elle recommença jusqu'à ce qu'elle reprenne le contrôle de ses émotions rebelles. Quand elle fut assez calme, elle s'empara du pichet de thé glacé et de deux verres qu'elle disposa sur un plateau. Alors, maintenant, il fallait qu'elle réfléchisse à ce dont elle avait encore besoin. Glace, citron, et…

— J'ai menti.

Elle faillit faire tomber un verre. Elle virevolta et trouva Spencer sur le seuil de la cuisine.

— Quoi ?

— J'ai menti, répéta-t-il en s'avançant vers elle. Je ne suis pas ici pour un débriefing.

Le cœur de la jeune femme se mit à battre sourdement dans sa poitrine, de plus en plus vite.

— Ah bon ?

Plus proche à présent, il continua de s'avancer jusqu'à se trouver pile devant elle. Il posa les mains sur le comptoir, l'enfermant entre ses bras. Une chaleur intense émanait de lui, une chaleur qui la toucha en même temps que toute l'ampleur de sa virilité, tout ce qu'elle aimait et désirait.

— Non. Je suis ici parce que tu m'as manqué, parce que je voulais te voir, te toucher, te sentir.

Il se pencha vers elle et pressa son visage contre ses cheveux.

— Bon sang, ce que ton odeur a pu me manquer ! Ça me manque de ne pas t'avoir dans mon lit, ça me manque de ne pas te baiser.

Oh là là. Shadoe pouvait à peine respirer. Elle posa ses mains sur son torse. Elle sentit les battements rapides de son cœur, qui correspondaient à ceux du sien. Ses genoux s'affaiblirent, mais ce n'était plus un problème, parce que Spencer la saisit par la taille et la souleva pour l'asseoir sur le comptoir, posant ses lèvres sur les siennes avant qu'elle puisse prendre sa prochaine inspiration.

Elle fondit littéralement. Là, sur le comptoir de la cuisine, les lèvres de Spencer sur les siennes, et le désir, l'envie, le bonheur.

Il était venu jusqu'ici pour elle. Il avait fait tout ce chemin pour lui dire qu'elle lui manquait. Elle ne voulait ni n'avait besoin de rien d'autre que de ses mains et sa bouche sur elle, sa langue se glissant dans sa bouche pour la caresser dans une douceur veloutée qui était si loin de la dureté de son corps d'homme. L'incongruité de tout cela l'excita énormément. La façon dont ses lèvres effleuraient les siennes avec une telle douceur, puis la façon dont il s'empara de ses hanches et la serra contre lui pour qu'elle sente son érection contre son entrejambe moite et palpitant du désir de sentir ses caresses.

Il passa les mains dans son dos, souleva son tee-shirt.

— Tu es toute nue là-dessous, pas vrai ?

Il se pencha pour la regarder d'un air brûlant.

— Oui.

Il approcha encore ses hanches des siennes et souleva son tee-shirt avant d'écarter ses genoux.

Bon sang.

Il s'agenouilla et s'accrocha aux reins de la jeune femme, tâchant de la soulever face à lui. Elle s'appuya sur ses mains derrière elle et se glissa sur le bord du comptoir, tout son corps frémissant d'excitation.

De sa bouche, il couvrit son sexe, et elle rejeta la tête en arrière tandis qu'il la dévorait, aspirait son clitoris, lui procurant un plaisir fou avec sa bouche, sa langue, ses dents.

Cela faisait tellement partie de ce qui lui avait manqué de lui. Pas seulement le sexe – qui était phénoménal –, mais le fait qu'il connaisse si bien son corps, qu'il puisse la mener au bord du gouffre, et la faire chavirer si rapidement.

Et c'est ce qu'il fit, enroulant sa langue autour du bouton gonflé auquel elle n'avait pas touché pendant ses semaines. Peut-être l'avait-elle attendu, inconsciemment, et maintenant qu'elle l'avait, elle ne pouvait plus attendre. Elle jouit et cria, pressant son sexe contre sa bouche à mesure qu'elle était gagnée par de grandes vagues de plaisir moite, un tourbillon de sensations qui l'emportait au loin.

Elle était encore secouée de spasmes quand il se leva, défit son pantalon et enfila un préservatif en un temps record, avant de s'enfoncer en elle. Ses doigts se plantèrent dans la chair de ses hanches tandis qu'il effectuait son va-et-vient. Les traits de son visage étaient tendus tandis qu'il regardait l'endroit où leurs deux corps se joignaient, avant de relever les yeux vers elle.

— Oui. Ça aussi ça m'a manqué, dit-il. Te baiser, être en toi.

Il ne ralentit pas le rythme en lui parlant entre deux souffles rauques, et ça la rendit folle.

Elle peinait à respirer, ne pouvait que s'agripper à lui dans sa course folle qui menaçait de l'emporter à tout jamais. Elle ne voulait pas que ça s'arrête, mais le plaisir la submergea tandis qu'il la menait une nouvelle fois au bord de l'extase en de puissants coups de reins. Il passa sa verge sur son clitoris, ravit sa bouche tout en la menant au bord de l'orgasme.

Une profondeur si douce, de telles émotions qui émanaient de lui. Il ne se retenait en rien cette fois, et elle le savait. Et ça rendait les choses encore meilleures pour elle. Le fait qu'il la regarde dans les yeux, lui dévoilant ses sentiments à l'état brut tandis qu'il se glissait en elle, tout cela lui donna les larmes aux yeux.

— Je t'aime, Spencer.

Il s'immobilisa, la regarda, étonné, puis ses lèvres s'étirèrent en un léger sourire.

Il donna un autre coup de reins, s'empara à nouveau de sa bouche jusqu'à ce qu'elle soit incapable de former la moindre pensée cohérente, qu'elle n'ait d'autre choix que de chevaucher cette vague de plaisir qui la gagnait, pour la suivre jusqu'au bout. Elle gémit contre ses lèvres en jouissant une nouvelle fois, son orgasme contractant ses parois autour de sa queue. Elle le sentait avec une telle profondeur… et il se mit à jurer, car il le ressentait lui aussi.

Il s'appuya contre elle et frissonna en grognant contre ses lèvres en jouissant à son tour. Elle s'accrochait à lui tandis qu'il était secoué de spasmes, se resserrant contre elle de temps à autre, jusqu'à relâcher toutes ses tensions.

Elle posa sa tête contre son épaule, sentit la moiteur sous son tee-shirt tandis qu'elle lui caressait le dos.

— Je t'aime aussi, Shadoe.

Elle s'écarta pour observer son visage.

— Quoi ?

— Je t'aime aussi.

Ils étaient toujours connectés, intimement. Elle pulsait autour de lui. Il baissa les yeux sur l'endroit où leurs corps se joignaient, puis il revint à son visage.

C'était le moment le plus parfait du monde. Elle n'aurait pas pu demander meilleure déclaration d'amour. Dans sa cuisine, alors qu'il était encore en elle. Alors qu'elle était assise sur le comptoir.

Il l'aimait. Elle poussa un soupir, se sentant plus femme en cet instant qu'elle ne l'avait ressenti pendant toute sa vie. Comme par miracle, cet homme ténébreux, du style à ne jamais aimer aucune femme, venait de lui avouer son amour pour elle.

Elle se sentit très flattée.

— Et maintenant, qu'est-ce qu'on fait ? demanda-t-il.

Donc, il ne savait pas quoi faire ensuite.

Cela dit, elle non plus.

— Je n'en ai aucune idée, dit-elle avec un rire bref.

Ils finirent par prendre une douche – et par y refaire l'amour. Ils ne pouvaient pas s'empêcher de se toucher, car ces quatre semaines de séparation avaient été longues. Ils avaient beaucoup de moments à rattraper.

Et Spencer savait cuisiner ! Après avoir rangé la salle de bains, ils se rendirent dans la cuisine de Shadoe et sortirent des œufs et du pain pour commencer à préparer le petit déjeuner. Il lui ordonna de s'asseoir à table et de ne rien faire.

Elle l'ignora en préparant du café et en versant du jus d'orange dans des verres avant de mettre la table.

— Tu es censée te reposer, lui dit-il en fronçant les sourcils par-dessus son épaule.

— Je me suis beaucoup reposée déjà. Je me sens en pleine forme.

L'expression du jeune homme changea, ses yeux parcourant son corps de haut en bas.

— Oui, ça, c'est sûr.

Elle rit, se sentant le cœur léger, plus heureuse qu'elle ne l'avait été depuis qu'ils s'étaient quittés quatre semaines plus tôt. Elle s'installa dans sa chaise et le regarda retourner les œufs.

— Tu sais cuisiner.

Il restait dos à elle pour surveiller sa cuisson.

— Ben oui.

— Ça me surprend.

— Pourquoi ça ?

— Je ne sais pas, tu n'as pas l'air du genre à aimer cuisiner. Je te voyais plutôt du genre à mettre les pieds sous la table.

Spencer éclata de rire.

— Quand on est tous venus s'installer chez Grange, il nous a appris à cuisiner, puis il nous a laissés nous débrouiller et nous a dit que si on voulait manger, on devait préparer nos repas par nous-mêmes. Sans quoi on allait mourir de faim. Il a dit qu'il refusait d'être notre bonne à tout faire, et qu'on ferait mieux d'apprendre à nous occuper de tout ça. Vu qu'on n'était pas fans des sandwichs pourris, on a trouvé des solutions.

Shadoe s'appuya au dossier de sa chaise, imaginant tous ces hommes en train de s'affairer en cuisine.

— Je parierais que c'était drôlement intéressant.

— Bien sûr. On fait beaucoup de barbecues, de salades.

— Tant que vous y arrivez, acquiesça-t-elle.

Il se tourna et posa les œufs, puis le bacon, dans les deux assiettes.

Quand les toasts sautèrent hors du grille-pain, il les posa sur d'autres assiettes, puis s'assit à table avec elle. Elle dévora tout ce qu'il y avait dans son assiette, se rendant compte qu'elle mourait de faim et n'avait pas mangé tant que ça ces dernières semaines.

— Tu as perdu du poids, fit-il remarquer en terminant son œuf d'un coup de fourchette.

— Je n'avais pas faim.

— Sûrement parce que je te manquais.

— En fait, j'étais dans un sale état, sans toi. Je n'arrivais pas à manger, ni à dormir.

Le sourire du jeune homme s'évanouit. Il posa sa fourchette et posa une main sur la sienne.

— Je suis désolé. J'aurais dû t'appeler.

Le cœur de Shadoe se serra en entendant la tendresse de sa voix.

— J'aurais pu appeler aussi. C'est juste que… je ne pensais pas que tu voulais avoir de mes nouvelles.

— Qu'est-ce qui t'a fait penser ça ? demanda-t-il en fronçant les sourcils.

— À l'hôpital. Tu t'es contenté de te pencher sur moi pour me dire au revoir, et tu es parti.

— Ils m'ont donné une seule minute pour te voir. Ensuite, le département de la Justice t'a embarquée en ambulance pour te transférer ici. Je n'ai pas eu le temps que je voulais avec toi.

— Je suis désolée. J'ai mal géré tout ça, dit-elle en repoussant son assiette.

— Non pas du tout, c'est moi.

Il prit une grande rasade de café, puis posa sa tasse.

— Je ne sais pas comment on fait, Shadoe.

— Comment on fait quoi ?

— Comment on aime quelqu'un. Je ne l'ai jamais fait auparavant.

— Moi non plus, dit-elle, ses paroles lui allant droit au cœur. Je n'ai pas vraiment d'exemples d'amour qui dure sous la main, tu sais.

— Oui ? Alors qu'est-ce qu'on fait, maintenant ?

— Je ne sais pas, répondit-elle en haussant les épaules. Ta vie est avec les *Wild Riders*.

— Et ta vie est ici, dit-il.

— Et nous dans tout ça ? On va se voir de temps en temps et faire l'amour ?

— Ce n'est pas ce que je veux, dit-il en fronçant les sourcils une nouvelle fois.

Il s'écarta de la table et se leva, se dirigeant vers le salon pour regarder par la baie vitrée à la vue impressionnante. Elle le suivit, se plaça derrière lui et entoura sa taille de ses bras. Il posa ses mains sur les siennes.

— Je pourrais vivre ici, déclara-t-il.

— Quoi ? dit-elle en se figeant.

Il la fit se retourner pour lui faire face.

— Ici, à Washington.

— Comment ça ? s'étonna-t-elle.

— J'ai parlé à Grange, indiqua-t-il en haussant les épaules. Je pourrais travailler pour les *Wild Riders* d'ici.

Le sang de la jeune femme bouillonnait tellement qu'elle n'entendait presque plus rien.

— Tu ferais ça ? Rien que pour être avec moi ?

Il l'attira à lui et l'embrassa.

— Je n'ai jamais dit « je t'aime » à personne, Shadoe. Et je n'ai pas l'intention de redire ces mots à une autre femme que toi.

Oh mon Dieu ! Les yeux de la jeune femme se remplirent de larmes.

— Je t'aime aussi, Spencer. Et je n'ai jamais dit ces mots-là à un autre homme. Je ne veux pas les dire un jour à quelqu'un d'autre que toi. Avec toi, je me sens moi-même, plus que jamais. Tu me donnes l'impression qu'on peut tout faire tant qu'on reste ensemble.

— Rien n'est impossible, lui dit-il dans un sourire. Notre seul problème est logistique.

— Et si j'emménageais à Dallas ?

— Quoi ? Pourquoi ferais-tu ça ? Ton travail est ici.

C'était maintenant à elle de hausser les épaules.

— Je peux travailler n'importe où. Le département de la Justice a un bureau là-bas. J'ai bien aimé Dallas.

— Je n'ai de racines nulle part, insista-t-il. Je suis plus mobile. Toi, c'est ici que tu as grandi.

— La maison de mon père est ici, dit-elle en secouant la tête. Ma maison, c'est là où tu es.

— C'est quand même ta famille.

— Pas vraiment, dit-elle d'un air hautain. Il n'a jamais vraiment voulu de moi, pas plus que ma mère.

— Moi je veux de toi.

Elle sentit son cœur s'emplir d'amour.

— Je sais. On sera notre propre famille. Ça suffira.

— Ton père avait tort, tu sais.

— Sur quoi ?

— Tu es plus forte que la plupart des hommes que j'ai connus.

Elle prit une inspiration.

— C'est peut-être bien la chose la plus gentille que personne m'ait jamais dite.

— C'est la vérité. Tu as de la force, Shadoe. Tu es une survivante.

— Comme toi.

— Oui, sourit-il. Comme moi.

C'est ce qui avait attiré la jeune femme en premier lieu. C'est ce qui les maintiendrait unis. Le lieu où ils vivraient importait peu. Même si elle eut une idée.

— Tu sais quoi ?

— Quoi ? répondit-il en inclinant la tête sur le côté.

— Que dirais-tu de la Nouvelle-Orléans ?

— Comment ça ?

— Ton frère y habite. C'est ta famille aussi.

Il lui adressa un regard las.

— Shadoe, ça fait des années que je ne lui ai pas parlé.

Elle n'avait pas l'intention de lâcher l'affaire. La famille, c'était trop important. Du moins, le genre de famille qui compte vraiment. Elle savait que quelque part, Trevor vivait sa vie. Et elle était prête à parier qu'il aimerait bien avoir des nouvelles de Spencer.

— Trevor est ton frère. C'est ta famille. Toi et moi, on a besoin de toute la famille possible. En plus, j'ai bien aimé la Nouvelle-Orléans. Et le département de la Justice a besoin de bons agents là-bas.

— Tu ferais vraiment ça ? lui demanda-t-il. T'installer ailleurs ?

Elle passa une main sur sa joue, appréciant la sensation procurée par sa barbe de trois jours.

— Bien sûr que oui. Tu serais prêt à faire de même.

— Grange m'a dit que je pouvais faire mon boulot de n'importe où. Il suffit que je retourne à Dallas de temps en temps pour les missions.

— D'accord. Mais moi aussi, je peux bouger, et je crois qu'il est temps qu'on retrouve ton frère.

Il se pencha et appuya son front contre le sien.

— Je ne sais pas quoi faire avec toi. Je ne sais pas quoi faire de tous ces sentiments.

— Tu n'as qu'à m'aimer.

Il leva la tête, ses yeux si clairs, si bleus qu'elle s'y perdit.

— Moi, je t'aime, ajouta-t-elle.

Le reste, ils s'en débrouilleraient plus tard. Ils avaient une base de départ : ils avaient leur amour l'un pour l'autre.

Le reste, ce n'étaient que des détails. Peu importait qu'ils s'installent à Dallas, Washington, la Nouvelle-Orléans, ou encore ailleurs.

Tant qu'ils seraient tous les deux, ils seraient chez eux.

Milady Romance

DÉCOUVREZ AUSSI CHEZ MILADY ROMANCE :

SENSATIONS

CE MOIS-CI

- **Eve Jagger**, Sexy Bastard, *Arrogant*

24 JUIN 2016

- **Stacey Lynn**, *Rien qu'un soupir*

ÉMOTIONS

CE MOIS-CI

- **Tracy Bloom**, *La Revanche d'une célibataire*

24 JUIN 2016

- **Joan Reeves**, *Jane (cœur à prendre) Jones*

SLASH

CE MOIS-CI

- **Heidi Cullinan,** *Pour une danse*

Achevé d'imprimer en avril 2016
Par CPI France
N° d’impression : 3017403
Dépôt légal : mai 2016
Imprimé en France
81121731-1